KB268032

운채

초판 1쇄 찍은 날 ㅣ 2012년 9월 21일
초판 1쇄 펴낸 날 ㅣ 2012년 9월 28일

지은이 ㅣ 이승연
펴낸이 ㅣ 서경석

편집장 ㅣ 권태완
편집 ㅣ 장미연

펴낸곳 ㅣ 도서출판 청어람
등록번호 ㅣ 제1081-1-89호
등록일자 ㅣ 1999. 5. 31
어람번호 ㅣ 제5-0317호

주소 ㅣ 경기도 부천시 원미구 심곡2동 163-2 서경B/D 3F (우) 420-822
전화 ㅣ 032-656-4452 팩스 ㅣ 032-656-4453
http://www.chungeoram.com
E-mail ㅣ chungeoram@chungeoram.com

ⓒ 이승연, 2012

ISBN 978-89-251-3012-5 03810

Chungeoram
romance
novel
윤채
이승연
장편 소설
도서출판
청어람

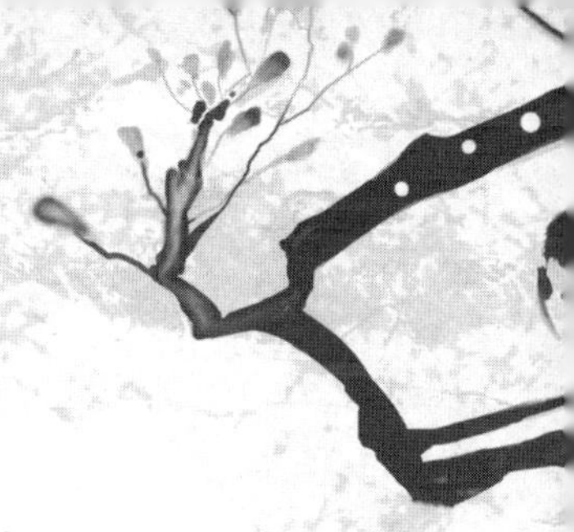

目次

들여다보기

집무실 문을 열고 걸어서 100보를 가야 방의 주인에게 인사를 드릴 수 있는 사정원은 천계의 태상궁 주인이 업무를 보는 곳이다. 높은 천장을 양옆으로 떠받든 기둥은 붉은 옥으로 이루어져 천태만상의 동물이 조각되어 있고, 주인의 성격에 맞춰 내부 장식과 단은 일체 들여놓지 않았다. 오로지 동남향 쪽을 등지고 자리 잡은 8척 반의 박달나무책상과 의자만 덩그러니 갖춰져 있을 뿐이다.

부복을 올린 시관이 두 손 묵직이 가지고 온 두루마리 안독을 조용히 내려놓았다. 지금 올라온 안독 말고도 책상 왼쪽에는 처리해야 할 서류가 삼 척 높이로 쌓여 있었고 오른쪽에도 그만큼 태상궁을 상징하는 옥새가 찍힌 문서들이 흩어져 있었다. 심중하고도 조심스러워야 할 결정 사안임에도 불구하고 문안이 펼쳐지기 무섭게 빨간 인이 새겨졌다.

한 손으로 턱을 괸 채 옥새를 찍는 설류의 눈빛에는 짜증이 가득 차 있었다. 마음 같아서는 문서 나부랭이를 다 불태우고 싶지만 그랬다가는 안을 올리는 승안원의 뒷감당이 골치 아프리라는 것을 알기에 꾹 참고 자리를 지키고 있는 것이다. 대신 옥새를 찍어 내리는 것으로 화풀이를 대신했다. 여기서 골치 아픈 문제라도 더 터진다면 옥새를 가루로 만들 기세였다.

천계를 아우르는 궁은 세 곳으로 태상궁, 대현궁, 자원궁이다. 그중 인간의 생과 사를 담당하는 태상궁은 다른 궁에 비해 업무량이 상당히 많았다. 특히 인간세에 선생이라노 나면 태상궁은 비상 체제에 들어가기에 설류는 인간을 그다지 좋아하지 않는 천신에 속했다.

설류의 눈매가 갈수록 신경질적으로 변해가자 시립해 있던 시관은 눈 잣대로 대충 문서의 양을 살펴보았다. 오늘만이라도 진득이 앉아 처리하면 다 끝낼 수 있는 양이었다. 허나 요즘 엉덩이에 팔랑개비라도 달렸는지 어제도 오시 경쯤 벌떡 일어나 자취를 감추셨던 분이니 오늘은 또 언제 뛰쳐나갈지 모르는 일이었다. 원체 감정표현을 가감 없이 하시는 분이지만 현안을 걸러주어야 할 태상궁 관할 5대째 정소부 주인이 비어 있어 그 업무량만큼 태상궁까지 밀려들어 와 짜증이 배로 는 것이 주요한 원인인 것 같았다.

천계의 계승은 하나가 사라지면 다른 하나가 그 자리를 메우는 능력의 대물림이다. 인간이 생각하는 것과 달리 천신에게도 삶은

유한적이며 천신은 그들만의 규율을 가지고 있었다. 유한의 폭 개념이 인간은 상상할 수 없는 수명이지만 천신은 소멸을 통해 다음 계승자가 그 뒤를 잇게끔 되어 있어 순환의 고리를 벗어날 수 없었다. 그런데 태상궁 관할 정소부의 전 주인이 소멸한 지 5년이 넘었건만 새 주인이 나타나지 않고 있었다. 이번 계승자는 운둔형이거나 괴팍하거나, 그도 아니면 방랑형일지 몰랐다. 정소부의 주인의 성격이 어찌 되었든 분명 자신이 계승자임을 인지하고 있음에도 나타나지 않고 있었다. 지금까지는 잘 견디며 일하고 있는 설류 님이지만 비어 있는 정소부의 주인에 대한 해결책을 내놓지 않으면 조만간 주인님까지 가출할 판이었다.

주인의 눈치를 보며 시관은 오늘 오후에 판결해야 할 목록을 간략하게 보고했다.

"고하나이다."

"하든지."

그러면서 설류는 시큰둥하게 옥새 찍는 일을 계속했다.

"인간 계집이 하나 바다에 빠졌는데 사기 계약을 했다며 다시 인간계로 돌려보내 달라고 난리를 치고 있습니다."

"그런 것까지 태상궁에서 처리해야 하나?"

고개를 삐딱하게 기울인 설류가 인상을 쓰며 시관을 째려보았다.

"그게 이상한 것이 분명 계집의 명은 아직 끊어지지 않았고, 계약한 당사자가 조금은 민감한 이라...."

"그 계약에 누가 연관이 되었기에?"

‘민감하다고 하면 인간은 아닐 터…….’

그때서야 설류의 눈빛이 진중하게 변했다.

“계집의 말로는 스님이 말씀하시길, 아버지 눈을 뜨게 하기 위해서는 부처께 쌀 삼백 섬을 시주하면 된다고 했답니다. 마침 남경 뱃사람이 인당수에 빠질 계집을 찾고 있던 참에 쌀 삼백 섬을 구해 시주를 했답니다.”

얘기가 길어질 것 같아 설류는 아예 자리에서 일어나 창가 턱에 걸터앉아 볕을 쬐였다. 시관 또한 주인의 동선에 따라 움직였다.

“사실은 그 인당수 관할 용왕이 열여덟에서 스물 사이의 숫처녀만 밝히는 용왕이라 남경 뱃사람이 뱃길이 길하도록 계집을 바치는 게 암암리에 헹해지고 있있습니다. 문제는 세집이 쌀 삼백 섬을 스님을 통해 부처께 바쳤는데 아비가 눈을 뜨지 못한 것을 알게 되었습니다. 따라서 계약 불이행이며 사기 계약이라고 주장하는 계집은 그러니까……. 부처님을 고소하겠답니다.”

‘그래서 나보고 뭐 어쩌라고?’ 라는 표정을 역력히 보이는 설류의 태도에 시관은 얼른 말을 이어 붙었다.

“거기다 색을 밝히는 용왕은 인간제물을 몇십 년 전에도 날름 받았는데 그게 이번에 바다에 빠진 청이 계집의 어머니입니다. 아무리 뻔뻔해도 어미와 딸을 같이 첩으로 둘 수 없어 체면상 딸은 반환을 당했죠. 그래서 명부에 오르지도 못하고 그렇다고 다시 인간계로 되돌려보낼 수도 없는 지경입니다.”

그는 이해할 수 없지만 유독 인간을 좋아하는 천신이 몇 있긴 했다. 천신의 특성상 기본적으로 서로 간의 간섭을 일체 허용하지 않아 신경을 쓰지 않는 편이지만 업무적으로 민폐를 끼친다면 말이 달라진다. 어느 용왕인지 다음 번 천계에 낯판을 보이면 비늘을 벗겨 미꾸라지로 만들어 버리던지 해야지. 그는 입술을 이죽거리며 짜증난 심기를 드러냈다.

"부처는 뭐라 하드냐?"

"묵언수행 중이시라 딱히 말씀은 없으셨습니다."

설류가 침묵을 지키자 시관은 조바심이 났다. 이것 말고도 산재한 일이 많은데 너무 앞에서 시간을 끌고 있었다. 시관은 목을 가다듬으며 조심스럽게 자신의 의견을 내보였다.

"부처님 배가 홀쭉한 것을 보면 그 쌀을 다 먹은 것 같지 않아 보이던데 아무래도 스님과 부처님, 청이 계집을 삼자대면시키는 게 낫겠지요?"

설류의 시선이 창밖 정원에서 시관으로 천천히 옮겨갔다. 이십 년 전 인간계 역병으로 박 터지게 밀려오는 문안 처리에 욱해서 옥새를 던졌던 일이 생각났다. 그는 다시 한 번 옥새를 던지고픈 충동을 누르며 입을 열었다.

"원하는 대로 스님과 대질할 수 있도록 인간계로 보내라. 소원을 들어주는 이는 부처인데 엄한 스님과 계약한 계집이 아둔한 거지. 자고로 거간꾼 잘못 만나면 집안 홀라당 말아먹는다는 말 못 들어봤느냐? 다음!"

"다음은 누명을 쓰고 죽은 언니의 뒤를 이어 시간차로 우물에 뛰어든 홍련이라는 계집 사건입니다. 홍련은 언니가 억울히 죽은 것을 알고 확인차 우물을 들여다보다 재수 없어 죽은 것이지 절대

자살이 아니라며 자살 판정에 항소를 했습니다.”

자살은 큰 죄, 혼백의 순환을 그 업만큼 오래 기다려야 했다. 그러니 자살 판정에 혼은 민감할 수밖에 없었다. 주인님의 눈썹이 가파르게 경사를 타고 올라가는 게 보이자 시관의 이마에 슬슬 땀방울이 맺혔다.

“이것도 애매하온 것이…….”

“그만! 근본적인 문제를 해결해야겠다. 하윤의 도움을 받아서라도 망할 그 정소부의 주인을 당장 내 앞에 대령하라. 다른 건 몰라도 대현궁 하윤의 무식한 힘과 감각능력은 내 인정하는 바이니.”

“하윤 님이 본궁을 비우신 지 3년이 넘었습니다. 최측근인 이원도 주인의 행방을 모르고 있습니다. 친우이면서 그것도 모르셨단 말씀입니까?”

설류의 째림에 좌 시관은 입을 삐쭉였다. 저렇게 무신경한데다 성질머리가 나쁘니 친우가 있으려야 있을 리가 없었다. 하윤 님하고 친분이 있는 것도 용했다. 그렇다고 하윤 님이 착하다는 이야기는 아니다. 어찌 보면 유유상종이었다. 그분은 그분대로 싸늘하고 무심한 분이니.

“1년 전까지의 소식은 알고 있었다! 그런데 아직까지 안 돌아왔단 말이야? 도대체 어디로 숨은 게야?”

‘알면 벌써 대현궁에서 움직였겠지요.’

아무래도 업무과다로 신경질이 날로 늘어나는 주인님 때문에 자신의 정신적 고통도 날로 늘어날 듯했다.

“좌 시관?”

주인의 눈빛이 번뜩임과 함께 입매가 위험스레 올라갔다. 그 모습에 시관은 침을 꿀꺽 삼켰다. 저 표정, 좋지 않다.

“진정하시고 말로 하시옵소서. 주인님.”

“이 내가 이만큼 일에 치이고 살았으면 되었지. 내 천성이 무료 봉사 체질은 아니지 않은가?”

설류는 천천히 그러나 위협적으로 좌 시관을 향해 걸어갔다. 설류의 걸음이 좌 시관과 가까워질수록 그의 미소는 짙어졌다. 그에 맞춰 좌 시관은 그럴수록 뒷걸음질쳤다.

설류는 좌 시관의 옷깃을 한 번 털어주며 화사한 미소를 보였다. 그리고는 고개를 숙여 마치 연인에게 속삭이듯 시관의 귀에 나긋하지만 확실한 협박조를 흘려 보냈다.

“대현궁, 자원궁의 도움을 요청해서라도 그 망할 정소부의 주인을 당장 찾아 내 앞에 대령하라. 1년 안에 찾지 못할 시 네놈의 거시기를 똑 소리 나게 부러트려 줄 테니 천계를 샅샅이 찾아야 할 것이다.”

할 말을 끝내자 설류는 옷깃을 나부끼며 집무실에서 성큼성큼 나가 버렸다.

시관은 충격으로 멍하게 있다 곧 머리를 쥐어뜯었다. 설류 님도 못 찾는 정소부의 주인을 어디서 찾아오라는 말인가. 천신이 자신을 숨기려고 마음만 먹는다면 100년을 가도 못 찾을 일을. 한동안 잠잠했던 주인님의 심술보가 터진 게 분명했다.

✱

"이걸 내가 결제했다고?"

이원의 말투에 어이없음과 황망함이 고스란히 묻어나 있었다. 아무리 봐도 서류 위에 직인은 분명 그의 것이었다. 한 손으로 머리를 받치며 이원은 눈을 감았다. 아무리 피로가 누적되고 잠시 정신이 나갔다 하더라도 사막에 눈이 오도록 만들다니 미친 게 분명했다. 이 모든 원흉은 바로 본궁을 비운 주인님이었다. 그것도 소식 두절 상태로! 처음에는 휴식을 원하시는 것 같기에 찾을 생각도 하지 않았다. 그러나 시간이 갈수록 찾을 수 없도록 모든 교신을 차단한 것으로 보아, 이건 고의적이라고 볼 수밖에 없었다. 이제 그도 참을 만큼 참았다. 더 이상 이대로는 못 살겠다!

"오늘부터 모든 정보망을 동원해 주인님을 찾는다. 천상, 지상 할 것 없이 모조리 훑는다."

이원이 눈을 감은 채 낮게 읊조렸다.

"명 받잡습니다."

충원부를 나서면서 보좌관은 언제나 드는 생각이지만 자신의 상사가 참으로 불쌍해 보였다.

一장

　가을걷이 달을 다 채우기도 전에 내운산에 깜짝 첫눈이 내렸
다. 한바탕 쏟아부은 눈구름은 아직 하늘을 덮고 있었고 골마다
드센 바람이 가세해 겨울을 앞당겨 놓았다. 동쪽의 강성 제국이
면서 넓은 땅덩어리를 자랑하는 호진국의 북쪽은 제일 먼저 겨
울을 맞는다. 특히 내운산은 산세가 험해 심마니조차 고개를 저
을 정도로 그 기운이 서늘하고 깊어 사람의 손을 타지 않는 곳이
기도 했다. 늦게 봄을 맞이하고 순간의 여름과 긴 겨울을 품는
산이지만 이렇게 일찍 첫눈이, 그것도 한순간에 무릎까지 눈에
파묻힐 정도로 온 적은 없었다. 한석은 한숨을 쉬며 다시 한 번
하늘을 올려다보았다. 눈은 다시 올 것 같지 않아 보이나 이 상
태로 산을 계속 탄다는 것은 무리가 있어 보였다. 혼자라면 생각

15

을 달리하겠지만 그의 등바구니에 있는 6살 난 딸아이가 걱정이었다.

내운산 끄트머리에 터를 잡고 약초나 버섯을 팔며 생계를 이어나가는 그는 심마니 중에서도 운이 좋은 편에 속했다. 내운산에서 자라는 약초는 효능가치가 높아 곱 돈은 받을 수 있고 가끔 희귀난을 구해야 할 때는 객주가 직접 찾아와 비싼 값에 사가지고 가기도 해 배 곯는 일은 없었다. 그래서 한 번 산을 타면 보름 이상 산을 헤집고 다녔으나 아내가 죽은 지금은 사흘을 넘기기 힘들었다. 어른도 타기 힘든 산은 어린아이가 감내할 수 있는 것이 아니었다. 2년 전 아내가 죽자 딸을 위해서 과부를 데려와 마을에서 살림을 차렸으나 한 달도 되지 않아 집 안에 있는 놋쇠그릇까지 훔쳐 사라졌고 산에서 내려온 그를 맞이한 것은 아사 직전의 딸아이의 모습이었다. 돈을 주고 남의 손에 맡긴 적도 있었으나 밥을 흘리며 먹는다는 이유로 매질을 당하는 딸아이의 모습을 본 후 그는 누구에게도 딸아이를 맡길 수 없었다. 적어도 딸아이가 제 손으로 머리를 땋을 수 있는 나이가 될 때까지 이리 지내야 할 듯했다.

"올해는 눈님이 너무 빨리 내렸구나. 우리 운채가 좋아하는 감도 아직 햇볕에 못 말렸는데 말이다."

7척이나 되는 큰 덩치에 부리부리한 눈매와는 사뭇 다르게 목소리는 장자방에 들어오는 봄볕만큼 부드러웠다. 그는 이렇게 산을 타면서 쉼 없이 딸아이에게 말을 걸었다. 맨 처음에는 아이가 산을 무서워할까, 그러다가 말을 가르쳐 주기 위해서, 그 다음은 아이가 외로워할까 말을 붙인 게 어느덧 습관이 되었다. 놀 또래 아이가 없을 뿐더러 마을과의 왕래는 기껏해야 한 달에 한 번이라 많이 외로워도 하련만은 어린 게 벌써 아비의 마음을 아는지 투정 한 번 부리지 않는 착한 딸이었다. 요즘은 호기심이 부쩍 늘어 오히려 딸아이가 그의 귀를 재잘재잘 간질였다.

"아빠, 눈님은 겨울에 오는 건데 왜 가을에 와요?"

"글쎄다. 우리 운채 눈사람 만들어주려고 눈님이 급하게 달려왔나 보다."

"바람 타고?"

"그럼, 쌩쌩 바람 타고 왔지."

운채는 두 손으로 바구니를 꼭 쥔 채 '쌩쌩' 이라는 말이 웃긴 듯 혼자 연거푸 뱉어내며 웃음을 터트렸다.

한석 또한 딸아이의 웃음에 잔잔한 미소가 잡혔다. 근처 한기를 피할 수 있는 곳에서 몸을 녹여야 했다. 딸아이에게 두툼한 솜을 누빈 장옷과 바지를 입혔으나 아직은 어린아이. 거기다 눈까지 쌓였으니 야숙은 불가능했다. 막대기를 야무지게 땅에 박으며 그는 발걸음을 재촉했다.

손이 곱을 정도로 기온이 떨어지고 있었다. 겨울을 대비해 내운 산 깊숙이 들어오는 것이 아니었다. 저도 모르게 마음 한구석에는 부리시리를 발견하고픈 욕망이 자리 잡고 있었던 모양이었다. 내려가기도 그렇다고 산을 더 오르기도 애매한 그는 일단 동굴을 찾아 산속을 더 헤집기로 했다.

얼기설기 엉킨 나뭇가지에 가려 모르고 지나갈 뻔한 동굴을 발견하자 한석은 안도의 한숨을 내쉬었다. 일단 주위에 동물의 배변이나 냄새가 있는지 살폈다. 동면을 위해 이동하는 가을철 뱀은 독도 독이지만 무리를 지어서 다니기도 해 꼼꼼히 확인을 해야 했다.

생각보다 깊숙하고 넓은 동굴은 예상과 달리 누군가의 침입을 한 번도 허락한 적 없이 깨끗하고 서늘했다. 그는 딸을 바닥에 내려놓으며 팔과 손을 문질러 주었다. 마음이 급한 그는 짐승들이 싫어하는 약초를 찧어 동굴 밖에 깔아놓았다. 그리고는 불을 피울 마른 나뭇가지를 구하기 위해 동굴 밖으로 나갔다. 오랜 산사람답게 그의 행동에는 군더더기가 없었다.

운채는 아빠가 나간 뒤에도 한동안 그 자리에 가만히 서 있었다. 밖에서 아빠의 기척이 희미하게 들리지만 컴컴한 곳에 있다 보니 무서움이 몰려왔다. 낮이라고는 하나 먹구름 날씨, 동굴은 밤만큼이나 어두웠다. 운채는 눈동자만 굴린 채 주위를 경계했다. 어떠한 소리도 들리지 않자 그때서야 몸을 돌려 천천히 주위를 살피기 시작했다. 그러나 이내 뭔가를 발견한 듯 운채의 눈이 더 이상 커질 수 없을 만큼 커졌다. 자신과 비슷한 또래의 아이가 마른 볏짚에서 잠을 자고 있었다. 운채는 숨을 죽인 채 잠시 아이를 바라보았다. 어두워 잘 보이진 않지만 또래 아이라고 생각되자 운채는 아이의 곁으로 다가가 쭈그려 앉았다. 근처에 아버지가 있으니 괜찮을 것이다. 운채는 용기를 내어 검지로 아이를 쿡쿡 찔렀다.

"일어나, 여기서 자면 고뿔 걸려. 그럼 아파서 밥도 못 먹는단 말이야.”

아이는 미동이 없었다.

“밖에 눈이 와서 꽤 춥다고.”

운채가 조금 전보다 심하게 아이를 흔들어 깨웠다. 아직 어리지만 산이 얼마나 변덕스러우며 무서운지 잘 알고 있었다. 작년에 그녀는 산 추위에 심하게 앓아누운 적이 있었다. 운채가 큰 소리를 내뱉기 위해 호흡을 삼키려는 순간 아이의 눈이 서서히 떠졌다. 놀란 운채는 들이킨 숨을 캑캑거리며 밭은기침으로 토해냈다.

“아, 깼다. 안 깨어나는 줄 알고 얼마나 무서웠는데. 너는 잠귀가 어둡구나.”

말을 못 알아듣는 건지 운채의 말에 아이는 일절 반응이 없었다. 거기다 아이는 잠을 잔 적이 없는 사람처럼 깊고 새까만 눈으로 운채를 투영시키고 있었다.

“손이 차네. 좀 있으면 아빠가 불을 만들어주실 거야. 그전까지는 내가 따뜻하게 해줄게.”

운채는 아이의 손을 조몰락거리면서 계속 말을 걸고 있었다. 같은 또래로 보이자 아이에 대한 호기심을 잔뜩 드러냈다.

“난 운채라고 해. 넌 이름이 뭐야? 어느 마을에서 왔어?”

그러나 아이는 운채의 행동을 그저 지켜만 볼 뿐 말을 하진 않았다.

“말을 못 해? 왜 손이 안 따뜻해지지? 분명 아빠가 이러면 따뜻해졌는데…….”

오히려 그녀의 작은 손이 차가워질 뿐이었다. 아무래도 아이가 추운 곳에 너무 오래 누워 있은 모양이었다. 운채는 아이의 두 손을 자신의 목에 가져다 대었다. 가끔 그녀도 손이 시리면 목에다 자신의 손을 가져다 대곤 했다.

차가운 손의 감촉에 운채의 목덜미에 소름이 돋았다. 어서 빨리 아이의 몸이 따뜻해지길 바라며 운채는 아이의 손 위에 자신의 손을 덮었다.

반 식경이 지난 후 한석이 땔감을 구하고 돌아오자 운채가 재빨리 아빠를 불렀다.

"아빠, 여기 누가 있어요."

무슨 말인가 싶어 한석이 딸아이가 있는 곳으로 냉큼 다가갔다. 아까까지도 분명 동굴 안을 살폈을 때는 아무도 없었는데 혹시 짐 승새끼라도 발견한 거라면 빨리 이 굴을 떠야 했다. 자식 낳은 어미만큼 민감하고 사나운 건 없었다. 혹 몰라 한석은 허리춤에 있는 칼에 손을 가져다 댔다.

조심스럽게 딸아이 곁으로 간 그는 사물을 자세히 보기 위해 바닥에 무릎을 꿇었다. 아이였다. 내운산 깊숙한 곳에 아이라니! 유독 하얀 얼굴에 검은 머리, 얇지만 꽉 다물어진 입술이다. 아무래도 동방계 사람 같지는 않아 보였다.

의심이 서린 한석의 눈이 꼼꼼히 아이를 훑어 내려갔다. 어리지만 얼굴 자체에 귀하게 자란 티가 났다. 잘 다듬어진 손톱하며 앉아 있는 자세도 꼿꼿했다. 어린애답지 않은 무심한 눈에 쉽게 다가갈 수 없는 서늘한 눈빛을 띄고 있었다. 거기다 이 깊은 산속까지 왔으면서 비단매듭 하나 흐트러지지 않았다. 쫓기는 신세치고는 옷차림이 단정했고 버려진 아이라기엔 너무 침착했다. 아니면 눈을 피해 아이는 잠시 동굴에 있고 일행은 음식을 구하기 위해 사냥이라도 나갔을 수도 있었다. 이유야 어찌되었든 엮여서 좋을 게 없다는 게 그의 생각이었다.

한석은 동굴 밖을 보다 노랗게 익은 고구마를 아이의 입에 넣어주는 운채에게 시선을 돌렸다. 딸아이는 저 아이가 마음에 든 모양이었다. 아이 또한 제비새끼처럼 입을 벌린 채 말없이 받아먹고 있었다. 선천적으로 말을 못하든지 아니면 그런 척할 만큼 사연이 있든지 둘 중 하나일 것이다. 더 이상 올 것 같지 않던 눈이 다시 내리기 시작하자 그의 눈썹이 근심으로 내려앉았다. 아무래도 오늘은 동굴 안에서 하룻밤을 지내야 할 것 같았다. 아이의 동행이 나타나지 않으면 어찌해야 하나? 딸아이 하나도 돌보기 어려운데 저 어린아이까지 데리고 내려갈 생각을 하면 막막했다. 마을까지 데려다 준다고 해도 저 아이를 냉큼 맡아 키워줄 사람도 없을 것이다. 지금 내 코가 석자인데 누굴 돌본단 말인가. 반역자의 씨라도 되면 그 화가 자신뿐 아니라 딸아이에게까지 미칠 텐데 쉽게 결정할 수 있는 문제가 아니었다. 그렇다고 아이를 놓고 가자니 굶어 죽을게 틀림없는데 자식 키우는 입장인지라 양심이 쿡쿡 쑤셔오고 있었다.

혹시나 하는 희망을 걸었으나 하루가 꼬박 지나도 아이를 찾아오는 일행이 없었다. 내운산이었다. 어쩌면 일행은 발을 헛디뎌 실족사했을 수도 있고 재수 없어 산짐승에 물려 죽었을지도 몰랐다. 아니면 차마 아이를 죽이지 못해 버리고 간 건지도 몰랐다. 아이 옆에는 아이를 증명해 줄 수 있는 물건 무엇 하나도 없었다. 그의 고민을 알아챘는지 운채는 아이를 자신의 품에 안은 채 아빠의 눈치를 살피고 있었다.

한석은 머리를 박박 긁으며 자리를 털고 일어났다.

'에이, 까짓 것 딸아이에게 말동무 한 명 만들어주었다고 생각하면 되지. 밥이야 굶기겠어? 거기다 운채가 저리 좋아하니…….'

"아이야, 여기서 누굴 기다리는 게 아니라면 날 따라갈 테냐?"

딱히 기대는 안 했지만 역시 반응이 없었다. 혹 귀머거리인가 싶어 손짓 발짓을 해가며 아이의 의견을 물었지만 고개조차 끄떡이지 않았다. 아이는 그저 눈을 내리깔며 운채의 품에 얌전히 안겨 있을 뿐이었다.

"일행을 기다리겠다면 먹을 것을 두고 가마."

마른 육포와 먹다 남은 양갱이면 이틀 정도의 요기는 가능할 것이다.

"싫어. 같이 내려갈 거야. 오늘부터 나랑 살기로 했으니까 내가 데려가야 해."

한 번도 떼를 쓰지 않던 운채가 울먹이며 도리질을 했다. 그리고는 아이를 채근하기 시작했다.

"윤아, 같이 내려갈 거지? 내가 윤이 밥도 주고 글자도 가르쳐 줄게. 나랑 살자. 응?"

어제 아무리 이름을 물어도 아이가 대답해 주지 않자 그녀가 아는 한자에서 고심하고 고심해 지어준 이름이었다. 예쁠 윤贇. 운채의 눈에 윤은 너무 너무 예쁜 아이였다. 아빠가 윤을 버리고 갈까 운채는 윤의 얼굴을 잡은 채 억지로 고개를 끄떡이게 만들었다.

"윤도 우리랑 같이 살고 싶대. 아빠. 그러니 데리고 가야 해."

한석은 딸의 머리를 쓰다듬으며 아이를 한 번 쳐다보았다. 누구를 기다린다는 초조함은 볼 수 없었다.

"일단은 같이 내려가자꾸나. 이 아저씨가 산을 탈 때마다 너를 찾는 이가 있는지 확인해 보마."

아빠의 승낙에 운채의 기쁜 비명이 동굴 안에 퍼졌다. 정월 보름날 달집태우기를 하며 빈 소원이 이루어진 것이다. 운채는 다시 한 번 윤을 끌어안으며 천신에게 감사의 인사를 올렸다. 앞으로 아빠 말도 잘 듣고 착한 일을 많이 많이 할 것이다.

부녀를 지켜보던 윤이 입가에 옅은 호를 그리며 두 팔로 천천히 운채의 목을 끌어안았다. 어린아이답지 않은 건조한 웃음이 순간 아이의 얼굴 위로 스쳐 지나갔다.

'……계집아이군.'

잠버릇이 고약한 운채가 오늘도 여지없이 서탁書卓에 이마를 부딪쳤다. 반사적으로 머리를 감싸며 신음을 흘렸지만 그것도 잠시, 몸을 반대로 굴려 잠을 청하며 이불을 끌어당겼다. 그러나 본능적으로 아무도 옆에 없는 것을 느끼자 운채는 졸린 눈을 떴다. 주위를 둘러보니 아직 어둑한 새벽, 윤이 또 몰래 산에 올라간 것이 틀림없었다. 운채는 눈을 비비며 잠을 깨기 위해 연신 도리질을 했다. 좀 더 자고 싶지만 윤이 오기 전에 따뜻한 밥을 지으려면 지금 자리에서 일어나야 했다.

댓돌에 놓인 짚신을 구겨 신으며 마당에 나오자 찬 새벽 공기에 몸이 움츠러들었다. 부엌으로 들어가려던 그녀는 걸음을 멈추고 평상 쪽으로 고개를 돌렸다. 벌써 산에 갔다 내려왔는지 윤이 운채를 등지고 평상에 앉아 있었다. 운채가 조용히 다가가 윤을 와락 껴안았다. 역시 몸이 차가웠다.

"에이, 시시하게 놀라지도 않고. 또 산에 갔다 온 거야? 위험하다고 혼자 가지 말라고 했잖아."

운채의 잔소리에도 윤은 말이 없었다. 고작 보인 반응이라고는 고개를 돌려 운채를 바라보는 것이 다였다. 운채는 윤 들으라는 듯 체념의 한숨을 크게 내쉬었다. 9년이 흘렀지만 윤은 여전히 말을 아꼈다. 마을에 내려가 이것저것 구경을 해도 그다지 흥미를 보이지 않았다. 매사 운채 뒤만 따라다니는 것을 제외하면 온통 무관심으로 일관해 어린 운채의 마음에도 윤을 앞으로 어찌해야 하는지 걱정이 될 정도였다. 그래서 항상 그녀는 윤을 위해 더 재잘거려야 했고 적어도 한 달에 한 번은 윤의 손을 잡고 마을에 내려가곤 했다. 그러나 이렇게 혼자 몰래 산에 올라갔다 오는 윤을 볼 때면 가슴이 철렁거렸다. 혹시 부모를 기다리고 있는 건 아닐까 싶어서, 부모가 찾아오면 말도 없이 뒤돌아보지 않고 가버릴 거 같아 그녀는 두려웠다. 그래서 운채는 한 번도 윤 앞에서 엄마가 보고 싶다는 말을 꺼낸 적이 없었다. 그 말을 하면 당연 윤 또한 부모를 그리워할 거라는 것을 알고 있기 때문이었다.

"몸에 좋은 거다. 공복에 먹으면 좀 속이 달겠지만 먹어둬."

윤이 운채 쪽으로 복숭아 한 개를 내밀자 운채가 킥킥거리며 윤 옆에 다가가 앉았다. 이렇게 윤이 그녀에게 먼저 말을 붙이는 경우는 운채에게 먹을 것을 줄 때나 자기와 놀아주지 않는다고 투정 부릴 때였다. 그래도 속은 깊어서 그녀가 무섭다 하면 직접 닭을 잡아주기도 하고 귀찮다 하면서 화장실도 같이 가주는 예쁜 윤이었다. 나이도 같으면서 가끔 어른인 척 굴 때가 있지만 그녀가 진정 마음으로 의지하는 하나밖에 없는 친우다.

"윤아, 과일 따려고 아침 일찍 산에 가는 거라면 가지 마. 다치면 어떡해? 매번 말해도 넌 내 말은 귓등으로도 안 듣지?"

"어서 먹어라."

매번 하는 말이지만 매번 무시당하는 말이었다. 언제부터인가 윤은 자신이 군식구로 있는 것이 마음이 무거웠는지 산에 올라가 약초를 하나둘 캐오곤 했다. 가끔 지혈이나 해독작용이 있는 귀한 큰말징버섯을 구해와 아빠를 깜짝 놀라게 만들기도 했다. 아마 윤이 사내자식이었으면 아빠와 함께 산을 탔을지도 몰랐다. 그만큼 윤의 체력은 좋았다.

"자, 너도 먹어."

"난 산을 내려오다 하나 먹었으니 이건 네 거다."

운채가 주저하며 복숭아를 크게 한 입 베어 물었다. 달콤한 향과 함께 탐스럽게 익은 복숭아즙이 운채의 입술을 비집고 흘러나왔다.

"우아, 정말 맛있다."

운채의 눈이 휘둥그레지며 감탄사를 연발했다.

윤은 만족스럽게 운채의 먹는 모습을 지켜보며 입술에 묻은 복숭아즙을 엄지로 닦아주었다. 어른스러워서 그런지 몰라도 항상 윤은 어미가 새끼 먹이 먹는 모습을 지켜보는 시선으로 그녀를 바라보곤 했다.

"꼭꼭 씹고 천천히 먹어라."

"응."

윤이 빤히 바라보자 운채가 복숭아를 먹다 '왜' 라는 표정으로 윤을 바라보았다.

"네 이마는 벌써 가을이냐. 울긋불긋하게?"

윤이 빨갛게 부은 운채의 이마를 한 번 문질러 주었다. 운채의 잠버릇을 잘 알고 있는 윤은 항상 운채를 안고 잠을 잤지만 윤이 일어나면 여지없이 방 안을 헤집고 돌아다녀 이렇게 이마나 머리를 찧곤 했다.

"원래 키가 클 때면 잠을 험히 잔다고 했다. 뭐."

윤이 피식 웃으며 하늘을 올려다보았다. 오늘도 날씨가 꽤 더울 모양이었다.

"아, 오늘 장에 가는 날인지 알고 있지? 가서 유밀과도 먹고 윤 머리끈도 하나 사고, 옥양목 반 통도 사야 돼."

장에 가는 것이 마음에 안 드는 건지 아니면 달달한 유밀과가 마음에 안 드는 건지 윤의 미간에 살짝 주름이 잡혔다. 하루 종일

운채와 산으로 개울로 놀러 다니는 것이 더 좋은 윤에 반해 운채
는 장 구경을 좋아했다.

"옥양목 반 통은 왜? 옷을 해 입기에는 적은 양인데 작년 옷에
기워 입을 셈이야?"

윤의 마땅찮은 눈빛에 운채는 곧바로 고개를 절레절레 흔들었
다.

"그게 아니라……. 음……. 가슴가리개를 만들어야 하니까. 윤
것도 만들어야 하고."

그 말에 윤이 운채의 가슴을 뚫어지게 쳐다보자 운채는 같은 여
자임에도 부끄러웠다. 저번 장에서 막딸네 아주머니가 등짝을 두
드리면서 잠시 고민을 하더니 귓속말로 알려주신 이야기였다. 누
가 들을까 부끄럽기도 하고 두근거리기도 해 운채는 얼굴을 빨갛
게 물들인 채 고개 숙여 귀담아듣고 있어야 했다.

"가슴도 없는데 무슨 가리개씩이나. 가뜩이나 여름 타는 네가
몸에 천을 돌돌 감고 다니겠다고? 땀띠난다."

너무 진지하게 쏘아대니 얄밉기까지 한 윤이었다. 운채는 목소
리를 높이며 윤을 째려보았다.

"아니야. 가슴 나왔단 말이야. 몽우리가 잡힌다고."

"어제까지 없던 가슴이 나왔을 리가."

"네가 그걸 어떻게 알아? 너 샘나서 그러지?"

답을 하려던 윤이 입을 열다 꽉 다물었다. 밤마다 품에 안고 자
는데 그걸 모르면 천치였다. 가슴팍을 조이는 것을 굳이 할 필요
가 무엇인지 이해가 가지 않았다.

'볼 것이 많아 가리면 이해라도 하지.'

윤이 아무 반응을 보이지 않자 운채가 윤의 손을 잡아 자신의 왼쪽 가슴에 가져다 댔다. 그리고 그 손으로 다시 윤의 가슴으로 옮겨갔다.

"자, 이게 내 가슴이고, 이게 네 가슴이야. 내 가슴이 훨씬 크지?"

으쓱거리며 웃는 운채의 모습도 잠시, 윤의 싸늘한 시선에 운채가 놀라 윤을 쳐다보았다. 원래 윤의 표정이 그다지 다양하지 않지만 이번만큼은 확실히 화난 표정이란 걸 알 수 있었다.

"벌써 계집 흉내가 내고 싶어? 네 말대로 어엿한 계집 흉내를 내고 싶다면 당장 계곡에서 물장구질도 하면 안 돼. 치마 잡고 뛰어서도 안 돼. 함부로 웃음을 날려서도 안 되고. 더 말해줄까?"

운채가 눈을 굴리며 이 어색한 상황을 어떻게 마무리할지 고민했다. 엉뚱한 곳에서 화를 내는 윤이 솔직히 당황스러웠다. 아무래도 자기의 가슴이 작아서 기분이 상했는지도 몰랐다. 운채가 헤실헤실 웃으며 윤을 달래기로 했다.

"하지만 삼복더위에 계곡에 들어가지 않으면 어떻게 살라고. 윤 너도 계곡에 가는 걸 좋아하잖아? 윤도 나랑 나이가 같으니까 그럼 계곡에 들어가지 마."

서늘한 것을 좋아하는 윤이 계곡에 안 들어갈 리가 없었다. 그녀가 못 들어가면 윤도 못 들어가는 것이다. 운채는 속으로 혓바닥을 내밀었다.

"나는 윤이랑 물장구치는 것도 좋고 나물 캐러 가는 것도 좋아. 그러니 삐치지 마. 윤도 나중에 나보다 더 가슴이 클 거야. 내가 윤의 가슴가리개까지 만들어줄게."

그 말에 윤의 표정이 오묘하게 뒤틀렸다.

운채는 자신의 만족스러운 답에 씩 웃었다.

"윤아, 이거 한 입만 먹어봐."

어색함을 지우기 위해 운채는 다시 한 번 복숭아를 윤에게 내밀었다. 윤이 고개를 젓자 운채가 팔을 뻗어 윤의 입까지 복숭아를 가져다 댔다. 체념하듯 윤이 한 입 베어 물자 운채가 방긋 웃었다. 윤은 가끔 지금처럼 엄한 잔소리를 하지만 대부분 그녀의 말을 잘 들어주곤 했다.

"이거 어디서 딴 거야? 나 가르쳐 주면 안 돼?"

내운산에서 크고 자란 그녀라 윤이 어디인지 위치만 말해줘도 대충 장소를 알 수 있을 것이다. 요즘은 내운산 깊숙이 올라갈 일이 거의 없지만 한 번쯤 자신도 맛있는 과일을 따서 윤에게 주고 싶었다. 윤이 활짝 웃는 모습이 보고 싶었다. 윤은 매사가 너무 시큰둥했다.

'윤 몰래 일찍 일어나 따가지고 와야지.'

하지만 윤보다 일찍 일어난 적이 거의 없는 운채였다.

"꿈에도 그런 생각 하지 마."

"내가 뭘?"

"그렇게 눈을 굴리며 히쭉 웃는 것치고 마음에 든 적이 없어서 말이지."

아무튼 눈치는 군마보다 빨랐다. 운채가 입을 삐쭉거렸다. 그렇다고 안 가르쳐 주면 그녀가 모를까 봐? 어차피 내운산은 그녀의 앞마당이나 다름없었다. 돌아다니다 보면 분명 찾을 수 있을 것이다.

"안 되는 건 안 되는 거야."

진지한 윤의 눈빛이 운채에게 경고를 보냈다.

"나도 윤에게 맛있는 거 따다주고 싶어서 그래. 매번 윤만 혼자 산에 몰래 올라갔다 오잖아. 그러면 윤도 산에 가지마. 새벽마다 그렇게 산에 올라가면 감모 든다고."

복숭아 하나 따려고 어두운 산속을 헤맸을 윤을 생각하자 운채는 울컥했다.

"잠 온다."

빤한 거짓말을 알고 있기에 운채가 얄미운 눈초리로 윤을 쏘아보았다. 윤은 원체 잠이 없었다. 그녀가 복숭아 위치를 알려달라고 계속 조를 것 같으니 말을 돌린 것이다. 그걸 모를 그녀가 아니지만 속아주기로 했다. 정말 산속을 돌아다녀서 피곤했을 수도 있을 테니 말이다.

"아직 장에 가려면 시간 있으니까 눈 붙여도 돼. 잠깐만 손 좀 씻고."

두레박을 올려 대충 손을 씻고 돌아오자 당연한 듯 윤이 운채의 무릎을 베고 누웠다.

"추운데 안으로 들어가서 자자."

여름이라지만 내운산의 새벽은 찬 서리가 내릴 정도로 추웠다.

"여기가 좋아."

윤이 눈을 감자 운채는 자연스럽게 윤의 머리를 넘겨주었다. 어려서부터 졸릴 때 머리를 넘겨주는 것을 좋아하는 윤은 아직까지 운채의 무릎만 베면 머리를 쓰다듬어 달라고 졸랐다. 이제야 그녀가 아는 윤으로 돌아온 것 같았다. 조금 전의 윤은 정말 무서웠다.

"윤은 은근히 어리광을 부리는 것 같아. 이렇게 아기 같아서 누가 데려가?"

그 말에 윤이 조용히 눈을 떠 운채를 올려다보았다. 눈이 마주치자 운재가 씩 웃어주었다.

"물론 아직 시집가려면 멀었지만 나는 윤이 시집을 멀리 안 갔으면 좋겠어. 많이 보고 싶을 테니까. 지금도 윤이 산에 가면 옆에 없으니까 잠에서 깨는걸. 신기하지?"

"나는 누구에게도 너를 줄 생각이 없는데?"

까만 윤의 눈동자가 운채의 시선을 붙잡고 있었다. 누워서 한 팔을 뻗은 윤의 손이 운채의 볼을 간질였다.

"나도 윤이랑 오래오래 같이 살고 싶지만 낭군님이 생기면 마음이 달라질걸? 좋아, 그럼 나랑 평생 살겠다고 새끼손가락 고리 걸어"

운채가 새끼손가락을 내밀자 윤이 몸을 일으켜 운채를 마주 보았다.

"왜 싫어?"

운채의 표정이 새치름해졌다. 어린아이 같은 짓이지만 할 수 없었다. 운채는 갑자기 윤의 마음을 확인하고 싶어졌다. 어느 날 조용히 윤이 사라지지 않았으면 했다.

윤이 입술을 치켜 올리며 운채의 조그마한 새끼손가락을 내려다보았다. 천계에서 약속이란 내 의지를 내주어야 하는 것이며, 따라 존중되어야 하며, 자신의 이름을 거는 것이다. 그런 약속의 무게를 알고나 보챈 것인지 운채가 계속 새끼손가락을 걸라 종용하고 있었다.

미온적인 윤의 태도를 보다 못해 운채가 윤의 새끼손가락을 낚아챘다. 그러나 손가락 사이의 끈적거림에 운채는 고개를 갸웃거렸다. 혹시 복숭아즙이 윤에게 묻었나?

"손 닦았는데……. 어? 피잖아. 네 새끼손가락에 피가 나! 도대체 어디서 다친 거야? 조금 전까지 못 봤는데……."

그다지 크게 상처가 나지 않았지만 새끼손가락 끝부분에 피가 망울지며 떨어지고 있었다.

"그냥 긁힌 거야."

네가 분명 약속을 하자고 했으니 나중에 발뺌은 하지 못할 것이다.

"이게 어떻게 긁힌 거야!"

윤은 곰발바닥에 맞아도 그냥 긁혔다고 말할 아이였다. 속상한 운채가 목소리를 높였다. 분명 그 과실을 따기 위해 위험한 곳까지 올라갔었던 거다. 지금껏 아빠가 산을 타면서 과실을 따가지고 온 적이 없었다. 분명 눈에 보였다면 한두 개는 따다 주었을 것이다. 가끔 앵두나 산딸기를 한 움큼씩 가져오지만 윤이 따온 이런 과실은 없었다. 그 말은 윤이 위험을 무릅써 따 왔다는 것이다. 이 바보가. 혼자 똑똑한 척 다 하면서!

"참매나 물수리에게 쪼인 거야? 어떡해. 아프지 않아? 다시는 혼자 산에 가지마! 다치지도 말고!"

내운산이 골이 깊고 높은 만큼 맹금류도 그만큼 터를 잡고 살고 있다. 운채는 잔소리를 해대면서도 혹 덧날까 윤의 새끼손가락을 입에 넣고 빨았다. 나쁜 피가 고여 있을까 여러 번 빨아 바닥에 뱉었다. 다행히 깊은 상처가 아닌지 피는 금세 멈추었다.

운채의 행동을 가만히 지켜보는 윤의 입술이 호선을 그리며 올라갔다. 윤이 조금이라도 다치면 운채의 반응은 병아리 지키는 어미닭마냥 부산스러웠다. 그리고 한 치의 빗나감 없는 운채의 반응은 오늘도 윤을 만족스럽게 했다.

"약속 다른 걸로 해."

피가 어느 정도 멈췄다고 생각했는지 운채가 고개를 번쩍 들며 속상한 듯 윤을 보았다.

"뭐?"

순간적으로 윤의 눈빛에 싸늘함이 지나갔다.

"내 허락 없이 아프지도 다치지도 마. 약속해. 어서."

"약속이 두 가지라?"

윤이 고개를 비스듬히 기울이며 눈을 내리깔았다. 그의 얼굴에 의뭉스러운 표정이 잠시 스쳐 지나갔다.

"그럼 주고받는 셈이 맞아야겠지? 좋아, 대신 너는 평생 내 것이다. 혼백의 자유까지도."

조금은 장난스러운 약속을 너무 심각하게 맞받아치자 운채는 당황스러워 눈만 깜빡거렸다.

"너 또 이상한 책 읽었지?"

워낙 인적이 없는 곳이라 산에서 하는 일은 뻔했다. 운채 또한 윤을 따라 서책 보는 것이 일상이 될 정도였으니.

"답을 못 들었는데?"

못 말린다는 듯 운채가 피식 웃으며 고개를 저었다. 윤에게 이런 유치한 면이 있는 줄 몰랐었다. 져주는 척하면서 운채가 새끼 손가락의 고리를 확실하게 걸었다.

"좋아. 윤이 아프지도 다치지 않는다면 난 평생 네 거야. 혼백도. 됐어?"

"꽤 듣기 좋은 언약이다."

그런 운채의 바라보는 윤의 눈빛이 반짝거렸다.

장 한 귀퉁이에서 쌍륙놀이판이 벌어지자 사람들 사이로 운채가 머리를 들이밀었다. 처음 보는 놀이라 뭔지도 모르면서 운채는 그저 주변에 휩쓸려 같이 탄성을 내질렀다. 주사위 두 개가 같은 숫자가 나오자 여기저기 박수와 함께 함성이 터져 나왔다. 몇 번 눈치를 보더니 어느 정도 놀이의 규칙을 익혔는지 '장군'이 나오자 소리를 내지르며 운채가 윤의 목을 껴안고 자리에서 방방 뛰었다. 그런 운채의 행동에 윤은 조용히 미소를 지었다. 기분이 좋을 때면 어릴 때부터 거리낌 없이 자신의 목을 감싸는 이 팔은 오롯이 자신만을 위한 것이었다. 그러니 그녀가 좋아라 한다면 이런 번잡스럽고 냄새나는 곳은 잠시 참아줄 수 있었다.

어른들의 놀이판 호기심이 어느 정도 채워지자 운채는 본격적으로 골목골목을 누비며 사람 구경에 나섰다. 하는 것 없이 눈요기로 객점을 기웃거리는 사람, 시간이 남아 흥정을 붙이는 사람, 거기에 엿목판장수 주위로 아이들이 원을 두르고 있자 골목은 정신이 없을 지경이었다. 가끔 목판장수가 기분이 좋으면 엿 한 점을 깨 아이들에게 나눠주는 걸 잘 알고 있기에 동네 아이들은 시전이 닫히기 전까지 목판장수를 졸졸 따라다니곤 했다.

운채는 뒤따르는 윤의 손을 꼭 잡았다. 한 번은 운채가 병아리 구경에 정신이 팔린 나머지 윤을 잃어버린 적이 있어 그 후부터는 어딜 가도 윤의 손을 꼭 잡고 다녔다. 윤 또한 길을 잃었을 때 많이 놀랐는지 손잡고 다니는 번거로움에 아무런 불만을 표하진 않았다.

"아주머니, 채소과 한 봉지 주세요."

"이번엔 아버지는 같이 안 왔나 보네?"

워낙 마을이 작고 한석 또한 장에 설 약재를 내놓는 입장이라 대부분 알음알음 알고 지내는 사이였다. 그녀는 인사를 하면서도 곧바로 소쿠리에 담겨져 있는 채소과를 보며 눈을 빛냈다.

"네. 윤이랑 같이 왔어요."

"아이고, 목소리도 또랑또랑하네. 올해 열다섯이지? 곱다 고와. 하루가 다르게 얼굴이 피네. 나도 저땐 좋았지. 그런데 윤도 그렇지만 운채 네 얼굴은 빛이 나네, 빛이. 커서 여럿 남정네 가슴에 불 지르고도 남을 것 같아. 아니, 아버지가 무슨 약재라도 달여 먹이냐? 이 아줌마에게 뭔지 슬쩍 알려줘 봐. 나도 좀 달여 먹어보자.”

“이 여편네가 애 데리고 무슨 말을 하는 겨. 유당과 다 튀겨졌는데 안 건질 거야?”

“고운 걸 곱다고 하는데 왜 불뚝 성질이래?”

“운채가…… 곱다?”

윤은 얼굴만큼 목소리에 고저가 없었다. 마치 운채의 얼굴을 처음 보는 양 윤이 운채를 바라보았다. 그런 윤이 이상해 운채도 윤을 빤히 바라보았다.

“아, 그럼. 아직 어려서 그렇지, 저 복사꽃처럼 하얀 얼굴에 초승달처럼 웃는 눈매만 봐도 고운데 크면 오죽할까? 누가 데려갈지 복 많을 총각이지. 종이 아버지, 내 말이 맞아 틀려?”

“흠흠, 운채는 마음이 고와서 더 예쁜 거여. 자 여기 있다. 맛있게 먹어라. 두 푼이다.”

인사를 꾸벅하는 운채의 얼굴에 볼우물이 생겼다. 예쁘다는 칭찬에 기분 안 좋을 계집은 없었다. 운채는 채소과를 오도독 씹어 먹으며 흥얼흥얼 노래를 불렀다. 장단에 맞춰 채소과는 금세 입으로 사라졌다. 손에 묻은 엿물까지 쏙쏙 빨아먹었다. 너무 먹는 것에 정신이 팔린 자신이 미안한 운채는 채소과를 하나 꺼내 윤에게 내밀다 멈칫했다. 윤은 처음 내어준 것도 먹지 않은 채 손에 그대로 쥐고 있었다. 원래 윤의 표정이 풍부하진 않았지만 내리깐 눈은 서늘했고 입매는 굳게 다물어져 있었다. 같은 또래임에도 불구하고 이럴 때의 윤은 말 걸기가 어려웠다.

"윤아. 무슨 고민 있어? 채소과가 맛이 없어?"

윤은 조용히 고개를 가로저었다.

"다른 거 먹을래? 이건 너무 달지?"

"저기 강아지 판다. 구경하러 가자."

항상 장에 오면 그녀가 윤을 끌고 다녔는데 오늘은 정말 이상한 날이었다. 윤이 먼저 아주머니에게 말을 붙이지 않나, 강아지를 구경한다고 하지 않나. 따라가면서도 운채는 머리를 갸웃거렸다.

"우아, 어롱강아지다."

아직 눈도 못 뜬 점박이 강아지들이 옹기종기 서로에 기대 잠을 자고 있었다. 그 옆 바구니에는 그것보다 조금 더 큰 강아지 두 마리가 꼬리를 흔들며 앉아 있었다.

"만져 봐도 돼요?"

"물진 않을 테니 만져 봐라. 저 붉은 놈은 액을 막아주는 강아지라 좀 비싸."

운채는 자리에 앉아 꼬리를 치는 하얀 강아지를 조심스레 만져보았다. 강아지가 운채의 손에 머리를 파묻자 운채의 입이 헤벌쭉 벌어졌다. 가슴에 끌어안자 강아지 체온이 가슴에 그대로 전달되었다. 키우고 있는 닭과는 다른 보드라운 느낌에 그녀의 입이 해쭉 벌어졌다.

'아빠랑 왔으면 사달라고 말해보았을 텐데.'

그래도 아쉬운지 운채는 강아지 값이 얼마인지 물어보았다.

"석 냥이야. 이 가격이면 거저라니까?"

"다음 장 설 때까지 이 강아지 안 팔면 안 돼요?"

“뭔 소리야?”

“지금은 돈이 없어서요.”

“안 살 거면 얼른 내려놔라. 다른 손님이 못 보잖아.”

손님이 아니라는 것을 알자 개장수의 말투가 싸늘히 바뀌었다.

운채는 조심스레 강아지를 내려놓았다. 그새 그녀의 품이 좋았는지 하얀 강아지가 그녀의 손등을 연신 핥았다. 여기에 더 있다가는 강아지가 눈에 밟힐 것 같았다.

“윤아, 가자.”

조금 전까지 좋았던 기분은 어깨와 함께 축 늘어졌다. 힘없이 일어선 운채는 윤의 손을 잡기 위해 팔을 뻗었으나 잡혀야 할 윤의 손목 대신 그녀의 손은 허공을 가르며 지나갔다. 운채가 고개를 돌려 주위를 바라보았다.

“윤아?”

윤이 없다? 분명 조금 전까지 같이 강아지 구경을 하던 윤이었다. 아무리 둘러보아도 주위에 구경하는 사람은 아이 셋과 어른 둘이 전부였다. 운채의 심장이 미친 듯이 뛰기 시작했다. 다시 한 번 침착히 주위를 둘러보아도 윤 비슷한 또래 계집은 보이지 않았다. 이번에도 딴 데 정신이 팔려 윤을 잃어버린 것이다.

운채는 이 상황이 믿기지 않는 듯 중얼거리며 윤의 이름을 부르다 곧 있는 힘껏 윤의 이름을 외치며 내달리기 시작했다. 시간이 갈수록 불안으로 가슴이 터질 것 같았다. 얼마나 뛰어다녔는지 뜀박질한 지 얼마 되지 않아 옷깃과 등 부분이 땀으로 얼룩졌다. 결국 울음이 터져 나왔다. 낯가림이 심해 길도 잘 물어보지 못할 텐데. 다급한 마음에 운채는 지나가는 아무 사람이나 붙잡고 윤의 생김새를 설명했다.

"아저씨, 저만 한 키에 노란 장옷에 초록 치마를 입은 계집 못 보셨나요?"

"아니, 못 봤는데."

"아줌마, 저랑 비슷한 또래의 하얗고 갸름한 얼굴에 눈초리가 조금 올라간 계집……."

말을 다 끝내기도 전에 사람마다 모른다거나 고개를 설레설레 흔들고 지나가 버리자 그나마 붙잡고 있던 정신이 하얗게 변했다. 운채는 멍하니 그 자리에 오도카니 서고 말았다. 이러고 있을 시간이 없는데. 빨리 지나가는 사람을 붙잡고 물어봐야 하는데. 사람들이 고개를 저을 때마다 목이 메고 눈물이 나서 말이 나오지 않았다.

'윤은 나밖에 모르는데, 낯선 사람이랑 있으면 불안해하는데.'

하지만 어디서부터 찾아봐야 할지 막막했다. 강아지 구경한 시간이 그리 오래되지 않았을 텐데 혹시 계속 윤과 길이 엇갈리는 것이 아닐까? 다시 강아지 파는 장소로 가야 하는 걸까? 질문이 머릿속에서 실타래처럼 엉켜 운채를 어지럽게 만들었다.

"이야, 길바닥에 웬 아가씨가 이렇게 울고 있나?"

운채가 소리 나는 쪽을 향해 올려다보았다.

"저기요, 저랑 비슷한 키에 노란 장옷에 초록 치마를 입은 계집 못 보셨어요?"

운채는 아까의 질문을 그대로 읊으며 사내를 바라보았다. 오직 윤을 찾아야 한다는 생각에 그녀는 깐죽거리는 사내의 표정을 읽을 여유가 없었다.

"아, 윤 그 계집 말이지?"

"보셨어요? 어디서요?"

이런, 생각보다 멍청한 계집이니 팔아먹기도 쉬울 것 같았다. 동네방네 소리치며 돌아다녔는데 귀에 안 들어오는 게 이상한 일이지. 사내는 턱수염을 쓰다듬으며 생각을 더듬는 척을 했다.

"글쎄, 거기가 포목점이었나? 갓방집이었나?"

마치 사내가 윤을 아는 것처럼 말하자 운채가 사내의 소매를 움켜잡았다. 운채의 눈빛이 간절함으로 가득 메워져 있었다.

사내는 물건을 품평하는 표정으로 운채를 이리저리 훑어보았다. 울어서 반짝이는 까만 눈하며 동그랗게 넓은 이마에 빨갛게 사리문 입술이 하얀 얼굴과 대비되어 도드라져 보였다. 빼어난 얼굴은 아니지만 그럭저럭 귀여운 상이었다. 나름 가치가 있다 판단한 사내는 운채의 팔목을 한 손으로 그악스럽게 움켜쥐었다.

"왜 이러세요?"

본능적으로 끌려가지 않기 위해 운채가 다리에 힘을 주고 엉덩이를 뺐다. 하지만 어린 계집이 앙버티어 봤자 어른의 힘은 당할 수가 없었다.

"이봐, 그 계집, 노랑 장옷에 초록 치마 아니야? 찾고 싶다면 따라와야 할 것 아니야."

　자신이 윤의 인상착의를 목청 터져라 장터에 묻고 다녔다는 것을 잊은 채 사내가 윤의 인상착의를 말하자 운채는 순간 저항을 멈췄다. 장터를 몇 번이고 뒤져도 없는 것을 보면 정말 이 사내가 데리고 있는 것일 수도 있었다. 만에 하나의 경우지만 따라가서 확인을 해봐야 했다. 윤이 위험하다면 그녀가 어떻게든 구해야 했다.

　외진 곳으로 갈수록 불길함으로 운채의 심장이 팔딱거렸다. 사내가 걸음을 멈춘 곳은 장터의 끝자락에 세워진 자작나무 장작더미 창고였다. 윤을 데리고 있다면 필시 안 좋은 목적으로 데리고 있을 것이며 윤이 없다 해도 분명 자신에게 해코지를 하기 위해 꼬여낸 것이 틀림없었다. 거기에 생각이 미치자 심장이 귓속에서 뛰어노는 듯 멍멍하기까지 했다.

　"윤, 여기 없지요?"

　"어이쿠, 순진하게 왜 이리실까나?"

　사내는 입술을 비죽거리는 것으로 답을 대신했다.

　운채가 몸을 틀어 빠져나가려 했지만 사내의 손길이 더 빨랐다. 그는 거칠게 운채의 허리를 끌어당겨 짐짝처럼 옆구리에 끼고 창고 안으로 끌고 들어갔다. 운채가 바동거렸지만 고작 어린 계집이 힘깨나 쓰는 시정잡배 같은 사내를 당할 수는 없었다. 소리를 힘껏 내질렀지만 곧 사내의 두툼한 손에 막혀 버렸다. 순식간에 창고의 문이 잠기고 바닥에 던지듯 운채가 내팽개쳐졌다. 정신을 차릴 새도 없이 그녀의 뒤통수가 장작단 모서리에 찍히자 비명이 터져 나왔다.

"일단 넘겨도 맛을 보고 넘겨야지. 네년도 이런 촌구석보다는 도성에서 사는 게 훨씬 좋다고 할걸?"

스멀스멀 다가오는 사내의 입은 고린내가 풍겼고 다듬지 않은 수염은 꼭 해초가 얼굴에 붙어 있는 것처럼 지저분했다. 번들거리는 눈빛만으로도 어린 운채에게 충분히 위협이 되고 있었다. 운채가 눈초리를 세우며 이를 악물었다. 자세히는 몰라도 이 잡배 놈의 말이 무슨 뜻인지는 알 것 같았다.

"뭐 아직은 풋내가 좀 나지만 그건 그거 나름대로 맛은 있으니."

사내가 일부러 계집의 반응을 살피기 위해 천천히 운채의 옷고름을 잡아당겼다. 솔직히 계집과 배를 맞추는 것보다 옷고름을 풀어 뽀얀 둔덕을 드러내는 재미가 더 그의 입에 침을 고이게 했다. 자지러지는 계집보다 자고로 눈물을 흘리고 반항을 해야 안는 맛이 났다. 그런데 바짝 긴장한 거와는 달리 계집이 반항을 하지 않자 사내의 얼굴이 일그러졌다. 꼴에 같잖은 귀족 흉내를 내는 것 같아 계집의 치마 속으로 손을 집어넣어 휘저으며 히쭉 웃어 보였다. 이 정도면 열에 아홉은 비명을 지르며 발버둥 치게 마련이었다. 그런데 이 계집은 잔뜩 다리를 오므린 채 입 하나 뻥긋거리지 않고 있었다. 사내는 운채의 턱을 거칠게 움켜잡아 자신 쪽으로 끌어당겼다.

"이년이 너무 무서워 정신이 나갔나?"

만족스러운 반응이 나오지 않자 사내는 운채의 뺨을 내려쳤다. 악 소리를 내며 운채의 몸 전체가 휘청하고 쓰러졌다. 입술이 터진 듯했다. 그녀는 거칠게 입술을 닦으며 사내를 노려보았다. 떨리는 목소리를 숨기려 그녀는 목청껏 소리를 내질렀다.

"나는 원래 피 보는 게 싫어! 왜냐고? 비리거든. 그래서 닭도 윤이 잡아!"

운채가 다시 허리를 세우며 앞의 사내를 노려보았다. 그녀의 당찬 눈빛에 잠시지만 사내가 움찔거렸다. 고작 어린 계집한테서 그런 기분을 느끼다니 실소가 터져 나왔다. 뭐, 앙칼진 게 색다르긴 했다.

"원래 처음은 다 피를 보고 아프지만 조금만 지나면 오히려 네년이 찰떡처럼 엉겨 붙으며 환장할 것이다."

일단 벗기고 보자는 생각에 사내는 운채에게 달려들었다. 그와 동시에 운채가 대비녀로 사내의 오른쪽 눈을 힘껏 찔렀다. 우두둑 소리와 함께 소내장 터지듯 물컹한 무엇이 꿀렁거리며 흘러내렸다. 운채는 순간 눈을 질끈 감았다. 너무 놀라 일어날 생각도 못한 그녀는 앉은 상태에서 뒷발질하며 사내와의 거리를 벌렸다. 어머니의 유품을 이렇게 쓰고 싶지 않았다. 그립다는 말 대신 몰래 꺼내 보며 소매통 아래 숨기고 다니는 것이었는데…….

사내의 계속된 비명과 신음이 창고 안에서 부딪혔다. 중심을 잡지 못한 채 나자빠진 사내는 눈을 부여잡은 채 바들바들 떨고 있는 모습이 꼭 광증에 걸린 사람처럼 보였다. 목숨에 지장은 없을 테지만 당장 충격으로 일어나지는 못할 것이다.

그러나 운채 또한 무서움에 일어서지 못하고 있었다. 주저앉으려는 다리를 부여잡고 창고 문을 열고 밖으로 뛰쳐나왔다. 공포로 인해 숨은 거칠고 가빴다. 눈 앞에 조금 전 자신이 찌른 사내의 잔

상이 계속 떠돌아 다녔다. 정신을 차리기 위해 두 손을 꽉 움켜쥐고 심호흡을 해봐도 소용이 없었다. 윤은 잃어버렸고 자신은 해코지를 당할 뻔했으며 어찌 되었든 사람을 찔렀다. 너무 끔찍한 하루였다. 커다란 공포는 눈물도 나오지 않게 했다. 빨리 윤을 찾아 집으로 돌아가고 싶었다. 도움을 청하기 위해 그녀는 밖으로 나오자마자 주위를 두리번거렸다. 그런데 마치 그녀를 기다렸던 것처럼 그 자리에 윤이 있었다. 그렇게 찾던 윤이었는데 바로 코앞에 나타나자 운채는 아무런 말도 생각나지 않았다.

"윤?"

안도감과 동시에 원망과 무서움이 뒤범벅되어 운채를 감쌌다. 터져 나오려는 감정으로 목울대기 울렁기렸디. 하지만 지금은 도망가는 게 우선이었다. 창고 안에 있는 놈은 눈을 찔렸다지만 금방 쫓아올 것이다.

"윤아 뛰어, 어서."

운채가 윤의 손을 잡고 정신없이 뛰었다. 한참을 달린 뒤에야 운채와 윤은 약재방과 객점 골목 처마 끝에 주저앉았다. 친숙한 약재료냄새는 그녀를 진정시켜 주었다. 아버지가 거래하는 곳으로 그곳엔 그녀를 보호해 줄 수 있는 아저씨들이 있었다. 그 하나만으로 운채는 안심이 되었다.

윤은 운채가 숨을 고를 수 있도록 기다려 주었다. 운채의 손에 피가 묻어 있었고 가슴단의 옷고름이 풀려 있음에도 윤은 아무것도 묻지 않았다. 묵묵히 운채의 옷고름만 다시 매어줄 뿐이었다. 그리고는 운채의 부어오른 왼쪽 뺨에 손을 가져다 댔다.

화가 난 나머지 운채가 윤의 손길을 뿌리쳤다. 윤을 노려보는 운채의 눈에 눈물이 그렁그렁했다. 무서움이 비워진 공백은 북받친 설움과 화기를 몰고 왔다.

"도대체 어디 있었어? 내가 그렇게 찾아다녔는데 어디 있었냐고! 내가 얼마나 무서웠는지 알아?"

"……"

"또 잃어버린 줄 알고 얼마나 놀랐는지 아냐고? 내가 어디에 끌려갔었는지 아냔 말이야!"

윤이 답하기도 전에 운채가 제 할 말을 토해냈다. 결국 참았던 눈물이 터졌다. 어린아이마냥 운채가 엉엉 목 놓아 울었다. 윤의 잘못이 아닌데 윤에게 화풀이를 해댔다. 계집을 몰래 사고판다는 말을 들어보았으나 실제 자신이 거기에 끌려갈 수 있다고는 생각지도 못했다. 밀어낸 눈물은 차오르기 무섭게 떨어졌다. 괜히 윤이 미웠다.

쉬이 울음이 그칠 것 같지 않자 윤이 한쪽 무릎을 꿇어 운채의 눈물을 닦아주었다. 그가 흔들리고 있었다. 고작 운채의 눈물에. 그녀가 인간계에서 누구와 얽히고설키든 관여하지 말아야 한다. 여기서 그가 관여하게 되면 모든 게 어그러진다.

"다시는 혼자서 어디 가지마. 알았지?"

그렁그렁한 눈물을 매단 채 운채가 여전히 윤을 노려보았다.

윤은 자신의 팔을 꼭 움켜잡고 있는 운채를 품에 안아 다독였다. 연약하고 보호해 줘야 하는 그런 존재, 그리고 절대적인 신뢰를 보내는 눈빛. 윤은 흐트러진 운채의 머리카락을 귀 뒤로 넘겨주었다. 앞으로 운채를 내운산 밖으로 보내지 않을 것이다. 사람과 마주할 일이 없으면 엮을 연도 없겠지. 윤의 눈동자가 서늘해졌다.

"다음부터는 장에서 필요한 것은 아저씨에게 부탁하도록 하자."

다른 때 같으면 반박했겠으나 조금 전의 일이 있은 다음이라 운채는 윤의 품에서 고개만 끄떡거렸다. 무서워서 지금은 다른 일을 생각하고 싶지 않았다. 그 사내는 그녀의 얼굴을 기억하고 있을 것이다. 나중에 마주치기라도 한다면 앙심을 품을 수도 있었다. 운채가 눈을 질끈 감았다. 처음 겪은 공포에 몸은 아직도 떨려왔다.

"옥양목은 내가 사올 테니 그동안 약재방에서 기다리고 있어."

"싫어, 같이 가."

또 혼자가 된다는 생각에 운채가 완강히 거부했다. 겨우 진정된 목소리는 다시 울먹임으로 바뀌었다. 운채가 윤의 소매를 꽉 잡은 채 놓지 않았다. 윤이 고개를 가로젓자 운채는 윤에게 더욱 매달렸다.

"싫어! 같이 뛰어갔다 오면 되잖아."

"잠깐이면 돼. 그러니 찬 수건으로 붓기를 가라앉히고 기다리고 있어."

"그래도…… 윤아……."

윤은 침묵으로 그녀의 청을 잘라냈다. 그 단호한 눈빛에 운채는 더 이상 고집을 부릴 수 없었다.

"대신 빨리 와야 해?"

안심이 되지 않는지 운채는 몇 번이고 윤의 확답을 받아냈다. 그래도 불안한지 약재방으로 가던 운채는 중간중간 뒤돌아 윤을 돌아보았다. 윤은 그 자리에서 움직이지 않은 채 운채가 약재방 문을 열고 들어갈 때까지 입가에 미소를 지으며 운채를 안심시켰다.

운채가 시야에서 사라지자 윤의 입가에 걸려 있던 미소도 순식간에 지워졌다.

"물 한 사발 들이켜는 시간 안에 돌아오지."

그것이면 충분했다. 혼백을 소멸시킬 시간은.

집으로 돌아온 운채는 많이 놀랐는지 말수가 급격히 줄어 있었다. 무릎을 세운 채 머리를 조아린 그녀는 손 까닥할 힘도 없었다. 어떻게 집으로 돌아왔는지도 생각이 나지 않았다. 정신을 차리려 마른세수를 하던 운채는 자신의 손등과 소매에 말라비틀어진 핏자국이 보이자 흠칫했다. 씻을 정신도 남겨두지 않은 모양이었다.

'나중에, 조금 나중에……'

지금은 눈을 감고 쉬고 싶을 뿐이었다.

윤은 운채의 목 언저리에 손을 가져다 댔다. 역시 평소보다 조금은 빠른 맥. 놀란 가슴이 진정이 되지 않는 모양이었다. 거기다 팔목에 사내 손자국이 분명한 어혈이 보이자 윤의 눈동자가 서늘해졌다.

"목단피야. 진정이 될 거다. 어혈에도 도움이 될 테니 한 번에 들이켜."

　원체 멍이 잘 드는 운채라 아저씨가 가끔 달여서 단지에 차게 담아두는 약물 중 하나였다. 그것 말고도 구토, 설사에 좋은 쥐손이풀이랑 열독을 내리는 질경이 달인 물이 뒷마당 장독대에 나란히 놓여 있었다. 모두 운채를 위한 것이다. 무뚝뚝하고 말이 없지만 아저씨의 사랑을 알 수 있는 곳이었다.

　"이거 쓴데."

　"그냥 껍질째 줄 걸 그랬나? 질경질경 즙 내서 먹으라고?"

　윤은 운채가 인상을 쓰며 사발을 들이켜는 모습을 지켜보았다.

　"생각보다 많이 약해."

　운채의 팔목을 보며 윤이 나직이 중얼거렸다. 좋은 것은 이것저것 종종 따다 먹였는데 별 효과가 없는 모양이었다. 확실한 보양식을 해 먹이는 수밖에 없는 건가?

　"우욱, 너무 써."

　아픈 것도 힘든 것도 잘 참는 운채가 정작 쓴 것을 먹으라 하면 음식이든 약이든 발을 동동 구르며 입을 벌리지 않았다. 윤 앞에서 그게 통할 리 없는 걸 알면서도 운채는 반항도 해보고 꾀를 부려 약물을 머금었다 뱉어도 보았다. 운채가 원하는 일이라면 대부분 들어주는 윤이지만 운채에게 약물을 먹이는 일이라면 물러섬이 없었다. 죄인에게 사약 먹이듯 한 손으로 턱을 잡고 약물을 숟가락으로 떠 넣는 짓도 서슴없이 했다. 거기다 무슨 심보인지 약물을 먹은 후 그 흔한 대추 하나 물려주지 않는 윤이었다.

　운채는 사발을 땅바닥에 내려놓자 진저리를 쳤다. 참았던 숨이 터져 나오고 쓴맛이 올라와 그녀의 얼굴은 죽상이었다. 토할 것 같았다. 그래도 다른 약물에 비해 목단피는 그다지 쓰지 않아 다행이었다.

"선짓국 좋아해? 아니, 먹을 수 있겠지?"

거지도 안 먹던 더운 밥 먹으면 체한다고 했다. 생전 먹어보지도 않은 음식을 먹여 혹 몸에 무리가 오면 어쩔까 싶어 되도록 피는 안 먹이려고 했는데 할 수 없다. 몸이 허약한데 이것저것 염려해 가릴 이유가 없었다. 그중 하나는 약발이 받겠지.

"시전 주객에서 팔고 있는 선짓국? 어른들이 먹는?"

운채는 먹어보진 않았지만 가끔 어른들이 먹는 모습은 보았다. 딱히 먹고 싶다거나 냄새가 좋다는 느낌은 없었다. 그리고 선짓국은 말 그대로 동물의 내장이 들어간 국이라 꽤 비싼 음식이었다.

"살이 오른 가을이 딱 좋다."

윤은 벌써 결심이 선 듯 고개까지 끄덕이고 있었다.

"선짓국이 먹고 싶어? 그럼 다음에 아버지랑 마을에 내려가면 꼭 먹으러 가자."

윤이 뭔가를 먹고 싶다고 한 적은 처음이었다. 성격상 저 말을 하기 위해서 분명 속으로 여러 번 곱씹다 뱉은 말일 것이다. 그 마음을 알기에 운채는 윤이 먹고 싶다면 어떻게든 주객에 데려가 꼭 선짓국을 사주고 싶었다. 지금까지 말을 안 해서 그렇지 선짓국 말고도 윤이 먹고 싶어하는 것은 많았을 테지만 윤의 마음 한 구석은 더부살이 눈칫밥이 존재했을 것이다. 아무래도 윤을 위해 몰래 품이라도 팔아 조금씩 돈을 모아두어야겠다고 생각한 운채였다.

"생피는 좀 그렇겠지?"

"피?"

"잊어라. 생피는 비릴 테니."

뜻 모를 말을 중얼거린 윤은 운채가 자신을 바라보는 것도 잊은 채 고심에 빠졌다.

二장

사정원의 문이 열리자 좌 시관은 고개를 숙이며 부반復反로에 한 발을 내딛었다. 사정원의 문에서 태상궁 주인이 업무를 보는 책상까지 깔아놓은 붉은 옥로를 부반로라 한다. 100보를 옮기면서 일의 경중을 거듭 스스로에게 되물어 신중히 아뢰라는 뜻이다. 그러나 좌 시관은 오늘만큼은 뛰어서라도 주인에게 급히 보고를 해야 한다는 마음에 종종 걸음으로 발을 놀렸다.

"고하나이다."

"네가 언제 하루라도 고하지 않은 적이 있었더냐?"

얼굴도 들지 않은 채 설류는 세필로 뭔가를 적고 있는 중이었다.

"얼마 전에 호진국의 정한석이라는 남자의 혼백을 수거하면서 이상한 점을 발견했습니다. 그 남자의 혼백을 담으며 집안의 계집아이를 잠깐 보았는데 수명이 400살은 넘어 보인다고 합니다.”

“벽에 똥칠할 때까지 살겠구나.”

대수롭지 않다는 듯 설류는 계속해 우서를 써내려 나갔다.

“게다가 백호를 마당에서 키우고 있었습니다. 물론 대현궁 쪽 천신은 특히 인간을 좋아해 인간과 함께 사는 이들이 있다고는 하나 적어도 그들의 관계는 이제까지 상호 존중이었습니다. 그런데 그 집은 백호를 똥강아지처럼 목줄을 매고 마당에서 개밥을 먹이면서 키우고 있었습니다.”

그때서야 설류가 고개를 들어 시관을 바라보았다. 백호라면 확실히 대현궁 관할 쪽이다. 태상궁이 인간사의 일을 한다면 대현궁은 자연을 다스리는 일을 한다. 그래서 힘을 쓰는 천신은 대부분 대현궁에 소속되어 있었다. 특히 사방신은 인간을 유독 좋아하는 천신이었다.

‘개목걸이를 하는 천신이라니. 취향 한번 독특하군.’

계속하라는 설류의 눈짓에 좌 시관은 자신이 알아낸 사실을 줄줄이 읊었다. 줄기를 한 번 뽑으니 주렁주렁 달려오는 해괴함이 한두 가지가 아니었다.

“그래서 이십 년 동안 내운산에서 해괴한 사건이 있나 알아본 결과, 삼 년 전 제 수명도 다 하지 않은 채 비명횡사한 놈 하나, 거기다 혼백조차 수거할 수 없게 만든 놈 하나가 있었습니다. 천신이 관련되지 않았다면 불가능한 일이옵니다.”

인간을 죽이는 것은 쉬워도 혼백을 소멸시킬 수 있는 천신은 그

다지 많지 않았다. 그 말은 상부 관리 쪽에 있는 천신이라는 소리
인데…….

"확실히 천신 하나가 인간계에 기웃거리고 있나 보군. 그보다
그 계집 말이다. 400살이 넘는 명줄이라고 했지?"

아까와 달리 턱을 괴고 히쭉 웃는 그는 재미난 것을 발견한 표
정이었다.

"네. 아주 기이하여 사자들도 몇 번이나 확인한 일입니다."

"계집과 똥강아지 모두 잡아들여라."

"혼백을 말씀하시는 건지요?"

"아니, 살려서 데려오라."

"하지만 백호면 대현궁 소속인데 이쪽으로 데려오면 문제가 복
잡해집니다. 개목걸이를 해도 백호는 백호인지라……."

아무 이유 없이 다른 소속의 천신을 가압할 수는 없었다. 서로
의 경계가 정확한 만큼 그 선을 어길 시 잔악무도해지는 것도 그
들이었다. 강하기에 너그러움과 잔인함의 양면성을 지니고 있는
천신은 그래서 행동에 거칠 것이 없었다.

"개목걸이는 개놈이 하는 것이니 우린 똥강아지를 데려온 것뿐
이다. 무슨 말인지 알겠느냐?"

아무래도 그 천신은 태상궁 소속의 천신일 확률이 높았다. 혼백
의 소멸도 그렇거니와 현재 정소부의 주인 자리의 부재. 기이하게
늘어난 인간의 수명까지. 정소부의 주인이 어디 가서 딴짓을 하고
있나 했더니 역시 인간계로 갔던 것인가? 누군 업무로 눈이 돌아
가는 판국에 누군 인간 계집에게 눈이 뒤집혀 혼자 희희낙락한 때

를 즐기고 있다 이 말이렷다? 아무리 생각해도 배알이 뒤틀렸다. 누구 때문에 지금 이 생고생을 하고 있는데! 당한 만큼 값을 쳐주어야지. 그게 인지상정이지.

"판을 열 것이다. 각 산하 부장들을 태상궁으로 소집하라."

히쭉 웃는 설류의 표정은 사악하기까지 해보였다. 정소부 주인은 업무 불이행에다 괘씸죄까지 추가될 것이다. 네가 안 온다면 오게끔 해주겠다.

"운채라는 계집을 판 위에 세운다. 그 똥강아지 새끼는 덤이다."

대부분 인간의 혼백이 수거되면 때를 기다리다 순환을 반복한다. 그러나 그 순환의 기준조차 통과힐 수 없는 죄를 묻는 심사가 바로 판이었다. 인간들이 생각하는 소소한 살인이나 선악의 기준이 아닌 인간계의 질서를 어지럽힌 죄를 묻는 심사를 말한다. 그리고 그 죄의 판결은 대부분 혼백 소멸로 끝이 난다.

좌 시관은 최고기관인 태상궁에서 판을 연다고 하니 그 의중이 심히 걱정스러웠다. 계집은 분명 정소부 주인을 불러들이기 위한 미끼일 것이다. 하지만 백호를 다루는 천신이라면 호락호락하지는 않을 것이다. 그런 시관의 근심을 아는지 모르는지 설류의 눈빛이 어느 때보다 반짝거리고 있었다.

3년 전부터 운채는 마을에 내려가는 일이 거의 없었다. 자의 반

타의 반에 못 내려갔다고 봐야 했다. 그렇게 산을 잘 타던 윤이 어느 순간부터 잔병치레가 심해져 마을로 내려가는 일이 쉽지 않았다. 특히 장날 전에 윤이 배앓이를 하거나 열이 나거나 아님 머리가 아파서 차마 윤을 혼자 두고 그녀만 장에 갈 수가 없었다. 가끔 서책을 빌리러 세책가로 가거나 약재 심부름으로 마을에 가지만 장 서는 것만큼 설레진 않았다. 그래서 이번에는 무슨 일이 있어도 꼭 장에 가려고 했건만 개울가에서 다리를 접질리는 바람에 억울하게 대청마루에 앉아 윤이 오기만을 기다려야 했다. 그다지 아프지도 않은데 무슨 변명거리 하나 잡은 것처럼 윤은 단호하기까지 했다.

간밤 눈이 와서 그런지 오늘따라 내운산은 새소리조차 삼킬 만큼 고요했다. 그러고 보면 윤을 만난 게 첫눈이 많이 왔을 때였다. 분명 그녀가 좋아하는 고구마까지 사가지고 올 윤이기에 힘들 게 분명했다. 원래 윤이 그녀보다 어른인 척은 했지만 아버지가 돌아가신 후 윤은 마치 가장이라도 된 듯 그녀를 보살피고 있었다. 그녀와 똑같은 나이에 집안을 꾸려 나가야 하는 책임감이 그녀를 짓누르고 있을 것이다. 그래서 윤이 잔병치레를 하는 것 같아 그녀는 마음이 항상 아팠다.

"눈이 많이 와서 힘들 텐데. 갈림길 큰 바위까지 마중 나갈까?"

운채의 중얼거림을 들었는지 마루 밑에 들어가 먼 산만 바라보던 강아지가 운채의 치맛자락을 물며 다리 주변을 맴돌았다. 운채가 집 밖으로 나간다고 생각한 모양이었다. 제 딴엔 온몸으로 운채를 말려보느라 용을 쓰는 모습이 어이가 없으면서도 웃음이 나

현을 머리끝까지 들어 올렸다.

"너, 매일 밥 주는 건 윤이 아니라 나거든?"

심심한 운채를 위해 3년 전 윤이 장에서 강아지 한 마리를 사 가지고 왔다. 첫날부터 앞구르기를 해 단박에 운채의 마음을 사로잡더니 사람 말귀를 귀신같이 알아듣는 재주까지 보여 가끔 혼자서 강아지랑 대화하는 자신의 모습에 웃음이 나기도 했다. 동물보다는 친구 같아 살이 에일 정도로 추울 때는 현을 부엌이나 방 안으로 데려오기도 했다. 그러나 그것도 잠시, 동물을 싫어하는지 그럴 때마다 윤은 가차 없이 강아지를 밖으로 내던졌다. 문제는 그럼에도 불구하고 현이 그녀보다 윤의 말을 더 잘 따른다는 것이다.

"벌이다. 너, 윤 올 때까지 목줄 매고 마당 앞에 있어."

자신보다 윤을 더 따른다는 생각에 배가 아픈 운채는 작은 심통을 부렸다. 운채가 현을 마당 한 귀퉁이로 끌고 가자 현은 끌려가지 않으려고 엉덩이를 쭉 뺀 후 앞발 사이로 머리를 숙여 자신의 의지를 표했다. 목줄은 너무 갑갑하고 싫었다. 억울했다. 자신은 말 잘 들은 죄밖에 없었다. 개밥 먹는 것도 서러워 죽겠는데 모양 빠지게 개목걸이라니. 그런 마음을 아는지 모르는지 운채는 목줄을 현의 목에 걸었다.

윤은 터벅터벅 걸으면서 자신이 품고 있는 고구마를 내려다보

았다. 대오리바구니에는 한 달간 먹을 쌀과 소금 그리고 서책 몇 권이 들어 있었다. 원래는 장에 가서 고구마를 사와야 하지만 사람과 부딪히는 것도 귀찮고 어디서 파는지도 잘 몰라 윤은 결국 마을을 지나다 산삼 한 뿌리를 고구마 밭에 던진 후 밭에 있는 고구마를 싹 긁어 내운산으로 들어가는 길이었다. 그런 소중한 고구마이다 보니 조심스레 품에 안을 수밖에 없었다. 더욱이 마을 사람 말이 고구마가 얼면 맛이 상한다 하니 오늘같이 추운 날에는 빨리 집으로 돌아가야 했다.

"배를 채웠음에도 살기가 있는 놈이라……."

윤이 걸음을 멈추고 마른풀 속을 바라보며 중얼거렸다.

잠시 후 입가에 핏물을 잔뜩 묻힌 호랑이 한 마리가 모습을 드러냈다. 군데군데 화살이 박힌 것을 보면 사냥을 당한 모양인데 누군지 재주 한번 요란하게 부려놓았다. 윤은 상황이 마음에 안 든 듯 인상을 찡그렸다. 겨울 내운산까지 들어와 호랑이 사냥을 하는 놈들의 낯짝이 궁금했다. 그는 내운산이 시끄러워지는 것을 원치 않았다.

역시나 호랑이는 윤을 발견하자 안광이 번뜩거렸다. 고통스럽게 그렁그렁한 울음소리와 거친 숨소리를 토해냄에도 불구하고 녀석은 언제라도 공격할 수 있도록 등허리를 길게 빼고 있었다.

"엄한 곳에서 털을 세울 필요가 있나?"

자신보다 덩치가 몇 배나 큰 호랑이의 시선을 피하지 않는 윤의 말투는 조용했다. 마치 말귀를 알아듣는 강아지를 훈계하는 모습이었다. 그럼에도 호랑이는 이빨을 드러내며 살기를 뿜어내고 있었다.

"가릉거리지 마라. 죽을 자리의 이지는 남겨두어야지?"

윤의 표정이 싸늘히 변하자 호랑이의 목 끓는 소리는 더욱 거칠어졌다. 그래도 살겠다 몸부림치는 것을 보면 본능은 집요하며 끈질긴 것이었다.

'고통 없이 죽여주마.'

달려오는 호랑이를 향해 윤이 손을 뻗으려 할 때였다. 누군가 윤을 낚아채 눈밭에 함께 굴렀다. 뒤로 시끄러운 발자국 소리가 들리는 것을 보아하니 이 호랑이를 사냥하러 나선 사람들인 듯했다. 윤은 숨을 깔딱거리는 호랑이에서 자신을 안고 있는 노인에게로 시선을 옮겼다.

그사이 몇 발의 화살을 더 맞았는지 호랑이는 쓰러져 마지막 숨을 남겨두고 있었다.

"다치지 않았느냐? 얘야?"

윤은 눈을 털면서 자리에서 일어났다. 노인의 집요한 시선에 마지못해 고개를 끄떡였다. 운채의 피나는 가르침으로 생긴 배움의 효과였다. 입바른 말로 감사인사라도 해야 하는 건가 하는 고민도 잠시 윤의 표정이 순식간에 굳어졌다. 고구마는 사방으로 흩어지다 못해 돌덩이에 찍혀 상처가 나 있었다.

'병아리 품듯 가슴에 품고 온 것이거늘……'

짜증을 낼 수도 없는 입장이라 윤은 입을 다문 채 고구마를 줍기 시작했다. 뒤에서는 병사 무리의 움직임이 부산스러워졌다. 노인이 고개까지 숙여 인사하는 모양을 보니 이제 나타나는 비곗덩

어리가 장長인 모양이었다. 걸어오는 폼이 마치 그가 호랑이를 잡은 것처럼 고무되어 경박한 웃음을 흘리며 으스대고 있었다.

중위는 어린 계집을 찬찬히 살폈다. 조금 전 호랑이를 맞닥뜨린 계집애치고 두려움이나 얼빠진 표정을 찾을 수 없었다. 계집의 까만 눈동자는 모든 것을 꿰뚫어 볼 것처럼 직선적이며 날카로웠다. 정확히 꼬집어 낼 수는 없지만 중위의 눈에는 계집의 태도가 참으로 불편했다. 노인이 계속 쳐다보자 윤 또한 노인과 눈을 맞췄다.

"……살려준 답례다."

빤히 쳐다보는 눈길을 오해한 윤은 고구마 하나를 노인에게 척하고 내밀었다. 아무 반응이 없자 혹 약소한가 싶은 생각이 든 윤이었다. 인간사 치례함은 복잡했다.

"좋다. 하나는 답례고 둘은 인심이다. 더 이상은 줄 수 없다."

보다 못한 계집의 방자함이 거슬린 군사 한 명이 버럭 소리를 질렀다.

"호경친왕이시다! 무릎을 꿇어 예를 다하라!"

윤이 아무 반응을 보이지 않자 턱이 뾰족하고 눈매가 찢어진 사내가 다시 소리를 질렀다.

이래서 인간을 만나기가 싫었다. 정말 먹을 것만 아니라면 내운 산에서 내려오는 일도 없었을 것이다. 윤은 예를 따지는 사내에게 고개를 틀었다. 그의 얼굴엔 귀찮음이 역력했다. 운채에게 가야 하는 시간이 지체될수록 그의 짜증은 늘어날 것이다.

"그 예라는 것이 서로 간에 격을 따지고 사람을 위아래로 나누며 인간들의 구미에 맞게 복잡하게 정한 도리를 말하는 것이라면 모른다고 해야겠지."

목소리를 높이지도 않았건만 윤의 싸늘한 일갈에 병사들은 한순간 꿀 먹은 벙어리가 되었다.

내운산에서 당장 꺼지라 입을 열려던 윤은 고개를 남향으로 급히 틀었다. 흐트러짐 없던 그의 표정이 잠시 굳어졌다. 백호의 기가 끊겼다. 한순간에 사라진 것이다. 내운산에 백호를 상대할 만한 인간이나 짐승이 있을 리 없다. 그 말은 운채에게 무슨 일이 생겼다는 말이다. 불길함이 등줄기를 훑었다. 생각할 것도 없이 윤은 들고 있던 고구마를 내팽개치고 집으로 달려가기 시작했다.

사라져 가는 계집의 뒷모습에 중위의 눈이 놀라다 못해 입이 벌어졌다. 땅의 뒤틀림이 심한 가파른 길을 단숨에 쳐 올라가는 솜씨가 예사롭지 않았다. 계집임에도 불구하고 데려다 수제자로 키우고 싶은 건 실로 오랜만이었다. 아니 계집의 스승이 누구인지 찾아뵙고 싶은 심정이었다.

집에 도착하자마자 윤의 시선이 마당 한구석을 향했다. 상황이 탐탁지 않은 듯 그의 눈이 가늘어졌다. 운채가 키우는 오리와 닭도 우리에 그대로 있고 인간의 냄새도, 짐승이 왔다 간 흔적도 없다. 백호의 반항 흔적도 없고 운채의 기척은 내운산에 잡히지도 않았다. 재차 확인할 것도 없었다. 윤의 입술이 일그러졌다.

부주의했다. 안일했다는 것도 인정하지.

"이원, 부름에 답하라."

잠시 후 사내 하나가 나타나 윤에게 읍한 뒤 고개를 들었다.

"오랜만에 뵙겠습니다……. 무탈해 보이십니다."

고하는 말에 깐죽거림이 내심 내포되어 있었다. 그도 그럴 것이 장작 14년 동안 천계에 발을 뚝 끊은 하윤 님 때문에 대현궁 관련 업무는 이원이 도맡아 처리했어야 했다. 실수는 용납하지 않는 그가 밀려드는 업무에 정신이 혼미해 사막에 눈을 뿌리는 실수까지 한 일화는 유명했다. 그러니 아무리 자신이 모시는 주인이지만 이가 갈리고 혈압이 오르는 것은 당연했다.

"계집 하나와 백호가 천계로 끌려갔다. 태상궁 소관이 아니면 할 수 없는 일. 어디로 끌려갔는지 확인하라."

그의 모든 능력을 동원해서도 찾지 못한 주인님이 전음을 보내자 혹 그새 주인님 마음이 바뀔세라 침착하고 냉철함을 잃지 않는 그가 모든 일을 내팽개치고 눈썹 휘날리게 지상으로 내려왔다. 그런데 만나자마자 인간 계집의 소재파악을 명하는 주인님이라니! 적어도 자신을 봤으면 '잘 지냈느냐?' 아니면 대현궁의 주인으로서 '나 없는 동안 본궁에 별일 없었느냐?' 라는 말이 먼저 나와야 하는 게 아닌가? 지금까지 인간계에, 그것도 이런 산속에 콕 박혀 무엇을 하고 있었단 말인가?

"태상궁 관할의 일을 아무런 명분도 없이 저희 쪽에서 막을 수는 없습니다. 거기다 인간 계집이면 권한 밖입니다."

"그러니 너를 부른 것 아니냐. 곧 따라갈 테니 태상궁으로 가 그녀의 안전을 확인하라."

"곧이라면 언제를 말하는 것입니까? 이전에 인간계로 잠시 다

녀온다는 말씀을 하시고는 지금껏 안 돌아오셔서 신은 그 곧이라
는 시간을 가늠하기 어렵사옵니다.”

윤이 째려보자 물러나지 않겠다는 듯 이원 또한 허리를 꼿꼿이
세운 채 맞받아쳤다.

심사가 틀어져도 단단히 틀어진 모양이었다.

“반 시진이면 된다.”

이원이 고개를 숙여 답한 후 사라지자 윤은 다시 내운산을 빠르
게 내려가기 시작했다. 운채가 먹고 싶어하는 고구마를 얼기 전에
다시 가져와야 했다. 아니면 분명 운채가 심통을 부릴 게 분명했
다.

정복正服 차림의 설류는 하늘색 현의 위에 검정 곤복으로 어떠
한 무늬를 담지 않고 있었다. 평상시 어깨 너머로 묶여 있던 머리
카락은 검은 면류관 때문에 할 수 없이 틀어 올려야 했고 허리에
서 무릎까지 오는 붉은 폐슬이 걸을 때마다 펄럭거렸다.

설류가 판장으로 들어오자 태상궁 소속의 각 부장들이 몸을 숙
이며 시립했다. 판에 모든 각 부장들이 불려오는 경우는 드물었
다. 또한 그 주관이 최고 태상궁에서 일어난 적도 없었다. 그 하나
만으로도 심히 수상쩍은 일이건만 혼백의 판이 아니라는 점이 그
들의 호기심을 더욱 솟구치게 했다.

“시작하라.”

설류가 열상단의 중앙에 착석하자 한순간에 긴장감이 감돌기 시작했다.

"계집 정운채, 판에 세워라."

이름이 호명되자 시관이 운채와 강아지 한 마리를 중앙에 끌어다 세웠다. 소집된 천신들은 소문의 진상을 확인하자 곧바로 숨을 들이켜는 자와 자신의 눈을 믿을 수 없어 옆의 천신을 찔러 확인을 받으려는 자로 나뉘어졌다. 그들의 관심사는 판에 세운 계집보다 그 옆을 지키고 선 동물이었다. 아무리 보아도 계집 옆에 있는 저건 백호였다. 지금 자신의 주인이 무슨 짓을 하고 있는 것인지? 미치지 않고서야 대현궁 소속의 천신을 어찌 판에 세운단 말인가. 주인님의 눈이 해태눈깔이라도 되었단 말인가? 불편한 신음이 여기저기 흘러나왔다. 웅성거림 또한 커졌다.

그러나 긴장으로 빳빳하게 굳어진 운채에겐 아무 소리도 들려오지 않았다. 정신을 잃고 눈을 떠보니 천계라 했다. 아직까지 꿈속이라면 끔찍한 악몽에 속했다. 그들의 속닥거림을 고작 몇 마디 주워들은 것은 여기가 천계이고 그녀는 벌을 받기 위해 끌려왔다는 것이다. 꿈에서 깨려고 허벅지를 꼬집어보아도 눈을 여러 번 감았다 떠보아도 달라지는 건 없었다. 이게 생시라면 누구 아무라도 좋으니 붙잡고 집으로 돌려보내 달라고 애원이라도 하고 싶었다. 막연한 두려움은 어느 공포보다 크게 다가왔다.

"도대체 천도복숭아를 몇 개를 먹은 게냐? 향이 몸에 아주 뱄군, 뱄어."

갑작스레 질문이 날아들자 운채는 답을 하지 못했다. 아니 답을 요하는 것인지 애매해 입을 열지 못했다.

"천계의 과실이다. 무슨 죄를 지었는지 모른다는 표정은 곤란한데."

'복숭아라면 혹시 윤이 가끔 내운산에서 따다 준?'

운채는 번뜩 떠오른 생각을 애써 지웠다. 자신의 표정에서 뭔가를 읽어낼까 두려운 그녀는 눈을 내리깔았다. 미심쩍은 표정으로 그들에게 의구심을 남겨두어서는 안 된다. 윤까지 끌려오게 할 수 없었다. 윤의 죄라면 오로지 그녀에게 과일을 맛보여 주기 위해 내운산에 오른 죄밖에 없었다. 천계의 과실이면 분명 인간이 함부로 탐해서는 안 되는 물건인만큼 중죄에 해당될 것이다. 약한 소리가 나갈까 운채는 입술을 꼭 깨물었다.

그나저나 윤은 괜찮은 것일까? 이 추운 겨울, 분명 그녀가 없어진 것을 알면 그녀를 찾을 때까지 내운산 전체를 밤낮으로 뒤질 것이다. 몸도 허약해 감모라도 들면 큰일인데 갑자기 끌려오는 바람에 뭔가를 남기고 올 수조차 없었다. 만약 자신이 지금 죽은 것이라면 꿈에서라도 윤에게 마지막 인사는 하고 싶었다.

어느 정도 마음이 가라앉자 운채는 고개를 들어 설류를 올려다보았다.

"제가 모르고 따 먹었습니다. 먹다보니 맛있어서 여러 개 훔쳐 먹었습니다."

"네가 직접 따 먹었다?"

"네."

설류의 입가가 한쪽으로 비스듬히 치켜 올라갔다. 이 맹랑한 것을 봤나?

"백한(꿩과 비슷하게 생긴 거대한 하얀 새)도 그럼 네 손으로 직접 고아 먹었더냐?"

백한이 뭔지도 모른 채 운채는 또다시 고개를 끄떡였다. 목소리가 떨릴까 대답조차 할 수 없었다.

설류는 등받이에 몸을 기댄 채 운채를 내려다보았다. 지금껏 누구의 눈에도 띄지 않게 금쪽같이 아낀 계집이니 그 천신이 누군지 조만간 알게 될 터이다. 이렇게 잔치한다고 소문을 냈으니 지금쯤 냄새를 맡고 주인공이 등장할 만한데 행동이 잽싸지 못한 놈인지 아님 다른 인간 계집과 노닥거리고 있는지 아직까지 나타나지 않고 있었다. 그의 시선이 잠시 운채 너머의 중문 쪽을 향했다. 아무리 그가 태상궁의 주인이라도 인간의 혼백을 강제로 소멸시킬 만큼 정신 나가지는 않았다.

"너의 무엇이 천신을 인간세상에 묶어놓았는지 궁금하군. 뭐 박색은 아니다만 그렇다고 빼어난……."

갑자기 말끝을 흐리며 설류의 눈이 가늘어졌다. 그의 시선이 운채의 입술을 향해 있었다. 열상단에서 내려온 그는 운채의 턱을 잡고 자신을 바라보게 만들었다. 두려움에 입술을 꽉 깨물고 서 있던 그녀의 아랫입술이 짓이겨져 피가 살짝 배어 나오고 있었다.

설류는 냄새를 맡듯 그녀의 목 언저리에 얼굴을 들이밀었다. 예상치 못한 천신의 행동에 운채는 숨이 멎는 듯했다. 가뜩이나 두려움에 움츠려 있던 그녀는 쓰러지지 않기 위해 두 다리에 힘을 꾹 주고 서야 했다.

‘하, 계집에게서 대나무향이 나?’

희미하지만 분명 혈향에 대나무냄새가 배어 있다. 설류는 불쾌하다는 듯 손톱으로 운채의 목덜미를 사선으로 날카롭게 상처를 냈다. 운채의 목에서 핏방울이 맺혀 흘러내렸다. 천계의 복숭아향에 가려졌던 체향이 확실한 대나무향을 품으며 그의 코를 간질였다.

그러나 너무 놀란 운채는 소리도 지르지 못했다.

“아무래도 내가 재미난 것을 하나 발견한 모양이야. 생각지도 못했음이야. 좌 시관 네게 상을 주고플 정도다.”

상을 준다는 설류의 말에도 불구하고 좌 시관은 몸을 움찔했다. 주인의 말투는 분명 즐겁다 말하고 있으나 눈빛은 어찌 유쾌해 보이지 않았다. 정확히는 여자의 목줄을 비틀어 버리고 싶은 표정이었다.

현 또한 이 날카로운 분위기를 감지했는지 설류의 앞을 가로막았다.

설류의 입에 비웃음인지 미소인지 알 수 없는 웃음이 스쳤다. 꼴에 모시는 주인이라고 똥강아지가 바들바들 떨며 운채 앞을 가로막자 그는 콧방귀를 끼며 현을 들어 올렸다. 성장하면 아주 크게 될 재목 같아 보이나 그건 어디까지나 차후의 일.

“네가 낄 자리가 아니다.”

설류는 마치 강아지의 재롱을 보듯 현의 귀를 한 번 쓰다듬더니 내려놓았다.

“저는…… 벌을 받는 것인가요? 혹시 불구덩이나 가시밭길에 던져지나요?"

참을 수 없는 두려움은 결국 운채의 목소리를 떨게 만들었다. 목의 상처는 두려움으로 감각조차 느낄 수 없었다. 미친 듯이 뛰는 심장은 호흡을 앗아가고 있었고 울음은 목까지 차 있었다. 윤이 보고 싶었다. 윤이라면 자신의 등을 두드리며 괜찮다고 말해줄 것 같았다.

"그런 곳에 던져 줄까?"

어찌 이리 인간들의 상상력은 잔악한지. 설류가 고개를 흔들며 혀를 찼다.

"인간들은 하나같이 그런 질문을 하더구나. 말해보라. 선과 악의 기준은 누구의 잣대지? 인간들이 만들어놓은 틀로 단죄를 해야 그게 너희들이 말하는 정의더냐? 인간은 말이다. 그저 준비된 날실과 씨실 위에 옷감의 무늬를 짜는 일을 할 뿐이다. 그 이상도 이하도 아니지. 그걸 너희들은 삶이라 하더구나."

"그 말은 저를 벌하지 않는다는 말씀인가요?"

"뭐 생각하기 나름이지 않겠나?"

판을 세워놓고 판은 진행하지 않은 채 말따먹기를 하고 있던 주인을 바라보는 좌 시관은 속으로 조용히 한숨을 삼켰다. 아무래도 주인은 심심함의 극치에 이런 엉뚱한 짓을 벌였는지도 몰랐다. 충분히 그러고도 남을 위인이었다. 그건 그렇고 이렇게 시간이 지났는데 정소부의 주인은 나타나지 않을 모양이었다.

"판결한다. 계집 정운채와 저 똥강아지는 모든 각 부처장에서 하달된 업무를 행하여 그 값을 치르도록 하라."

속전속결. 주인님이 드디어 실성을 한 모양이다. 대현궁 소속의 천신을 부려먹다니. 거기다 모든 각 부처장이라면 시일이 얼마나 걸릴지 아무도 몰랐다. 이 일이 알려질 시 욱하고 성미 급한 대현궁 천신들이 분명 태상궁을 못 잡아먹어 안달할 게 분명했다. 다른 부장들의 생각도 다를 바 없었는지 그들은 서로에게 우려의 눈치를 보내며 판결을 지켜보았다.

최악을 생각한 운채는 판결문이 떨어지자 참았던 숨을 터트렸다. 미친 듯이 뛴 심장이 아직까지 귓가에 울리지만 굳었던 표정은 한결 풀어졌다. 분명 고단하기는 하겠지만 그녀가 감내할 수 있는 일이 주어진 것이 분명했다. 그것으로 감사한 일이었다.

그 모습을 지켜본 설류가 운채의 눈높이에 맞춰 고개를 숙였다. 하달된 업무가 무슨 빨랫감이나 바느질 정도의 일이라고 생각하는 모양이었다.

"충고 하나 할까? 너의 성정은 대나무씨앗이다."

"네?"

역시 못 알아들었다는 표정이다. 친절히 설명해 주는 성격도 아니기에 설류는 손을 휘휘 저어 시관보고 운채와 백호를 끌고 나가라고 손짓했다. 모르면 몸으로 깨우치겠지.

"이것으로 파하니 모두 물러가라."

변덕스러운 주인 때문에 각 부장들은 판이 왜 열렸는지도 모른 체 달려온 것처럼 다시 우르르 쫓기듯 나가야 했다.

설류는 계집의 성장이 자못 궁금했다. 대나무는 움트기 위해 다른 씨앗과 달리 4년이라는 인고의 시간을 기다리지만 한 번 움트면 누구보다 기세 좋게 뻗어나간다. 물론 그 인고의 시간을 버텨 내지 못한다면 씨앗이 썩고 말겠지만 말이다. 지켜보는 것도 괜찮 겠지. 어차피 남아도는 것이 시간이니. 설류는 뒷짐을 진 채 운채 가 빠져나간 중문을 느긋하게 바라보고 섰다. 백호를 계집에게 붙 여놓았다면 분명 저 아이는 천신과 같이 있었을 것이다. 속셈이 무엇인지 들어야 속이 시원하겠지. 안 그러면 판을 연 그가 너무 무색하지 않겠는가?

설류는 뒷짐을 진 채 중문만을 뚫어지게 쳐다보고 있었다. 기다 리는 게 지루하다 못해 참을성이 슬슬 바닥으로 치닫고 있을 때였 다. 문이 거칠게 열리며 한 사내가 뛰어들자 설류의 한쪽 눈썹이 놀람으로 휘어졌다.

'충원부 대사 이원?'

저자가 왜? 예상 외의 인물이 등장하자 가슴으로부터 쿡 하고 웃음이 치솟았다. 깍듯한 예의와 자신이 지키고자 하는 선에서 한 번도 벗어난 적이 없는 놈한테 헐레벌떡은 어울리지 않았다. 거기 다 남에게 감정을 읽히는 것을 극도로 싫어하는 그가 아닌가? 설 류는 정말 오랜만에 즐거움을 맛보고 있었다.

'계집을 끼고 돌았던 게 너였나, 이원? 아주 바빴겠군. 천계와 인간계를 왔다 갔다 하려면 말이야.'

"지금 여기가 어디인지는 알고 온 거겠지? 이원?"

설류가 나긋한 목소리로 이원에게 다가갔다.

이원은 속으로 욕설을 터트렸다. 부랴부랴 태상궁으로 왔더니 설류 님이 인간 계집을 판에 세운다는 소식에 사색이 되어 달려올 수밖에 없었다. 막을 방법은 없었다. 이렇게 막무가내로 쳐들어오는 방법밖에. 주인 잘못 만나면 수족이 고생이라는 말을 뼈저리게 느끼고 있는 중이었다.

이원이 침묵을 지키자 설류가 고개를 끄떡였다.

"그래, 그 정도로 다급했다는 말이지, 이해는 하지만 말이야, 연통도 없는 방문은 불쾌한 일이라서 말이지. 그게 비록 충원부 대사라 할지라도."

말이 떨어짐과 동시에 이원이 문짝으로 나가 떨어졌다. 어떠한 방어도 하지 않았다. 저 태상궁 주인의 깐죽거림이 가라앉을 때까지 납작 엎드려야 했다. 쿨럭거리며 이원이 다시 자세를 바로잡았다. 뼈가 조각나 몸속에서 부유하고 있는 느낌이었다. 이 정도면 태상궁 주인이 진심으로 자신을 상대하고 있지 않다는 것만으로도 감사해야 했다.

"계집의 목숨을 늘린 이유가 뭐지? 정말 인간 계집과 사랑에라도 빠졌나 보지? 아님, 넌 다른 속셈이 있는 건가?"

뇌까지 다친 모양이었다. 수많은 업무 처리를 한 치의 오차 없이 해낸 그이건만 태상궁 주인이 하는 말은 하나도 이해하지 못하고 있었다. 그 또한 주인을 오랜만에 만나 시키는 대로 여기로 달려왔을 뿐 아는 게 하나도 없었다. 임시방편이라도 시간을 끌고 싶지만 아는 게 없는 상태에서는 입 다물고 있는 게 상책이었다. 그러면서 이원은 주위를 재빨리 훑었다. 판은 애초에 없던 것 마냥 계집도 태상궁 소속의 각 부장도 보이지 않았다. 역시 살아 있는 인간 자체를 판에 세우는 건 무리였을 것이다.

"계집을 찾고 있는 거라면 한 발 늦었음이야. 찾는다 해도 인간 계로 데려갈 수 없을 것이다. 판에 대한 값을 치르지 않는 한 말이다."

그러니 네가 알고 있는 것을 토해내는 것이 좋을 거야. 설류의 눈은 그렇게 말하고 있었다.

"계집을 정말 판에 세웠단 말입니까?"

"그래."

"죽지도 않은 인간을 판에 세웠단 말씀입니까?"

"쯧쯧, 의심 많은 건 여전하구나."

이원의 표정이 심각해졌다. 측근에게도 알리지 않을 만큼 인간 계집을 옆에 두고 있었던 주인님이었다. 그런 계집을 판에 세웠다 는 것을 알기라도 하면 그 성질에 태상궁을 날려 버리는 것으로 끝나지 않을 것이다. 그렇다고 가만히 당할 태상궁 주인도 아니었 다. 태상궁 주인이 안한자적安閑自適하게 보인다 해서 성정이 유하 다는 말이 아니었다. 숨겨진 잔인성은 자신의 주인 못지않았다.

"죄가 무엇입니까?"

"설마 몰라서 묻는 건 아니겠지? 천도복숭아는 기본이고 도대 체 백한을 잡아 보양식으로 쓰는 놈은 네놈밖에 없을 것이다. 그 예쁜 새를……. 아무튼 오래 살고 볼 일이지. 품위를 무엇보다 중 요시하는 이원이 백한을 때려잡다니."

아……. 젠장맞을, 주인님. 이원은 조용히 눈을 감았다 떴다.

"다시 묻겠다. 계집을 끼고 돈 이유가 뭐지?"

번뜩 뜬 설류의 눈빛이 달라졌다.

이원 또한 신경을 곤두세웠다. 만약 자신이 만족스러운 답을 내놓지 못한다면 뼈가 으스러지는 것으로 끝나지 않을 것이다. 이원은 방어 자세를 취하면서 자신이 얼마만큼 버텨야 하는지 시간을 가늠해 보았다.

"버텨보겠다? 좋아, 좋은 자세야. 나야 손님 응대는 섭섭지 않게 하는 것으로 유명하니 마음껏 즐기다 가면 될 것이다."

신이 난 설류의 목소리와는 달리 그의 기운은 따끔거릴 정도로 밖으로 드러내 놓고 있었다. 진심으로 자신을 상대하려는 모양이었다. 오랜만에 도움 안 되는 주인님 때문에 자리보전하게 생겼다. 이원은 속으로 온갖 욕설을 자신의 주인에게 내뱉고 있었다.

그러나 미묘한 긴장감은 중문이 양쪽으로 열리면서 흩어졌다. 걸어 들어오는 윤의 시선은 오로지 설류에게 박혀 있었다. 칼날을 품은 눈빛을 보아하니 조용히 태상궁을 나가긴 그른 것 같았다. 설류 또한 한쪽 눈썹을 휘며 이 상황이 마땅찮은 듯 인상을 찡그렸다. 천신 중에서 얼굴 보기 힘든 천신을 꼽으라면 단연 대현궁 하윤이었다. 그리고 어디 콕 처박혀 자신을 지금껏 심심하게 만든 장본인기도 했다.

"내놓으시지?"

"무엇을?"

"내 것을 가지고 있다고 들었는데?"

설류는 인상을 찡그리며 이원과 하윤을 번갈아 쳐다보았다. 하윤까지 쳐들어왔다는 것으로 보아 계집을 끼고돈 이가 이원이 아니라 하윤임에 분명했다. 용의 성정답게 어디 혼자 처박혀 있는 것을 좋아하고 자기 영역에 누군가를 들여놓는 것을 죽도록 싫어하는 놈이었다. 조용하지만 한 번 성질내면 광포해짐은 물론이요, 끝장을 봤던 옛 기억이 순간적으로 머릿속에 스쳐 지나갔다.

그런 하윤이 인간 계집과 지금껏 함께 있었단 말인가? 인간계에서? 명확하게 이들의 관계가 자신의 머릿속에 정리가 되지 않는 설류는 어디까지 하윤을 떠봐야 하는지 가늠이 되지 않았다.

"천계에서 네 것이 어디 한두 개냐? 왜 남의 궁에 쳐들어와 다짜고짜 내놓으라고 해? 그리고 그 모양새는 뭐냐? 대현궁 하윤이 미쳤다는 소문은 못 들었는데?"

제 모습은 어디가고 거적때기 같은 천쪼가리를 두른 어린 계집의 모습으로 나타나 설류를 째려보고 있으니 우습지도 않았다.

"계집 하나를 판에 세웠기로 이렇게 이를 드러내면 재미가 없지 않나?"

하윤의 표정이 두드러지게 딱딱해졌다. 이것까지는 듣지 못한 모양이었다.

판의 결과는 언제나 혼백의 소멸. 눈빛이 번뜩임과 동시에 살기가 올랐다. 이원은 본능적으로 뒤로 한 발짝 물러났다.

"태상궁 기둥 한 개라도 날리기만 해봐라. 그 계집이 어디 있는지 알려주나."

목숨이 왔다 갔다 하는데도 설류의 깐죽거림은 여전했다.

살기는 거두지 않은 채 하윤의 눈은 정확히 설류의 심장과 목덜미를 노려보고 있었다. 그의 목적은 그녀를 되찾는 일이다. 운채를 찾은 다음 저놈의 목덜미를 찢어놓아도 늦지 않는다. 도대체 무슨 생각으로 판을 열었는지 저 머리를 뜯어보고 싶었다.

'호, 생각보다 반응이 극적이라?'

그 무심한 하윤이 무슨 이유로 인간 계집의 수명을 늘려가며 인간계에 있었는지 설류는 확인해야 했다.

"그 계집, 인간치고는 수명이 짱짱하던데 길어야 반백년 기다리면 만날 수 있을 테니 눈에 힘 좀 빼는 게 어때?"

"태상궁 설류, 그 말, 대현궁과 척을 지겠다는 말로 받아들여도 되겠지?"

지금껏 오고 갔던 가벼운 문답이 아니었다. 대현궁의 수장으로서 던지는 싸늘한 포고이니 답을 내놓아야 했다.

이 나와 척을 질 만큼 무게를 두는 존재라면 이용가치는 아니라는 말인가? 아니면 떠보는 것인가? 일이 정말 재미있게 돌아가게 생겼다. 하지만 그가 누구인가? 태상궁 설류였다. 그깟 싸움 걸어오면 치고 박으면 그만이었다.

"어찌 내 귀에는 판의 처결 행사를 대현궁에서 관여하겠다는 말로 들리는데?"

그는 나른한 미소를 보인 채 질문에 질문으로 응대했다.

"대답, 들은 것으로 하지. 내 식대로 찾겠다."

하윤이 가차 없이 뒤를 돌아 태상궁을 벗어나자 이원 또한 설류에게 예를 갖춘 뒤 사라졌다. 팽팽하던 기 싸움도 공기 중에 흩어져 고요함만이 남았다.

그러자 조금 전까지 이죽거리던 설류의 눈빛이 서늘하게 바뀌었다.

"밖에 좌 시관 들라."

중문 밖에서 대기 중이던 좌 시관이 냉큼 뛰어들어 와 설류의 눈치를 보며 고개를 숙인 채 명을 기다렸다. 갑작스레 들이닥친 대현궁 주인으로 인해 무슨 일이 터질까 조마조마했던 가슴은 아직도 진정이 되지 않고 있었다.

"지금 당장 태상궁 산하 각 부장에게 알려 비밀리에 그 계집을 대현궁과 연계되는 쪽에 배치시키도록 이르라."

"대현궁 말씀입니까?"

고개를 갸웃거리는 좌 시관은 이해가 가지 않는 표정을 지어 보였다. 그도 그런 것이 판의 결정은 태상궁 각 부처장에서 하달된 업무를 하게끔 되어 있었기 때문이었다. 계집을 찾고 있는 하윤 님의 산하부서로 배치하라 함은 무슨 꿍꿍이인지. 하윤 님에게 내어주지 않을 것처럼 심통을 부리더니.

"분명 하윤은 돌아가자마자 태상궁을 이 잡듯 뒤져 계집을 찾아낼 놈이다. 등잔 밑이 어두운 법. 잠시 그쪽에 보내는 것도 괜찮겠지. 설마 자기 집 안방을 뒤지기야 하겠느냐?"

"분부대로 거행하겠습니다."

한동안 하윤의 반응을 지켜보는 것도 재미있을 것이다.

✳

구름 한 덩어리 한 덩어리마다 비님씨앗을 심고 있는 운채의 입은 꼭 다물어져 있었다. 그야말로 단순노동 작업. 작은 씨를 밭에 하나하나 심듯 끝도 없는 구름 사이를 돌아다니며 그녀는 허리도 펴지 못한 채 일을 하고 있는 중이었다. 처음 판의 결과에 얼마나 안도를 했던가? 불구덩이에 안 던져진 게 다행이라 여기며 일을 할 때도 있었으나 사람 마음은 간사했다. 거기다 이야기의 전후사정을 들은 후라면 그 마음은 더욱 심란할 수밖에 없었다.

"현아, 눈알 빠지겠다. 쉬면서 하자."

운채가 허리를 펴며 일어나자 옆에서 일을 거드는 현도 냉큼 일어났다.

그녀가 천계에 머물고 있다는 확실한 증거가 바로 앞에 있었다. 미몽에 홀려 있다 자신에게 세뇌시켜 보아도 자신이 키우던 똥강아지가 백호이며 지금은 그녀의 손을 덜기 위해 천신 모습으로 부지런히 씨를 심고 있는 모습을 보면 이 현실을 받아들이지 않으려야 않을 수가 없었다. 자고 나면 자신의 집 천장이 보일 거라는 희망은 하루가 가고 달포가 가고 한 달이 가자 숯불 꺼지듯 사그라져 갔다. 그녀의 마음은 이 믿기지 않는 현실을 받아들이는 것과 체념의 미묘한 선에 놓여 있었다. 천도복숭아를 가져다준 이가, 선짓국이라고 속이고 천계의 백한을 고아 삶아준 이가 천신이라는 사실을, 그것도 그녀가 좋아하는 윤이라는 사실을 받아들이기 힘들었다. 그저 그녀에게 맛난 것을 먹이고 싶었던 것이라면 이해라도 하겠지만 사실 선짓국 말고도 윤이 끓여온 이상한 고깃국은 그녀가 좋아하는 것이 아니라서 윤과 가끔 밥상을 마주하고 실랑이를 해야만 했다. 그걸 알면서도 윤은 국을 다 비우기 전까지 밥상을 밖으로 내가지 않았다. 그러면서 정작 윤은 그 고깃국을 먹지 않았다. 지금 생각해 보면 작심하고 먹였다는 소리였다. 왜? 아무리 생각해도 이해할 수 없었다. 윤과 함께한 시간이 모두 거짓인 것 같아서, 천신에게 있어 잠시의 유희인 것 같아서 그녀는 상처받았다. 한 번쯤 만나러 와주면 무슨 말이라도 하련만은 소식한 통 들은 게 없었다. 그러다보니 윤에게 원망 한 톨 생기더니 이제는 왜 자신이 여기 붙잡혀 와야 했는지에 대한 억울함까지 뭉클거렸다.

"현, 이제 사실을 말할 때도 되지 않았어? 윤이 무슨 이유로 나와 함께 살았던 것일까? 넌 윤을 알고 있잖아. 심심풀이로 인간세상 구경 나왔다가 재수 없어 내가 걸린 거야?"

"그건 분명 아닐 거야."

"그러길 바라야겠지? 그걸 알고 있으면서 네가 지금껏 침묵하고 있었다면 난 네 털을 다 뽑아놓을 테니까."

불퉁하게 현을 겁박하는 운채의 말투에 진심이 담겨 있자 현은 어색한 웃음으로 대신 답했다. 환경이 아무래도 인성을 바꾸어놓나 보다. 항상 웃으며 '현아, 현아' 부르던 고운 운채는 어디 가고 거침없이 쏟아지는 그녀의 말투를 하윤 님이 보면 깜짝 놀랄지도 모르겠다.

사실 말이 씨앗을 심는 일이지. 큰 바구니를 이리저리 끌고 다니며 하루 종일 허리를 굽혔다 폈다 하는 일은 계집이 하기엔 중노동이었다. 그래서 이 일에 부역된 자들은 천신 중에서도 힘이 좋은 사내들로 이루어져 있었다. 성격도 걸걸하고 동서남북 뛰어다니기 좋아하는 호방한 자들이 대부분이라 같이 어울리다 보면 그 분위기와 말투에 휩쓸리는 것은 어찌 보면 당연했다. 지금도 그녀가 쉬고 있는 틈을 타 옆에 슬금슬금 다가오는 사내는 운채의 어깨를 툭 치며 말을 건네고 있었다.

"어이, 운채, 씨앗을 그렇게 심다가는 보슬비도 못 내린다고."

"아직 오늘 할당량의 반도 못했는데……."

"술 한잔하고 할 테야?"

술병을 바라보는 운채의 표정이 묘하게 일그러졌다.

"도화주?"

"왜? 이 술은 싫어해?"

술병 자체를 들이미는 처우의 손짓에 운채는 머뭇거렸다. 도화주, 사실 냄새만 맡아도 속이 울렁거릴 지경이었다. 천계의 천도복숭아를 훔쳐 먹었다는 이유로 제일 먼저 그녀가 맡은 일은 도화주 빚기였다. 얼마나 손이 많이 가는 작업인지. 밑술을 만들 때 멥쌀을 불려 곱게 빻는 것부터 죽 쑤는 것도 못한다고 얼마나 야단을 맞았던지. 덧술을 만들어 밑술과 팔팔 끓일 때는 손목이 끊어질 듯했다. 그런 노력에도 불구하고 손이 필요 없다는 옹색한 이유로 쫓기듯 술도가에서 내쳐졌다. 그녀 스스로도 내년에 먹을 도화주는 밍밍한 맛일 게 분명해 걱정이 되긴 했다. 그녀는 자신의 손끝이 여물지 못하다는 것을 처음으로 인정해야 했다.

"먹어 보라고. 이건 꽤 달달해 입에 맞을 테니. 일부러 너 때문에 이 술을 골라 가져왔으니."

그 말에 운채가 술병을 넘겨받으며 조심스럽게 술 주둥이에 입을 가져다 댔다. 정말 그녀가 빚은 도화주와 맛이 달랐다. 훨씬 향이 깊고 달달하고 시원했다. 그녀가 술도가에서 내침을 당할 만했다.

"아 그 소리 들었는가? 하윤 님이 본궁으로 돌아오셨다는군."

처우는 술 먹는 게 기특해 보인다는 눈빛을 운채에게 보내면서 금세 옆에 자리를 잡은 천신에게 말을 건넸다.

"나도 들었지. 그런데 분위기가 장난이 아니라던데? 찬웃음을 아주 달고 산다고 하더군. 원래 감정표현이 없긴 하지만 그렇다고 대놓고 서늘바람을 몰고 다니는 분은 아닌데 왜 그런지 모르겠어. 태상궁 설류 님과 한판했다는 소문도 있고."

"큭큭. 그거 볼 만했겠는데?"

운채에게는 어차피 남의 일. 한 귀로 듣고 한 귀로 흘리는 말에 불과했다. 어디가나 남의 말 좋아하는 건 천계나 인간계나 다를 바 없어 보였다. 얼마나 천계에 있어야 되는지 가늠할 순 없지만 한 가지만은 분명했다. 자신의 죗값이 끝나지 않는 이상 인간계로 돌아갈 수 없음을. 돌아간다 해도 이제 맞이해 줄 사람이 없음을. 무거운 생각을 털어버리려는 듯 운채가 고개를 가로저었다. 그러다 문득 궁금한 게 생각이 나 현에게 고개를 돌렸다.

"현아, 천신들도 인간처럼 병에 걸리거나 아파?"

윤은 걸핏하면 아프다고 구들장에 드러누웠다. 어찌나 때맞춰 아프다고 하는지 누가 보면 꾀병이라도 할 만큼 갑자기 아팠다 호전되기를 반복했다. 신음을 흘리거나 이마에 맺힌 식은땀만 아니면 정말 꾀병이라 믿을 정도였다.

"무슨 말도 안 되는 소리를."

"그래? 아니면 인간세상에 적응을 하지 못하는 천신은 아플 수 있는 거야?"

윤이 이런 것까지 그녀를 속이지 않았을 거라는 믿음이 내심 깔려 있었다. 그러나 그 무슨 황당한 질문이냐는 현의 표정은 운채의 분노를 불러왔다.

"소멸되기 전까지 천신은 아프기는커녕 감모 한 번 걸리지 않아."

"그래도 천신도 강한 천신이 있을 것이고 체력이 약한 천신이 있을 거 아니야?"

믿고 싶었다. 그런데 현이 대답을 못하고 눈알만 옆으로 굴리는 게 아닌가.

"아……. 그래? 그렇단 말이지?"

운채는 술을 벌컥벌컥 마시며 소매로 입술을 훔쳤다. 아픈 것도 거짓말이었다는 거지? 도대체 거짓이 아닌 게 뭐야? 윤, 너!

아직 어려 너무 정직하게 대답한 현은 걱정스레 운채를 쳐다보았다. 이러다 호주가가 될까 염려스러웠다. 저 멀리 술독을 이고 오는 처우를 보니 자신의 염려가 결코 가볍지만은 않을 것 같았다. 판이 열렸을 때 설류가 그를 들어 올리면서 교묘히 교감능력을 묶어놓아 자신의 위치를 하윤 님에게 알리지도 못하는 상황이었다. 그렇다고 운채를 내버려 둔 채 혼자 빠져나갈 수도 없었다. 설류 님이 어디로 다시 그녀를 빼돌릴지 알 수 없었다. 시간이 갈수록 상황이 답답해져 가자 현은 운채가 쥐고 있는 술병을 뺏어 자신의 입에다 가져다 부어댔다.

"어? 너 술 못 먹는다며?"

"아, 몰라. 답답해서 그래. 형도 없으니 마셔도 돼."

운채는 피식 웃으며 다른 술병을 집어 들어 현과 등을 마주보며 기댔다. 바람은 솔솔 불고 술은 목으로 술술 넘어가고 기분은 붕 붕 뜨니 과히 나쁘지 않았다.

三장

아직 어슴푸레한 새벽이었다. 그럼에도 밖에는 하루를 시작하
는 소리가 들려오고 있었다. 눈을 들어 올리며 하윤은 침상에 내
려온 휘장을 걷어냈다. 행동에 머뭇거림이 없는 그가 일어났음에
도 한동안 침상에 앉아 생각에 잠겼다. 곧 그의 시선은 습관처럼
장식장을 향했다. 정확히는 그 위에 놓인 고구마였다. 운채가 천
계로 끌려가던 날, 눈 속에 팽개치고 온 고구마를 다시 가져오기
위해 그 자리로 돌아갔었지만 하나밖에 없었다. 고구마를 다시 사
러 갈 시간이 없어 그것만이라도 손에 쥐고 천계로 왔다. 그러나
지금 슬슬 말라비틀어지는 고구마처럼 그의 심기가 뒤틀어지고
있었다.
　"밖에 염 시관 있느냐? 지금 충원부 대사 이원을 불러오라."

염 시관이 대답도 하기 전에 명이 떨어졌다. 그는 잰걸음으로 곧바로 대현궁을 벗어났다. 육각문 너머로 들려오는 주인님의 낮은 목소리로는 화급을 다투는 건인지 아니면 일상처럼 대사 이원을 찾고 있는 것인지 분간이 되지 않지만, 분명한 건 요즘 심기가 그리 좋은 편이 아니라는 것을 고려할 때 재깍 명을 받드는 게 신상에 좋다는 것이다.

이른 아침이건만 이 각도 되지 않아 이원이 한 치 흐트러짐 없는 모습으로 대현궁에 모습을 나타내었다.

하윤은 탐탁지 않은 눈빛으로 이원을 바라보았다. 왜 불려왔는지 알고 있으니 그 답을 내놓을 준비도 했으리라. 대현궁, 아니, 천계에서 열 손가락 안에 드는 능력을 가진 놈이 계집 하나를 못 찾고 있었다. 시일을 달라 해서 본궁으로 들어와 인내한 시간이 두 달이나 지났다. 시간을 준 것은 그의 방식보다 이원의 방식이 훨씬 깔끔하고 소란 없이 일을 처리할 거라는 믿음 때문이었다. 그러나 그 믿음이 깨졌으니 이제 그의 방식대로 운채를 찾을 것이다.

"기한은 오늘까지였다."

"찾은 것 같습니다."

그 말에 하윤의 눈빛에 이채가 서렸다.

"찾은 것 같다?"

이원의 대답이 마음에 들지 않는 듯 하윤은 말꼬리를 잡으며 눈살을 찡그렸다. 확실하지 않으면 입도 열지 않을 이원의 입에서 애매모호한 말이 떨어졌다. 그럼에도 마음 한 편은 기대를 놓지 못해 이원의 다음 말을 기다렸다.

"직접 확인을 하러 가야 하지만 일단 소식통에 의하면 별안부 쪽에 인간 계집과 비슷한 인물이 부역에 동원되었다고 합니다."

"별안부 부역에 동원돼?"

그녀가 비를 관장하는 부에 있다고? 태상궁이 아닌 이곳에?

설류의 농간질에 하윤은 이를 사리물었다. 책임은 모두 내가 질 터이니 태상궁 내실까지 모조리 훑으라 했다. 그럼에도 운채의 흔적조차 발견하지 못하자 혹 인간계까지 훑어보라 명한 그였다. 그런데 별안부에 있다. 그녀가? 그의 머릿속이 복잡해지기 시작했다.

이원은 자신의 주인님이 인간 계집에게 신경을 쓰고 있는 자체가 못마땅했다. 모든 원흉은 그녀였다. 자신의 주인이 인간세상으로 가 연락을 두절한 이유도, 그래서 자신의 일이 많아진 것도, 한낱 인간을 찾기 위해 정보력을 총 동원시켜야 하는 일도 모두 못마땅했다. 지금은 단지 계집을 찾는 것에만 중점을 둔다지만 그 후의 일은 언급이 없어 더욱 불안했다. 지금까지의 행동으로 보아 주인님이 당장이라도 별안부로 가자고 할까 봐 이원은 읍손한 태도로 다시 말을 올렸다.

"판의 값을 치르고 있는 사람을 함부로 빼올 수는 없습니다. 인간 계집입니다. 측은한 마음에 책임감을 느낀다면 인간계로 갈 때까지 그 뒤를 돌봐주도록 지시하겠습니다. 판의 결정은 불가침에 준해야 합니다."

"분명 별안부라고 했느냐?"

“그렇사옵니다.”

하윤의 눈매가 가늘어졌다. 밉살스러운 설류가 꾀를 낸 모양인데 어찌되었던 여기는 그의 영역. 한참을 침묵을 지키던 그의 입꼬리가 씩 올라갔다.

“별안부로 간다. 준비하라.”

생각에 생각을 거듭하여 고간苦諫을 드렸더니 생각은커녕 일말의 재고도 없이 발로 차버린 주인님의 모습에 이원은 짜증이 솟구쳐 올랐다. 인간에게 가지고 있는 주인님의 마음을 알아야 했다. 그 경계가 호기심인지, 장난인지, 아니면 그 무엇인지 알아야 대처할 수 있었다. 사방신이 인간의 정에 약해 가끔 천계를 뒤집어 놓은 일은 있지만 대현궁 최고의 주인이 그 대상이 된다면 그 여파는 생각할 수 없을 만큼 커지는 건 불 보듯 뻔했다.

당장이라도 나갈 태세를 보이는 하윤의 앞을 이원이 막아섰다.

“설마 인간계에서 지냈던 모습으로 만나러 가는 건 아니시겠지요?”

채신을 중요시 여기는 이원이 정색하며 말했다. 사실 인간계에서 주인님의 눈빛을 보지 않았다면 자신조차 주인님이 실성했다고 믿을 뻔했었다. 허름한 거적때기를 걸친 건 말할 것도 없거니와 눈밭을 굴렀다 왔는지 옷과 머리 여기저기에 눈이 묻어 있고 등 뒤로는 큰 바구니를 메고 있었으니 안 그렇겠는가. 이원 자신조차 그런 생각을 했는데 그 모습으로 태상궁에 나타났으니 다른 천신들이 보기에는 어떻겠는가. 가뜩이나 한동안 궁을 비워 이상한 소문이 돌고 있는데 거기에 소문을 더 보탤 필요는 없었다. 운채라는 계집이 하윤 님의 다른 겉모습에 충격을 받겠지만 지금쯤이면 현도 백호라는 것에 적응했을 테니 설령 하윤 님이 흑룡으로 변해도 그다지 놀라진 않을 것이다.

"최대한 화려하게 복식과 격식을 갖추어 행차를 열어라."

예상과는 다른 하윤의 명이 떨어지자 이건 이건대로 걱정이었다. 주인님답지 않다는 것이 내심 마음에 걸렸다. 여럿이 움직이는 것을 워낙 싫어했고 복잡다단한 것도 싫어했다. 그러나 곧 대수롭지 않게 여기기로 했다. 이것 말고도 문제는 산재해 있었다. 그리고 사람이든 천신이든 호감 있는 이에게 잘 보이고 싶어하는 것은 매한가지 아니던가.

"명 받들겠나이다."

더 이상의 하명이 없음에도 이원이 밖으로 나가지 않자 하윤은 이원을 빤히 바라보았다.

"나에게 하고픈 말이 있느냐?"

"하나 여쭈어도 되겠는지요?"

"말하라."

"왜 하필 인간계에서 계집의 모습으로 생활하셨는지요?"

호기심을 참지 못한 이원은 끝내 질문을 던지고 말았다. 그의 장점이자 치명적인 단점이기도 해 가끔 당황스러운 질문을 던질 때도 많았다. 이 죽이지 못하는 호기심때문에 천신 주제에 생명이 여러 번 오가기도 했다. 하지만 어쩌겠는가? 천성인 것을. 만약 주인님이 인간 계집을 좋아했다면 잘생긴 사내의 모습이나 아니면 지금의 모습이 훨씬 도움이 되었을 텐데 아무리 생각해도 같은 동성 계집의 모습을 한 이유를 딱히 집어낼 수가 없었다. 그가 모르는 다른 이유가 있는 게 분명했다. 그렇지 않고서야 인간계에 그렇게 오래 머물 수 없었다.

"그녀랑 한 방을 쓰려면 계집 모양이 수월했다."

"……단지 한 방을 쓰려고 말입니까?"

겨우 그런 이유 때문이라고? 이원은 허무한 답변에 할 말을 잃었다. 뭔가 자신이 납득할 수 있는 답이어야 했다. 그가 잠을 뒤척이며 얻은 예상답안 중에 이런 답은 있지도 않았다.

"냄새나는 홀아비와 같이 잘 수는 없지 않느냐?"

"그…… 그렇긴 하지요."

"왜 그러고 서 있는 것이냐."

"아닙니다. 속히 준비하도록 하겠습니다."

이 문제로 밤잠을 설친 게 억울했다. 주인님의 심오한 뜻을 헤아리지 못한 자신의 부족함을 탓한 것이 허탈했다. 이원은 한숨을 길게 내쉬었다. 속이 답답한 게 어디 가서 냉수 한 사발 들이켜야만 할 것 같았다.

천계 날씨는 호진국의 새순달보다는 따뜻하고 푸른달보다는 시원한 것 같았다. 눈 빠지도록 비님씨앗을 심던 운채가 할당량을 끝내자 보름 만에 하루의 휴가가 떨어졌다. 이것도 여러 천신들이 그녀의 일을 도와줬기에 가능한 일이었다. 만약 혼자 했다면 엄두도 내지 못했을 것이다. 물론 중간에 너무 힘들어 엉엉 울면서 못 해 먹겠다고 비님씨앗 바구니를 던져 버린 일도 있었다. 하지만 통쾌는 한 순간, 후회는 하루 종일로 이어졌다. 그날 밤늦게까지 허리 휘어지게 혼자 비님씨앗을 심어야 했던 교훈을 얻은 뒤 운채 는 다시는 바구니를 걷어차지 않았다.

운채는 걷기를 포기하고 호수 주위로 심어놓은 돌난간에 주저 앉았다. 일을 할 때는 아무런 생각도 할 수 없었는데 시간이 생기 자 여러 가지 상념이 머리를 어지럽혔다. 앞으로 무슨 계획을 세 워야 하며 어떻게 살아야 할지 지금으로선 보이지 않는 호수의 끝 처럼 가늠하기 힘들었다. 뱃놀이 하는 배 위에서 간간히 가락과 웃음이 흘러나오는 것을 보자 고향 생각이 더욱 절실했다. 그녀의 마을도 매화윤이라고 하여 5—6월 매화 봉우리 필 적 술잔치가 벌 어지곤 했다. 그리고 매실열매를 맺을 때는 온 마을 사람들이 다 같이 매실주를 담아 나눠 가졌다.

"현아, 너는 고향이 어디니? 여기서 멀어?"

"아니, 얼마 안 멀어."

그 말에 운채의 자책감이 더 커졌다. 천도복숭아와 백한을 먹은 건 자신인데 애꿎은 현까지 고생이었다.

"가족 안 보고 싶어?"

"뭐 나 없이도 잘 먹고 잘살고 있을 텐데 보고 싶기는. 괜히 미 안하네 어쩌네 하지 마. 내가 인간세상 구경하고 싶다고 손 들었 다고. 천계에서 딱히 할 일도 없었고. 솔직히 겨울의 내운산은 춥 긴 춥더라. 그것 빼고 다 좋았어."

현이 장황하게 설명하며 극구 부인에 나섰다. 사실 어느 날 갑자기 잠적했다던 하윤 님이 백호가로 기습 방문해 온 식구를 어리둥절하게 만들었다. 하윤 님은 주위를 훑어보다 마당에서 놀고 있는 그를 빤히 보며 '너 정도면 적당할 것 같군'이라는 뜻 모를 중얼거림과 함께 인간세상을 구경시켜 준다고 꼬드겼더랬다. 다른 누구도 아닌 하윤 님이 직접 권하자 생각해 볼 것도 없이 옆 마을 놀러가는 것처럼 문을 나선 그였다. 그러나 인간세상 구경은커녕 자신의 거처보다 한참 작은 마당에 똥강아지 신세로 전락하여 주구장창 눈과 바람을 맞으며 눈물을 삼켜야 했다. 한 번은 너무 추워 운채의 치마폭으로 뛰어올랐다가 하윤의 살기 어린 시선에 조용히 자신의 개집으로 들어가기도 했다. 어린 나이에 집 떠나면 고생이라는 말을 뼈저리게 느꼈던 순간이었다.

"이봐, 이봐, 일어나라고. 얼마 만에 얻은 휴식인데 이렇게 죽치고 앉아 있을 거야? 여기서 조금만 더 나가면 3층 누각도 있고 흐드러진 꽃나무도 있고 각계 천신들이 즐겨 찾는 오작교도 있다고."

"여기도 바람 불고 좋은걸?"

"더 좋은 곳으로 가자고. 이렇게 앉아서 쳐진 생각만 하고 있으면 우울하기밖에 더하겠냐고?"

현은 억지로 운채의 팔을 잡아당겨 일으켰다.

"좋아. 오늘은 신나게 놀고 고민은 내일부터 해도 늦지 않겠지."

　운채가 방긋 웃으며 자리에서 일어났다. 중요한 것은 마음가짐
이니까. 오늘은 폐가 끊어지도록 웃으며 놀 테다. 어차피 남아도
는 것이 시간이었다. 운채는 현의 손을 맞잡고 오작교로 향했다.
그리고 그 시각 하윤 또한 각 시관 및 부처장을 이끌고 오작교로
향하고 있는 중이었다.

　바람에 간간히 떨어지는 꽃잎도 오작교 아래로 흐르는 냇물도
그녀의 눈과 귀를 즐겁게 했다. 오작교의 폭은 우차가 양옆으로
지나갈 만큼 넓었고 그 길이는 하늘에 날려놓은 연줄만큼 길었다.
인간사만큼 번잡하진 않지만 활기찬 모습에 빡빡한 그녀의 마음
이 녹녹해졌다.
　오작교의 명성답게 연인들의 모습이 여럿 보였다. 그중 한 사내
가 여인의 손을 잡자 여인은 부끄러운지 계속 손을 빼내려 했고
사내는 주위를 둘러보며 여인에게 귓속말을 속삭이고 있었다. 무
슨 말을 했는지 여인의 얼굴이 붉히며 사내를 째려보았다. 그들의
애정 어린 속삭임이 부럽기도 하고 샘이 나기도 했다. 천계에 오
지 않았다면 자신도 누군가 중신을 서준 사내와 오순도순 정을 주
고받으며 저렇게 거닐었을지 몰랐다.
　“천신들도 사랑을 하긴 하나 보다.”
　“그럼, 사랑도 하고 질투도 하고 화도 낸다. 천신이 무슨 감정
없는 돌멩이도 아닌데.”
　현은 대답을 하면서 운채의 시선이 멈춘 곳을 좇았다.
　“지금 저기 연푸른빛 비단포를 걸친 천신보고 하는 말이야?”

"응, 아무래도 서로가 만난 지 얼마 안 된 거 같아. 여인이 너무 수줍어하잖아."

마치 대단한 것을 발견한 듯 말하는 운채였다.

'얼씨구?'

"야, 잘 봐. 저게 어떻게 사랑하는 사이야. 저거 약 파는 놈이잖아?"

좀 더 자세히 보기 위해 운채가 눈을 가늘게 떠 그들을 바라보았다. 그러고 보니 사내가 계속 여인의 손에 뭔가를 쥐어주려 하고 있었다.

"약을 판다고? 천신은 아프지 않는다며?"

"연인들이 많이 오는 오작교에는 좀 더 짜릿함을 즐기기 위해 약을 하는 천신들이 있지. 일명 미약이라고 하지."

현의 설명이 끝나자마자 그 여인이 사내의 뺨을 때리는 소리가 쩍 하고 들렸다.

운채가 두 손으로 입을 가린 채 눈을 동그랗게 떴다. 여기까지 소리가 들려온 것을 보면 엄청 아팠을 것이다.

"세상에, 그런 약도 있단 말이야? 가만, 그런데 넌 어찌 그리 잘 알아? 너 아직 성년이 안 된 나이라면서?"

현은 마른기침을 하며 딴청을 부렸다. 이상한 데서 꼭 예리한 운채였다. 그렇다고 형제 중에 방종하기 이를 데 없고 여자를 좋아하는 절륜한 둘째 형을 옆에서 보다 보니 저절로 터득하게 되더라고 말할 수는 없지 않은가?

"왜? 무슨 맛인지 궁금해? 구해줘?"

운채가 기겁을 하며 두 팔을 내저었다. 지금도 천계의 것을 훔쳐 먹었단 이유로 이 고생하고 있는데 거기다 정체불명의 것을 더 먹으면 무슨 벌을 받을지 겁이 났다. 뭔가를 먹을 때 꼭 먹어도 되는지 물어보고 먹는 그녀였다. 그리고 그것을 너무나 잘 알고 있는 현이었다.

"너, 천계에서 아무거나 주워 먹지 마. 넙죽넙죽 받아먹지도 말고. 넌 사랑하는 임도 없잖아. 저런 약 잘못 먹으면 혼자 3박 4일은 방바닥에서 허벅지 쥐어뜯다 일어나야 해."

운채에게 신신당부를 하는 현은 자신의 설명에 흡족했다. 천계는 그녀가 모르는 것투성이였다. 갓 태어난 아이의 상태나 다름이 없었다. 그러니 그가 잘 가르치고 보호해야만 했다.

"너, 지금 나 놀리는 거지?"

"넙죽넙죽 받아먹는 건 사실이잖아."

현은 혀를 내밀며 저만치 운채와의 거리를 넓혔다. 그러면서도 약 올리는 것을 멈추지 않았다.

"단과씨까지 삼켜서 똥구멍이 막혀 고생하기도 했대요."

그걸 어찌? 주막을 말아 쥔 운채의 얼굴이 빨개졌다.

"너, 거기 안 서?"

단과씨는 다른 과일과 달리 말랑말랑하고 먹으면 장이 딱딱해져 약 대신 배앓이를 하는 아이들에게 먹이곤 했다. 배앓이를 하고 있던 운채는 쓴 약물이 먹기 싫어 단과씨를 다섯 개 정도 씹어 삼킨 적이 있었는데 배앓이가 멈춰 좋아한 것도 잠시, 변이 나오지 않아 일주일을 고생했었다. 그런데 그 사실을 현이 어떻게 알고 있단 말인가.

"아, 고구마도 좋아해서 방귀도 많이 뀐대요."

갈수록 운채의 얼굴이 터질듯 붉어졌다. 현이 느긋하게 뒷걸음질 치며 운채와 마주 보며 달리자 그런 모습이 더욱 약이 오른 그녀는 있는 힘껏 내달렸다. 두고 보자. 잡히기만 하면 정말 털을 다 쥐어뜯어 목싸개를 하고 다닐 것이다.

"여기서부터 걷겠다."

오작교 입구에 다다라 하윤이 천마에서 내리자 뒤따르는 시관 및 부처장들도 신속히 내렸다. 이원은 하윤의 뒤를 따르며 곰곰이 생각했다. 의관은 어느 때보다 정제整齊한 모습이었다. 보라색 권복 소매 끝에 용 세 마리와 꿩 두 마리가 수놓아져 있었고 머리는 어깨 너머에서 비단끈으로 묶여져 있었다. 천상의 삼 상제上帝를 알리는 옥대를 두르고 평소 하지 않던 향갑까지 목에 두르고 있었다. 대신들을 끌고 경치 구경이라도 나온 느긋한 표정이다. 말 그대로 느긋했다. 설렘이나 기대감은 읽을 수 없었다. 평소와 달리 아무런 언질을 주지 않아 이원은 주인의 행보를 더욱 살피고 있었다. 그리고 이원은 보았다. 잠깐이지만 하윤 님의 입가에 미소가 머물다 사라짐을.

그러나 무엇이 하윤 님의 입가에 미소를 짓게 만들었는지 생각할 틈도 없이 먼발치에서 꽥꽥거리는 여자와 껑충껑충 앞서거니 뒤서거니 하는 사내가 그들 쪽으로 다가오고 있었다. 목소리가 한 번 주의를 끌었고 복색이 또 한 번 주의를 끌었다.

설마 저 계집인가? 천계에는 저런 옷차림이 존재하지 않았다. 이원은 다시 주인님 쪽으로 고개를 돌렸으나 아무런 표정변화가 없었다.

현이 잡힐라 하면 한 끗 차이로 요리조리 빠져나가자 운채는 진심으로 오기가 생겨났다. 숨이 찬 그녀와 달리 현은 깐죽깐죽 입까지 놀리고 있었다. 이번에는 정말 잡을 수 있을 것 같은 예감에 운채는 젖 먹던 힘으로 팔을 뻗어 현의 소매깃을 잡으려 애썼다. 그러나 이번에도 현은 몸을 틀어 운채에게서 벗어났다.

"너 진짜! 어…… 어…… 어."

앞으로 기울어진 몸이 중심을 못 잡고 바닥과 얼굴이 마주치게 생기자 운채는 허우적거리며 몸을 바로잡으려 애썼다. 현을 못 잡은 분통함보다 위급함이 그녀를 덮쳤다. 그러다 보니 본능적으로 코앞의 무엇이든 일단 잡고 본 그녀였다.

"아악."

눈을 질끈 감았다 뜬 운채가 서서히 눈을 떴다. 곧 자신이 바닥에 머리를 찧지 않았다는 안도감과 누구의 품 안에서, 그것도 가슴팍 주위의 옷을 거세게 움켜잡고 있다는 사실에 민망함이 동시에 몰려왔다.

"죄, 죄송합니다. 다치지 않으셨나요?"

운채는 앞의 사내에게서 황급히 손을 떼며 고개를 숙여 사죄했다.

장난을 치며 멀찍이 달아났던 현은 이상한 느낌에 운채에게 곧바로 다시 달려왔다. 운채가 달리다 천신과 부딪힌 모양인 것 같았다. 임시 보호자답게 자신이 나서야겠다고 생각한 현은 운채 옆에 당당히 섰다. 그러나 곧 앞의 천신이 누구인지 확인되자 놀람과 기쁨으로 눈이 동그랗게 튀어나오는 줄 알았다. 이제 고생 끝, 행복 시작이었다. 지금껏 하윤 님에게 알릴 방도가 없어 얼마나 똥줄이 탔던가. 운채에게 말도 못 꺼낸 채 혼자 끙끙 앓으며 이제나 저제나 하윤 님이 언제 올까 목 빼고 기다린 그였다. 얼마나 기쁜지 현의 송곳니가 다 보일 정도로 입이 활짝 벌어졌다. 수일 밤 애간장 녹은 것을 생각하면 조금의 하소연에 간을 친 원망 어림을 먼저 살짝 하윤 님에게 털어놓아야 할 듯싶었다. 그러나 입을 벙긋 하기도 전에 하윤의 싸늘한 눈길을 받은 현은 벌린 입을 다소곳이 다물어야 했다. 분명 그 눈빛은 '그 입 다물라' 라는 전언이었다.

이원은 운채를 만나기 전 나름 어뗘한 모습일지 생각을 해두고 있었다. 거기다 여자에게 곁눈도 두지 않는다는 하윤 님을 인간 세상에 묶어놓은 여인이기에 기대감 또한 없지 않았다면 거짓말일 것이다. 이원은 골동품 감상하듯 운채를 훑어 내려갔다. 동그란 이마에 까만 눈은 반들반들한 차돌만큼 다부지고 고집스러워 보였다. 초승달처럼 휘어진 눈초리를 보아하니 행동도 기민할 것 같고 인중도 뚜렷했다. 다물고 있는 도톰한 입술선 또한 웃고 있는 상이다. 서 있는 자세도 곧은 것을 보면 품행도 어느 정도 방정方訂할 것이다. 나름 점수를 주자면 총명해 보이는 관상이다. 그러나,

"이건 뭐……."

망아지 새끼도 아니고……. 이원의 중얼거림에는 실망감이 한 껏 묻어나 있었다. 요염함과는 거리가 뭔 계집에다 어쩌면 아기집 도 채 여물지 않았을 계집과 하윤 님은 무슨 생각으로 몇 년씩 같 이 지냈는지 가늠이 가질 않았다. 아, 또다시 궁금증이 그의 머리 를 채우고 있었다.

하윤은 품에 안겨온 운채를 힘껏 안지 않으려고 노력했다. 눈을 질끈 감은 그녀를 보자 습관처럼 머리를 쓰다듬으며 괜찮다 토닥 거려 줄 뻔했다.

"무엇이냐."

운채를 내려다보는 하윤의 눈길은 서늘했다.

'이 계집이 아닌가?'

갑자기 이원은 혼란스러웠다. 분명 계집이 넘어지려 하자 누구 보다 주인님이 먼저 그녀를 품으로 끌어당겼다. 그녀를 품에 안았 을 때 안도감과 만족스러움이 눈빛에 그대로 배어 있었다. 그런데 저 찬 서리 박혀 있는 말투는 무엇인가?

당황스러운 건 운채도 마찬가지였다. 크게 다친 것 같지 않아 보여 사과를 받아줄 줄 알았던 천신이 자신을 차갑게 쏘아보자 운 채는 순간 멈칫할 수밖에 없었다.

"대신들의 길을 막고 선 것도 모자라 내 향갑에 금이 갔다. 어찌 할 테냐?"

이원이 눈만 슬쩍 움직여 주인님의 가슴팍을 살폈다. 자개로 만 들어진 모서리 부분에 확실히 금이 가긴 갔다. 이쯤되자 이원의 머릿속에는 주인님의 의도가 가닥이 잡혔다. 웬만한 충격에 주인님의 향갑 자개가 금이 갈 리 없다.

"인간 계집인가?"

하윤이 눈을 가늘게 떠 운채를 바라보자 운채는 약하게 고개를 끄떡거렸다. 자신의 잘못이 있어서도 하지만 서늘한 기에 눌려 그녀의 행동은 움츠러들었다. 판을 받을 때와 같은 두려움이 몰려왔다.

현은 이게 무슨 상황인가 싶어 운채와 하윤 님을 번갈아 바라보기 바빴다. 분명 하윤 님이 운채를 모른 척하고 있었다. 아무리 천계에서 고생을 했다고 하나 그 자태나 미색이 사라지는 것도 아닌데 바로 눈앞의 운채를 보고 이게 무슨 해괴한 짓인지 모르겠다. 운채의 얼굴에 검댕칠을 해도 알아볼 하윤 님이 말이다.

"똑같은 것을 가져 와라. 그러면 다른 죄는 묻지 않겠다."

천계도 엄연한 위계질서가 존재하며 힘의 논리를 적용받는다. 거기에 그녀 앞에 있는 사람은 대현궁의 주인이 아니던가. 그래도 그렇지. 대신들은 속으로 고개를 갸웃했다. 다소 요즘 불퉁스러운 것은 사실이나 야박스럽기까지 한 주인님은 아니었다. 정확히는 이런 일은 대수로운 일이 아니었다. 오히려 그냥 말없이 지나가는 것이 주인님다운 것이었다. 결론은 그저 저 계집이 오늘 운이 없다 생각할 수밖에 없었다.

"죄송하지만 그럴 만한 형편이……."

운채는 중간에 입술을 깨물었다. 말이 되지 않는다. 번지르르한 말로 때울 수 있는 성질의 것이 아니었다. 자유의 몸도 아니거니와 설혹 돈이 있다고 해도 저것과 똑같은 물건을 찾을 수 있을지도 의심스러웠다. 그런데 자개가 금이 갈 정도면 그녀의 손에 생채기라도 나야 하지 않았을까? 그녀가 움켜잡은 것은 비단 옷밖에 없었다. 어딘가에 부딪힌 느낌도 없었다. 이 말을 꺼낸다면 책임 회피로 보일 것 같아 그녀는 이 사실을 짚고 넘어가야 하는지 판단이 서지 않았다. 운채는 두 손을 꼭 맞잡은 채 고개를 들어 올렸다.

"먼저 소녀의 말을 곡해하지 말아주셨으면 합니다. 자개가 금이 갔다면 분명 어디에 부딪혔을 것입니다. 하지만 소녀의 손에는 생채기 흔적이 없습니다."

옆에서 지키고 선 이원의 한쪽 눈썹이 살짝 올라갔다. 주눅 들지 않고 되레 당돌함이라.

"그래서? 너의 짓이 아니다?"

하윤의 눈빛은 더욱 서늘해졌다.

"……."

비죽거리는 것은 태상궁 주인의 취미인데 오늘은 어찌 자신의 주인도 그에 뒤지지 않아 보였다. 이원은 이 나들이의 결말이 대강 짐작되자 계집에게 동정의 눈빛을 보냈다. 적어도 하윤 님이 춘향이 구하러 온 이몽룡 도령이 아닌 것만은 확실했다.

"너란 아이는 시시비비를 통해 면책받으려는 마음만 가득 찼나 보군?"

그녀는 중심을 잡기 위해 손을 뻗었을 뿐인데 확신할 순 없지만 남의 물건까지 파손시켰다. 이럴 줄 알았으면 정말 코를 바닥에 찢는 방법을 택했을 것이다.

"네가 값을 물을 수 있을 것이라 애초부터 생각조차 하지 않았다. 그저 네 사죄의 태도가 궁금했을 뿐."

운채는 자신의 모습이 부끄러워 고개를 떨어트렸다. 입이 열 개라도 할 말이 없었다.

"마음이 바뀌었다. 하위 금군장, 명 받들라."

하윤의 싸늘한 일갈에 뒤에 시립해 있던 대신 중 한 명이 하윤의 곁으로 다가가 고개를 숙였다. 뭔가 일이 심각하게 흘러가고 있다는 것을 느낀 운채의 눈빛이 불안으로 떨렸다.

"일률一律에 의거해 정법할 것 없이 당장 능지처참으로 계집의 무례를 물어도 그 준례를 벗어나지는 않을 것이다. 허나, 인간 계집이고 어린 계집의 우몽함으로 벌어진 일로 준례를 들 수 없는 법. 다음 명이 떨어질 때까지 대현궁으로 압송해 하옥하라."

이 무슨 청천벽력이란 말인가. 자신의 짧은 생각에 입을 쥐어뜯고 싶었다. 하얗게 변해 버린 머릿속을 헤집으며 한가닥 남은 정신을 붙잡으려 애를 썼다. 운채는 천신 앞에 무릎을 꿇었다. 그녀는 판의 값을 치루고 있는 중이라 마음대로 어디를 갈 수 없는 몸이었다. 그랬다가는 또 무슨 벌이 가중될지 몰랐다. 옥에 갇힌다는 것에 겁이 난 걸까 아니면 자신의 억울함에 마음이 격해진 걸까, 운채의 목소리가 가늘게 떨렸다.

"천신님. 소녀, 판의 값을 치루고 있는 중입니다. 몸이 죗값으로 매여 있는지라 움직일 수가 없습니다. 겁이나 저도 모르게 마음 한 부분에 책임을 회피하려는 불순한 마음을 품고 있었나봅니다. 금이 간 부분만 수리가 가능하다면 몇 년이 걸리더라도 장인을 찾아 복구할 수 있도록 하겠습니다. 제발 선처를 부탁드립니다.”

“선처라? 아이야, 그 말은 명이 떨어지기 전에 했어야 했다.”

하윤은 그런 그녀의 부탁을 비웃기라도 하듯 목소리는 더할 나위 없이 부드러웠다.

일말의 여지도 없었다. 운채는 입술을 꽉 깨물었다. 대현궁은 어디 있는 것이며 얼마만큼 옥에 갇혀 있어야 할까, 다시 한 번 사정을 해야 할까? 그러나 그는 그녀가 사정을 하기도 전에 스쳐 지나갔다.

잡아야 했다. 무조건 사정을 하고 볼 일이었다. 물건이 깨진 것도 아니고 자세히 보지 않으면 모를 정도의 흠집에 천신이 저렇게 좁쌀영감 같은 반응을 보일 리 없었다. 그녀가 아는 천신이란 인간을 가엾고 불쌍히 여기며 너른 마음으로 인간을 보살피는 신이었다.

저만치쯤 가던 하윤이 뒤돌아 그녀를 바라보았다.

간절한 희망을 담아 운채는 그의 말을 기다렸다. 제발…….

“아, 어린 계집에게는 너무 무거울 테니 칼과 차꼬는 채우지 않는 것으로 하라.”

그의 단호한 목소리에는 흡족함이 깔려 있었다. 왜 아니겠는가? 어찌 되었든 그녀가 다시 주인님 품으로 돌아오지 않았는가. 정말 오랜만에 보는 주인님의 미소였다. 이원은 울 것 같은 운채의 표정을 힐끗 보며 속으로 중얼거렸다.

‘그리 자책할 것 없습니다. 어차피 결과는 같았을 테니.’

그나저나 저 계집을 이리 멋대로 데려오면 태상궁에서 가만히 있지 않을 텐데, 그게 걱정이었다.

✳

설류는 커다란 깃털로 자신의 턱을 간질거리며 연못에 노니는 오리를 보고 있었다. 옆에서 떠드는 좌 시관의 말 내용이 매우 재미난 듯 그의 입매가 부드럽게 휘어져 있었다. 요즘은 사는 게 참으로 해낙낙했다. 특히 운채라는 아이를 지켜보는 재미가 꽤 쏠쏠했었다. 잠시 등잔 밑에 숨겨두려 했는데 이원이라는 놈이 생각보다 빨리 찾아내 그 즐거움이 반감이 되긴 했지만 말이다.

“그러니까, 운채라는 아이가 대현궁으로 끌려갔다?”

설류는 피식 웃으며 좌 시관을 한 번 바라보았다. 머리 좋은 놈인 거야 일찍이 알고 있었지만 그런 잔꾀를 쓰다니 하윤답지 않은 행동이었다. 하긴 하윤이라도 판의 죗값을 받고 있는 아이를 데려갈 방법이 없었을 것이었다. 하지만 계집아이가 자신의 천궁 아래 놓여 있다면, 그리고 죄를 범한다면 대현궁 주인으로서 그 죄를 물을 수는 있을 것이다.

‘시간을 벌고 싶었던 거겠지. 하윤?’

아마도 운채는 억울한 누명을 쓰고 또 다른 죗값을 받고 있을지도 몰랐다. 하윤이 운채에게 관심을 보일수록 설류의 호기심 또한 커질 수밖에 없었다.

"어쩐지 그 아이가 조금 불쌍하단 생각이 드는군."

'그 아이를 판에 세운 주인님이 할 말은 아니라고 생각되옵니다만? 사단은 설류 님이 먼저 벌이지 않았습니까?'

그러나 감히 주인님 앞에 그런 말은 할 수가 없었다.

"그 아이의 행실은 어떻다고 하던가?"

"모난 성정은 아닌 듯합니다. 일에 맡은 바 책임을 지려 하는 성품을 지니고 있었습니다. 도움의 손길에 감사하는 마음도 알며 일하는 천신들과도 잘 어울렸다고 합니다. 다만……."

"다만?"

"자신의 처지가 답답하고 억울한 면이 없지 않은지라 욱하기도 해 가끔 하늘을 보고 고래고래 소리를 지른 적은 있다고 하옵니다."

고작 두 달밖에 되지 않아 모든 것을 알 순 없지만 그 정도면 나름 무난한 성정이었다. 앉아 울며불며 신세한탄하는 쪽은 아닌 것 같으니 일단 그거 하나는 마음에 들었다. 태상궁 쪽 일을 시켜 봐야 진정 성정과 능력을 가늠할 수 있을 터인데 하윤이 먼저 선수를 쳐 운채를 데려갔으니 무슨 방법으로 그 아이를 데려와 시험해 본단 말인가. 하윤이 그 아이를 끼고 있는 한 대현궁에서 빼내오기가 쉽지 않을 것이다. 한낱 인간 계집을 찾기 위해 태상궁 내실에서 인간계까지 훑는 것을 명한 하윤은 분명 진심이었다. 그러니 섣불리 운채를 데려왔다가는 뒤탈이 날 수도 있을 것이다.

“음……. 쉽지 않겠어.”

설류는 중얼거리며 연못 어디쯤에 시선을 두었다.

“그리고 이것은 오늘 대현궁 쪽에서 온 공서입니다.”

‘대현궁’이라는 말에 설류가 관심을 보이며 두루마리를 펼쳐 보았으나 곧 콧방귀를 뀌며 그것을 휙 던져 버렸다.

도대체 뭐라 쓰여 있기에 또 저리 입술을 씰룩거리시나? 어젯밤 무리를 해 허리도 좋지 않은 좌 시관이 끙 소리와 함께 땅바닥에 버려진 두루마리를 주워 들었다.

“대현궁 입궁을 불허한다고? 이런 것을 보낸다고 내가 대현궁에 못 갈 성싶으냐? 이 설류가?”

설류의 입꼬리가 올라갔다. 오지 말라면 더 가고 싶은 법. 이참에 운채를 데려가겠다고 염장이나 한 번 지르러 가야겠다. 떡도 남의 손에 쥔 떡을 뺏어 먹는 것이 더욱 맛있는 법이었다.

이제 얼굴만 봐도 주인님이 무슨 일을 빌일지 알아맞힐 수 있는 좌 시관은 다급한 목소리로 설류의 발목을 잡았다.

“현재 중대 안건이 산적해 있사옵니다.”

“항상 산적해 있었다.”

왜 새삼스러운 이야기를 하냐는 설류의 눈빛에 좌 시관은 마른 기침을 뱉으며 목을 가다듬었다.

“현안 처리가 적시에 마무리되지 않으면 차후 추절에 있을 삼궁연에서 책을 잡힐 수 있습니다.”

“잘해도 못해도 말 많은 삼궁연 자리이다. 입심 센 놈이 이기는 거다. 비켜라.”

각 천궁에서 하는 일이 분리되어 있다고는 하나 인간계에 서로 상호적용으로 연관되어 있어 하나라도 삐걱거린다면 큰 혼란이 야기될 수 있었다. 그래서 삼궁연이란 인간의 12절기에 맞추어 1년에 한 번 그들 나름대로의 조정안 및 결과를 내놓는 자리라고 할 수 있었다.

"하오나 현재 혼백의 탄원이 넘쳐 나고 있습니다."

"어째서? 어제까지 손목 부러지도록 옥새를 찍었구만!"

불길함을 감지한 설류의 목소리가 커졌다.

"전쟁이 터졌나이다."

설류가 무거운 침묵으로 응대하자 좌 시관이 냉큼 덧붙였다.

"나라 하나가 날아갔습니다."

"이……. 끓는 똥통에 튀겨 먹어도 시원찮을 놈들. 심심하면 전쟁이야. 전쟁이길!"

말 하나 하나를 씹어 내뱉는 설류의 입술이 씰룩거렸다. 그가 조금이라도 놀면 배가 아픈 누가 있는 모양인지 좀 일이 한가하다 싶으면 어찌 이리 알아서 일이 터져 주시는지! 좌 시관이 전쟁을 일으키라 명한 것도 아닌데 그 죄가 모두 그에게 있는 듯 설류의 무시무시한 눈길이 몽땅 좌 시관에게 향했다.

"하윤에게 부탁해 인간계를 한 번 물로 쓸어버리라 할까?"

어찌 저 말은 진심인 듯 보였다. 아무리 화가 나도 역대 태상궁 주인 중에 저런 말을 했던 분은 한 분도 없으셨다. 조마조마한 주인님을 모시고 있자니 가만있어도 늙는 기분이었다. 기분을 망쳤다는 것을 온몸으로 보여주듯 정원을 빠져나가는 설류의 발걸음은 사뭇 신경질적이기까지 했다.

좌 시관은 어느새 멀어져 가는 주인님의 뒤를 급히 따라갔다. 밀려드는 사안으로 한동안 그를 깨 볶듯 달달달 볶겠지만 인간계 전쟁으로 한동안 대현궁 간다는 말은 안 나올 듯싶었다. 불행 중 다행이라면 다행이었다.

“에휴, 빨리 정소부 주인이 돌아와야 하는데 도대체 어디로 숨었단 말인가.”

좌 시관은 고개를 흔들며 장탄식을 내뱉었다.

✻

“옥에 있다고! 옥에! 내가 옥살이를 하고 있다고.”

운채는 이 상황을 받아들일 수 없는 듯 계속 같은 말만 중얼거리고 있었다.

“천신이면 천신답게 너그럽게 용서해 줄 수 있는 아량이 있어야지. 고쳐 준다고까지 했는데……. 내운산으로 돌아가면 다시는 물사발 떠놓고 천지신명에게 빌지 않을 테다. 진짜야!”

좁은 옥사를 왔다 갔다 하는 운채를 바라보는 현은 그저 앉아서 한숨만 쉬고 있을 뿐이었다. 답답한 마음을 대변하듯 현 또한 계속해서 지푸라기를 질겅질겅 씹고 있었다.

하윤 님이 사정이 있어 운채를 모른 체한 것이라 백번 양보한다 해도 하옥은 아니었다. 상황을 지켜봐야 하는 것인지 아니면 집안에 도움을 요청할 것인지 생각해야 했다. 그래도 대현궁으로 왔다는 것 하나만으로 한시름 놓긴 했다.

'뭐 태상궁 설류 님 일은 하윤 님이 어련히 알아서 하시겠지.'

생각만으로도 골치 아픈 현은 아예 바닥에 드러누워 눈을 감았다.

"현, 넌 왜 그리 태연해? 옥문 부수고 나가면 안 되겠지?"

"능력 있으면 부셔보든지."

"그렇다고 빛도 안 들어오는 옥살이를 언제까지 할 수는 없잖아?"

인간과 천신의 시간관념이 달라 그들의 1년을 하루처럼 생각해 몇십 년 옥살이를 시킬 수도 있지 않는가? 생각만 해도 끔찍했다. 힘들어도 땡볕에서 일하는 막노동이 나았다.

"누가 보면 진짜 한 몇 년 옥살이한 줄 알겠네. 겨우 하루거든?"

갑자기 옥문이 열리자 투덕거림을 멈춘 현과 운채는 소리 나는 쪽으로 고개를 돌렸다. 앞으로 어찌 될지 아무것도 모르는 그들이기에 옥문을 열고 들어오는 이가 무슨 소식을 가져왔을지 긴장이 되었다.

이원은 탐탁지 않은 눈길로 옥방을 훑다 운채에게 시선을 고정시켰다. 혹 어린 마음에 옥에 갇혀 놀랐을 수 있으니 잘 다독여 주라는 말까지 한 하윤 님의 명이 있었으나 보아하니 잘 먹고 잘 잔 듯한 얼굴이니 본론으로 들어가도 될 듯했다. 게다가 병 주고 약 주는 짓은 감정만 더 상하게 만들 뿐이니 그 도닥임은 안하는 것이 나았다.

“하윤 님이 하신 천언을 풀어놓습니다. 우몽함으로 생긴 일에는 깨우침밖에 없다 하셨으니, 앞으로 천계에서 적응할 수 있도록 대현궁에 머물며 천계의 예법과 기본소양을 배우라 하셨습니다.”

“네? 그게 무슨 말인지…….”

하명이라 해서 잔뜩 긴장하고 있었는데 엉뚱한 예절 교육이라니 자신이 잘못 들었나 싶었다.

“예법과 기본 소양을 배워야 한다고 하셨습니다.”

“얼마나 오랫동안 머물러야 하나요?”

“그야 하기 나름 아니겠습니까?”

답이 마음에 안 든 듯 운채가 시무룩해졌다.

마음에 안 드는 건 이쪽도 피차일반이었다. 그가 왜 저 계집을 책임지고 돌보아야 하냔 말이다. 쌓인 일도 많거니와 다른 이를 추천해 올리겠다라고까지 말씀을 올렸건만 ‘너만큼 예법을 좋아하고 정도를 좋아하는 사람이 이 궁에 어디 있다고?’ 라는 말로 입을 다물게 만들었던 하윤이었다.

“운채 님은 저와 할 일이 있으니 백호가의 현 님은 먼저 백자가 님에게 가보십시오. 지금 지원당에 계십니다.”

백자가라면 백호가의 가주, 즉 현의 아버지였다. 그는 자식이 그것도 막내자식이 판의 값을 받고 있다는 말에 당장 태상궁에 쳐들어간다고 길길이 날뛰었던 분이다. 백호가뿐 아니라 그 친계까지 모조리 긁어모아 태상궁과 정말 한판이라도 할 태세였는지 이원이 현의 집을 갔을 때에는 백호가의 천신들이 우글거리고 있었다. 그것을 막은 이도 진정시킨 이도 이원이었다. 이제 아들이 돌아왔으니 품에 되돌려 주어야 했다. 옥에 갇혔다는 사실을 알기 전에.

"아버지가 대현궁에 입궁해 계십니까?"

"많이 걱정하고 계십니다. 어서 가서 마음을 놓게 해드리십시오."

"그럼 운채는?"

"염려하실 일은 없을 것입니다."

"그럴 줄 알았어. 그럴 분이 아니지. 운채야, 나중에 보자."

현은 운채를 한 번 쳐다본 뒤 옥문을 빠져나갔다.

운채의 눈빛이 불안함으로 살짝 흔들렸다. 부모님이 돌아가신 후 윤을 의지하며 살았다. 그런데 윤이 없는 지금 현마저 사라지자 혹 영영 떨어지는 건 아닌가 하는 생각이 스쳤다.

이원은 그런 그녀의 불안함을 모른 체하며 그녀가 해야 할 일정을 줄줄이 읊었다.

"쇠뿔도 단숨에 빼라고 오늘부터 움직이도록 하지요. 일단 바른 가짐은 정갈한 몸으로부터 시작되니 목욕을 끝내고 여관이 내어준 옷을 입고 노헌궁으로 오십시오. 그럼, 그때 뵙겠습니다."

할 말을 다 끝낸 이원은 목례를 한 후 유유히 사라졌다.

운채는 그가 나간 옥문을 멍하니 쳐다보았다. 물어보고 싶은 것도 많고 듣고 싶은 말도 많은데 잡을 새도 없이 쏙 빠져나갔다. 운채는 자리에 털썩 주저앉았다. 주인이나 그 밑의 대신이나 정나미 없는 건 똑같았다. 천계에 와서 진짜 되는 일이 하나도 없었다.

"인간세상에서도 안 해본 옥살이를 천계에서 하다니. 거기다 예절 교육까지. 진짜 이 말은 안하려고 했는데……. 윤 너 정말 이럴 거야? 내가 옥살이하다 얼굴 노랗게 떠 죽으면 네 꿈에 매일 나타나 괴롭힐 거야!"

그러나 협박하는 그녀의 목소리에는 윤을 보고 싶어하는 그리움이 잔뜩 묻어나 있었다.

방을 배정받은 운채는 하루 일과가 다 끝나서야 자신의 방으로 들어올 수 있었다. 다시 옥으로 끌려가는 줄 알았던 운채는 작지만 자신의 침방이 마련되었다는 사실을 알자 감사한 마음에 절이라도 하고 싶은 심정이었다.

쓰러지듯 침상에 누운 운채는 팔을 주무르며 신음을 삼켰다. 천계는 사람이 살 곳이 못되는 모양이었다. 인사가 무슨 제례의식도 아니고 기분 좋게 웃으며 주고받으면 되는 일을 허리 굽히는 모양 하나에도 각을 잡으며 가르치려 들었다. 내일도 오늘 같은 일정을 소화하라면 그녀는 그냥 바닥에 나자빠져 시위할 생각이 들 정도였다.

벽을 보며 인사를 몇천 번 했던가? 그놈의 '다시'는 몇 번을 들었는지 아직도 귓속에서 뱅글거리고 있는 것 같았다.

"도대체 내가 천계에서 무릎걸음으로 인사를 할 곳이 어디 있다고 그딴 인사를 배워야 하냐고!"

몸은 천근만근인데 잠이 오지 않았다. 천계에 와서 노동은 익숙해졌다고 생각했는데 몸을 긴장한 채 움직이는 것은 중노동보다 더 피곤한 일이었다.

침상에 누운 운채는 끙끙거리며 이불을 목까지 끌어당겼다.

"윤도 천신이니 어쩌면 내가 여기 있는 것을 알 수 있지 않을까?"

천계에 인간 계집이 잡혀 왔다고 하면 윤도 언젠가는 그게 그녀라는 것을 알 것이다. 혹 윤이 찾으러 올지 모르니 나중에 윤을 위해 여기에 우서라도 남겨둘까? 현을 다시 만날 수 있을까? 현까지 없으면 이제 정말로 그녀 혼자 덩그러니 남겨진 꼴이었다.

이런저런 상념에 사로잡혀 결국 잠자는 것을 포기한 운채가 눈을 떴다.

보름달인지 창호지 사이로 푸른 달빛이 바닥에 내려앉는 모습이 보였다. 그 모습에서 뭔가 아련한 기억을 찾아낸 듯 그녀의 입가에 살포시 미소가 스쳤다. 어릴 때 그녀는 겁이 많아 창호지에 비치는 나뭇가지 그림자가 많이 무서워했다. 그래서 항상 그녀는 창문을 등지고 자야 했고 바람이 심하게 부는 날은 그녀가 잠들 때까지 윤이 토닥거리며 안아주었다.

그러고 보면 그녀의 인생에서 윤을 제외하곤 이야기할 수 있는 것이 많지 않았다. 모든 것을 윤과 함께했고 윤이 곧 그녀였다. 윤이 그녀를 속인 게 괘씸하지만 그녀는 아직도 윤이 그립고 보고 싶고, 만나면 투정을 부리고 떼를 쓰고 싶었다. 천계에 있다면 한 번쯤은 만날 수 있겠지? 그리고 만난다면…….

"적어도 넌 나한테 한 대 맞고 시작해야 해. 용서는 그 다음이야. 사정해도 소용없어. 윤!"

꼭 그렇게 하겠다는 다짐을 새기며 운채는 눈을 감았다.

방 안의 기척이 잠잠해졌다고 느낀 하윤은 침방 문을 열고 안으로 들어갔다.

"반경 오십 보 밖으로 모두 물려라."

시관 및 여관이 조용히 물러나자 하윤이 운채 곁으로 다가갔다. 아직까지는 얌전히 옆으로 웅크리며 자고 있었다. 하지만 얼마 안 있으면 이불을 발로 차낼 것이고 몸은 뒹굴거리다 떨어질 것이다. 아픔도 잠깐, 웅얼거리다 다시 잠이 들게 뻔해.

하윤은 침상에 걸터앉아 운채를 바라보았다. 지켜보는 눈이 많으니 시간을 두고 다가가려 했다. 그러나 그의 인내심은 이틀이었던가?

"잘 지냈느냐?"

하윤이 검지로 운채의 볼을 어루만지며 낮게 속삭였다. 항상 그가 운채를 안고 자는 버릇 때문인지 운채는 항상 오른쪽을 향해 웅크리고 잠이 들었다. 살이 조금 빠져 보이는 것 말고는 혈색은 좋아 보였다. 맥의 흐름도 좋았다. 생각보다 잘 견뎌낸 모양이었다. 그런 그녀의 모습이 대견하다는 듯 바라보는 하윤이었다.

망할 설류가 끼어들지만 않았어도 대현궁으로 편하게 데려와 잘 지내고 있었을 것이다. 이 문제는 확실히 설류와 매듭을 짓고 넘어가겠지만 어차피 그녀를 천계로 데려올 생각이었으니 조금 돌아왔다고 치부하면 될 터였다. 그녀의 수명이 다할 동안 그녀가 할 수 있는 일을 알아봐 주고 집을 내어주고 간간히 지켜보면 앞으로 사는데 별문제가 없을 것이다. 그런데 뭔가가 만족스럽지 못했다. 굳이 이유를 찾자면 생각보다 그의 도움 없이 그녀가 천계에서 너무 잘 지내고 있다랄까? 그렇다. 그녀는 그 없이 너무 잘 지내고 있었다.

"힘든 부역으로 몸 상할까 걱정했더니 현과 깔깔거리며 술래잡기나 해?"

그녀를 찾으려 천계를 뒤집어엎었다. 책임감일 수도 있고 같이 보낸 시간에 대한 최소한의 예의일 수도 있었다. 더욱이 눈치 빠른 설류가 운채에게 무슨 짓을 할지 장담할 수 없었다. 그런데 그런 그의 걱정을 비웃듯 보고받은 내용은 배가 아플 정도로 그녀가 잘 지냈다는 내용이었다.

'천신과 도화주를 퍼먹으며 어울렸다? 도와준 천신들의 어깨를 주물러 줘? 땀수건을 빨아줘? 생각해 볼수록 괘씸하다. 거기다 잠도 소록소록 잘도 잤다지?'

조용히 자는 모습만 보고 가려 했는데 마음이 바뀌었다. 하윤은 검지와 중지로 운채의 코를 움켜잡았다. 참을 만한지 두 호흡 정도는 반응이 없었다. 그러나 곧 인상을 찡그리더니 숨이 막히자 그녀는 본능적으로 고개를 저으며 신음을 내뱉었다.

"숨넘어가기 전에 눈을 뜨는 게 좋을 것이다."

그 말과 동시에 바르작거리던 몸이 더 이상 참기 힘든지 운채의 눈이 번쩍 떠졌다.

하윤은 만족스러운 듯 운채에게서 천천히 손을 뗐다.

상체를 세워 거칠게 숨을 몰아쉬기도 전에 앞에 누군가가 앉아 있자 운채는 기겁을 하며 뒤로 물러났다. 너무 놀라 비명조차 나오지 않았다. 캄캄한 어둠은 앞의 사내의 형체의 모습만을 잡아내고 있었다.

"숨 내쉬어라."

어느새 방 안의 불빛이 환하게 밝혀졌다. 운채는 거칠게 숨을 내쉬며 그때서야 자신이 숨을 멈추고 있었다는 사실을 알았다. 갑자기 모르는 사내가 자신의 방에 들어왔는데 놀라지 않는 사람이 어디 있단 말인가. 가슴병 있는 사람이면 놀라서 벌써 죽고도 남았을 것이다.

운채는 이 사내가 어제 본 천신이라는 것을 확인하는 순간 조금은 안도했지만 완전히 안심할 수는 없었다. 야심한 밤에 그것도 남 몰래 여인의 침방에 들어왔다면 좋은 의도는 아닐 게 분명했다. 그녀의 손이 긴장으로 축축했다. 여기에 어느 누구도 그녀의 편은 없었다.

"네 코 고는 소리가 담장을 넘어 내 침전까지 들리는 것은 알고 있느냐?"

"네?"

동그랗게 뜬 운채의 눈이 그녀가 얼마나 당황스러운지 그대로 보여주고 있었다.

"시끄러워서 잠을 잘 수가 없다."

운채는 마른침을 삼키며 상황을 이해해 보려고 애를 썼다. 그러니까 그녀의 코 고는 소리 때문에 자신의 침방까지 쳐들어왔단 말인가? 아무리 자신이 코를 곤다고 해도 그 소리가 담장을 넘었다니. 그럴 리 없을 텐데. 많이 고단했었나? 그래도 그렇지. 자고 있는 여인의 방에 함부로 들어오는 것은 무례한 짓이었다. 그리고 할 말을 다 끝냈으면 빨리 돌아갔으면 했다. 이 무겁고도 어색한 침묵이 너무 부담스러웠다.

"이름이 무엇이냐?"

"운채라고 합니다."

"예쁜 이름이군. 헌데 인간이면서 천계에서 부역을 부여받은 연유가 무엇이냐?"

14년을 봐온 그녀를 앞에 두고 한 그의 질문은 참으로 천연덕스러웠다.

"모르고 천계의 것을 탐했습니다. 먹어서 돌려줄 수도 없는 것이라……."

그래, 내가 주었지. 허약해 백한도 직접 고아주었지만 그다지 효험이 없는 것 같아 다른 놈으로 하나 골라보는 중이었었다. 그런데 갑자기 천계로 끌려왔지.

"갑작스레 천계로 와서 인간세상에 두고 온 이가 그립겠구나."

이 아이는 항상 병아리처럼 그의 뒤를 졸졸 따라다니며 종알거리기 바빴다. 길 잃어버릴까 땀 찬 손을 맞잡고 걸어야 안심했었고 윤이 제일 좋다며 눈에 항상 그의 모습을 담고 방싯거리는 아이였다. 그녀가 그를 많이 그리워할 것이라고 알고는 있지만 그래도 확인해 보고 싶은 것이 모든 이의 속내 아니겠는가.

"없습니다."

“없어?”

하윤은 인상을 살짝 찡그렸다. 말하고 싶지 않다는 건가?

“원한다면 만물을 볼 수 있는 세안경으로 보여줄 수도 있다. 정녕 그리운 이가 없느냐?”

“네, 없습니다.”

인간세상에는 그녀를 기다려 줄 사람도 보고픈 이도 없었다. 단 한 명도. 그래서 더 슬펐다. 그녀는 정말 혼자가 돼버렸다.

“진심이냐?”

이 정도로 말하면 다시 한 번 잘 생각해 보라는 말이건만 곧바로 고개를 끄떡이는 운채의 표정은 단호하기까지 했다. 저 표정은 숨기는 것이 아니라 정말 없다는 표정이었다.

‘지금껏 너를 보살펴 준 이가 누구인데 보고 싶은 이가 없다고?’

갑자기 그는 그녀를 찾기 위해 천계를 샅샅이 뒤진 자신이 손해 본 느낌이었다. 하윤은 자리에서 벌떡 일어났다. 그녀 앞을 왔다 갔다 하던 그는 걸음을 멈춘 채 고개를 돌려 운채를 노려보았다.

“그게 말이 되나? 널 낳아준 부모도 있을 터이고,”

물론 부모 여의였다는 것은 알고 있지만.

“심지어 연모하는 이도 있을 것이고,”

이 또한 없다는 것을 알고 있지.

“또한 평생 같이 살자고 새끼손가락 걸은 지기도 있었을 거 아니냐?”

이렇게 콕 찍어 상기시키는데 기억이 안 난다고 하면 넌 맹추인 것이다. 이래도 없느냐?

운채는 자신을 노려보는 하윤의 눈빛을 무덤덤하게 맞받아쳤다. 자는 사람 깨워서 코 곤다고 면박을 주더니 이제는 왜 그리워하는 이가 없냐고 타박까지 주고 있었다. 아닌 밤중에 홍두깨라더니, 이 무슨 장난인지 모르겠다. 아무리 천계에 각양각색의 천신이 있겠지만 아무래도 이 천신은 오지랖이 넓거나 아니면 심심한 오밤중 시비 걸 누군가를 찾아 나선 것이 분명했다.

"다시 묻겠다. 정말 없느냐?"

조금 전까지 섭섭함이 내포된 분노였다면 지금은 차가운 서릿발과도 같은 그의 목소리였다.

운채는 이제 화까지 내는 그를 이해할 수가 없었다. 아무래도 보고 싶어하는 이가 있다고 할 때까지 그는 물고 늘어질 심산 같아 보였다. 정말 아무 이름이라도 답하고 그를 내보야 할 듯싶었다. 혹시 세안경으로 윤을 보여줄 수 있을까라는 생각을 잠시 해보았으나 이내 고개를 내저었다. 윤은 그녀가 처음 만났을 때 지어준 이름이었다. 실제 이름도 아니니 찾아줄 수도 보여줄 수도 없을 것이다. 그렇다. 그녀는 윤에 대해서 아무것도 몰랐다. 그 흔한 이름도, 나이조차도 모른다.

"그러시다면……."

운채는 주저하며 입을 깨물었다.

운채가 말을 끌며 그리운 이의 이름을 말하려 하자 하윤의 입술이 느슨히 올라갔다. 그의 눈길이 운채의 도톰하고 붉은 입술에 머물렀다. 그녀가 누구를 보고 싶어하는지 알고 있음에도 그래도 확인하고 싶은 것은 무슨 마음인지……. 그러나 곧 숨이 막힐 정도의 정적이 찾아왔다.

"다시 말해보라."

그의 표정이 딱딱해졌다. 말끝에 고드름이 주렁주렁 매달려 있었다.

"내운산 마을 유밀과 홍씨 아주머니를 보여주세요. 그건 좀 어렵나요?"

잘못 들은 게 아니었다.

'유밀과 홍씨 아주머니? 내가 그 튀김과자 아주머니보다 못하다고?'

혹 천계에서 고생하는 이 모든 게 윤의 잘못이라 여겨 그를 보고 싶지 않은 반발심인가? 그래도 그렇지. 저를 알뜰히 살펴준 이는 그였다. 굳이 보살펴 주지 않아도 되었건만 불쌍히 여겨 예뻐라 해준 이를 놔두고 뭐? 유밀과 홍씨 아주머니? 어이가 없다는 것은 이것을 두고 한 말일 것이다. 하윤은 운채를 한참 동안 노려보다 침방 문을 거칠게 닫고 나가 버렸다.

깜짝 놀란 운채가 움찔하며 한 손으로 가슴을 눌렀다. 그리고는 곧 하윤이 나간 방문을 째려보았다.

"도대체 왜 저런담."

답을 내줘도 신경질이었다. 창밖을 보니 아직도 깜깜한 밤이었다. 갑자기 들이닥친 천신으로 인해 잠이 확 다 깨버렸지만 다시 자리에 누워 잠을 청하려 애썼다.

"윤은 한 번도 내가 코를 곤다 말한 적이 없는데……. 현도……."

혹시 그녀가 민망해할까 봐 아무도 이야기해 주지 않은 것일까? 그녀는 다시 코를 골까 신경이 쓰여 잠을 잘 수가 없었다. 운채는 도리질 치며 눈을 다시 질끈 감았다. 내일도 몸을 부지런히 움직이려면 푹 자둬야 했다. 천계는 생각만큼 만만한 곳이 아니었다.

四장

　대현궁의 식재료를 담당하는 내원관으로 향하는 하윤의 발걸음
이 비단이 서걱거리는 소리만큼 서두르고 있었다. 그의 보폭은 언
제나 안정적이며 여유로웠다. 천계에서 다급히 처리해야 할 문안
을 마주할 때조차도 그는 여유로움은 잃지 않았다. 그런데 내원관
에 도대체 무슨 사단이 났기에 시관이 따라가기 다급할 정도로 앞
서 걷고 있는지 모를 일이었다.

　시관이 문을 열어주기 전에 하윤이 먼저 문을 열고 안으로 들어
갔다. 급습 아닌 급습에 놀란 건 내원관에서 일하고 있던 여관과
몰래 음식을 주워 먹으려던 도원부의 천신 한명이었다. 그러면서
도 그들의 눈빛에는 하윤 님이 내원관까지 다급한 발걸음할 이유
가 뭘까라는 의문이 고스란히 드러나 있었다.

하도 넓으니 어디 콕 박혀 있는지 찾을 수가 없었다. 하윤은 가까이에 있는 아무나 한 명을 지명했다.

"운채라는 아이, 지금 어디 있느냐?"

그의 눈은 오직 하나를 찾고 있었다.

"그 인간 아이라 하면 뒷마당에서 설거지를 하고 있습……."

말을 다 듣기도 전에 하윤이 뒷마당으로 움직였다. 시관은 숨을 고르기도 전에 다시 총총 걸음으로 하윤의 뒤를 따랐다. 오늘 아무래도 주인님을 놓치지 않으려면 발바닥에 땀이 나도록 뛰어다녀야 할 것 같았다.

하윤이 사라지자 내원관이 속살거림으로 가득 찼다. 천계에 인간 계집이 있다는 것 자체가 소문의 화젯거리인데 하윤 님이 대놓고 운채라는 아이를 찾고 있으니 궁금하지 않을 수 없었다. 한두 명이 물꼬를 트니 말을 아껴야 하는 내원관에서 찰진 입담이 오고 갔다. 들은 얘기에 자신의 추측을 조금 더 보태어 쏟아진 이야기는 듣는 이의 귀를 솔깃하게 만들고도 남음이었다. 소문의 대부분은 운채가 큰 잘못을 해 하윤 님을 화나게 했다든지, 사실은 천신이 인간 계집과 눈이 맞아 낳은 아이가 운채라든지, 태상궁에서 그녀를 보자마자 마음에 들어 데려왔으나 곧 싫증을 냈다든지, 동녀가 하윤 님의 취향이라든지 대충 이런 얘기였다. 하지만 하나같이 다 확실하지 않은 건이라 고개만 갸우뚱거리다 다시 그들은 제 일로 돌아갔다. 그러나 분명한 것은 저렇게 하윤 님이 화가 많이 난 것을 보면 이번만큼은 운채라는 아이가 대단히 큰 잘못을 했을 거라는 것이었다.

며칠 전 튀김과자 아주머니보다 못한 자신의 존재 가치에 그의 기분은 썩 유쾌하지 못했다. 그러나 그와 달리 그녀는 거짓말 조금 더 보태 천계에서 아주 재미있게 보내는 듯 보였다. 처음에는 예절 교육에 시큰둥하더니 어느 정도 적응을 하자 눈인사를 할 정도로 천신들과 친분을 쌓더란다. 그리고 이제는 뭐가 그리 재미있는지 대놓고 희희낙락의 작태를 보이고 있었다. 거슬리지 않았다면 거짓말. 인간계에서도 그녀가 다른 이들과 어울리는 것을 보면 탐탁지 않았던 그였는데 천계라고 다를 리 없었다.

저것도 다 시간이 남아돌고 몸이 편하니 가능한 일이었다. 그래서 향갑에 대한 값을 품삯으로 받겠다 했다. 그래서 고심하고 고심해 고른 내원관으로 발령을 내렸다. 내원관은 식재료를 담당하는 부서로 일도 과중할 뿐 아니라 청결과 위생을 중요시 여기는 곳이다. 그런 곳에서 수다는커녕 입 한 번 벙끗거리는 것도 수월치 못할 것이다. 그것만으로도 성이 차지 않는지 다른 천신과 일절 차등 없이 대하라 명하기까지 한 그였다. 그런데 이런 미련곰탱이가 손에 물집이 터지도록 칼질을 하더니 얼마나 일을 열심히 하려는지 급히 밥을 먹고 체했다는 보고를 받고 하윤이 그 길로 내원관으로 길을 잡은 것이다. 그런데 지금은 그 몸으로 설거지를 하고 있다고 한다.

쭈그리고 앉아 등을 보이며 설거지를 하고 있는 운채가 보이자 하윤은 걸음을 멈췄다. 그녀의 미련한 짓에 화가 나 뭐라 쏘아줄 양이었는데 막상 그녀를 보니 다가가기가 저어되었다. 내원관에서 일한 것으로 품삯을 받겠다고 한 것도 자신이고 인간 계집이라 동정하지 마라 한 이도 그였다. 그래놓고 이제 와 왜 손이 망가지도록 일했냐고 묻는 것도 웃긴 일이었다.

큰 대야 안에 씻은 그릇을 올려놓다 고개를 돌리니 언제 와 있었는지 오지랖 천신이 서 있었다. 그의 이름을 모르니 운채는 일단 그렇게 부르기로 했다. 어떻게 보면 그리 나쁜 천신은 아닌 것 같았다. 그녀의 태도에 잘못이 있었고 또 품삯을 다 치루는 것으로 셈을 끝내자고 했으니 그녀로서는 오히려 고마운 분이었다. 그래서 그런지 그를 보자마자 그녀의 얼굴엔 빙그레 미소가 지어졌다.

"여긴 어쩐 일이세요?"

"체했다 들었다."

그것 때문에 여기 왔다는 말로 들려 운채는 눈을 깜빡거렸다. 진짜 오지랖이 넓은 천신이 맞나 보다. 계속 앉아 그를 올려다보는 것도 무례인 것 같아 운채는 치마에 손의 물기를 대충 닦고 일어났다.

"그리 심하지 않습니다. 한 끼 정도 굶으면 괜찮을 거 같아요."

"손 내밀어보라."

그녀가 그의 눈치를 보며 오히려 손을 뒤로 감추자 하윤이 그녀의 손목을 낚아챘다. 금방 설거지를 한 손이라 그녀의 손끝은 빨갛고 차가왔다. 못마땅하고 짜증스런 감정이 삐죽 솟아올랐다. 분명 설거지를 할 따뜻한 물도 있을 것이고 도움을 줄 다른 여관도 있을 터인데 이 많은 양을 혼자 하는 것을 보면 작정하고 위에서 시킨 모양이었다. 그래서 그런지 그녀의 두 손을 조몰락거리는 그의 손길은 거칠었다. 그녀가 손을 빼내려 하자 하윤이 더욱 운채의 손목을 움켜쥐었다.

"힘으로 이길 생각 아니면 가만히 있는 게 좋을 것이다."

하윤은 그녀의 손을 살피며 물집이 터진 곳을 확인했다. 얕지만 칼에 베인 흔적도 있었다.

'누가 일을 하라고 했지, 자기 몸을 혹사시키라고 했나?'

하윤은 터져 나오려는 말을 꾹 집어삼켰다. 제 몸 생각 않고 품삯을 빨리 갚겠다는 일념 하에 일을 닥치는 대로 한다고 누가 예뻐라 할 줄 알고?

운채는 그의 행동이 불편하면서도 다정한 손길에 코끝이 찡해 왔다. 어릴 적 아버지 등을 타고 함께 산에 오를 때면 그녀의 몸이 얼까 땅에 내려놓자마자 아버지는 그녀의 팔과 다리를 이렇게 주물러 주었다.

"이제 괜찮습니다."

"체한 몸으로 쭈그리고 앉아 설거지를 하는데 잘도 괜찮겠군."

그는 운채의 엄지와 검지 사이를 꾹꾹 누르며 불퉁하게 말했다.

"제가 원래 잘 안 씹고 삼키는 버릇이 있어서……."

뭘 잘했다고 웃냐는 하윤의 눈빛에 자신이 말하고도 민망한지 운채가 멋쩍은 웃음으로 말을 흐렸다.

밥을 굶겼어? 그렇다고 보양식을 안 해먹였어? 그렇게 꼭꼭 씹어 삼키라고 귀에 딱지가 앉도록 말한 그였지만 소귀에 경 읽기였다. 그녀가 소화가 안 된다 하며 방바닥 데굴거린 적이 몇 번이었던가? 거기다가 목 메는 음식까지 좋아하니 체하기 좋은 조건을 두루 갖추고 있었다. 고구마, 감자, 삶은 계란, 고기도 빡빡한 가슴살만 좋아했다.

"그러니까 내가 몇 번을……."

"네?"

그가 말을 하다 다물자 운채가 다시 물어보았다.

"뱀 새끼도 아니면서 허구한 날 씹지도 않고 삼키지 말라고 했다."

그러면서도 그는 계속 그녀의 엄지와 검지를 꾹꾹 눌러주고 있었다.

운채는 입술을 깨물며 웃음을 참았다. 근엄한 표정과 어울리지 않게 내뱉는 그의 거친 말투가 우스꽝스러워 보였다. 차마 무례하게 대놓고 웃지 못하고 운채는 그저 고개를 푹 숙이며 웃음이 사그라지길 기다렸다. 그녀의 어깨가 가늘게 떨리자 하윤이 고개를 들어 운채를 째려보았다.

"아니……. 그게 생각보다 재미있고 좋은 분 같아서요. 이제 정말 되었습니다. 걱정해 주셔서 감사해요."

혹시 오해할까 운채는 재빨리 말을 뱉었다.

"네게 있어 좋고 나쁨의 기준이 무엇이냐?"

고작 손가락 사이를 눌러주는 것으로 좋은 사람으로 그가 분류된다면 아플 때마다 약 구해다 바친 윤은 평생 보은해야 할 은인으로 생각해야 마땅했다. 그런데 머릿속에서 윤을 지워? 같이 살자 떼를 쓴 게 누군데? 졸졸 따라다닌 게 누군데? 그렇게 손바닥

뒤집듯 잊힐 무게였단 말인가? 고작 석 달도 안 되어? 저 까만 눈에 속아 인간계에 주저앉은 세월이 몇 해인데? 다시 생각해도 기분이 나빴다.

"제가 아파 걱정되어 여기까지 걸음하신 거잖아요. 그러니 좋은 분이지요."

"이래도 말이지?"

순간 하윤이 그녀의 팔을 당기자 운채가 쓰러지듯 그의 품에 안겼다. 너무 갑작스레 당한 일이라 놀랄 틈도 없었다. 반사적으로 그의 품에서 벗어나려 바동거려 보아도 꿈쩍도 하지 않았다. 운채는 갑자기 그가 왜 이런 행동을 하는지 몰라 당황스럽고 두려웠다.

"왜 이러세요?"

등 뒤로 그의 손길이 느껴지자 운채가 날카롭게 숨을 들이켰다. 저항하려 치켜든 두 주먹은 손쉽게 그의 손에 붙들리고 말았다. 현격한 힘의 차이에 두려움은 배가 되었다. 그나마 자유로운 발로 그의 정강이를 찼지만 꿈쩍도 하지 않았다. 그의 손은 묵묵히 그녀의 등 척추를 따라 쓸어내리고 있었다. 움찔 놀란 운채가 그를 노려보았다. 분해서 눈물이 차올랐다.

"비키라고, 이 나쁜 놈아!"

"네 그 입으로 좋은 분이라고 말한 지 일 각도 안 되었다."

쓸어내리는 그의 손길에 통증을 느끼자 운채는 저항을 멈추고 그를 빤히 바라보았다. 그의 손길이 흉추를 따라 중간 부분을 꾹꾹 누르고 있었다. 그녀를 해코지하려는 손길이 아니었다.

그녀가 저항을 멈추자 그때서야 하윤은 그녀의 손목을 놓아주었다. 장난질이 동했을 뿐인데 그녀의 반응이 극적이라 기분만 나빠진 하윤이었다. 며칠 전 침방에서도 그렇고 지금도 그를 대하는 게 마치 아녀자 겁탈하는 난봉꾼 취급이었다.

"키 작고 가슴 없는 계집은 관심 없다. 그러니 네 옷고름은 안전할 테니 내가 손 댈 때마다 그리 움찔거릴 필요 없다."

운채는 조금이라도 움직이면 그의 입술이 닿을 것 같아 꿈쩍도 할 수 없었다. 스무 해를 살면서 한 번도 이런 식으로 사내와 접촉을 해본 적이 없어 어떻게 대처해야 무례가 안 되는지도 알 수가 없었다. 음습한 마음이 없다는 그의 말에 긴장이 풀리면서도 한편 자신이 여인으로 그리 매력이 없는지 싶어 엉뚱한 생각이 들기도 한 운채였다.

하윤은 운채가 품 안에서 이러지도 못하고 저러지도 못한 채 눈을 이리저리 굴리는 모습을 지켜보았다. 그와 눈을 못 맞추는 모양새를 보니 꽤 당황스러워하고 있는 모양이었다.

"시의侍醫을 보내겠다. 나중에 시료를 받으라. 그리고 품값은 다 받은 것으로 할 테니 더 이상 내원관에 가서 일할 필요는 없다."

하윤은 말을 다 마치고서야 그녀를 품에서 떨어트려 주었다.

그가 뒤돌아 가버리자 그의 온기 또한 바람에 씻겨 나갔다. 등을 두드려 준다 말만 했어도 그리 심하게 반항하지 않았을 텐데 자꾸 미안한 마음만 드는 운채였다. 정강이 또한 있는 힘껏 차서 많이 아팠을 것이다.

"그러고 보니 감사하다는 인사를 못했네."

운채는 멀어져 가는 그의 뒤로 중얼거렸다. 다음번에는 꼭 이름을 물어보아야지. 감사한 분의 성함은 알고 있어야 사람의 도리니까. 그의 뒷모습을 바라보는 운채의 표정은 한껏 부드러워져 있었다.

✳

몇 가지 더 볼 것이 있는 하윤은 침전까지 안건을 가지고 들어와 문안을 훑어보고 있는 중이었다. 그중 하나가 바로 얼마 전 바다를 뒤엎은 소용돌이에 관한 것이었다. 바다의 순환을 위해 1년에 서너 번은 바다를 휘저어놓을 필요가 있었다. 그건 바다의 생명을 위해서이기도 하지만 인간을 위해서이기도 했다. 물론 인간에게 이 일은 큰 재앙처럼 비추어질 수도 있으나 꼭 필요한 일이었다. 해서 되도록 인간에게 피해를 주지 않기 위해 매번 신경을 쓰고 있는 일이나 이번의 신책임자는 힘을 과하게 풀어놓았는지 유독 올해 인간의 사상자 수가 많다 하였다.

"설류가 이를 빠득빠득 갈고 있겠군."

거기다 지금쯤이면 분명 그가 운채를 데리고 있음을 알고 있을 터인데 그 성격에 너무 조용했다. 어차피 한 번은 부딪혀야 하니 차라리 빨리 부딪히는 게 나았다. 그리고 확실히 장난질한 값은 받을 것이다.

하윤이 다른 안건을 집어들 때쯤 시관 하나가 침전으로 들어왔다.

"보고 올리나이다. 운채 님의 체증은 걱정할 정도가 아니어서 침방으로 탕약을 내어주고 가벼운 저녁을 들이라 했다고 합니다."

혹 체증이 심해졌을까 걱정되어 시관보고 알아보라 시킨 일이었다.

"다행이군……. 잠깐, 침술이 아니라 탕약이라 했느냐?"

"네, 그렇게 들었사옵니다."

뭔가 마음에 들지 않는 듯 주인님의 미간이 좁아지자 시관은 혹 하명이 잘못 전달되었는지 긴장하고 있었다.

잠시 검지로 탁자를 톡톡 두드리던 하윤은 생각을 굳힌 듯 입을 열었다.

"탕약을 침전으로 다시 들이라 하고 운채를 이곳으로 데려오라."

시관이 나가자 하윤은 안건을 내려놓으며 낮은 한숨을 내쉬었다. 유독 탕약을 싫어하는 운채였다. 억지로 먹여도 안 먹으려 고개를 내젓는 그녀인데 잘도 혼자 꿀떡꿀떡 마셨겠다. 언제나 그랬듯이 오늘도 운채에게 탕약을 먹이려면 한바탕 각오는 해야 할 듯했다. 그런데 왜 기다려지는지 모를 일이다. 자신도 모르는 꽤 짓궂은 데가 있는 모양이었다.

운채는 침의에서 연노랑 장의로 바꿔 입은 채 하윤의 침전으로 끌려가고 있었다. 칸칸의 방문이 열릴 때마다 그녀의 가슴은 두근거렸다. 왜 자신이 불려왔는지 얘기를 해달라고 해도 양옆의 여관은 입을 꼭 다문 채 그녀의 걸음을 보채기만 할 뿐이었다.

대현궁 주인의 방은 내밀하고 은밀한 곳이다. 혼자만의 휴식 공간이므로 특히 주인의 성격을 가장 잘 담아내는 곳이었다. 따라서 어느 다른 방보다 깊은 곳에 마련되어 있으며 함부로 드나들 수 없는 방이기도 했다. 육각문이 열리자 방 양옆으로 이단 문갑이 길게 배치되어 있고 반원형 창문마다 걸려 있는 빛가리개는 금빛으로 치장이 되어 있었다. 침상과, 차를 마실 수 있는 탁상이 마련되어 있었다.

운채가 들어오자 하윤이 천천히 자리에서 일어났다.

"꿇려라."

예상치 못한 명에 여관이 잠시 주춤했지만 곧 운채를 바닥에 꿇렸다.

운채는 멍하니 하윤을 쳐다보았다. 저 천신을 만나면 한순간도 안심을 할 수가 없었다. 그녀가 무슨 죄를 지었기에 오자마자 무릎을 꿇어야 하냔 말이다. 오늘 하루를 하나하나 되짚어보았지만 딱히 죄를 지은 게 없는 것 같았다.

'아! 설마 아까 발로 찼던 정강이가 잘못되었나?'

"체증은 많이 가셨느냐?"

'네 죄를 네가 알렸다' 와는 상당히 떨어진 질문이었다. 거기다 그의 낮은 목소리에선 어떠한 분노나 화기도 찾을 수 없었다. 그렇다면 도대체 왜? 운채는 마른침을 꿀꺽 삼켰다.

"덕분에 많이 나아졌습니다."

"저녁은 먹었고?"

"네, 맛있는 반찬이 많이 나와 젓가락 놓기가 어려웠습니다."

그의 의도를 몰라 그녀의 대답은 상당히 경직되어 있었다.

"아, 그래? 그럼 탕약도 잘 먹었겠구나."

"……!"

대답을 하려던 말이 목에서 탁하고 걸렸다. 속이 괜찮아진 것 같아 의원이 준 탕약은 아직 그녀의 침방에 그대로 식은 채로 놓여 있다 말할 수 없었다. 걱정해서 탕약까지 내어줬는데 안 먹었다고 하면 성의를 무시하는 처사가 될 것이고 먹었다 말하면 거짓말을 한 셈이니 뭐라고 말을 해야 옳은 답인지 알 수가 없었다. 그래서 운채는 두루뭉술 넘어가면서 최선의 답을 고르기로 했다.

"그게……. 다 나았습니다."

"그건 답이 아니다."

냉큼 답을 못하는 것을 보니 역시 안 먹은 모양이었다. 하윤이 손짓하자 시관이 쟁반에 든 약탕그릇을 가지고 왔다. 마치 그녀가 탕약을 안 먹었을 거라는 것을 미리 알고 대령하고 있었던 것처럼. 천신은 천리안도 가지고 있는 모양이었다.

"직접 먹을 테냐? 아님 먹여줄까?"

운채는 저 말이 왜 협박처럼 들리는지 알 수가 없었다. 오만상을 쓰며 운채는 말없이 약탕그릇을 건네받았다.

운채의 얼굴은 벌써 우거지상이 되었다. 하얀 사기그릇 안의 새까만 약물은 보기만 해도 쓴물이 올라올 것 같았다. 먹지도 않았는데 냄새가 코를 자극해 속이 울렁거렸다.

"마셔라."

숨을 크게 들이켠 후 운채는 하윤의 눈치를 보며 탕약을 한 모금 넘겼다. 지켜보는 눈이 많으니 안 먹겠다 소리칠 수도 없었다. 아니나 다를까 탕약을 먹으려 해도 목구멍에서 삼키길 거부하고 있었다. 의지로 해볼 수 있는 것이 아니었다. 병아리 목축임 하듯 넘기는 양이 줄어들 리 없었다. 마음만은 한 입에 쭉 밀어 넣고 약탕그릇을 쟁반에 탁하고 내려놓고 싶으나 그전에 구토가 나올 것 같았다. 그녀는 정말 최선을 다하고 있었다.

비장한 자세로 약탕그릇을 받은 그녀는 그야말로 사약 받는 죄인의 표정이었다. 웬일로 알아서 잘 마시나 했더니 역시나 마시는 시늉만 하고 있었다. 하윤은 고개를 설레설레 흔들며 그녀 앞으로 다가가 한 쪽 무릎을 꿇었다.

"날을 샐 참이냐?"

"열심히…… 먹고 있는…… 중이에요."

숨을 아예 안 쉬고 먹는 중인지 코맹맹이 소리가 들려 왔다. 예전에는 마주 앉은 상태에서 운채를 벽에 밀어붙인 채 그가 그녀의 턱을 잡고 약물을 먹여야 했다. 그 방법이 확실히 빠르고 쉬웠다.

하윤이 약탕그릇을 뺏자 운채의 얼굴이 순간 환해졌다. 낭군이 금의환향해도 이보다 기쁜 표정은 못 지을 것이다. 그는 순간 갈등했다. 그녀의 얼굴 혈색을 보니 굳이 탕약을 안 먹여도 될 듯싶었다. 시의侍醫가 체증이 심한 것도 아니라고 했으니…….

그러나 생각을 고쳐먹은 그의 입매는 단호했다. 울어도 할 수 없다. 나중에 배 잡고 구르는 것보다는 나았다.

"아무래도 먹여줘야 먹겠군. 운채의 두 팔을 잡아라."

여관 둘이 운채의 양팔을 잡더니 단단히 고정시켰다. 몸 또한 들썩이지 못하게 단단히 감싸 안았다. 순식간에 운채는 정말 꼼짝할 수도 없었다.

"숟가락 가져오너라."

설마 하는 운채의 눈이 동그래지더니 놀라 입까지 벌어졌다. 하윤이 운채의 턱을 한 손으로 꽉 움켜잡았다. 그때서야 상황이 파악된 운채가 다급히 목소리를 높였다. 이 자세, 매우 익숙했다.

"내가…… 내가……. 먹을게요. 잘 먹을게요."

"아……. 그렇겠지."

심드렁히 대꾸하며 하윤은 탕약 한 숟가락을 운채의 입에 강제적으로 들이밀었다.

"삼켜."

"으윽……."

하윤의 한 손이 운채의 턱을 움켜잡고 있어 입을 다물 수도 없었다.

쉼 없이 숟가락이 운채의 입으로 들어가자 그녀의 눈에 물기가 맺혔다. 그녀는 뭔가 모르지만 엄청 억울했다. 빠르게 들어가는 탕약으로 속은 뒤집어질 것 같았다.

하윤이 잠시 숟가락을 내려놓고 히쭉 웃었다.

"누가 보면 고문이라도 하고 있는 줄 알겠다. 아직 더 남았다. 입 벌려라."

진저리치며 운채가 입을 다물고 있자 조용한 경고가 이어졌다. 운채는 이 상황이 기가 막혔다. 뭐 이런 막무가내가 다 있어. 아파도 그녀가 아프지 자기가 무슨 상관이라고!

“윤…… 윤도 이렇게는 안 했는데……. 도대체 안 아프다는데 왜 그래요!”

몸 안에 쓴 게 들어오니 천신이고 뭐고 버럭 소리부터 지른 운채였다.

“윤? 그 아이는 어찌 먹여줬는데?”

그녀의 입에서 윤이라는 이름이 나오자 하윤의 눈빛이 개구지게 반짝였다. 조금 더 강압적인 것을 제외하고는 사실 지금과 별반 다를 바 없었다.

“뭐……. 윤은 제가 안 먹겠다면…… 협박을 했죠.”

바라보는 그의 시선이 너무 진지하여 운채는 차마 거짓말을 하지 못하고 사실대로 털어놓았다. 그리고는 고자질하듯 앞의 천신에게 윤이 한 협박을 줄줄이 늘어놓았다. 사실 이러면서 약 먹는 시간을 늦춰볼까라는 심산도 깔려 있었다.

“제가 약 안 먹는다고 하면 밤에 화장실 같이 안 가준다, 닭도 안 잡아준다, 번개 칠 때 안 안아준다, 이런 말도 하고 억지로 약 먹이면 윤을 미워할 거라고 말했는데도…….”

‘가차가 없었지.’ 하윤은 씩 웃으며 속으로 그녀의 말을 받았다.

“너무하긴 했지.”

무슨 말인지 몰라 운채가 눈을 깜빡이자 하윤이 다시 탕약 숟가락을 들었다.

“이거 먹으면 천궁을 구경시켜 주마.”

자신이 생각해도 조금 심하다고 생각한 하윤은 어린아이 달래듯 운채를 얼렀다. 약 먹다 체하면 약도 없는데 이런 상태에서 약을 먹으면 탈이 날지도 몰랐다. 그러나 말 떨어지기 무섭게 그녀가 고개를 내저었다.

장 구경은 그렇게 좋아하더니 이건 먹히지 않는 모양이었다. 하윤은 작게 한숨을 내쉬었다.

"엿경단은 어떠냐."

운채의 고갯짓이 머뭇거렸으나 그래도 약 먹는 건 싫은지 또 고개를 내저었다.

하윤의 눈썹이 살짝 꿈틀거렸다.

너, 뭘 믿고 이리 반항이냐? 다시 턱 잡고 먹일 수밖에 없다고 말을 해주어야 하나? 그의 생각을 아는지 모르는지 운채의 입술은 여전히 앙다물어져 있었다.

"곶감도 사주지. 그도 싫으면 고구마는 어떠냐?"

운채의 눈빛이 흔들리자 내친김에 고구마까지 사주겠다 약속한 그였다. 여기서도 그녀가 싫다 하면 채소과까지 입에 올려야 했는데 죽어도 그 말을 하기가 싫은 하윤이었다. 그건 자존심 문제였다.

'고구마. 지금쯤 내운산에서 한참 고구마를 구워 먹을 시기인데…….'

운채는 약탕그릇의 탕약이 얼마나 남았는지 슬쩍 보았다. 몇 숟가락 안 남아 보였다. 결국 운채의 입이 살며시 벌어졌다. 그사이를 놓치지 않고 숟가락이 운채의 입안으로 들어왔다.

인상을 쓰고 있지만 제 새끼 먹이 받아먹듯 잘 집어삼키고 있었다.

‘이 탕약 먹는 버릇을 어떻게 바로 잡는담.’

약탕그릇이 깨끗이 비워지자 하윤은 습관처럼 운채의 머리를 쓰다듬으며 고민에 빠졌다. 언제까지 그가 그녀를 돌봐줄 수는 없는 것이 아닌가. 그래도 오늘은 수월히 먹은 셈이었다. 이런 그의 고민을 알고는 있는지 그녀는 몸을 엎드려 뭐 마려운 강아지마냥 낑낑거렸다.

“대추…… 대추……. 물…….”

입안이 너무 썼다. ‘물이라도 줘!’ 그녀의 소리 없는 외침을 알아들은 듯 하윤이 피식 웃었다. 탕약을 먹고 물을 먹으면 안 되지만 생명수 찾듯 운채는 항상 물을 갈구했다. 그러나 언제나 그렇듯 하윤은 운채에게 대추나 물을 줄 생각이 없었다. 그를 고생시킨 벌이며 쓴 것을 먹고 동동거리는 운채 모습을 지켜보는 것도 꽤 재미있는 일이라 굳이 그 즐거움을 없애고 싶지 않았다.

“이건 상이다.”

운채의 턱을 살짝 치켜든 하윤이 그녀의 입술에 살짝 입 맞추다 떨어졌다. 탕약을 넙죽넙죽 받아먹는 모습이 예뻐 보여 충동을 이기지 못하고 한 입맞춤이었다. 쓴 탕약맛밖에 나지 않았지만 그 부드러움은 충분히 맛본 상태였다. 하윤은 스스로가 생각해도 어이가 없는지 미간을 찡그렸다. 확실히 충동적이었다.

“그만 나가 보라.”

갑작스러운 내침에 침전을 나오는 운채의 상태는 멍했다. 입안에 남아 있는 탕약의 맛도 느낄 수 없었다. 모든 신경은 그녀의 입술에 모여 있는 것 같았다. 눈 깜빡할 시간 동안 벌어진 일이건만 그녀의 마음을 휘청거리게 할 만큼 충분한 시간이었다. 자꾸 손이 입으로 가려 했다. 부끄러웠고 가슴이 두근거렸다. 싫지 않았다. 어쩌지? 앞으로 그를 어떻게 보지? 가슴이 자꾸만 설레 붉어진 얼굴은 가라앉을 줄 몰랐다.

다음날 운채는 하윤을 보자 전염병 환자 보듯 피해 다녔다. 그 넓은 궁에 한 번 마주치기도 어려운 그를 오늘 벌써 세 번이나 마주치자 운채는 이제 대놓고 그와 반대방향으로 뛰기 시작했다.

하윤은 그녀의 행동이 왜 그런지 짐작은 하고 있지만 그래도 기분이 나빴다.

"먼저 가 있거라. 그녀와 얘기 좀 해야겠다."

뒤에 서 있는 이원은 조용히 물러났다. 그녀가 좋아 인간계에 14년을 눌러 앉았던 주인님이 갑자기 설류 님만큼 고된 노역을 시키다가 어제는 그녀가 체했다는 한마디에 부리나케 운채 님에게 달려가셨다. 아주 요즘 종잡을 수 없는 행동을 골라 하고 계셨다. 그리고 그 종잡을 수 없는 행동의 모든 이유가 저기 도망가는 운채 님에게 있다는 것은 알고 있다.

운채는 담담하게 그를 대해야지 생각을 하면서도 그를 보자 몸은 경직이 되고 얼굴이 빨개져 버렸다. 자꾸 마음을 다잡아도 그를 보자 불쑥 생각나는 어제의 입맞춤을 어쩌지 못하고 있었다. 대놓고 반대방향으로 냅다 달려왔으니 분명 바보 같았을 것이다.

그냥 윤과 장난치듯 볼에 뽀뽀했다고 넘기면 될 텐데 어수룩한 자신이 못마땅했다.

"이제 어떡할 거야. 분명 하윤 님도 아셨을 거야."

"그래 나도 궁금하긴 하구나. 이제 어떡할 셈이냐?"

운채가 헉 소리를 내며 뒤돌아보았다. 놀란 그녀의 표정이 재미나다는 듯 그가 씩 웃고 있었다.

"뭘 놀란 척을 하고 그러느냐. 그렇게 대놓고 달아나면 쫓아와 달라는 말 아니더냐?"

"그런 거 아닙니다."

"그럼 왜 나를 피해 다니는지 네 입으로 말해보려무나."

알면서 놀리는 그의 말투가 싫었다. 운채는 그의 시선을 피하지 않고 입을 열었다.

"놀리지 마세요. 천계는 어떤지 몰라도 제가 사는 세상에서는 함부로 모르는 사람과 입 맞추지 않습니다."

맞는 말이긴 하다만 어찌 요즘 그녀의 말 한마디 한마디가 마음에 드는 말이 없었다. 그리고 그게 무슨 입맞춤인가.

"순간 약을 잘 받아먹어 기특해 보여서 그랬다. 그 이상도 이하도 아니다. 그러니 피해 다니지 마라."

운채는 인상을 찡그렸다. 그게 어떻게 약을 잘 받아먹은 모습이었단 말인가. 물론 평소의 그녀보다는 수월히 잘 먹었지만 그가 그걸 알 리가 없지 않은가. 가끔 그는 이상한 말을 해 그녀를 헷갈리게 만들었다.

"그렇게 인상 쓰면 못생겨진다. 그렇잖아도 못생긴 게."

하윤이 운채의 미간을 누르며 작게 면박을 주었다.

운채가 고개를 들어 빤히 하윤을 바라보았다.

"왜, 못생겼다고 하니 욱 하나 보지?"

하윤은 손가락을 튕기며 운채에게 꿀밤을 먹였다.

달려들 줄 알았던 그녀가 여전히 그를 보더니 갑자기 눈물 한 방울을 뚝 떨어트렸다. 그의 심장도 순간 철렁했다.

"아…… 아니……. 왜 눈물을 흘리고……."

예전 같으면 입을 삐쭉 내밀다 흘겨보고 넘어가던 일에 그녀가 갑자기 눈물을 흘리자 하윤은 당황할 수밖에 없었다.

묻어두었던 그리움이 예상치 못한 곳에서 터져 나왔다. 그녀가 미간을 찡그릴 때마다 윤은 그녀의 미간을 꾹꾹 누르며 구박을 했었다. 가뜩이나 못생겼는데 인상까지 쓰면 더 못생겨 보인다고 올복도 안 오겠다며 그리 놀려대었다. 그 친근한 어투를 여기에서 다시 듣게 될지 몰랐다.

참아보려 했지만 밀려드는 감정을 막을 수 없자 운채는 그냥 울어버렸다. 그녀에겐 판의 값을 받는 것보다 혼자 남겨져야 하는 것 자체가 큰 두려움이고 벌이었다. 그 두려움 밑에는 그리움이 깔려 있었다. 잘 눌러놓았던 감정을 그가 건드려 버린 것이다.

"왜 그러느냐. 내 말에 기분이 상했느냐? 음……. 실제로는 그렇게 못생기지 않았다. 아니 그러니 내 말은……."

그녀가 울음을 그칠 생각을 하지 않자 하윤은 더욱 난감해졌다.

"그저 농이었대두?"

하윤은 운채를 조심스레 안아 자신의 어깨에 그녀를 기대게 했다. 운채가 속상하거나 슬퍼했을 때 항상 그랬던 것처럼 그는 그녀를 안은 채 가만히 운채의 머리를 쓰다듬어 주었다. 뭔지는 모르나 그녀가 진심으로 슬퍼하고 있었다. 그녀가 진정될 때까지 하윤은 그렇게 운채를 다독거렸다.

하윤 님이 품삯값을 다 받은 것으로 셈하자고 했으니 이제 그녀는 내원관에 갈 필요도 대현궁에 머물 이유도 사라졌다. 머물 이유가 없는데 따뜻한 방을 사용하고 밥을 축내는 것은 민폐였다. 또한 자신은 판의 값을 치르고 있는 몸이라 하루라도 빨리 별안부로 복귀해야 했다. 떠났어도 벌써 떠났어야 하는 몸이었다. 생각이 정리되자 마음이 바빠졌다. 제일 먼저 내원관에 가 작별인사를 올리고 예절 교육을 했던 노헌궁도 들려 지금껏 배웠던 예를 총동원해 곱게 인사를 드리고 나왔다. 마지막으로 하윤 님만 남은 상태였다.

"여기서 별안부까지 얼마나 걸리려나. 물어 가면 어떻게든 가겠지?"

그녀는 애써 불안감을 눌렀다. 여행은커녕 지금껏 내운산을 벗어나 본 적이 없는 그녀가 잘 찾아갈 수 있을지 걱정하는 것은 당연했다. 염치없지만 노잣돈이 없기에 내원관에 주먹밥 몇 개를 싸 달라 부탁하자 흔쾌히 그녀의 청을 들어주었다. 현에게는 말없이 떠나는 것이 나을 것 같았다. 그녀 때문에 받는 죄라면 그녀가 현의 몫까지 받아야 하는 것이 옳았다.

곰곰이 생각해도 그게 답인 것 같았다.

운채는 자신이 머문 방을 깨끗이 정리하며 주위를 둘러보았다.

빈손으로 왔기에 몸 하나만 움직이면 되건만 그 짧은 시간에도 정은 붙었는지 마음이 미적댔다. 조금은 오지랖 천신이 그리워질 것 같기도 했다. 무서웠던 첫인상과는 달리 마음 포근한 분이었다.

"지금 하윤 님은 어디 계신가요?"

"출타 중인 것으로 알고 있습니다. 대사 이원 님과 함께 나가셨으니 시간이 꽤 걸리실 것입니다."

"오늘 안으로 궁으로 돌아오시나요?"

"그것까지는 모르겠습니다."

그가 오는 것을 보고 떠날까 싶은 마음이 순간 들었지만 이내 고개를 내저었다. 마음 한구석 떠나기 싫다는 그녀의 표정을 그가 읽게 될까 봐 싫었다.

"음……. 오래 되지 않았지만 지금껏 보살펴 주셔서 감사했습니다. 나, 밤마다 이불 차고 자서 배앓이도 자주 하는데 아침에 보면 어느 샌가 이불이 덮여 있더라고요. 예쁜 옷도 입혀주고 맛있는 밥도 주셔서 감사했어요."

여관은 대답 대신 침묵을 지켰다. 밤마다 이불을 덮어준 것은 하윤 님이지 자신이 아니었다. 하윤 님이 그녀가 아는 것을 원치 않아하기에 침묵을 지키고 있는 것뿐이었다. 하윤 님이 신경 쓰고 있는 만큼 여관인 자신이 신경을 써야 하는 것은 당연함으로 감사해야 할 이유가 없었다. 그리고 제 품삯을 다 했으니 떠나겠다고 하는 그녀를 붙잡을 이유 또한 없었다. 허나 이대로 내보냈다가는 뒷일이 골치 아파질 것 같았다.

"어디로 가시렵니까?"

"다시 별안부로 가야 해요. 시간이 되면 우서 쓸게요. 아, 하윤 님과 이원 님한테도 별안부에 도착하면 우서를 쓸 테니 섭섭해 하지 말라고 꼭 전해주세요."

"길을 헤맬 수 있으니 궁을 나가면 동문으로 난 천궁 화한길을 따라가십시오."

운채는 감사한 마음을 담은 채 여관을 한 번 꼭 안아주고 밖으로 나왔다.

문이 닫히는 소리가 들리자 그제야 여관은 한숨을 쉬며 못마땅한 표정을 지었다. 이래서 인간이 싫었다. 너무 정이 많고 마음을 흔들어놓는 종족이었다. 아무래도 하윤 님께 급신을 띄워야 할 듯 싶었다.

사람에 굶주린 사람은 조그마한 정 하나라도 금방 흡수하기 마련이었다. 고작 보름 정도 머문 대현궁을 나오면서 운채는 눈물이 비어져 나왔다. 딱히 누군가와 친하게 지내지 않았음에도 불구하고 그들을 뒤로하고 떠난다는 자체가 마음이 아팠다. 운채는 소매로 거칠게 눈을 비비며 발을 놀렸다. 빨리 걸어야 그만큼 빨리 당도할 것이다.

그러나 그건 화한길을 내딛기 전의 생각이었다. 넓게 잘 다듬어진 길을 본 운채의 눈이 휘둥그레졌다. 별안부 오작교의 넓이와는 비교가 되지 않았다. 감탄이 절로 나올 만큼 크고 화려했다. 그녀는 대부분 자신의 침방과 내원관만 들락날락했기에 대현궁에 있었다 해도 천궁을 구경할 시간이 없었다. 잡혀올 때도 주위를 둘러볼 정신이 없었기에 눈으로 담아두지 못했다. 좀 더 자세히 구경하고픈 운채는 큰길가에서 방향을 틀어 골목길을 두르기로 했다. 도착이 조금 늦어지겠지만 운채는 먼 길 가기 전 스스로에게 주는 작은 선물이라 여기기로 했다.

그녀의 모습을 먼발치서 구경을 하던 설류는 아무리 봐도 자신의 운은 타고난 것 같다고 생각했다. 하필 가는 날이 장날이라 하윤이 출타 중이라 해 시간도 때울 겸 천궁이나 거닐다 들어갈 생각이었다. 그런데 눈에 들어온, 아니, 익숙하다 못해 튀기까지 하는 옷차림에 그의 고개가 홱 돌아갔다. 분명 하윤이 물고 빨고 아끼며 자신의 내궁에 꼭 숨겨놓았을 것 같은 계집이 혼자 돌아다니고 있으니 이상해도 한참 이상한 모습이었다. 거기다 보자기 하나까지 손에 쥔 것을 보면 심부름을 가는 중이거나 궁을 나왔다는 소리인데……. 근처 따라붙은 천신이 있는지 주위를 둘러보았으나 여관 하나 눈에 보이지 않았다. 설류가 턱을 쓸며 운채의 뒷모습을 유심히 바라보았다.

"이건 또 어떻게 돌아가는 거야? 아무래도 몰래 나온 것 같지?"

좌 시관 또한 별다른 보고가 들어오지 않는 상태라 어찌 답해야 할지 몰랐다. 설류 님의 호기심을 충족시켜 주는 답변은 하고 싶지 않았다.

"너, 요즘 말하는 것이 귀찮은 것이냐? 아니면 나에게 시위하는 것이냐?"

설류가 잠시 좌 시관을 째려보다 다시 운채에게서 시선을 돌렸다. 그의 눈빛이 장난감을 눈앞에 둔 아이처럼 반짝거렸다. 불길하다. 저 눈빛.

"그럴 리 있겠습니까, 하명하시옵소서."

"너 같으면 하윤, 그놈 보는 앞에서 운채라는 아이를 데려가겠다 말하는 것이 속이 쓰리겠느냐 아니면 그냥 납치하듯 데려가는 게 더 속이 쓰리겠냐?"

아, 역시나, 주인님의 심술보가 터지신 모양이었다. 정말 하윤 님이 화를 내면 단순히 치고 박고의 문제로 끝내지 않을 것을 아는 분이 지금 저러고 있는 것을 보면 천성이었다. 천성.

"아니다. 아무리 봐도 하윤의 썩은 두부 같은 얼굴을 봐야 속이 시원할 것 같군. 조금 더 지켜보는 게 좋겠어."

운채의 뒤를 밟으며 설류가 접선을 펼쳤다.

좌 시관은 일이 커지기 전에 말리고 싶지만 대현궁에 왔다는 자체만으로 벌써 일은 벌어진 것이나 다름없었다. 거기다 혼자서 자문자답에 아주 신이 난 주인님을 자신이 어떻게 말린단 말인가.

"운채라는 아이가 뭔가 가지고 싶은 게 있는 모양이구나? 미안한 것도 있으니 이참에 하나 사주는 것도 괜찮겠지. 따라오라."

생각이 없으신 겐가? 주인님을 보고 기겁하지 않으면 다행이었다. 판을 결정 내린 천신이 갑자기 자신의 앞에 나타나는데 행여나 좋아하겠다. 거기다 어떻게 보면 그녀는 지정된 부에서 이탈하지 않았는가. 물론 자기 의지가 아니긴 하지만.

설류가 운채의 뒤에서 어깨를 톡톡 치자 그녀가 뒤돌아보았다. 한 치의 어긋남 없는 반응을 보이며 운채는 날카롭게 숨을 들이켰다. 얼굴이 사색이 된 것은 물론이요. 움켜쥔 두 손은 그녀가 얼마나 긴장하고 있는지 여실히 말해주고 있었다.

운채는 자신이 자리를 이탈하여 천신이 잡으러 온 것이라 생각했다. 그 생각 말고는 다른 이유가 없다고 생각했다. 최악의 경우 죄인의 자질이 고약해 죗값을 늘리겠다고 할지도 몰랐다. 그런데,

"저게 갖고 싶으냐?"

설류가 턱짓으로 나비 두 쌍이 포개진 모양의 머리장식을 가리켰다.

"믿지 않으실지 모르지만……. 지금 별안부로 가고 있는 중이었습니다."

가쁜 호흡으로 말을 마친 게 신기할 정도였다. 결코 달아날 의사가 없음을 알리고 싶었다. 죄를 더 받고 싶은 마음도 없었다. 솔직히 천계에 그녀가 숨을 곳은 없었다.

"누가 뭐라더냐? 저게 갖고 싶냐 물었다."

그녀는 도대체 대화가 어디로 튀는지 감을 잡을 수가 없었다.

"계속 저것만 바라보고 있지 않았느냐? 맞지?"

대뜸 나타나 머리장식 이야기로 모자라 뭐가 즐거운지 히쭉 웃기까지 했다. 처음 판을 받을 시 근엄하다 못해 두려워 쳐다보기도 어려웠던 천신과는 확연히 다른 모습이었다. 지금은 마치 거리의 한량처럼 가볍다 못해 나풀거려 보였다.

"그냥 예뻐서 구경하던 참이었습니다."

"그게 그 말 아니더냐? 이 나비장식은 그다지 좋아 보이지 않으니 나중에 태상궁에 가면 예쁜 것으로 하나 골라잡아 봐라. 어차피 사용할 천신도 없으니 원하는 건 다 가져도 좋다."

도대체 그녀에게 왜 그러는지 모르겠다. 아무리 공짜라면 당나귀도 잡아먹는 게 사람 마음이라지만 그것을 덥석 물 만큼 미련스럽지 않았다. 또한 타의로 대현궁에 머물렀다고는 하나 자리를 벗어난 것은 사실이고 지은 죄가 있으니 마주 대하기 불편했다. 그녀는 보자기를 움켜쥔 채 발걸음을 재게 놀렸다. 대답을 안 해 그의 심기를 건드린다 해도 할 수 없었다.

"너 지금 내 성의를 무시하니?"

운채는 아무 소리도 안 들린다는 듯 그저 앞만 보고 걸었다. 천신에게 정신없이 이것저것 대답해 주다 보면 말꼬투리를 잡고 늘어질지도 몰랐다. 넋이 나가 천궁 구경을 하는 것이 아니었다. 운채의 입은 의지를 담은 듯 꽉 다물려 있었다.

설류의 눈이 가파르게 올라갔다. 이렇게 괄시를 받아보기는 태어나서 처음이었다. 접선으로 그녀의 뒤통수를 때리려다 설류는 팔을 뻗어 운채의 길을 막았다. 일단은 이 계집을 보내줄 수 없었다.

"너 혹시 바둑 둘 줄 아느냐?"

하윤이 오기까지 시간 때우기로는 바둑만 한 게 없었다. 귀찮게 걸어 다니다 아는 천신이라도 만나면 붙잡혀 차라도 마셔주어야 할지 모르니 어디 콕 박혀 앉아 있는 게 최고였다. 모르면 가르쳐 주겠다 하며 주저앉힐 생각이었다.

"바둑이요?"

대답하지 않기로 다짐한 지 일 각도 되지 않아 운채는 냉큼 질문을 받아먹었다.

"오, 표정을 보아하니 둘 줄 아는 모양이군. 몇 수 접어줄 테니한 번 두어보련? 네가 이긴다면 원하는 소원 하나 들어주마. 어떠냐?"

쯧쯧, 저 못된 버릇 또 나왔다. 인간에게까지 골탕을 먹이고 싶을까? 어느 정도 맞수가 되어야 흥이라도 나지. 바둑판도 각양각색으로 가지고 계시는 주인님이, 그것도 남한테 지는 것이 싫어한때 밤을 새면서까지 바둑을 두었던 분이 잘도 소원을 들어줄 심보겠다. 하긴 쉽게 이루어지는 게 어디 소원이긴 하냐만은. 어찌저 처자는 벌써 솔깃한 눈치였다.

"제가 지면은 어떻게 되는지요?"

천신은 그녀가 이기면 소원을 들어준다 하였지만 정작 지면 어찌한다는 언급이 없었다.

"네가 지면은 내 옷 한 벌을 지어주는 것이다."

"진짜지요? 지면 옷 한 벌 지어주는 것으로 하겠다고요? 좋아요. 해요. 바둑!"

밑지지 않는 내기였다. 운채의 대답은 사뭇 경쾌하기까지 했다.

"좌 시관, 가까운 전각으로 길을 잡아라."

오랜만에 내기바둑에 한껏 흥분된 설류의 목소리는 경쾌하기그지없었다. 그 누가 그를 말릴쏘냐. 좌 시관은 포기한 채 근처 전각을 알아보기 위해 발 빠르게 움직였다.

단충 전각은 사방이 탁 트인 곳으로 한 그루의 버들나무가 전각높이만큼 자라 있어 드리워진 그림자로 인해 그 주위가 서늘할 정도였다. 경관이 마음에 든 듯 설류가 고개를 끄덕였다. 곧바로 오동나무 밑동 모양의 바둑판 하나가 내어져 왔다. 운채가 흑단으로 된 바둑알통을 두 손을 받고 설류가 먼저 뚜껑을 열자 운채가 뒤따라 열었다.

"일수불퇴이다. 9점을 접어주면 되겠느냐?"

대놓고 큰 수를 접어주면서도 여유로운 것을 보면 필시 고수였다. 인사를 한 후 허리를 꼿꼿이 세운 운채의 눈빛이 잔잔하게 가라앉았다. 운이 좋으면 죄를 사면받을 수 있을지도 몰랐다. 의지를 다지듯 운채는 입을 꽉 다물었다. 그 떨리는 첫 수가 우상귀에 힘 있게 놓였다. 양보는 없다는 듯 바둑판의 흑알과 백알의 소리가 명쾌하게 공기 중을 갈랐다.

한동안 바둑알을 집는 소리 외엔 아무 소리도 들리지 않았다. 바둑판 위를 오고가던 백알과 흑알이 시간이 지나면서 속도가 느려졌다. 그와 비례해 좌 시관의 눈빛도 반짝거려졌다. 확실히 실력으로는 주인님이 우위였다. 허나 쉽게 무너지지 않는 상대방의 묘미가 꽤 지켜볼 만했다.

중앙에 상당히 흑집이 형성되어 있자 설류의 입에서 낮은 감탄사가 흘러나왔다. 그러나 전반적으로 백이 두터워 흑이 덤을 내기 어려운 상황이었다. 어느새 우상귀 소목 쪽으로 흑과 백이 치열하게 놓이고 있었다.

"누구에게 배웠느냐?"

바둑을 둔 후 처음으로 설류가 입을 열었다. 중반 우하귀에서 귀굳힘을 한 백집에 뛰어든 그녀의 대범함에 설류는 절로 미소가 지어졌다. 아무래도 꽤 재미있는 내기가 될 듯싶었다.

"친우에게 배웠습니다."

내운산의 겨울은 할 일이 별로 없었다. 소일거리라 해봤자 사내
는 집안에서 새끼를 꼬든가, 장작을 패는 일이 다였고 계집은 옷
감 짜기나 염 들이기가 전부였다. 특히 내운산은 일감도 거의 없
어 겨울에 윤과 바둑을 두거나 서책을 보는 게 하루 일상이었다.
그리고 그녀는 윤을 거의 이겨본 적이 없었다. 그러기에 그녀의
실력을 가늠할 수 있는 잣대는 오로지 윤이었다.

"누군지 몰라도 훌륭한 스승이었나 보군."

"……끝났습니다."

마지막 한 수를 놓은 뒤 운채가 고개를 들었다. 설류가 바둑판
을 뚫어지게 쳐다보더니 벌떡 일어났다. 손해 패감을 너무 많이
써서 백의 형세가 불리해진 판이었다. 9점을 접어주고 했지만 패
배는 패배였다. 인간에게, 그것도 한낱 계집에게 바둑을 졌다는
충격에 설류의 인상은 일그러졌다.

"내가 지다니……."

바둑판을 노려보는 폼을 보아하니 꽤 충격이 큰 모양이었다. 아
무래도 소원은 나중에 말해야 할 듯싶었다. 그녀의 마을에도 꼭
그런 사람이 있었다. 장기를 두다 제 성질에 못 이겨 장기판을 엎
어버리는 노인이. 앞의 천신이 꼭 그럴 거 같아 운채는 자리에서
일어나 후딱 인사를 하고 자리를 뜨고 싶었다. 해도 벌써 중천을
넘어가고 있었다. 너무 오랜만에 바둑을 둬서 시간 가는 줄도 모
르고 있었던 것이다. 이러다가는 오늘 중으로 천궁 화한길도 벗어

나지 못할 거 같았다.

"생각이 바뀌었다. 널 그냥 태상궁에 데려가야겠다."

설류가 운채에게 손을 뻗으려 하자 그보다 먼저 누군가 운채의 팔을 잡아당겨 그녀를 뒤로 감추었다. 얼마나 세게 잡아당겼는지 운채는 중심을 잡지 못하고 휘청거렸다. 고개를 들어보니 하윤 님이 앞의 천신을 노려보고 있었다. 그녀 뒤로 인정머리 없는 대사 이원도 나타나자 그녀는 그저 어리둥절할 뿐이었다.

"이곳까지 무슨 일이지? 분명 입궁 불허한다는 공서가 갔을 텐데?"

하윤은 누구에게 먼저 화를 내야 할지 갈피를 잡지 못했다. 말없이 떠나려 했던 운채인지 아니면 몰래 운채를 데려가려고 하는 설류인지. 그녀가 걸어가는 시간을 가늠해 화한길 끝까지 훑었으나 그림자 하나 보이지 않아 본궁을 호위하는 사헌대를 풀어야 하나 고민까지 한 그였다. 그런데 설류와 고작 신선놀음을 하고 있어?

"네놈처럼 나도 내 것을 찾으러 왔다."

가뜩이나 짜증스러운 상황에 뻔뻔스러운 설류의 말은 하윤의 심기를 건드렸다.

"이원, 운채를 대현궁으로 데려가라. 아무래도 손님하고 말이 길어질 듯하니."

하윤의 눈빛은 그보다 더 많은 것을 내포하고 있다 말하고 있었다.

"멈추는 것이 좋을 것이다. 내 사람을 데려가 놓고 살기를 바라는 것은 아니겠지?"

설류의 날카로운 눈빛이 이원에게 향했다. 웃음이 걷힌 그의 표정은 오싹하기까지 했다.

하윤은 조금 전 자신의 기분이 그저 불쾌했다면 지금은 설류의 목을 비틀어주고픈 기분이었다. 잘못 듣지 않았다면 분명 '내 사람'이라고 했다.

"네 눈은 마치 '저게 미쳤나?' 라는 표정이군. 정소부 주인이 태상궁의 명을 받는 것이 문제가 될 리 없을 텐데? 그러니 내가 데려가야 옳지 않겠나? 누구 때문에 정소부의 자리가 한동안 비워져 먼지가 쌓였단 말이지."

무슨 말인지 알 수 없는 운채는 이 분위기가 숨이 막혔다. 정소부는 무엇이고 데려가야 한다는 것은 무엇인지. 자신의 인생이 또다시 휘저어질 것 같은 불길한 예감이 들었다.

설류가 접선을 펼친 채 팔락팔락 부채질을 했다. 그녀를 데려가겠다 까지 말했으면 무슨 반응이 와야 하는데 저 하윤이라는 놈은 그저 벙어리삼룡이마냥 침묵만 지키니 재미가 없었다. 저놈이 인간세계에 눌러앉아 있을 만큼 그녀를 애지중지했다면 그녀가 정소부의 주인인 것을 모를 리 없다. 정소부의 새 주인이 인간인 것을 알고 호기심이 동해 인간계에 내려갔다 첫눈에 반한 건가? 잠깐, 그런데 저놈이 그런 호기심을 가지고 있을 만큼 남의 일에 관심을 가지는 성격이던가? 문뜩 드는 궁금함이었다. 게다가 아무리 미색이 출중해도 그 당시에는 인간나이로 아이였을 텐데 저놈의 취향은 어린아이였나? 그럴 수도 있었다. 저놈이 연애를 하는 꼴을 못 봤으니 의외로 변태성향일 가능성이 컸다.

"이 아이가 정소부의 주인이라는 건 부정은 안 하는군."

"그럼 이 아이가 능력이 없다는 것도 알 텐데? 그런 아이를 데려다 쓰겠다고? 네 눈은 장식용인가? 아님 정소부가 허드렛일이나 하는 만만한 부서였던가?"

"너 지금 뭐라 했냐?"

하윤의 차가운 비웃음은 명백했다. 태상궁 주인이 산하기관인 정소부 주인의 능력도 못 알아본다고 지금 핀잔을 주고 있는 것이었다. 도전을 모른 척하는 설류가 아니었다. 이 정도 선에서 그냥 운채를 데려가려 했던 그의 마음이 바뀌었다. 저놈의 일그러진 얼굴을 본 뒤 태상궁으로 운채를 데려갈 것이다. 설류의 시선이 운채에게 박혔다.

"글쎄, 인간 계집이라 능력이 얼마만큼인지는 차차 봐야 알겠지만, 그 능력이 모자란다 생각할 시 넌 죽은 목숨이다. 애석해도 어쩔 수가 없다. 능력이 안 되면 대물림을 해서라도 정소부의 주인을 맞이해야 하지 않겠느냐?"

"무슨……."

무슨 일인지는 모르나 자신을 죽이겠다는 말에 운채의 가슴이 덜컹 내려앉았다.

"너는 어찌 항상 '난 아무것도 몰라요' 라는 눈빛이……. 컥."

눈 깜짝할 사이 하윤이 설류의 코앞에서 목덜미를 쥐어 틀었다. 그의 내리깐 눈은 살기로 번뜩였으나 목소리는 건조하기 짝이 없었다.

"그렇게 말을 했으면 알아들어야지. 머리가 녹이 슨 것은 아닐 테고."

"이거 해보자는 소리 같은데?"

목을 죄는 완력이 상당함에도 설류의 입술이 삐딱이 치켜 올라 갔다.

'이성을 잃었다? 대현궁 하윤이?'

재미난 일이다.

"그래, 마지막이니 곱게 웃는 게 좋을 것이다. 죽을 때 웃는 돼 지가 값을 더 쳐준다는 말도 있으니."

'뭐? 지금 저놈이 뭐라고 하는 거야?'

"옷에 피 묻는 게 성가시지만 오늘 작살을 내주마."

컥. 더 이상의 여유는 없었다.

'아, 빌어먹을! 무식하게 힘만 센 대현궁 천신 아니랄까 봐.'

설류가 하윤의 팔뚝을 잡아 뜯어도 하윤은 설류의 목덜미를 쥐 어짜고 있었다. 재생되기도 전에 머리와 몸통이 분리되는 사태는 막아야 했다. 설류가 인상을 구길수록 하윤의 비릿한 미소가 깊어 졌다. 진작 이랬어야 했다. 저 깐죽거리는 얼굴을 이참에 치워 버 리는 것도 괜찮은 생각이었다. 하윤의 눈에 광채가 서렸다.

설류가 있는 힘껏 자신의 목덜미를 잡은 하윤의 팔을 뜯어내자 자신의 살점까지 나가 떨어졌다. 몸이 재생되고 있긴 하나 뿜어져 나오는 피를 막기에는 역부족이었다. 한동안 피 보충을 위해 생간 이라도 먹어야 할 듯싶었다.

"이번 참에 태상궁 주인을 바꾸는 것도 좋겠지."

뭐라? 피를 흘려 헛소리까지 들리는 모양이라 생각하기에는 하윤의 표정은 싸늘하기 그지없었다. 웃자고 한 짓에 죽자고 덤비는 저 무모함에 설류는 슬쩍 난감해졌다. 목덜미가 잡힐 것은 알고 있었으나 진짜 제 무식한 힘을 풀어놓겠다는 것은 아니겠지?

설류는 진심으로 자신이 처한 상황에 대해 진지하게 고민하고 있었다.

운채는 비명조차 지르지 못했다. 손이 떨리고 무릎이 떨려 서 있는 것조차 힘들었다. 천신은 안 아프다며? 저 흐르는 피는 뭐고, 떨어져 나간 살점은 뭐란 말이야? 천신이라 싸움도 다툼도 없는 줄 알았다.

"하…… 하지 마요. 그만해요……. 그러다 죽어요! 가서 치료를 해야 해요. 거기 두 분 그렇게 서 있지 말고 좀 말려보세요."

운채가 뒤에서 하윤의 허리를 끌어안으며 울먹였다.

'천신이면서 왜 이리 잔인해? 인간을 보듬으며 어루만져 주는 그들이 왜 이리 모질어.'

"이원, 운채를 대현궁으로 데려가라."

저렇게 피를 흘리는데 고통을 느끼지 못하는 건지 그의 목소리는 평이했다. 그는 멈출 생각이 없는 것이다. 운채가 고개를 저으며 하윤의 허리를 더욱 끌어안았다. 피 보는 게 무서워 닭도 못 잡는 운채였다. 바닥에 흥건히 고인 핏물에 토기가 올라오려 했지만 싸움을 말려야 했다. 보는 그녀가 살이 뜯기는 기분이었다.

하윤의 비난 어린 눈빛이 그대로 이원에게 향했다. 운채가 여기 있으면 설류를 마음 놓고 찢어 소멸시킬 수 없었다. 자칫 설류가 운채에게 살기를 뻗친다면 연약한 그녀는 숨 한 번 내쉬어보지 못하고 죽을 수도 있다. 그런 위험부담을 안고 싸울 수는 없었다.

하는 수 없이 이원이 그녀를 하윤에게서 떼어내자 운채가 소리쳤다.

"소원 들어준다고 했지요? 가라고요. 거기 천신님도 많이 다치셨잖아요! 가세요. 어서요!"

그녀의 말이 무슨 말인지 몰라 하윤은 미간을 찡그렸고 설류는 미묘한 표정으로 운채를 바라보았다.

"어서 가세요. 그게 제 소원이에요!"

간절히 외치는 그녀의 모습에 설류는 살짝 마음이 불편했다. 이제까지 흥이 났던 모든 게 재미가 없어졌다. 하윤이 저리 으르렁거리니 그녀를 데려갈 수도 없었다. 어차피 내 것이니 안달 날 필요는 없지만 그의 계획이 완전히 망가져 버렸다. 그러나 한 가지는 확실히 알았다. 저 하윤이 놈은 운채라는 계집을 쉽게 내줄 생각이 없다. 그에게 감정을 드러낼 정도로 계집을 뺏기기 싫은 거였다.

'음……. 그나저나 자존심이 상하지만 소원은 소원이니 사라져주어야겠지?

설류는 어느 정도 피가 멈추자 태상궁으로 향하는 문을 열었다. 무식한 어느 놈 때문에 현재 유유자적하게 천마를 타고 갈 상태가 아니었다.

"좌 시관, 가자꾸나. 소원이란다."

그러나 설류는 열어놓은 문으로 한 발을 내딛다 말고 뒤돌아 운채를 바라보았다. 그가 또 뭔 짓을 꾀하려는 줄 알고 하윤과 이원이 온몸으로 운채를 방어하고 섰다.

'흥, 꼴사나워서.'

"너, 적어도 네가 일하는 최고 상부 주인의 이름은 알고 있어야 하지 않겠니? 설류다. 내 이름. 그럼, 다음에 보자꾸나."

너덜거리는 몸을 이끌면서도 그는 웃으며 우아하게 퇴장했다.

한 번도 흐트러짐 없는 옷차림을 하시던 하윤 님이 피범벅이 되어서 들어오자 조용한 대현궁이 발칵 뒤집혔다. 시관 및 여관이 하윤의 뒤를 급히 따랐고 사안을 논하려 입궁한 천신들은 혹 불똥이 튈지 몰라 재빨리 물러났다. 그러나 하윤은 남의 집 불난 듯 소란스러움을 관망하며 이원과 함께 무덤덤하게 자신의 처소로 향했다.

이원은 뒤따라오는 운채를 흘낏 쳐다보았다. 역시 조금 전 주인님 곁에 세워둔 것은 확실히 잘한 일이었다. 그녀가 대현궁을 떠났다는 전신을 받자마자 외무를 보다 곧바로 환궁한 주인님을 보더라도 주인님의 관심은 분명 운채 님에게 향해 있었다. 만약 조금 전 설류 님과 주인님의 싸움이 더 심각해졌다면 그 둘 사이에 그녀를 집어 던질 생각까지 한 이원이었다. 조금 거칠긴 하지만 싸움을 끝낼 수 있는 최고의 빠른 방법이었다.

주인님을 움직이는 분이라? 거기다 태상궁 설류 님이 그녀에게 눈독을 들이고 있다. 그것도 골치 아픈데 그녀가 정소부의 주인이라는 말을 듣는 순간 이원은 머리가 삐거덕거리는 느낌이었다. 인간이 어찌 천계의 관할 일을 한단 말인가? 정소부는 태상궁의 오른 축 역할이다. 또한 인간의 혼백을 관리하는 곳이다. 그 밑으로 자잘한 사자까지 합치면 도합 수백은 정소부 아래에 놓여 있다. 그런 곳을 그녀가 관리한다고? 불가능하다. 나아가서는 태상궁 주인이 자리를 비웠을 시 대리 역할을 해야 하는 곳도 정소부이거늘.

아까 깜짝 놀라는 것을 보니 스스로도 자신이 정소부 주인인 것을 모르고 있는 눈치였다. 그가 봐도 한낱 인간 계집으로밖에 보이지 않는 그녀였다.

"조사할 필요성이 있겠군."

필요하다면 비밀리에 태상궁의 사고를 털어서라도 그 내막을 밝혀내야 했다. 하윤 님이 얽혀 있다면 반드시 그가 알아야 했다. 또한 앞으로 운채 님을 어찌 써먹어야 이 천계가 평온함을 유지할 수 있는지도 생각해 봐야 했다.

어쩌다 하윤의 침전까지 따라온 운채는 걱정스러운 눈빛으로 그의 몸을 살펴보았다. 피는 멈춘 것 같아 보이나 분명 크게 상처가 났을 것이다. 그럼에도 불구하고 그가 느긋하게 팔에 머리를 기댄 채 눈을 감고 있자 운채는 그 상태에서 그가 기절이라도 한 건가 싶어 가슴이 조마조마했다.

언제부터 설류가 그녀가 정소부의 주인인 것을 알고 있었지? 판에 세울 때부터였나? 아님 그 후? 여우 같은 놈. 판의 값은 태상궁 산하 각 부처장에서 하달된 업무를 완수하는 것이다. 능력을 보려 함인가 아니면 그저 너의 변덕이었던 것이냐? 정말 그녀의 능력이 부족하다면 그녀를 죽일 생각인가? 무수한 질문이 그의 머릿속에서 정리되지 않은 채 떠돌아 다녔다. 그러면서 그의 기억은 지금으로부터 스무 해 전 전 정소부와의 대화로 거슬러 가고 있었다.

"이런 쌍, 더럽고 아니꼽고 치사해서 이놈의 정소부 때려치운다. 말을 하면 들어 처먹어야 할 것 아니야. 그럼 혼자 북 치고 장구 치지 왜 나를 불러. 더 이상은 못 해! 너 혼자 잘 먹고 잘 살아 봐라. 이 꼴통 새끼야."

불같은 반오가 걸쭉한 욕설을 내뱉으며 씩씩거렸다. 그는 지금 열이 뻗쳐 눈에 뵈는 게 없었다. 만약 지금 그 앞에 설류가 있었다면 목을 졸라 던져 버리고 말았을 것이다. 그것이 자신의 상관이든 아니든 간에 말이다.

"하윤, 나랑 얘기 좀 하자고."

눈에 핏줄이 서고 눈가가 빨간 것을 보니 제대로 열이 받은 모양이었다. 이런 반오는 상대하기 귀찮았다. 태상궁에 있는 설류나 반오는 하나같이 인내심을 요하는 자들이었다. 왜 태상궁 소속의 천신이 대현궁에 와서 자신의 신세한탄을 하느냔 말이다.

거기다 이야기를 하면 밑도 끝도 없이 먼저 하고픈 말을 들이민다. 바로 지금처럼.

"설류의 능력과 비등한 자나 높은 자는 대현궁 주인밖에 없단 말이지. 난 더 이상 설류 놈의 치다꺼리는 신물이 난다고! 이건 하나 수습하면 저기서 펑 터지지 않나. 저기 수습하면 여기서 쨍그랑 소리가 나지 않나. 끝이 나질 않는다고! 그래서 생각해 봤는데 소멸하기 전에 설류 놈에게 잊지 못할 선물을 주려고 말이야.”

하윤의 한쪽 눈썹이 살짝 올라갔다. 반오가 그저 욱해서 소멸을 할 거라고 지금 되도 않는 말짓거리를 하고 있는 것인지 아니면 소멸할 때가 다가오고 있다고 하는 말인지 가늠하고 있었다.

“내 소멸이 얼마 남지 않았다고 말하고 있는 거다. 하윤.”

“……그거 유감이군.”

하윤은 차를 마시며 자신의 소멸은 언제일까 계산해 보았다. 답이 나오지 않는다. 이 지루한 본궁의 생활을 몇백 년이나 더 해야 하다니 오히려 남아 있는 자신이 유감스러웠다.

“이렇게 말하는데 좀 안쓰러운 표정이나 슬픈 표정을 지어주면 안 되냐?”

“용건을 말하지?”

“그러니까 확실히 설류에게 물을 먹이려면 너의 협조가 필요하다고. 잘 생각해 보라고. 내가 소멸했는데도 불구하고 다음 정소부 주인이 안 나타나면 설류가 얼마나 열이 뻗치겠냐고.”

생각만으로도 쌤통이라는 듯 반오가 쿡쿡거리며 웃음을 터트렸다. 눈이 번뜩이는 것을 보면 오늘 제대로 미친 모양이었다. 어찌보면 이런 반오를 데리고 있는 태상궁 설류가 조금 불쌍해 보이기도 했다.

“설류가 못 찾아낼 것이라고 생각하나?”

하윤의 목소리는 어림없다고 말하고 있었다. 그 민감한 설류가? 거기다 정소부면 태상궁의 산하기관. 자기 수하를 못 찾아낼 리 없다. 찾아내는 즉시 설류는 그 인간을 죽일 것이다. 인간계가 어지러운 것보다 하나의 생명을 회수하는 것이 더 빠른 해결 방법이니. 그는 그렇게 처리할 것이다.

"그러니까 네 도움이 필요하다고 했잖아."

욱 하는 성미답게 지금까지 뭘 들었냐는 핀잔이었다. 아무리 능력이 출중하고 오래 산 천신 중 한 명이라지만 대현궁 주인 앞에서 이렇게 반말을 찍찍 날리며 대놓고 목소리를 키우는 자는 오직 반오뿐일 것이다.

"간단하다니까? 난 인간에게 능력을 물려주고 넌 그 능력을 봉인해 주면 아무리 능력이 좋은 설류라도 찾을 리가 없다는 거야. 인간도 제 명 살다 그냥 죽는 거라고. 결론은 설류 놈 혼자 태상궁에서 똥 빠지게 고생하는 거지. 으하하하."

"골치 아픈 일은 질색이다. 다른 천신을 찾아보는 게 좋겠군."

단박에 응할 거라고는 생각은 안했지만 일언지하에 거절당하니 반오의 목소리가 커졌다.

"아니 왜!"

"귀찮은 짓을 부러 할 필요는 없지."

"내가 이 말은 안 하려 했는데, 내 부탁 안 들어주면 태상궁과 대현궁은 전쟁일 텐데?"

하윤은 찻잔을 천천히 내려놓으며 반오를 뚫어지게 응시했다.

"나는 소멸이 아니라 대현궁 하윤한테 소멸을 당할 예정이거든? 자 선택하라고. 귀찮은 것이 좋은지 골치 아픈 것이 좋은지.”

반오의 얼굴은 어느 때보다 진지했다. 무심한 하윤이 고심할 만큼.

“네 진심이 뭔지 모르지만 작정하고 온 것만은 분명하군.”

“내 마지막 부탁이라니까?”

“소멸이 언제냐?”

“내일.”

하윤의 표정이 살짝 흩어졌다. 반오다웠다.

“바쁘지 않으면 술 한잔하고 가지?”

살면서 한 번쯤 부리는 변덕이라 해도 좋았고 소멸을 앞둔 친우의 소원을 들어주고픈 마음이라 해도 좋았다. 거기에는 설류가 머리를 쥐어뜯으며 업무에 치이는 모습을 보고 싶은 짓궂은 마음도 없지 않았다.

“무슨 꿍꿍이가 있는지 모르겠지만 좋다. 너의 장난에 장단을 맞춰주지.”

하윤이 오른손을 내밀자 반오의 얼굴에 화색이 돌며 냉큼 그 손을 움켜잡았다. 하윤의 새끼손가락에서 피가 몽글몽글 떨어졌다.

“언약이다. 다음 대 정소부의 능력은 제 스스로 발휘되지 못할 것이다.”

감긴 그의 눈이 떠졌다. 그래, 시작은 그리했지. 시작은…….

운채의 까만 두 눈이 걱정스레 그를 바라보고 있었다. 저 까만 두 눈에 그가 갇혀 있었다.

"괜찮으세요? 하윤 님?"

그 언약의 기억을 평생 끄집어낼 일이 없다 생각했는데, 그 사실조차 잠시 잊고 살았는데 설류가 알아버렸다. 지금에 와서 어디까지 알고 있는 건지는 중요하지 않다. 설류에게 그녀를 넘겨줄 일은 없을 테니. 문제는 이 언약을 그녀가 알아서는 아니 된다는 것이다.

"시의를 부르라."

명을 받잡기 위해 시립하고 있었던 이원이 하윤을 빤히 바라보았다. 탕욕 한 번 하고 하루 정도 쉬면 회복될 몸을 가지고 굳이 시의를 부르라는 의도가 무엇인지 머릿속에서 계산되고 있었다. 기본적으로 천신은 자신의 몸을 회복시키는 능력과 면역능력이 탁월해 상처 회복이 빠르고 병에 걸리지 않는 것은 사실이나 처참히 손상이 될 때나 면역능력이 제 기능을 발휘하지 못할 때는 시의를 부르곤 한다.

'아픈 척하고 싶다면 말리지 않겠습니다.'

눈치 빠른 이원은 알아서 탕욕준비를 하러 침전을 조용히 빠져나갔다.

"아까 어딜 가고 있던 참이었지?"

"먼저 자리에 누우셔야 해요."

"답하라."

하윤은 피를 싫어하는 운채를 자신의 처소에서 물러나게 해야 할지 아니면 좀 더 죄책감을 가진 채 그를 바라보게 만들지 생각 중이었다. 그렇다. 그의 화는 아직 가라앉지 않았다.

“품삯을 다 치렀으니 별안부로 가려던 중이었습니다.”

“누가 가도 된다고 했더냐?”

고저가 없는 말투임에도 그의 목소리에는 노기가 묻어 나왔다. 품삯을 치루면 자신은 별안부로 가는 게 당연한 일인데 그것을 누구에게 허락을 받아야 하는지 몰랐다. 빨리 치료를 받아야 상처가 덧나지 않을 텐데 시의는 아직까지 소식이 없었다. 운채는 먼저 자신이 물수건이라도 가져와 그의 몸을 닦아줘야 할 것 같았다.

“여기가 무슨 네 집 앞마당 거닐듯 싸돌아다니는 곳인 줄 아느냐? 변고라도 생기면 어찌할 뻔했느냐? 아니 변고가 생길 뻔했지.”

그의 말은 신랄했다. 훈장선생에게 꾸지람 듣는 아이처럼 그녀의 고개가 푹 숙여졌다. 어찌되었던 그녀가 싸움의 원인이 된 일이었다. 그리고 그가 다쳤다. 그건 부인할 수 없는 사실이었다. 죄책감과 미안함이 그녀를 내리눌렀다. 하필 시선을 떨어뜨린 위치가 그의 피 묻은 옷자락 쪽이라 그녀의 마음은 더욱 무거웠다.

“허락하신다면 하윤 님의 몸이 나을 때까지 수발을 들겠습니다.”

어차피 별안부를 이탈한 몸이다. 그 시일이 조금 더 길어진 것이라고 생각하면 되었다. 사실 품삯도 그녀의 상태를 고려해 그가 감해준 것 아닌가. 이 상태로 그냥 떠나면 그녀의 마음이 편치 않을 것이다. 이건 어찌 보면 마음의 무거운 짐을 덜어내는 이기적인 방법일 수도 있으나 그리하고 싶었다. 아픈 그를 놔두고 별안부로 갈 수 없었다.

“네가 나의 수발을 들겠다고?”

‘그런 후에 떠나겠다는 말이겠지.’

하윤은 찬웃음을 보이며 그녀의 뒷말까지 알아들었다. 이렇게까지 자신이 다쳤는데 쉽게 별안부로 떠난다는 말은 할 수 없겠지. 미물이 다쳐도 보살펴 주는 그녀니 하물며 자기를 위해 피까지 흘렸는데 가만있을 성격은 되지 못할 것이다. 이럴 줄 알았으면 설류가 자신의 팔을 다 뜯어내도록 가만히 있을 것을 그랬다.

“정 원한다면 말리진 않겠다. 나중에 힘들다, 싫다 해도 무를 수 없다.”

“허락해 주셔서 감사합니다.”

운채가 옅은 미소를 보이며 고개를 숙였다. 기다려도 시의가 오지 않자 손 놓고 가만히 기다리는 것이 답답한 운채는 자신이 한 번 찾아봐야겠다는 생각에 자리에서 일어났다.

그때 시의가 들었다는 말이 문 밖에서 들려오자 운채는 괜히 늦장 부린 시관이 미웠다.

“들라. 그리고 넌 나가봐도 좋다.”

하윤은 고개를 끄떡인 후 운채를 내보냈다. 멀쩡한 몸을 보여줘 그녀의 죄책감을 덜어줄 생각은 눈곱만큼도 없었다. 다시 생각해봐도 대현궁을 몰래 떠나려 한 그녀의 행동을 용서할 수 없었다.

태어나 난생처음 치료를 위해 대현궁 침전까지 들어온 시의는 고개를 갸우뚱했다. 멀쩡해도 너무 멀쩡했다. 기의 흐트러짐도 없으며 얼굴 또한 아픈 환자의 고통 어린 표정보다는 짜증스러움이 역력해 보이는 표정이었다. 혹 계집을 치료하려고 자신을 불렀는지 싶었으나 그것도 아니었다. 시의는 자신이 놓치는 부분이 있는지 일단 진맥을 짚기 위해 하윤 님 앞에 무릎을 꿇고 앉았다. 부시의가 조용히 옆에 대동했으며 그 뒤에 보좌하는 의녀 둘이 시립해 있었다.

"죄송하지만 상처 부위를 봐야 하니 의복을 벗어주셔야 하옵니다."

"정말 내 상처를 보기 위함이냐?"

"상처를 봐야 치료가 가능하니……."

시의는 당황스러워 끝까지 말을 잊지 못했다.

"눈이 삐지 않는 이상 내 몸이 아무렇지 않다는 것을 알고 있을 텐데 굳이 옷을 벗기려는 이유가 뭔지 물었다."

심화가 다 가라앉지 않는 하윤의 불똥은 엉뚱한 시의에게 튀고 말았다.

"됐다. 온 김에 탕약이나 지어라."

몸에 아무 이상이 없다고 말씀을 하시면서도 탕약을 지으라니 시의는 이를 어떻게 받아들여야 할지 몰라 난감했다. 뒤의 의녀는 지필묵을 꺼내 받아 적을 준비를 하였다.

"일단은 진맥을 해야 하니 오른팔을 내밀어주십시오."

몸이 건강해도 먹고 싶다면 지어드려야지. 그게 그의 일이니까. 문제는 원체 주인님의 몸체가 좋아 약발이 받을지가 의문이었다.

"그냥 보양식이면 된다. 다 필요 없고 남녀노소 불문하고 몸에 좋은 것이어야 한다, 아, 백한은 넣지 마라. 별 효험이 없었던 거 같으니. 이번엔……. 그래 용마龍馬가 좋겠군. 그리고 써도 좋으니 농축해서 가져오너라. 환으로 만들어 와도 상관이 없다."

혹시 머리를 다치셨나? 그러나 이내 그 보양식이 누구를 위한 것인지 감을 잡은 시의는 조용히 명을 받들었다. 얼마 전 백한을 잡아먹어 판의 값을 치르고 있는 인간 계집으로 인해 한동안 천계가 들썩거렸다. 그런데 그 백한을 손수 고아주신 분이 주인님인 것 같았다. 그 사실을 안 이상 의약청에 특별히 기별을 넣어 몸에 좋은 약재를 정성껏 다려야 했다.

하윤이 다치자 그녀의 마음은 무거웠다. 그녀는 나중에 시의한 테 가 하윤 님의 상태를 물어보아야겠다고 생각했다. 자신이 정소부의 주인이라는 말은 또 뭘까? 정소부가 무엇이고 또 자신이 거기 주인이라는 것이 무슨 말인지 아무나 붙잡고 물어보고 싶었다. 그녀를 죽이겠다고 겁박까지 한 설류라는 천신은 다시 만나자고 했다. 모든 것이 혼란스러웠다. 모든 게 의문투성이였다.

그녀의 눈앞에 갈색 가죽신이 보이자 고개를 들어 앞을 바라보았다. 인정머리 없는 천신 이원이 그녀의 앞을 막고 있었다.

"이제 나오시는 길입니까?"

"네. 시의가 조금 전에 들어가서 하윤 님은 치료 중에 있습니다."

살뜰한 말을 건넨 적이 없는 천신이 웃음까지 보이며 그녀에게 말을 건네자 조금 의아한 운채였다.

"바쁘지 않는다면 잠시 산책을 하시겠습니까?"

산책을 하자고 권했으면서도 이원은 한동안 걸으면서 한마디도 하지 않았다.

운채는 그런 그가 신경이 쓰였다. 시간이 남아돌아 산책을 하자고 했을 리는 없을 텐데. 거기다 그녀 때문에 하윤 님까지 상처를 입었으니 그녀에게 좋은 감정을 가지고 있을 리 없었다. 그녀가 침묵을 참기 힘들어할 때쯤 그가 입을 열었다.

"저는 어릴 때 대현궁의 다음 주인 자리라고 칭할 만큼 능력을 타고 났었습니다. 물론 전 관심이 없었지만은요. 오히려 부모님의 기대감과 달리 호기심이 많아 사고를 많이 치고 다녀 속을 많이 썩인 불효자라고 할 수 있지요. 하지만 궁금한 것은 못 참는 성미니 그건 스스로도 어쩔 수가 없는 일이었습니다."

아무런 표정 변화 없이 자기 자랑을 늘어놓고 있는 이원을 보는 운채는 어느 쯤에 추임새를 넣어주어야 할지 고민이 되었다.

이원은 운채의 보폭에 맞춰 걸으면서 시선은 계속 앞을 바라보고 있었다.

"아시겠지만 천신은 기본적으로 자신의 몸을 해독하는 능력과 재생하는 능력이 있습니다. 하지만 그것도 한계가 있는 법이지요. 한때 심심해서 자연 스스로가 가지고 있는 해독력과 자생력을 공부한 적이 있습니다. 문제는 제가 호기심이 많다는 것이었죠. 닥치는 대로 맛보고 삼켜보고 발라보았으니까요."

도대체 이 이야기의 초점이 무엇인지 그녀는 알 수가 없었다. 정말 시간이 남아 자신의 인생 이야기를 하고 싶은 건가? 그렇다면 시간을 잘못 잡았다. 지금은 그녀의 문제만으로 머리가 복잡해 누구의 이야기를 들어줄 수 있는 기분이 아니었다. 오히려 그녀가 그를 붙잡고 정소부가 무엇하는 곳인지 왜 자신을 거기 주인이라고 하는지 알고 있으면 말 좀 해달라고 해야 할 처지였다. 그래도 차마 매몰차게 그의 이야기를 끊을 수 없어 운채는 귀를 기울이며 간간히 그의 이야기에 고개를 끄떡였다.

“하도 많은 독을 먹어서 몸의 기는 뒤틀리고 지금도 몸속에 독성이 계속 남아 있는 상태입니다. 그래서 능력의 3할은 몸속의 독을 누르는데 쓰고 있지요. 독과 상극인 뜨거운 성질의 음식은 잘 먹지 않습니다. 몸에 좋지 않으니. 그렇다고 걱정스러운 표정을 지을 필요는 없습니다. 일상생활에는 지장이 없으니까요.”

현은 거짓말쟁이였다. 천신은 아프지도 않는다고 했는데 하윤 님은 피를 흘리며 아파하고 이원 님은 독에 중독되어 힘들어하고 있다. 운채는 어떻게 위로의 말을 건넬지 몰라 그저 이원을 바라만 보고 섰다.

이원 또한 걸음을 멈춘 채 운채와 마주 보았다.

“그러니 도와주셔야겠습니다.”

“제가 어떻게⋯⋯.”

그녀의 아버지가 약재를 취급했던 분이라도 어깨너머로 배운 것이 다라 그녀가 딱히 도움을 줄 수 있는 부분이 없었다. 그러면서 그녀는 해독에 관한 약초를 머릿속에서 이것저것 떠올려 보았다.

“예를 들어 마음대로 대현궁을 나가 힘들게 운채 님을 찾아 헤매야 하는 일이라든지, 주인님이 설류 님과 한판 붙어 최악의 상황의 결과 그 뒷수습을 제가 해야 되는 상황이라든지. 정소부의 주인이지만 그렇다고 날름 태상궁 설류 님을 따라가 일을 복잡하게 만든다든지, 뭐 이런 정도겠지요.”

운채는 할 말을 잃었다. 결론은 대현궁에 얌전히 있으라는 말이었다.

“열이 뻗치는 일은 되도록 피하고 싶은 일이라서 말이죠. 저도 제 몸은 소중하답니다.”

“무슨 말씀인지 잘 알겠어요. 그런데 저……. 하나 물어봐도 되나요?”

“아는 한도 내에서 답해 드리지요.”

“제가 정소부의 주인이라고 하는데 혹시 착각하고 있는 건 아닐까요? 전 거기가 뭐하는 곳인지도 모르고 얼마 전까지 내운산에서 살던 사람이었습니다.”

“제 말이 그 말입니다.”

정소부 주인 특유의 능력을 감지할 수 없었다. 인간이 정소부 주인이라니 가당치도 않았다.

“하지만 사실입니다. 설류 님이 비록 채신머리는 없으나 태상궁의 주인입니다. 허튼소리를 하실 분은 아니지요.”

그녀를 대현궁에서 보호하고 있다는 자체가 골칫거리를 한 짐 떠안고 있다는 소리인데 하윤 님은 도대체 무슨 생각으로 그녀를 대현궁으로 데려온 것인지.

“저기…… 하나만 더 물어볼게요. 제가 이원 님께 무례를 저지른 적이 있었나요?”

물론 예절 교육 받을 때 뒤에서 구시렁대거나 째려보기를 수차
례 했지만 그것만으로는 이유가 부족했다. 그의 태도나 눈빛으로
보아 분명 그녀를 탐탁지 않게 여기고 있었다. 개도 자기 싫어한
다는 것을 아는데 하물면 인간이 자기 좋아하는 것과 싫어하는 것
을 구분 못할까? 주는 것 없이 밉다면 할 말이 없지만 자신도 모르
게 무례한 일을 했다면 이번 참에 사죄하고 털어버리고 싶었다.

"갑자기 그건 왜 물으십니까?"

"저를 싫어하는 것 같아서요."

이원은 누구 때문에 주인님이 인간계로 14년 동안 가서 코빼기
도 보이지 않았다고 말하고 싶었다. 누구 때문에 과도한 업무의
시달림을 받은 가장 큰 피해자라고 말하고 싶었다. 하윤 님이 말
만 안 했지 인간 계집 하나 못 찾는다고 두 달 동안 면색과 표정으
로 갖은 구박을 다 받은 그였다. 그뿐이랴, 괜히 문안 인사로 트집
잡아 그 자리에서 몇 번을 다시 인사를 드렸던가? 그러니 그녀가
곱게 보이겠는가? 이런 것을 말해봤자 그만 좀스러운 천신이 되는
것이다.

"주인님을 닮아 곁을 두지 않는 찬 성정이라 오해의 시선을 많
이 받습니다. 운채 님을 싫어하지 않습니다."

싫어하진 않는다. 다만 못마땅할 뿐. 앞으로 도움을 준다면 싫
어하지 않을 생각도 있다.

운채는 그렇게 웃긴 말은 처음 들어본다는 듯 그의 면전에 대고
킥킥대며 웃었다.

"에이, 말도 안 돼. 제가 본 하윤 님은요……. 흠 흠, 이 말은 하

윤 님에게 말씀하시면 안 돼요."

주위에 아무도 없음에도 양옆을 살피는 그녀의 목소리는 한껏 낮추어져 있었다.

"하윤 님은요, 오지랖이 너무 넓어 탈이에요. 목소리는 근엄한 척, 아닌 척하는데 얼마나 티가 난다구요. 가끔 조금 무섭지만 그것도 다 엄포를 놓느라 그런 거 같아요. 이원 님은 눈치가 둔하시구나."

이원은 눈을 가늘게 떠 운채를 째려보았다. 하윤 님이 오지랖이 넓다? 그래서 자원궁과 태상궁이 술 먹고 한판 붙었을 때 옆에서 혼자 술을 들이켜고 있었을까? 오히려 웬만해서는 넌 짖어라 내 알 바 아니다가 주인님의 방식이라고 봐야 했다. 그런 주인님 때문에 자신이 처리해야 하는 일이 늘어남은 물론이요, 열 수 앞을 보고 일처리를 하다 보니 눈치가 너무 빨라져 하윤 님한테 정떨어진다는 말까지 들은 그였다. 그런데 내가 눈치가 없어?

"그런 말 처음 들어봅니다."

"아무튼 저 싫어하는 거 아니라는 거죠? 그럼, 다행이고요. 가끔 이원 님이 계시는 곳에 놀러가도 되지요?"

"귀찮게만 하지 않는다면 괜찮습니다."

운채는 두 손으로 입을 가리며 다시 킥킥거렸다. 이분의 성격을 어느 정도 알 것 같았다. 이분은 매사가 너무 진지했다. 자로 잰 듯 반듯함이 그대로 드러나 보여 대하기가 어려운 분이다. 그래도 그녀를 싫어하는 건 아니라고 하니 조금은 마음이 가벼워진 느낌이었다.

할 말을 다한 이원은 운채를 한 번 쳐다본 후 자리를 떴다. 아무
리 생각해도 저 웃음은 기분이 나빴다. 어느 누구도 자신 앞에서
대놓고 웃지 않았는데 오늘 너무 놀라 잠시 실성을 한 모양이었
다. 저런 아이가 정소부의 주인일 리 없었다. 절대!

五장

　　좌 시관은 점심시간을 이용해 여관 하나를 꼬여 빈 객방 하나로 끌고 갔다. 아직 업무시간임으로 속전속결로 해치우기 위해 여관의 치마만 걷어 올리려는 찰나였다. 뭔가 기분이 이상해 고개를 돌려보니 설류 님이 문에 기대어 그를 뚫어지게 바라보고 있었다.

　　"하던 거 계속 해. 방해 안 할 테니."

　　"헉……. 설류 님"

　　불러도 대답이 없기에 뭐하고 있나 싶어 친히 좌 시관을 찾아나섰더니 기가 차지도 않았다. 저것을 믿고 일을 시키는 자신이 한심스러울 정도였다. 설류는 손에 쥔 권책券冊을 냅다 좌 시관 쪽으로 던졌다.

　　머리통을 부여잡고 신음을 삼키는 좌 시관을 무시한 채 설류의

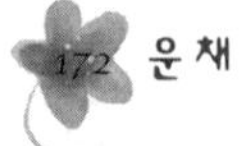

하명이 떨어졌다.

"정소부의 하급 사자를 대현궁에 머무는 운채에게 보내도록 해라. 천계가 먹고 노는 곳이 아니라는 것을 알려주어야지. 이 모든 것은 그녀가 이것을 받는 즉시 수행하도록 하며 또한 그녀가 수행하는 일이 잘못되었을 시 즉각 태상궁으로 끌고 올 수 있도록 진언으로 묶어라."

인간의 아이가 정소부의 주인이라는 것에 깜짝 놀라 조만간 주인님이 무슨 조치를 취할 것이라는 것은 알았지만 말 그대로 태상궁은 인간의 생과 사를 관할하는 곳이다. 인간의 몸으로 인간의 생과 사를 결정짓는 일을 제대로 할 리가 없었다. 자칫 마음이 한쪽으로 기울어진다면 그 결과는 극단으로 치달을 수도 있었다. 그런데 그것을 지금 인간 계집에게 맡기신다고? 차라리 저번에 언급했던 것처럼 그녀를 죽이고 다음 정소부의 주인을 기다리는 것이 옳은 방법일 것이다.

"정소부 주인이라면 잠재된 그 능력이 언젠가는 나오겠지."

말을 다 끝낸 설류가 나가려다 뭔가 잊은 듯 고개를 틀어 좌 시관을 향해 부드럽게 미소를 지었다.

"아, 그리고 말이지. 언제든지 말만 하려무나. 1년 내내 씨종마처럼 그 짓만 하면서 지낼 수 있도록 유배 보내줄 테니. 이래봬도 내가 꽤 너그러운 주인이거든."

설류는 좌 시관의 얼굴이 사색이 된 것을 모른 척하며 찌뿌듯한 몸을 풀기 위해 온탕으로 발걸음을 옮겼다. 아직까지 쥐어뜯긴 목덜미가 찌뿌듯했다.

'재미없는 놈, 그깟 농을 좀 쳤기로서니 남의 목줄을 이렇게 뜯
어놔?'

설류의 구시렁거림은 온탕에 도착할 때까지 계속되었다.

✳

하윤은 오늘도 어김없이 자신의 팔을 주물러 주고 있는 운채를
바라보았다. 조그만 손으로 이리저리 움직이고는 있다만 거의 간
지럼 수준이었다. 팔을 그녀에게 맡긴 채 아픈 척하기도 힘들었
다. 그녀의 손은 이제 다리로 내려갔다. 다리는 다친 적이 없는데
주무르는 이유가 뭐냐고 물었더니 팔만 혈액순환이 되면 안 될 것
같다는 답에 그냥 내버려 두었다. 이마에 송골송골 맺힌 땀을 보
면 힘드니 하지 말라 해야겠다고 생각은 매일 하고 있으나 이 즐
거움을 없애고 싶지 않아 오늘도 입을 꾹 다물고 누워 있는 하윤
이다.

그녀가 다리 아래부터 손으로 조물거리며 허벅지까지 올라갔다
내려갔다를 반복하고 있었다. 좋으면서도 긴장되는 이 기분은 참
으로 그의 기분을 묘하게 만들었다. 마치 가려운 곳을 긁지 못하
고 그 주위를 배회하는 기분인지 아니면 간지럽긴 한데 간지러운
곳이 정확히 어딘지 구분이 안 되는 느낌이라고 해야 하는지 아무
튼 정확히 설명할 수 없는 묘한 느낌에 그는 빠져 있었다.

"좀 더 위로. 더 위로…… 더……. 아니 옆으로……."

자신이 말해놓고도 당황스러운지 하윤의 눈이 번쩍 떠졌다. 운

채도 어찌할지 몰라 그를 빤히 바라보고 있었다. 그녀는 그의 말대로 허벅지 끝까지 있는 힘껏 주물거리고 있었다. 그리고 지금 어디를 주무를지 몰라 그녀의 손은 정확히 공중에 그대로 멈춰 있었다.

"뭐…… 뭐하느냐? 배를 문지르지 않고."

"네?"

"네 손이 느리지 않느냐. 좀 더 위로…… 더 위로……. 그 옆이라고 말했으면 빨리 빨리 손을 움직였어야지. 내가 오늘은 화채를 많이 먹어서 그런지 배가 차다. 주무르지 말고 배를 문질러라."

운채가 주저하자 하윤은 팔로 머리를 받치며 옆으로 누워 운채를 바라보았다.

어째 그가 당황스러워하는 것 같았다.

"왜? 못하겠느냐?"

"그게 아니라 배가 아프시면 시의를 부르시는 게 나을 것 같아서요."

"듣자 하니 인간계는 약손이라고 해서 손으로 배를 문지르면 배가 낫는다고 하던데 참이냐?"

하윤이 운채를 장에 내보내지 않으려고 많이 썼던 방법 중 하나가 배앓이였다. 그런 그의 속셈도 모르고 운채는 정말로 열심히 윤의 배를 문질러 주어야 했다. 윤이 만족할 때까지.

"지상에서는 아이가 배가 아프면 어머니는 아이의 배를 문질러 주면서 '내 손이 약손이다' 라는 말을 해요. 그런데 진짜 신기하게도 그러면 아이는 배가 안 아프대요. 저도 윤이 배가 아파서 여러 번 해준 적이 있거든요.”

“그럼 효과는 증명이 된 것이니 해봐라.”

운채는 아랫입술을 깨문 채 난감함을 표했다. 친우 윤의 배를 만져 주는 것이랑 다 큰 성인의, 그것도 남자 배를 만져 주는 것이랑은 천지차이였다. 운채가 눈을 이리저리 굴리며 변명거리를 찾으려 애썼다. 그러나 그는 벌써 자리를 잡고 벌러덩 누워 그녀의 손길을 기다리고 있었다. 그는 전혀 아무렇지 않아 보이는데 그녀 혼자 주저하고 긴장하는 것이 바보스러워 보일 정도였다. 운채는 주저하며 손을 그의 배 부분의 하얀 침의 위에 조심스럽게 올려놓았다.

“말도 같이 해야 효험이 있다는 것은 알겠지?”

“내 손이 약손이다. 빨리 빨리 나아라. 내 손이 약손이다.”

어색함이 듬뿍 묻어나는 소리가 억지 춘향이 따로 없었다. 긴장이 되니 몸도 빳빳하니 힘이 잔뜩 들어갔다.

“누가 빨리 나으라는 건지 정확히 말해야 효과를 볼 것 아니냐. 그리고 내 배가 무슨 맷돌인 줄 아느냐? 힘 좀 빼거라.”

그는 눈을 감고 있으면서도 주문이 참 많았다. 운채는 그의 배를 문지르면서 하윤을 조용히 째려보았다. 진짜 한 대 쥐어박고 싶었다. 이럴 때면 얄미운 윤하고 똑같았다. 그러면서도 운채는 팔에 힘을 뺀 채 동그랗게 원을 그리며 그의 배를 문질렀다.

이건 이거대로 기분이 묘했다. 간질간질한 느낌이 손끝까지 전달되고 있었다. 목도 가릉거리는 느낌이었다. 갈수록 허리에 힘이 들어가자 하윤이 자리에서 벌떡 일어났다.

젠장, 내일부터 당장 주무르는 것을 그만두라고 해야겠다. 설마

나를 놀리려 일부러 그런 건 아니겠지? 그가 눈을 가늘게 떠 운채를 바라보자 운채가 말간 눈으로 그의 표정을 살폈다. 표정이 좋지 않아 보이는 게 그다지 효과가 없어 보였다.

하윤은 갑자기 큰 깨달음을 얻은 표정으로 작은 탄식을 내뱉었다. 설류 놈의 말이 이제야 이해가 되었다. '난 아무것도 몰라요'라는 저 눈빛! 그 말뜻이 이제야 이해가 됐다.

"제가 상처를 건드렸나요?"

"아니다."

"그럼 이제 물러갈까요?"

그건 안 될 말이다.

"일은 할 만하느냐?"

그러자 그녀의 얼굴이 살짝 어두워졌다. 설류 님이 인간의 혼백을 수거하는 일을 그녀에게 맡긴 것이다. 명이니 따라야 했다. 그러나 마음이 편지 않았다.

"왜, 많이 힘든 것이냐?"

정소부의 가장 기본적인 일임에도 불구하고 걱정스러운 것은 감정의 전이였다. 그녀가 그것을 견뎌낼 수 있을지 의문이었다. 그녀의 능력이 봉인된 채 업무를 수행하는 것은 거의 불가능했다. 그야 그녀가 빨리 두 손 두 발 다 들기를 기다리고 있지만 지금까지는 사자들과 함께 혼백을 잘 전달하고 있는 모양이었다.

이런 일은 대부분 천신의 능력이 없으면서 천계와 인간계를 왔다 갔다 할 수 있는 감정 없는 인간이 대부분 사자로 일을 하고 있었다. 하지만 운채는 감정이 있는 인간이다. 견뎌낼 리가 없었다.

거기다 그녀가 일을 그르칠 경우나 위험한 일이 생길 경우를 대비
해 즉시 태상궁으로 소환조치가 이루어지도록 만들어 놓았다. 여
우같은 놈.

"다르게 묻지. 가장 힘든 것이 무엇이냐."

하윤이 운채의 턱을 올려 자신을 마주 보게 만들었다. 운채는
자신의 걱정을 그에게 털어놔도 되는지 주저했다. 무슨 말부터 꺼
내야 할지 몰랐다. 또한 힘들다 자신이 어리광을 부린다 생각할까
쉽게 입을 뗄 수가 없었다.

"그렇게 가슴에만 담아두다가는 나중에는 꺼내는 법을 잊어버
리게 된다."

무엇이든 들어주겠다는 그의 눈빛에 운채는 용기를 내었다.

사실 그는 그럴 의향도 있었다.

"저는…… 제가 정소부의 주인이 되겠다 한 적도 없고 그 능력
이 있는지도 모르겠어요. 왜 제가 이 일을 해야 하는지 언제까지
해야 하는지도 모르겠어요. 대부분 죽기 싫어해요. 울며 악을 쓰
며 한 번만 봐달라고 사정을 해요. 그중 어떤 이는 정말 살려주고
픈 사람도 있었어요."

운채가 아랫입술을 깨물며 자신의 감정을 억눌렀다. 하윤은 그
녀가 더 이상 입술을 괴롭히지 못하게 아랫입술을 빼냈다. 조금만
더 있으면 그에게 도움을 청할 것 같아 보였다. 그는 기다리기만
하면 되었다.

그의 마음대로 한다면 신경 안 쓰고 그녀를 대현궁에 놔두고 싶
지만 허울만 가지고 있는 이름이라도 정소부의 주인이었다. 태상

궁 소속의 정소부의 주인을 대현궁에서 아무런 명분도 없이 잡고 있을 수 없다. 그러니 그녀가 먼저 그에게 청을 해야 했다. 집도 주겠다, 먹을 것도 주겠다 자신만큼 너그러운 보호자가 어디 있다는 말인가. 옛정 생각해 편히 살게 해주겠다고 하는데 뭘 고집이고 인내인지 아무튼 그 입 무겁기도 했다.

"힘들면 언제든지 말만 하거라."

"네."

대답만 잘하지. 하윤은 그녀의 대답이 마음이 들지 않는지 고개를 외로 홱 틀었다.

운채가 그가 고개를 튼 방향으로 고개를 들이밀었다. 마치 그를 안심시키려는 듯 운채는 웃음을 머금은 채 쫑알거렸다.

"제 걱정 이제 안 해주셔도 돼요. 저 잘하고 있어요. 든든한 사자님도 있고요, 비록 혼백을 담으러 가는 거지만은 인간계로 나들이 간다고 생각하면 조금은 설레기도 해요."

하윤은 피식 웃으며 운채의 머리를 넘겨주었다.

운채. 구름을 곱게 물들이다 뜻이라며 자신의 이름을 알려준 계집아이. 그저 정소부의 능력이 잘 봉인되어 있는지 궁금해 인간계에 갔던 그였다. 그러나 그녀의 꼬드김에 생각보다 오래 머물러 있었다. 그 또랑또랑한 눈으로 같이 살자 목 매단 그녀 때문에, 그가 좋다고 귀에 속살거리는 그녀 때문에, 잠꼬대를 하면서도 그보고 가지 말라 눈물바람 날리는 이유로 발목 잡은 세월이 14년이었다. 확실히 그가 꼬드김을 당한 것이 맞았다.

'이런 너를 설류 놈에게 넘겨줄 것 같으냐.'

정소부 주인이라는 허울은 어차피 몇백 년. 태상궁 설류가 조금 고생하라고 하고 그녀를 그의 보호 아래 두면 아무 문제없을 거라 여겼다. 매우 간단한 문제였다. 그러나 그녀는 지금 판의 죗값을 받는 중이며 정소부의 일까지 하고 있는 중이었다. 생각보다 일이 귀찮게 돌아가고 있었다.

"다음 번 혼백수거는 언제지?"

"이틀 뒤에 밤에 출발할 예정이에요."

"네가 얼마나 일을 잘하는지 두 눈으로 확인해야겠다. 넙죽넙죽 대답만 하는 너를 믿을 수가 있어야지."

운채가 부드럽게 미소를 지으며 고개를 흔들었다. 그녀가 괜한 걱정을 안겨준 것 같았다.

"몸도 성치 않잖아요. 무리하시면 안 돼요."

"거기다 이틀 뒤라면 인간계에 비도 오고 번개도 칠 텐데?"

"그런 말 없었는데……."

운채의 얼굴이 일그러졌다. 가뜩이나 폐를 끼치지 않기 위해 사자 앞에 용감한 척하고 있는데 밤인데다 천둥도 친다니 벌써부터 걱정이었다.

"정말이다. 천둥, 번개가 내리칠 예정이다."

'그래야 이 일에서 정 떨어져 확실히 손을 뗄 것이 아니냐.'

사실 혼백수거 자체가 무서운 일이었다. 곱게 방에서 죽은 사람보다 밖에서 피를 토하며 죽은 사람, 사지 찢겨 죽은 사람, 굶어 죽은 사람이 훨씬 많았다. 그 참혹함은 차라리 귀신을 보는 게 더 나을 정도로 담력을 요구하기도 했다. 특히 그녀는 목 매달아 혀를 내밀고 죽은 사람이 제일 끔찍해 보였다.

"너 천둥 번개 무서워한다고 저번에 그러지 않았느냐? 그러니 사양할 거 없다."

운채가 거절하기도 전에 하윤이 답을 했다. 비와 천둥쯤이야 안 내린다면 내리게 하면 되니 문제될 바 없었다. 원한다면 이 밤에 무지개를 못 띄울까? 대현궁의 주인인 그가?

간만에 오붓하게 그녀와 밤 산책을 즐기러 가야겠다 생각한 하윤의 입가에 옅은 미소가 배었다.

설류는 자신을 찾아온 손님을 반겨야 하는지 아니면 내쳐야 하는지 고심 중에 있었다. 저놈은 오늘부터 친우도 아니었다. 보는 것만으로 목널미가 시큰거렸다. 제 안방처럼 다가와 척 앉아 있는 꼴을 보니 병문안은 아닌 게 분명했다.

"여기까지 웬일이냐?"

"서 있지 말고 앉지. 올려다보기 거슬리는군."

"여긴 내 궁이다. 내가 서 있든 천장에 붙어 있든 네가 무슨 상관이냐. 그래, 할 말이 뭐냐?"

그러면서 설류가 하윤의 맞은편에 털썩 주저앉았다.

"네 장난질에 대한 답을 들어야 할 것 같아서 말이지."

표정변화 없는 하윤은 날씨 얘기하듯 건조했다. 눈빛 또한 잔잔했다.

“무슨 답?”

“운채에게 내린 판결을 어찌할 것이냐. 네 말대로 능력도 없는 인간의 아이한테 고된 노역을 지우는 이유가 무엇이지? 면책을 안 시킬 건가?”

그녀는 자신 때문에 애꿎은 현까지 죄를 받고 있다는 생각에 현에게 많이 미안해하고 있었다. 거기다 허구하면 판의 값을 갚기 위해 대현궁을 떠날 궁리만 하는 그녀였다. 그러니 그가 신경이 안 쓰이겠냐고?

“내가 왜 그래야 하지? 뭐 이유를 들어보고 타당하면 생각해 보지.”

아무래도 이놈이 운채라는 계집에게 빠져도 단단히 빠진 모양이었다. 아끼는 계집이 힘든 일을 하는 게 마음이 쓰였다? 무심하기로 둘째가라면 서러운 천신인 그가 이렇게 변할 수도 있는 게로군.

잠깐, 그가 운채의 직속상관이고 이놈은 운채에게 빠져 있으니 운채만 잘 요리하면 하윤은 덤으로 따라오게 돼 있다는 말이다. 오호, 그 말은 곧 저놈을 마음대로 부려먹을 수 있다는 말이렷다? 생각만으로도 짜릿한 설류의 입가가 씩하고 올라갔다. 칼자루는 그에게 있었다.

“난 딱히 그녀를 면책시킬 생각이 없는데?”

“그럼 지금부터 생각해 보든지.”

하윤이 말을 끝내자마자 멀리서 굉음이 들려왔다.

동쪽 50리 밖이다. 설류가 눈을 가늘게 떠 하윤을 보자 하윤이 예의상 미소를 지어 보였다.

"생각해 봤나?"

"지금 뭐하자는 것이냐? 대현궁 하윤."

다시 한 번 굉음이 들려왔다. 조금 전보다 더 큰 굉음이었다.

"단지 서고 몇 개 박살난 것뿐이다. 흥분하긴, 너답지 않군."

서고가 박살난 게 문제가 아니다. 그 안의 서류를 다시 재정비하는데 걸릴 그 시간을 계산하려니 신음이 먼저 터져 나왔다. 그가 제일 싫어하는 것이 바로 밤일근무와 주말반납이었다.

연달아 울리는 굉음에 바닥이 울릴 지경이었다.

"당장 멈추지 못해?"

설류의 눈빛이 매섭게 올라갔다.

"답을 들어야겠다."

네놈이 운채를 데리고 와 고생만 안 시켰다면 그녀는 벌써 대현궁에서 잘 먹고 잘살고 있었을 것이다. 물론 정소부의 일도 하지 않았을 것이다. 그걸 뒤틀어놓은 네가 서고 한두 개 날아가는 것으로 화를 내면 아니 되지.

하윤이 손가락을 까닥하자 연달은 폭발음이 들렸다. 새까만 그의 눈은 어떠한 감정도 담고 있지 않았다.

"면책해 줄 테니 당장 멈춰! 이 빌어먹을 놈아!"

"그래, 좋은 말이지. 지금 당장이라는 말은."

하윤은 한쪽 눈썹을 치켜 올리며 설류의 답을 기다리고 있었다.

설류가 이를 물며 좌 시관을 불렀다. 곧 판의 죗값을 받고 있는 운채를 오늘부터 당장 사면한다는 명을 내렸다. 이놈은 정말 답을 받아내기 전까지 모든 서고를 부셔놓을 놈이었다.

하윤은 씩씩거리며 자신을 노려보는 설류를 한 번 보더니 자리에 일어나 대현궁으로 가는 길을 열었다.

"손해비용을 산정해 알려주면 처리하도록 하지."

설류는 저놈 때문에 혈압이 뻗쳐 쓰러질 것만 같았다.

"지금 비용이 문제야! 내 손목 관절염 오면 다 네놈 때문인지 알아라!"

"아, 가기 전에 하나만 묻지. 운채가 정소부의 주인인 것을 어찌 알았지?"

"왜, 모를 줄 알았냐? 그 아이, 판을 받을 때 긴장해 입술을 꼭 깨물고 서 있었거든. 혈향에 배어 나오는 죽향은 정소부 주인만이 가지는 향 아니던가? 오히려 그 질문은 내가 하고 싶은데. 넌 어찌 알았을까?"

설류가 한껏 호기심을 드러내며 하윤을 바라보았다.

"간다."

"저, 저놈이!"

제 할 말만 하고 사라지는 저 싹수없는 놈! 남의 궁에 와서 깽판이나 치고 내빼다니. 그 무식한 힘으로 얼마나 휘두르고 갔을지 심히 걱정스러웠다. 그러나 네놈이 그럴수록 운채라는 아이는 고달파질 것이다. 장담하건데 그리 될 것이다. 그러나 먼저 부서진 서고의 서류를 재정비할 생각을 하면 그는 울고 싶은 심정이었다.

✻

예쁜 옷을 입혀도 모자랄 판국에 칙칙한 검은 장옷이라니, 하윤의 얼굴에 못마땅함이 가득했다. 물론 이 옷이 죽은 자에 대해 예를 갖추는 색깔이며 정복이라는 것은 알고 있으나 가뜩이나 그녀의 하얀 얼굴이 더욱 창백해 보였다. 혼백을 담을 단지는 사자가 들고 있었다. 예상치 못한 그가 동행함에도 사자 특유의 얼굴표정이 그렇듯 감정을 드러내지 않았다.

"사실 오늘 혼백을 담는 날이 밤이라서 조금은 무서웠는데 하윤 님이 동행해 주셔서 무섭지 않아요. 두 사자분들은 워낙 강심장이라 무덤가에 가도 끄떡없거든요."

운채는 볼우물이 보일 만큼 깊은 미소를 보이며 하윤을 올려다보았다. 그가 옆에 있는 것만으로도 안심이 된다. 이 근거 없는 믿음이 자신이 생각해도 어이가 없지만 알고 있다. 그녀는 그를 많이 의지하고 있었다.

하윤은 그녀의 걸음에 보조를 맞추며 간간이 고개를 돌려 운채를 바라보았다. 그의 시선을 느꼈는지 운채 또한 그가 바라볼 때마다 그를 올려다보았다.

하윤은 그를 올곧게 바라보는 그녀의 눈빛과 선망어린 시선에 더할 나위 없이 흡족했다.

"음……. 하윤 님은 정말 좋……."

그녀의 말이 끝나기도 전에 하늘에서 벼락이 쳤다. 뭔 일인가 싶어 하늘을 올려다보니 빽빽한 검은 구름 사이로 장대 같은 빗줄기가 이내 쏟아졌다. 방금 전까지 보름달이 떠 환했던 골목길들이 어둠으로 물들여졌다.

하윤은 눈을 가늘게 떠 하늘을 노려보았다. 혼백을 수거하는 그들이니 비를 맞을 리 없어 크게 상관은 없다만 그가 보기에도 무식하게도 내렸다. 이렇게 비가 내리다가는 한 시진 안으로 홍수가 날판이었다. 설마 인명피해는 없게 하겠지. 이번에도 인명피해가 생기면 설류가 눈초리를 세우며 대현궁으로 쳐들어올 텐데…….

번개가 다시 내리치자 운채의 어깨가 움찔했다.

"손 내놓아라."

그녀가 하윤의 얼굴만 멀뚱히 보고 있자 참다못한 그가 그녀의 손을 낚아챘다. 무서워 손을 잡아준다고 하면 냉큼 고마워할 일이지 저 쭈뼛거림은 통 마음에 들지 않았다.

"이렇게 말을 안 듣는 아이가 아니었는데……."

그의 중얼거림은 빗속에 파묻혀 운채에게까지 들리지 않았다.

"이제 되었습니다. 번개도 안 치는데 손 놓고 가셔도 돼요."

"번개가 언제 시간 맞춰 치더냐?"

그는 못 들은 척 운채의 손을 잡고 계속 걸어갔다. 더 이상의 반항은 포기했는지 운채가 얌전히 그에게 그녀의 손을 맡겼다. 문득 그는 예전 내운산에서 운채와 걷던 길이 생각나 피식 웃음이 새어 나왔다. 손잡고 걷지 않으면 큰일 나는 것처럼 운채는 항상 그의 손을 잡고 걸었다. 한 여름에 손에 땀이 뚝뚝 흘러내려도 그의 손을 놓지 않은 그녀였다. 이 조그마한 손이 그를 14년 동안 잡고 놓아주지 않고 있었던 것이다.

"그나저나 이놈의 비 정말 작작 오는군. 참. 아까 나에게 하려던 말이 무엇이었냐?"

그녀는 조금 전 자신이 무슨 말을 했는지 기억을 더듬어보았다. 깨달음의 감탄사가 순간 나오려다 조용히 입을 다물었다. 그와 함께 걷다 보니 든든한 마음에 감정이 찰랑거려 내뱉으려던 말을 지금 다시 하려니 부끄러워 입이 떨어지지 않았다. 그녀는 고개를 갸웃거리며 기억이 안 난다는 표정을 하윤에게 지어 보였다. 그러나 눈은 슬쩍 아래로 내리깔고 입을 꽉 다문 모습은 한눈에 봐도 거짓말인 게 눈에 훤히 보였다.

"기억나게 해주랴? '하윤 님은 정말 좋……' 까지 했다."

운채는 그의 눈을 피하며 웅얼거리듯 입안에서 말을 삼켰다. 뻔히 알고 있는 말을 듣고 싶어하는 그의 심술이 미워 자그마한 불만이 그녀의 입안에서 구시렁대고 있었다.

"안 들린다. 크게 말해라. 가뜩이나 비가 와서 네 목소리가 개미 우는 소리보다 작게 들린다."

"아무것도 아니에요. 그러니 어서 가요."

뒤에 사자들도 지켜보고 있는데 걸음까지 멈추며 그가 집요하게 그녀의 대답을 받아내려 하자 운채는 당황스러웠다. 거기다 손도 붙들려 있어 움직이지도 못했다.

"뒤에 있는 사자들 때문에 부끄러워서 그러느냐?"

운채는 눈을 크게 뜬 채 사자들의 눈치를 보다 도리질을 쳤다.

하윤은 운채가 대답하기도 전에 그녀를 아이 안듯이 번쩍 안아 올렸다.

"어어……."

비명이 터져 나왔다. 중심을 잡기 위해 그녀가 앞으로 팔을 뻗으려 하다 그의 어깨를 잡는 게 무례한 것 같아 손을 거두었다.

"바동거리다 뒤로 넘어지지 않으려면 내 어깨를 잡아라."

운채가 그의 어깨를 조심스레 움켜잡았다. 그가 그녀를 안아 올리는 바람에 그를 내려다보는 자세가 되고 말았다. 항상 그를 올려다보다 내려다보니 기분이 묘했다. 볼 수 없던 그의 긴 속눈썹과 나긋한 그의 웃음이 더 부드럽게 보였다.

"자, 이 정도면 사자에게는 들리지 않는다. 말하라."

"무거워요. 내려주세요."

"그 말이 아닐 텐데?"

정말 집요하기도 했다. 운채는 눈싸움을 하듯 한동안 하윤을 째려보았다. 정말 그녀가 말하기 전까지는 그는 움직일 생각이 없는 듯했다. 사자들도 이쯤에서는 민망한지 멀찍이 떨어져 있었다. 결국 체념한 운채는 눈치를 보며 작게 그에게 속삭였다.

"하윤 님은…… 좋은 분 같아요."

운채의 얼굴은 부끄러워 달아올랐다.

"안 들리는구나."

하윤은 그녀를 끌어당겨 자신과 조금 더 가깝게 만들었다. 눈과 눈이 얽혀 잠시 그들 사이에 침묵이 감돌았다.

"다시 말해보라."

"정말…… 좋은 분 같아요."

운채는 자신이 밀어를 속삭이는 기분이었다. 너무 부끄러워 순간 그의 목덜미에 고개를 숙였다. 정말 무슨 장난이 이렇게 짓궂으신지 모르겠다.

하윤은 만족스런 표정을 지으며 자신의 목에 파묻은 운채를 한 동안 안고 그대로 서 있었다. 운채가 말하던 '윤이 좋아' 랑 조금은 거리가 있는 어감이지만 나름 괜찮은 속삭임이었다.

조금 멀찍이 떨어져 있는 두 사자는 이 믿기지 않는 장면을 설류 님에게 보고를 해야 하는지 말아야 하는지 고민하고 있었다. 만약 여기서 말리지 않는다면 저분은 새벽까지 운채 님을 안고 심취해 저리 서 있을 거 같았다.

'저분 지금 남의 일터에 와 연애질 하고 있는 거 맞지?'

한 사자가 눈빛으로 옆의 사자에게 그리 물었고 그 옆의 사자는 조용히 고개를 끄떡이며 동의했다. 밤일 나가는 것도 서러운데 길가에서 장승처럼 서 있는 자신들이 처량해 보이기까지 했다. 왠지 이 비와 천둥도 심히 의심스러운 밤이었다.

그들이 도착한 장소는 허름한 초가집이었다. 싸리문 밖으로 갓태어난 아이의 울음소리가 희미하게 들려오자 운채의 발걸음이 멈칫했다. 들어가기 싫었다. 어미에게서 자식을 떼어놓는 짓이나 자식에게서 어미를 떼어놓는 짓이나 둘 다 못 할 짓이었다. 그녀의 표정은 벌써 가라앉아 있었다. 혼백수거를 하면서 한 번도 마음이 편한 날이 없었다.

"누구의 혼백을 수거하는 거지요?"

"방한골의 스물둘의 정씨 문희라는 여자입니다."

뒤에 사자 하나가 답을 했다.

엄마를 데려가야 한다. 젖먹이 아이를 놔둔 채. 죽을 때 사연 없이 죽은 사람이 있던가? 천수를 다 누린 늙은 노모의 사연도 귀 기울여 보면 기구하다. 그러니 하나하나 연연해하지 말아야 했다. 흔들리지 말아야 한다. 그녀의 손으로 운명을 바꾸는 위험한 행동을 해서는 아니 된다. 운채는 약해진 마음을 연거푸 다듬질했다.

어느 정도 마음이 진정되자 운채는 크게 한 숨을 들이켠 후 방문 문고리를 잡아당겼다. 그럼에도 긴장한 그녀의 입은 얼마나 꽉 다물었는지 팽팽히 당겨져 있었다.

옆에서 그런 그녀의 모습을 하윤은 조용히 지켜보고 있었다.

상황은 생각보다 심각했다. 여자 혼자 아이를 낳다 죽은 것이다. 방 안은 피비린내로 진동했으며 산모 없이 낳은 아이는 핏덩이인 채 방바닥에 탯줄도 자르지 못한 상태로 있었다. 아이를 안아볼 힘도 없는지 어미는 거친 호흡을 내쉬며 생의 연을 끊어내고 있었다. 피가 낭자한 바닥은 혼자서 산통을 다 짊어진 흔적이었다.

"젖…… 한…… 번만, 제…… 발……."

힘이 없어 눈을 뜨지도 못하면서도 그들이 온 것을 느꼈는지 여자가 울며 간청을 한다. 안 되는 줄 알면서 대부분 죽어가는 사람들은 살려달라 애걸복걸을 한다. 그것도 안 되면 조금만 시간을 달라 한다. 이 어미는 후자였다.

"아직…… 시간이 있지요? 부탁드릴게요."

운채가 사자들에게 양해를 구했다. 아직까지는 여유가 있는지 사자들도 딱히 반대하지 않았다. 피를 무서워하던 그녀가 방바닥의 피를 닦고 직접 삶은 가위로 탯줄을 끊었다. 그리고 이불 홑청을 하나 뜯어 아이를 감싼 후 엄마 품에 안겨주었다. 흔들리는 마음을 다잡으려면 뭔가라도 해야 했다. 또한 그녀가 할 수 있는 전부였다.

사실 사자들은 혼백수거를 제외하면 일체 인간과의 접촉이 금지되어 있다. 자그마한 접촉 하나만으로도 인간의 운명이 바뀔 수 있는 변수로 작용될 수 있기에 사자들 사이의 암묵적인 규율에 속했다. 알고는 있지만 그전에 그녀는 인간이기에 최소한의 마음가짐을 무시할 수는 없었다.

아이는 제 배고픔에 마냥 성이 나 있었다. 그러나 병색이 완연한 어미가 곧바로 젖이 돌 리 만무했다. 아이가 젖을 무는 힘도 약해 보였다. 아이를 위해 있는 힘껏 자신의 젖을 짜는 어미였지만 소용없었다.

"시간이 다 되었습니다."

사자가 혼백의 수거를 위해 단지를 그녀 앞으로 내밀었다.

"조금만…… 조금만…… 더. 내 아이…… 한 번……."

어미는 아이를 감싸 안은 채 떨어지길 거부했다. 본능적으로 조금 더 버텨보려 어미가 손톱을 방바닥에 박으며 가지 않으려 저항하지만 부질없는 짓이다. 사자들이 손만 내밀면 혼백은 따라나서게끔 되어 있었다. 아이는 배고픔에 빨던 젖꼭지마저 빼앗기자 더욱 울어댔다. 이 모든 게 그녀의 눈에 아프게 박혀들었다. 삶과 죽음은 누구도 피해갈 수 없으며 누구도 예외를 두어서도 안 된다는 것을 알고 있다. 알면서도 마음은 쉬이 납득을 못하고 있었다. 감정을 누르느라 목이 멘 그녀는 아이에게로 시선을 옮겼다. 내일 아니면 수일 내로 다시 이 방을 방문하게 될지도 모른다. 외진 곳에 엄마도 없이 덩그러니 혼자 남은 이 아이를 살려줄 사람은 아무도 없을 것이다.

"조금 더 시간을 주지요. 아이가 젖을 물지 못했어요. 어미는 자기 자식의 눈 뜬 얼굴도 보지 못했고요. 시간을 더 주세요. 안 가겠다는 게 아니잖아요. 서로에게 작별의 시간은 줘도 되잖아요."

"혼백을 제때 수거하지 못하면 혼백의 미련이 커진다."

지금껏 옆에서 가만히 지켜만 본 하윤이 운채를 만류했다.

"알고 있어요. 그러니 조금만요. 저리 떠나면 어미도 눈을 쉽게 못 감을 거예요."

"네가 원혼을 감당할 수 있겠느냐? 이 일로 설류가 널 죽여 새로운 정소부의 주인을 앉히겠다면 어찌할 것이냐? 요행을 바랄 셈이냐?"

네가 진짜 정소부의 능력을 사용할 수 있다 착각하지 마라. 그 무모함이 너를 해칠 테니. 하윤의 눈빛이 서늘하다 못해 차갑게 빛나고 있었다.

"그 말은 하윤 님 말씀이 맞습니다. 더 이상 지체되면 혼백이 가물어갑니다. 더 이상 일을 복잡하게 만들지 말아주십시오."

지금껏 묵묵히 자신의 일만 수행하던 사자가 한마디 거들었다.

운채는 두 주먹을 꽉 틀어쥐었다. 이성으로 잘 눌러왔던 그녀의 마음이 터지려 했다. 그렇게 양옆에서 떠들지 않아도 잘 알고 있다고 소리치고 싶었다. 너희들은 차가운 머리로 딱딱 떨어지는 답을 내놓으니 참으로 편하겠다며 비꼬아주고 싶었다. 저리 부탁하는데 아기에게 젖내음 한 번은 맡게 해주어야 하지 않을까? 그 정도의 아량은 베풀어주어도 되지 않을까? 적어도…… 그 정도만이라도…….

"다시 살려주겠다는 것도 아니고 시간을 좀 드리자는 거잖아요! 아직 혼백을 담지 마세요. 제가 정소부 주인이라면서요. 명령이에요. 하지 마세요. 아직…… 하지 마요."

운채는 사자들에게 낮게 일갈한 후 부엌으로 향했다. 쌀독을 열어봐도 솥을 열어봐도 먹을 게 보이지 않았다. 이 어미는 얼마나 굶은 것인가. 산파 없이 혼자 아이를 낳으면서 무슨 생각을 했을까? 쌀뜨물이 아니면 찬밥덩어리라도 구해 따뜻한 밥물이라도 만들어 아이에게 먹여야 했다. 오직 머릿속에는 그 생각밖에 들어 있지 않았다.

"지금 나를 믿고 저지르는 일이라면 난 너를 도와줄 생각이 없다."

부엌까지 따라온 하윤이 엄포를 놓자 운채가 고개를 끄떡였다. 그런 생각은 해보지도 않았다. 그의 도움에 보답은 하지 못할지언정 그를 위험에 처하게 할 생각은 없었다.

그녀가 부엌을 뒤지다 정신이 나간 듯 마당 밖으로 나가려 하자 하윤이 그녀의 팔을 잡아당겨 마주 보게 만들었다. 그의 시선은 다시 운채가 들고 있던 밥그릇을 향했다.

"지금 내 말을 듣고 있는 것이냐? 이 밤에 어디 갈 셈이냐?"

"피해가 가지 않도록 하겠습니다. 두 사자분에게도요. 시간이 없어요.”

　그러면서 그의 손을 뿌리친 그녀는 마당을 벗어나 달려 나가고 있었다. 아무래도 이 밤에 밥 구걸이라도 할 모양이었다.

　하윤은 고개를 가로저으며 그녀의 뒤를 따랐다. 태상궁에서 히쪽 웃으며 내려다보고 있을 설류를 생각하니 입술이 절로 비틀어졌다. 누굴 탓하랴. 말리지 못한 것은 그였다.

　외진 곳이라 밥을 얻어오기까지 시간이 꽤 지체되었다. 거기다 비가 와서 목이 터져라 대문을 두드려야 했었다. 숨이 턱에 차도록 달렸건만 시간이 얼마만큼 흘러갔는 지 가늠이 되지 않았다. 혹 사자들이 혼백을 담았을지 모르는 불안감이 그녀를 조급하게 만들었다. 부엌으로 들어가 끓고 있던 물에 찬밥을 쏟아붓고 밥물이 우러나오자 재빨리 방 안으로 가지고 들어갔다. 다행히 사자는 그녀의 말대로 아직 혼백을 담지 않고 있었다.

　어미는 여전히 벽에 기댄 채 젖이 나오지 않으면서도 아이에게 젖을 물리고 있었다.

　운채가 그릇을 든 채 그녀에게 숟가락을 쥐어주었다.

　“아이에게 먹여줘요. 어서요. 시간이 없어요.”

　어미는 잠시 주춤하더니 곧 떨리는 손으로 부지런히 아이에게 밥물을 먹였다. 그러면서 아이에게 웃어 보이려는 어미의 미소는 일그러져 있었다. 이 모습을 모두 조용히 지켜만 보고 있었다. 사자 또한 시간이 많이 지난 것을 알고 있지만 입을 열지 않고 있었다.

보잘것없는 밥물이지만 배가 부른지 아이는 그제야 어미에게 미소 비슷한 얼굴을 보여주었다. 어미는 마치 보배 쓰다듬듯 아이의 얼굴이며 머리며 쓰다듬어 나갔다.

"죄송하지만 더 이상은 안 돼요. 이제…… 가셔야 해요."

닭 모가지를 비틀어도 새벽은 올 것이다. 너무나 잘 알기에 어미는 말 못하는 짐승마냥 아이를 안은 채 꺽꺽 울음만 토해냈다. 제 아이에게 하고 싶은 말, 해주고 싶은 말이 울음에 담겨 있었다. 눈도 제대로 못 뜨는 자식을 두고 발길이 떨어지지 않겠지. 그래도 가야 한다고 말하는 자신이 너무도 싫었다.

"꿈에서라도 아이에게 엄마 얼굴을 보여주실 거면 가셔야 해요."

그 말에 혹 미련이 남아 못 간다 저항할 줄 알았던 여자는 울면서 아이를 안은 채 이승의 연을 순순히 놓았다. 항상 혼백을 담을 때마다 마음이 아팠지만 오늘만큼 가슴 아픈 적이 없었다. 그녀의 시선이 잠을 자는 아이에게 닿았다.

"아이의 수명은…… 어떻게 되나요?"

정소부의 주인이면서 아직 그녀는 인간의 수명조차 읽지 못했다. 사자들도 읽는 수명을.

"사십삼 세입니다."

그래도 누군가 이 아이를 발견해 모진 생을 이어가는 모양이었다.

"너무 늦어서 죄송합니다. 이제 가지요."

감정을 소진한 그녀의 목소리에는 힘이 하나도 들어 있지 않았다. 너무 긴 밤이었다. 방문을 열고 밖으로 나오자 비는 어느새 그쳤는지 먹구름은 물러나 있었고 어슴푸레 쪽빛 하늘이 아침이 다가옴을 알리고 있었다. 어찌되었던 혼백을 담은 그녀의 마음은 허하면서도 씁쓸했다.

"조금 쉬었다가 가요."

마루에 앉은 그녀는 기둥에 머리를 기대며 눈을 감았다. 다들 그녀를 정소부의 주인이라고 했지만 자신은 이 일을 감당하지 못한다. 그녀 스스로가 제일 잘 알고 있다. 정소부의 주인이라는 이유로 자의 반 타의 반 일을 하고 있지만 버거운 감투였다.

그건 하윤의 생각도 마찬가지였다. 최대한 빨리 이 일에서 어떻게든 손을 떼게 만들 생각이었다. 생각보다 훨씬 그녀가 힘들어하고 있었다.

감정을 어느 정도 추스른 운채는 다시 일어났다. 그녀 때문에 지체된 걸음이니 그녀가 빨리 움직여야 했다. 그러나 운채의 발걸음은 마당을 채 벗어나기 전에 멈춰 섰다, 남색의 정복을 입은 천신 두 명이 마당 밖에서 그녀를 기다리고 있었다. 본능적으로 알 수 있었다. 그녀를 잡으러 온 것이다. 혼백의 수거가 무사히 끝났으니 모르게 넘어갈 수 있을 거라 생각했는데 그도 아닌 모양이었다.

운채는 먼저 그들에게 다가가 인사를 했다. 그녀 때문에 생긴 일, 그녀 선에서 매듭지어야 했다.

"저만 데려가시면 됩니다. 두 사자분은 제 명령을 따랐을 뿐입니다."

“손대지 마라. 내가 데려가겠다.”

낮지만 얼려 버릴 듯한 하윤의 목소리에 모두 주춤했다.

“하지만 이건 태상궁의…….”

“내가 데려가겠다 했다.”

하윤의 싸늘한 눈빛에 검한부의 천신은 마른침을 삼키며 말을 흐렸다. 하윤 님이 실력행사를 하겠다면 그들은 일 합도 막아낼 수 없다는 것을 알고 있다. 그래도 그녀를 소환하는 것이 자신들의 소임이기에 검한부 천신은 이러지도 저러지도 못하고 있었다. 그러다 곧 체념하듯 앞서 걸었다. 직접 데려가겠다는 하윤 님의 말을 믿어보는 수밖에 없었다.

뒤에서 모든 것을 지켜보고 있는 운채는 미안함에 고개가 절로 숙여졌다.

하윤이 운채의 턱을 잡은 채 그의 눈을 마주보게 만들었다.

“혹 설류가 채근한다 해도 되도록 짧게 가부로만 답하라. 네 입으로 정소부의 주인 자리가 싫다는 말은 절대 해서는 아니 된다. 만약 그 미친 설류가 너를 해하려 한다면 내 이름을 불러라.”

하윤이 그녀의 양어깨를 움켜쥐며 차분히 일러주었다.

“그러지 마세요. 더 이상 저 때문에 다치지 마세요. 제 잘못이니 당연히 제가 책임져야 하는 일입니다. 아시잖아요. 제가 고집을 부려 일이 이렇게 되었다는 것을요.”

“나 모르는 사이 청개구리라도 삶아 먹은 거냐? 그냥 무조건 입도 벙끗하지 말라.”

운채는 가만히 하윤을 바라만 보았다. 자신을 걱정해 주는 눈빛에 눈물이 날 것만 같았다. 그 눈빛이 윤과 너무 닮아 친근해 기대울고 싶을 정도였다.

"하윤 님한테 좋은 냄새가 나네요. 솔냄새 비슷하게 나네요."

운채가 하윤의 품에 코를 박으며 웅얼거렸다. 자신의 얼굴에서 두려움을 읽을까 보여주기 싫었다. 어쩌면 혼백에게 시간을 더 준 것은 자기만족을 위해 허세를 부린 것인지 모른다. 이렇게 몸이 떨리는 것을 보면 말이다.

"어디서 말 돌리는 못된 버릇까지 배워서."

하윤은 운채의 이마에 딱 소리 나게 꿀밤을 먹였다.

"잠깐 숙여보세요."

"왜 그러느냐?"

그러면서도 하윤은 운채의 눈높이에 맞춰 허리를 숙였다.

어쩌면 이게 마지막이라 생각하니 인사를 해두어야겠다는 생각이 든 운채였다. 눈물이 나면 안 되는데 큰일이었다. 그래서 운채는 더욱 하윤의 몸을 씩씩하게 안으며 토닥토닥거렸다. 그리고는 곧 떨어져 헤벌쭉 웃었다. 목소리가 떨릴까 싶어 그녀는 마른기침을 하며 목을 가다듬었다.

"저희 아버지가 산을 타러 들어가시기 전에 제 몸을 이렇게 꽉 한 번 안아주며 토닥거려 주셨어요. 그동안 잘 지내고 있으라고요. 저는 그게 참 기분이 좋더라고요. 그래서 하윤 님도 한 번 안아드리고 싶어서요. 잘 지내시라고요. 설류 님하고 싸우지도 마시고요. 이원 님한테도 안부 전해주세요. 아, 현에게도."

보자 보자 하니까 기가 차지도 않았다. 하윤의 미간이 단박에 구겨졌다.

"너 지금 뭐하는 짓이냐?"

"그냥……."

운채가 우물쭈물 답을 하지 못했다. 내운산에서는 어느 누구에게도 마지막 인사를 하지 못한 그녀였다. 특히 윤은 그녀가 어디 있는지도 모르고 있을 것이다. 아니면 죽었을 것이라 생각하고 찾지 않고 있는 것일 수도 있었다.

"거기 왼쪽 사자, 이 아이의 수명이 얼마더냐? 거짓 없이 답하라."

사자가 운채를 쓰윽 한 번 보더니 고개를 갸우뚱거렸다. 운채는 듣기가 겁이 났다.

"400살 이상은 확실하나 그 뒤가 보이지 않습니다."

"들었냐? 그러니 네 유언은 400년 뒤에 듣기로 하지. 어서 가자. 늦으면 설류 그놈한테 꼬투리만 더 잡힐 테니."

하윤이 운채의 손을 잡고 태상궁으로 통하는 문을 빠르게 열었다.

운채는 자신의 긴 수명에 놀라면서도 오늘 죽을 운명이 아닌 것에 안도했다. 하지만 무슨 벌을 받을지 상상하는 것만으로도 두려움이 몰려왔다. 그녀의 불안함을 알고 있다는 듯 하윤은 그녀의 손을 한 번 꽉 움켜잡았다. 마치 괜찮을 거라는, 누구도 너를 해할 수 없을 거라는 뜻인 것 같아 운채의 목울대가 울컥거렸다.

이분이 옆에 있다는 것만으로 마음이 안정된다. 그래서 그러면 안 되는 줄 알면서도 나도 모르게 의지하게 된다. 운채 또한 고마움을 담아 그의 손을 한 번 꽉 움켜잡았다. 이리 손을 잡아주셔서 감사하다는 말, 그 말을 하고 싶었다.

앞 선 하윤의 입가에 설핏 미소가 스쳐 지나갔다. 어찌 그녀의 행동이 갈수록 눈에 예뻐 보이는지 큰일이었다.

✽

태상궁 뒤뜰 정원이라? 정원이라 해도 그 크기가 웬만한 마을 하나를 품을 정도로 탁 트인 곳이었다. 주위를 쭉 둘러보는 하윤의 표정은 무심한 듯하면서도 날카롭게 빛났다. 정소부의 모든 사자 및 관련 천신들이 반원을 그리며 그들을 기다리고 있었다. 꼴 보기 싫은 설류가 의자 팔걸이에 턱을 괴고 앉은 모양을 보아하니 처음부터 일을 크게 벌이려고 작심을 한 모양이었다. 혼백을 놓아 준 것도 아니고 조금 늦었을 뿐인 것 치고는 확실히 과했다. 목적을 위해 일벌백계로 그녀를 다루려 함인가? 어떠한 꼬투리도 잡히지 않으려면 되도록 그녀는 입을 다물고 있어야 했다.

시관이 운채를 정중앙에 데려가 무릎을 꿇리자 지켜보던 하윤의 눈매가 매서워졌다. 그 뒤로 그녀와 같이 인간계로 동행한 사자들이 서 있었다.

"이원, 태상궁을 다시 짓는 비용과 시간이 얼마쯤 들 것 같나?"

"아직 튼튼해 보이니 굳이 하윤 님이 걱정하지 않으셔도 됩니다."

이원이 하윤 님의 속내를 모른 척하며 엉뚱한 답을 내놓았다.

그러면서도 그는 예리하게 설류 님의 행동을 주시하고 있었다. 기분에 따라 어디로 튈지 모르는 설류 님이라 그조차 감을 잡을 수가 없었다. 확실히 그가 봐도 그녀의 실수치고는 정소부의 천신들이 대거 참석했다. 이원은 곁눈질로 하윤 님을 쳐다보았다. 아주 제 새끼 누가 물어가기라도 할까 봐 지키고 선 어미닭이랑 다를 바 없었다. 운채 님은 어려 그렇다 치고 그녀와 같이 있었으면서 아니다 싶으면 하윤 님이 말리셨어야지, 지금에 와서 태상궁을 날려 버리겠다고 하는 저의는 뭔지.

요즘 하윤 님 때문에 없던 두통도 생기려 할 판이었다.

오전까지 자신의 집무실에서 느긋하게 차를 마시고 있던 그는 운채 님이 태상궁에 소환되었다는 소식을 듣자마자 달려온 것이다. 당연히 그의 목적은 하윤 님이 일을 크게 만드는 것을 막는 것이다.

"그녀는 너무 어리다. 설류를 감당할 수 없을 것이다."

"정소부의 주인입니다. 눈이 여럿이니 설류 님이 함부로 하지는 못할 겁니다."

"설류가 언제 남의 이목을 신경 쓰는 자더냐? 일단은 무슨 꿍꿍인지 지켜봐야겠다."

이원은 하마터면 주인님께 표정과 말을 일치해 달라 요청할 뻔했다. 표정은 그야말로 그녀의 털끝만이라도 건드린다면 당장이라도 설류와 한판 붙을 상태였다.

"이번에도 '난 아무것도 몰라요' 라고 할 참은 아니겠지?"

설류가 입을 떼자 천신들의 소란도 잦아들었다. 모두의 이목은 운채에게 집중되었다.

"너는 하마터면 너의 독단으로 혼백을 담아오지 못할 뻔했으며 같이 간 사자들까지 위험하게 만들었다. 너의 어리석은 감정으로 무고한 자의 희생이 있을 수 있었다. 다행히 아무런 사고도 없었고 혼백도 무사히 수거했으니 망정이지 아니었다면 중죄를 면치 못했을 것이다."

뭐 하나 틀린 말이 없기에 그녀는 묵묵히 비난을 받아들이고 있었다.

"네 잘못된 명으로 인해 사자들을 위험에 빠지게 한 죄는 무엇으로 갚을 테냐?"

저번 판에 섰던 기억이 겹쳐졌다. 운채는 미친 듯이 뛰는 심장을 다독였다.

"어찌하면…… 되나요?"

이 와중에도 그녀는 문뜩 천계에서 무보수로 죽을 때까지 일해야 될지도 모른다고 생각했다. 400년 동안. 그건 그거대로 아찔한 일이 될 것 같았다. 설류 님의 하해와 같은 은혜로 판의 값을 면책받은 지 며칠이나 되었다고 그녀는 다시 벌을 받게 되었다.

"일의 실수가 경미한 일이니……. 좋다. 정소부에서 일어난 일. 정소부의 가장 냉정하고 무정한 사자가 누구더냐?"

좌 시관이 옆에서 작게 이름을 아뢰자 설류의 눈빛에 이채가 서렸다. 간만에 좋은 구경하게 생겼구나. 그의 입술이 짓궂게 올라갔다.

"차인후, 앞으로 나오라."

남색 비단자락을 펄럭이며 사내 하나가 운채의 옆에 서 명을 기다렸다. 만약 살아 있었다면 무관이 어울릴 것 같은 사내의 체격은 크고 단단해 보였다. 그리고 사자라는 명성에 걸맞게 온기 하나 없는 표정이었다.

"저자를 수단 방법 가리지 않고 일 각 안에 눈물을 빼게 만들면 이 일은 없던 일로 해주겠다. 차인후, 너 또한 일 각 동안 울지 않고 버틴다면 소원 하나 들어주지. 나쁜 제안은 아니지?"

이 말이 떨어짐과 동시에 차인후의 얼굴이 일그러졌다. 설류 님이 저리 신나 자신의 이름을 부르는 것치고 좋은 경우는 없었다. 주인 없는 정소부에 새로운 주인이 나타났다 하여 모두 모인 자리였다. 그것도 인간 계집이라 하니 불만 반 호기 심 반이었다. 어찌 보면 같은 인간이 정소부의 주인 자리에 앉는다면 사자들 사이에 더 많은 공감을 이끌어낼 수 있다고 생각했다. 그러나 저리 어린 계집을 보니 그냥 없느니만 못해 보였다. 저절로 숙여지는 정소부 특유의 위엄 또한 느껴지지 않았다.

운채는 멍하니 그녀의 옆에 서 있는 사자를 올려다보았다. 얼굴 표정만 봐서는 피도 눈물도 없게 생긴 사람을 그녀가 무슨 재주로 울린단 말인가? 슬픈 얘기를 해야 하나? 아니면 양파라도 가져와 눈에 문질러야 하나? 그를 어떻게 울려야 하는지에 대한 고민으로 그녀의 머릿속이 시끄러웠다.

"생각할 시간을 줄 테니 준비가 되면 말하라."

설류는 히죽 웃으며 고개를 돌려 하윤에게 찡긋 눈인사를 했다. 그리고는 전음을 하윤에게 띄웠다.

'요즘 자주 보는군. 지켜보는 것이야 뭐라 안하겠다만 그 이상 넘어서면 재미없는 줄 알아라. 대현궁 하윤.'

'재주껏 막아보시지.'

하윤은 비웃음을 흘린 채 고개를 운채에게 돌렸다. 어차피 혼백의 자유까지 그에게 묶여 있는 운채였다. 함부로 건들지 못한다. 정 운채의 목숨을 취하려 한다면 그를 상대해야 할 것이다.

운채는 움켜쥔 두 주먹을 무릎 위에 올려놓으며 눈을 감고 있었다. 일 각 안에 무슨 수로 아무것도 모르는 사내를 울린단 말인가. 타인에게 마음을 열지 않는 이상 미치지 않고서야 누가 모르는 사람 앞에서, 그것도 사내가 눈물을 흘리겠는가. 운채는 암담함에 눈을 감았다.

윤은 운채의 무릎을 베게 삼아 서책을 읽고 있었다. 운채 또한 하윤 따라 서책을 들었다지만 이번에는 너무 심오한 내용이라 도통 집중할 수가 없었다. 이내 서책을 덮자 윤이 운채를 바라보았다.

"무슨 말인지 하나도 모르겠어. 윤은 이런 책이 좋아?"

운채가 코끝을 찡긋거리자 언제나 그러하듯 윤이 운채의 미간을 문질러 주었다

"가뜩이나 못생긴 얼굴 더욱 못생겨진다. 뭐 믿고 계속 못생겨지는 거냐?"

"이 서책 읽고 나면 더 못생겨질 것 같아. 나 이 서책 안 읽을래."

“핑계는 좋구나.”

운채가 한쪽에 던진 책을 흘낏 보더니 윤의 입가에 설핏 미소가 스쳐 지나갔다. 하필 고른 서책의 제목이 인간의 본질이라니, 읽기 싫을 만했다. 저런 건 설류 놈한테 추천하는 권장 서책이었다. 아니 필독서라 해야 옳았다.

“아니야. 돈이 아까워서라도 읽고 말테야.”

운채가 다시 던진 서책을 바로 잡았다.

“별 내용 없으니 읽지 않아도 된다.”

“아, 윤은 이거 읽었지. 무슨 내용이야?”

“자연이든 인간이든 그 본질은 고통에서 시작하는 성장이다. 씨앗이 땅에 뿌리를 내리기 위해서는 고통을 이겨내야 하는 것처럼 인간도 고통 속에 성장을 하는 생명이다. 그리고 그 고통을 이겨내지 못하면 썩거나 또는 마르거나. 그건 누구나 피할 수 없는 자연의 법칙이다. 이게 이 책의 중점이야.”

“윤도 그렇게 생각해?”

“하 많은 인간 지금껏 사연 없이 살아가는 인간 없었다.”

인간의 본질은 고통, 내면을 드러내는 일. 그것을 마주하게 될 때 아픔을 느끼게 된다. 미안하지만 그 아픔을 잠시 건드려야 했다. 운채는 조용히 눈을 떴다.

“여기 저와 마주 보며 앉아주시겠습니까?”

사내가 무릎을 꿇어 그녀와 마주 앉았다. 마주 앉은 것만으로 그의 기가 단단하다는 것을 느낄 정도였다. 그런 그의 속내를 끄집어내는 건 쉽지 않을 것 같았다. 운채는 왠지 이 내기에 자신이 없어졌다.

"죄송하지만 두 손을 잡겠습니다. 이제부터 제 질문에 대한 답을 거짓 없이 정성껏 대답해 주시겠어요? 똑같은 대답은 안 됩니다."

"그리하겠습니다."

"준비가 된 것 같군. 그럼 시간을 재도록 하라."

설류가 손을 들어 좌 시관에게 명하자 모래시계의 모래가 빠져나가기 시작했다. 어떻게 저 차가운 차인후의 눈에서 눈물을 뽑을지 기대가 된 그의 표정은 나른했다.

"그대는 누구입니까?"

운채가 인사를 하며 차인후에게 첫 질문을 던졌다.

"정소부 상위 사자 차인후입니다."

"그대는 누구입니까?"

같은 질문이 다시 나오자 인후가 운채를 빤히 바라보았다.

"대답 부탁드립니다."

"인간의 혼백을 담는 최고 관할 사자입니다."

"그대는 누구입니까?"

같은 질문이 세 번쯤 반복되자 이원의 눈이 반짝하고 빛이 났다. 아무래도 주인님이 걱정하는 것만큼 그녀는 어리지 않을지 몰랐다. 만약 정말 저 사자의 눈에서 눈물을 뽑게 만든다면 그는 그녀를 정소부의 주인으로서 조금은 인정해 줄 마음이 있었다. 그냥 바느질만 한 계집이 아니었다. 같은 질문에 다른 대답을 하다 보면 결국은 자신의 밑바닥까지 들어낼 수밖에 없다. 그리고 대부분 그 밑바닥에 사람의 감정찌꺼기가 가득 붙어 있다.

운채의 눈빛이 차분히 가라앉아 있었다. 남의 눈에 눈물 빼는 일인데 그녀라고 좋을 리 없었다. 처음에는 내가 가지고 있는 걸 치레가 답이 될 것이고 그 답이 다 떨어지면 나중에는 속내의 답까지 나올 것이다. 그녀는 이 사자가 꽁꽁 감춰둔 속사정을 건드려야 했다. 그가 가슴속 깊이 묻어둔 사연. 그 씨앗을 통해 성장해 나간 본질을 건드려야 했다. 몇 번의 똑같은 질문이 흘렀을까 이제는 더 이상 나올 게 없다고 생각한 만큼 같은 질문의 반복이 이어졌다.

"그대는 누구입니까?"

"나는…… 쌀 한 되에 누이를 판 비정한 오라비입니다."

주위에서 숨을 들이켜는 소리가 들렸다. 그러나 곧 주위는 다시 숨소리가 들리지 않을 만큼 조용해졌다. 차인후의 눈은 가라앉았으나 표정 변화는 없었다. 모래는 빠르게 빠져나가 일 각의 반은 없어져 버린 듯했다.

"그대는…… 누구입니까?"

"나는 그 쌀로 배부르게 먹고 잠을 잔 오라비입니다."

"……나는 뭇매 맞고 죽은 누이의 묘도 써주지 못한 오라비입니다."

"……너무 추워 제 살고자 강에서 누이의 시신도 건져 올리지 못한 못난 오라비입니다."

"……나는 그런 누이의 얼굴이 기억이 나지 않는…… 오라비입니다.”

차인후의 목은 꽉 잠겨 있었다. 그녀와 맞잡던 손도 꽉 움켜쥐고 있었다. 긴장된 어깨는 그가 얼마나 자신의 감정을 힘겨워하고 있는지 보여주고 있었다.

그저 그녀가 살고자 던진 질문이었다. 사람이라 가슴에 생채기 하나 또는 그리운 사람 얼굴 하나 담고 있다면 눈물은 아니지만 눈가 정도를 적시는 사연은 있을 거라고 생각했다. 그러나 사람의 눈물을 뽑아내려면 가슴에 박힌 상처를 뜯어내야 한다는 사실을 잊고 있었다. 너무 미안하고 미안했다. 운채는 더 이상의 질문을 하지 못한 채 그의 목을 덥석 끌어안았다. 듣는 것만으로도 마음이 아픈데 얼마나 그 죄스러움을 떠안고 살았을까? 운채가 눈물을 뚝뚝 흘리며 소리 죽여 울었다. 자신의 어리석음에 부끄러워 고개를 들 수가 없었다.

“미안해요…… 정말 미안해요……. 미안해요.”

차인후는 꿈쩍도 않은 채 가만히 앉아 있었다. 감정의 동요를 누르듯 그냥 잠시 눈을 감고 있을 뿐이었다.

모든 천신과 사자들도 이 분위기가 머쓱해졌다. 일 잘하고 냉철한 사자로만 알고 있던 차인후가 그런 마음의 짐을 쌓아두고 있는지 아무도 몰랐었다. 분위기는 갑자기 숙연해졌다. 그러자 설류의 눈썹이 꿈틀거리며 운채를 노려보고 있었다. 그녀가 분위기를 띄울 거라고는 기대도 하지 않았지만 이건 분위기가 쳐져도 너무 쳐졌다. 설류가 벌떡 자리에서 일어났다.

저것은 초를 쳐도 꼭 저렇게 쳐야 했나? 눈물 나는 법이 그렇게 생각이 안나? 저 성정에 손으로 눈을 찌르는 것까진 기대도 하지 않았다. 양파로 차인후의 눈을 비비기만 했어도 얼마나 웃기겠냐는 말이냐. 아니면 눈을 일 각 동안 감지 말라고 하면 제가 눈물이 안 나겠어? 왜 가슴 후벼 파는 이야기를 꺼내 분위기를 침울하게 만드냐고! 이 좋은 날에!

“일 각은 넘었고 차인후를 울리지 못했으니 차인후, 너의 소원이 무엇이냐?”

일단 소원을 들어준다고 했으니 말은 지켜야 했다. 설류의 목소리는 잔뜩 부어 있었다. 차인후가 눈물만 흘렸다면 지은 죄도 넘어가고 재미있는 구경도 보는 일석이조를 저 눈치 없는 운채가 날려 버린 것이다. 그가 고심하며 준비해 온 이 잔치를!

“없습니다.”

자신은 편안하고 안락하게 사는 것이 죄인인 사람이었다. 하물며 그런 그가 소원을 말할 권리가 있을 리 없었다. 그는 죄인처럼 고개를 들지 못하고 있었다.

“왜 없어요? 동생, 누이의 행방이 궁금하지 않아요?”

제 걱정이나 하고 있지 울다가 남의 소원까지 간섭하는 운채를 보자 설류는 콧방귀를 뀌었다. 아무래도 이번의 정소부는 주제파악을 못하는 주인님을 모시게 될 것 같았다.

“사자 차인후, 인간세상으로 다시 윤회한 누이의 소식을 알고 싶나?”

차인후는 고개를 숙였다. 입이 떨어지지 않았다. 염치가 없었다. 윤회한 곳에서 또 자신 같은 오빠를 만나 고생하고 있다는 말을 듣는다면 자신의 심장이 견디지 못할 것 같았다. 그럼에도 누이의 소식이 미치도록 궁금하다.

"침묵을 지키는 건 긍정으로 알겠다. 사자 차인후는 내일 소원을 받으러 내 정무실로 오전 중으로 오라. 그리고 운채는 자리에서 일어나라."

머뭇거리며 운채가 자리에서 일어났다. 그녀가 왜 여기에 왔는지 잠시 잊어버리고 있었다. 그녀는 떨리는 두 손을 맞잡은 채 설류를 올려다보았다. 그녀는 무슨 죄를 받게 되는 것일까.

"뒤로 돌아라."

운채가 뒤를 돌자 정소부의 천신 및 사자들이 그녀를 바라보고 있었다. 가슴이 다시 세차게 뛰기 시작했다. 그녀의 시선이 오른쪽 맨 끝에 서 있는 하윤 님과 마주쳤다. 그의 무덤덤한 눈빛은 마치 아무도 너에게 손을 댈 수 없으니 걱정할 것 없다고 그렇게 말하고 있는 듯했다. 운채는 움직이지 않는 근육을 쥐어짜 입술 끝을 끌어올렸다. 그를 더 이상 걱정하게 하고 싶지 않았다.

설류가 자리에서 일어나 그들의 시선을 집중시켰다.

"모두 들으라. 새로운 정소부의 주인이다. 인간 계집이라 감정에 종종 치우칠 때가 있을 것이다. 그때마다 너희들이 새로운 주인이 정도를 걸을 수 있도록 보필하라. 전 정소부의 능력을 이어받았으나 그걸 펼치게 해줄 수 있는 것은 너희들이다."

운채가 놀라 설류를 올려다보았다.

"그렇게 멀뚱히 서 뭐하느냐? 능력 부족으로 도움을 받아야 하는 주제에 뻣뻣이 서서는. 인사 안 하느냐?"

설류는 운채에게 통을 주며 인사를 채근했다.

운채는 그때서야 이 자리가 자신을 벌하는 자리가 아니라는 것을 깨달았다. 안도와 함께 다리에 힘이 빠지려 했다. 불퉁거리는 설류 님의 목소리가 정답게 들리는 것을 보면 자신의 귀가 어떻게 된 모양이었다.

"정소부 주인한테 인사받기가 이렇게 어려워서야 원."

설류는 인상을 찡그린 채 턱짓으로 그녀를 지켜보고 있는 천신들 쪽을 가리켰다.

운채가 뒤를 돌아 주위를 둘러보니 호기심을 가득 담은 천신들이 그녀를 바라보고 있었다. 모두 그녀를 기다리고 있었다. 운채는 두 손을 모은 채 천천히 고개를 숙였다. 이상하게 눈물이 나려 했다. 싫든 좋든 그녀는 정소부의 일을 하게 되었고 이분들의 도움을 받아야 했다. 어렵겠지만 그녀가 천계에 있는 동안 맡겨진 일이라면 잘해보고 싶었다.

정소부의 새 주인이 인사하는데 가만히 인사를 받을 수 없었다. 지켜보던 천신 및 사자도 답인사를 하며 정소부의 새 주인을 맞이했다.

하윤은 설류의 공표에 이를 사리물었다. 분명 그녀가 능력을 쓰지 못하고 있다는 것을 아는 놈이 그녀를 정소부 주인 자리라고 공표를 했다. 저리 가벼워 보여도 명실상부 태상궁의 주인인데 무턱대고 그녀를 그냥 정소부 자리에 앉히다니.

"자, 이 정도면 서로 낯을 익혔으니 상을 들이라 하라. 오늘은 특별한 날인만큼 주인공의 술잔은 붓통으로 준비하라."

지금껏 가만히 지켜만 보던 하윤이 설류를 노려보았다.

'지금 애를 죽이겠다는 건가?'

하윤이 으르렁거렸다.

'먹고 토하고 먹고 토하고 먹고 토하는 이게 환영회의 기본 아닌가. 객 주제에 무슨 말이 많은가? 하윤 너도 기왕 왔으니 그냥 먹고 토하다 먹고 토하다 가려무나.'

설류는 냉큼 잔칫상으로 내려가 술잔을 들어 그들과 어울리고 있었다. 하윤 또한 운채 곁으로 걸음을 옮기자 이원은 한숨을 쉬며 뒤를 따랐다. 확실히 운채라는 아이에 대한 하윤 님의 반응은 이상하리만치 민감하다. 하지만 지켜본 바로는 그녀를 대함에 있어 들끓는 감정도 애틋한 감정도 보이지 않았다. 그랬다면 벌써 침소로 그녀를 들였을 것이다. 그러면 이 반응은 도대체 무슨 감정이냔 말이지. 부성애인가? 책임감? 아니면 가족애? 언제 한 번 슬쩍 하윤 님의 마음을 떠봐야겠다고 다짐하는 이원이었다. 그는 계집 하나로 대현궁이 시끄러워지는 것을 원치 않았다.

"자, 뽑으세요."

일단 대나무젓가락에 숫자가 새겨져 있어 술병에 넣어 돌려 뽑은 숫자가 나오면 벌칙에 걸린 이는 그 숫자만큼 술을 들이켜야 했다. 그리고 주인공인 그녀의 술잔은 붓통으로 준비되어 있어 한 잔만 나와도 마시기 힘든 양이었다. 그녀 순번이 돌아오자 여지없이 그녀가 벌칙에 걸렸다. 눈을 감고 남의 술잔에 술을 부어주는 것인데 그 양이 넘치거나 많이 모자라면 지는 것이었다. 물론 남의 술잔의 크기가 얼마만큼인지도 모른다. 그저 운에 따르는 내기였다.

대나무젓가락을 뽑자 2가 나왔다. 아, 운채는 자신의 붓통을 내려다보았다. 물도 그렇게는 마시지 못할 것 같은데……. 그녀는 붓통을 만지작거리며 난감함을 표했다.

"오호, 빼시겠다?"

언제 나타났는지 설류가 술잔을 들고 운채 옆에 앉았다. 그는 그녀의 붓통을 직접 들어 운채의 입까지 들이밀었다.

"자, 쭉 들이켜라고. 옳지. 잘 마시면서 엄살은. 여기 한 잔 더 채워라."

옆의 천신이 냉큼 운채의 붓통에 술을 채웠다. 저렇게 마시다가는 몇 잔 마시지도 못해 쓰러지고 말 것이다. 빈속이라 취기도 빨리 돌 것이다. 그리고 저 바람잡이 설류 놈이 술판에 가세한 순간 운채는 걸어서 이곳을 빠져나가지 못할 것이다. 이대론 안 된다.

하윤은 손짓으로 이원을 조용히 불렀다.

"큰 통에 모든 술을 섞어 가져오너라. 독하면 독할수록 좋다. 그리고 붓통도 여럿 구해 오너라."

잠시 후 이원이 큰 나무통에 색깔 불분명한 술을 한가득 담아 가지고 왔다. 그 위에는 표주박 대신 붓통 여러 개가 둥둥 떠 있었다. 많은 양을 채우기 위해서 나중에는 아무 술이나 막 부은지라 간간히 꽃잎도 술 위에 둥둥 떠다니고 있었다. 이원은 오묘한 색깔의 맛이 궁금해 살짝 맛을 보았다. 좋은 술도 여러 맛을 섞으니 박주만도 못한 술이 되고 말았다. 뭐 중요한 것은 독하고 독하기만 하면 된다는 점이다. 이원은 어깨를 으쓱이며 이 술을 먹을 천신들에게 심심한 애도를 표했다.

자리에서 일어나 잔칫상에 걸터앉은 하윤은 붓통에 술을 담은 채 주위를 둘러보았다. 한 시진 안으로 다 뻗게 만들어주겠다. 설류 네놈을 포함해서. 각오를 다지듯 하윤의 입술이 살짝 치켜 올라갔다.

"객이라 조용히 앉아 있다 가려 했는데 너무 밋밋해서 흥이 나야 말이지. 태상궁은 이리 점잔을 빼며 노나 보지? 대현궁하고 달라도 너무 다르군. 하긴 노는 것도 체력이 받쳐 주어야 하는 것이지만."

자리에 앉아 담소를 나누던 몇몇 천신들의 눈빛이 분개로 번뜩였다. 가뜩이나 대현궁과 비교당해 백면서생이라 우스갯소리를 듣는 태상궁 쪽 입장으로서는 이런 말은 심기가 불편했다. 천계 전체를 놓고 보면 대현궁 쪽 천신들이 훨씬 힘을 다루는 능력이 탁월한 것은 사실이나 태상궁에도 그런 천신은 얼마든지 있었다.

"어차피 취하려고 마시는 술. 이번 참에 어찌 마시는지 대작 한번 해주시지요."

하나둘 천신이 일어나 붓통을 들고 하윤에게 다가갔다. 사내들의 자존심이 발동 걸린 것이다. 하윤은 회심의 미소를 지으며 고개를 끄덕였다.

남의 잔치에 눈치 없이 설치는 하윤이 설류 눈에 곱게 보일 리 없었다. 한 번쯤 하윤과 대작을 해보고 싶었으나 저런 정체불명의 술은 사절이었다. 특히 이원이 혼합한 것이라면 더욱 마시고 싶지 않았다. 분명 빠르고 확실하게 실신할 수 있는 술을 제조해 왔을 테니.

"귀한 손님이 왔는데 귀한 술로 대접해야 하는 게 예의겠지? 좌시관, 주고酒庫를 열어 문배주, 삼해주, 백하주, 향온주, 한주 각각 3통씩 내오너라. 아무래도 내 정원에 비싼 거름 주고 갈 손님을 위해서라도 그게 낫겠다."

골라도 어떻게 독한 술만 쏙쏙 내오라고 하는 설류 님이었다. 설류 님이 작심을 하셨으니 둘 중 하나 쓰러지지 않고서야 술판은 끝나지 않을 것이다. 그는 설류 님을 만류할까라는 생각도 잠깐, 고개를 이내 저었다. 아무리 그의 직업이 주인님을 보필하는 것이지만 내기 좋아하지, 술 좋아하지, 승부욕심 강한 분을 말리는 것 자체가 불가능이었다.

좌 시간은 명 받잡은 즉시 부리나케 주고로 뛰어갔다.

"그리고 정소부의 운채, 너도 여기 앉아라. 오늘은 너를 위한 자리이니 빼면 쓰나?"

'하윤, 네 속을 모를까? 그녀가 술 먹는 게 그렇게 속이 쓰리더냐? 그녀는 여기서 두 발로 걸어 나가지 못할 것이다. 아무렴.'

설류는 속으로 중얼거리며 하윤에게 씽긋 웃어 보였다.

"태상궁에는 대작할 이가 그렇게 없나보지? 여자를 내세우다니?"

"모르는 말씀. 정소부 주인의 능력 중 하나가 탁월한 해독능력이다. 뭐 배 부르는 것은 막지 못하겠지만."

운채는 설류와 하윤 사이에 앉아 어찌해야 하나 눈치를 보고 있었다. 그래도 자신을 위해 만들어준 자리인데 되도록 지키고 싶었다. 태상궁의 천신들도 그들 주위로 자리를 잡고 합류했다. 자기 앞에 붓통 하나씩 집어 들자 화기애애해야 될 술판에 순간 비장함이 감돌았다.

천신이 하나둘 탁자에 쓰러지거나 자리에서 없어지더니 결국 설류와 하윤 그리고 운채만 남게 되었다. 셋 모두 자세는 흐트러짐이 없었다. 정말 해독능력이 뛰어나기라도 하는지 그녀는 말똥말똥한 눈으로 하윤 님을 바라보고 있었다. 설류 님 또한 배가 부른지 인상을 간간히 쓰고 있지만 멀쩡해 보였다. 이원은 마지막으로 곁눈질로 자신의 주인님을 바라보았다. 겉보기엔 제일 멀쩡해 보이지만 그들이 마신 술은 거의 동이 났으니 제정신일 리가 없었다. 이원은 이 정도에서 그가 끝을 내줘야 하는지 가늠하고 있었다.

"가져온 술도 떨어졌으니 이제……."

이원이 자리를 끝내고 일어나줬으면 하는 그때 설류가 하품을 하며 눈을 비볐다.

졸렸다. 꼴 보기 싫은 하윤이 탁자에 머리를 박는 모습을 봐야 하는데 잠이 몰려오자 더 이상 앉아 있을 수가 없었다. 역시 밤샘 근무는 아무나 하는 게 아니었나 보다. 설류가 자리에서 일어나 좌 시관을 불렀다.

"난 졸리니 자러 간다. 그리고 정운채, 정소부의 주인이 언제까지 대현궁에 있을 것이냐? 빨리 돌아오라. 너 때문에 내가 쉬지를 못하고 있지 않느냐. 손목의 근육통은 다 너 때문이다."

"하윤 님이 회복되면 곧바로 돌아가겠습니다."

못 들을 걸 들었다는 듯 설류의 눈썹이 꺾어졌다. 하윤은 그저 붓통을 다시 들어 올렸다.

"이 무슨 흥부 제비 다리 부러트리는 소리를. 내일 당장 정소부로 복귀하도록!"

버럭 성질을 낸 설류는 다시 한 번 하품을 하며 자신의 처소로 유유히 걸어갔다.

이원은 자신의 주인님도 대단하지만 태상궁의 설류 님도 만만치 않은 듯했다. 그러니 되도록 두 분이서 부딪히는 것은 피해야 했다. 성정은 다르지만 단 하나, 붙으면 끝을 보는 성격은 같으므로 으르렁거릴 접점을 만들지 말아야 했다. 가령 운채 님이라든지…….

"괜찮으신가요?"

그녀는 몸도 안 좋은 그가 술까지 많이 먹어 걱정이 되었다. 상처 난 곳이 잘못되면 어쩌자고 저리 마신 건지. 만약 천신이 아니라 친우였다면 등짝을 두들겨 패서라도 말렸을 것이다.

"괜찮지 않으면?"

"네?"

"어디서 덥석 붓통을 잡아 잡기를. 무슨 술인 줄 알고. 아주 꿀떡꿀떡 잘도 삼키더구나."

"저도 몰랐는데 제가 말술인가 봐요."

겸연쩍은 미소를 지으며 운채가 머리를 긁적였다. 웃음도 술이 들어가니 헤퍼졌다. 마음이 말랑말랑한 것이 그의 꾸중이 꾸중으로 들려오지 않고 있었다.

"따라오라. 좀 걸어야겠다."

마침 배가 불러 걷고 싶었던 참인데 잘되었다. 그를 따라 황급히 일어나려던 그녀는 머리가 핑 도는 느낌에 잠시 비틀거리며 투레질을 했다. 앉아 있을 때는 몰랐는데 일어서니 정신이 멍한 것이 많이 마시긴 많이 마신 모양이었다. 그래도 저 많은 양을 먹었는데 기절하지 않는 것을 보면 자신이 신통하기도 하고 놀랍기도 했다. 그녀는 상 위와 바닥에 뒹구는 술통을 보고 입이 벌어졌다. 하윤 님이 걱정할 만했다.

운채가 미적거리자 하윤이 뒤를 돌아 투덜거렸다.

"굼벵이를 먹인 기억이 없는데 왜 그리 굼뜬 것이냐?"

취하셨다. 달리 주정을 부리고 있진 않지만 운채를 바라보는 표정이 평소보다 많이 느슨해져 있었다. 마치 심통 난 아이처럼 그녀를 구박하는 모습을 보지 않았다면 취한 것을 못 알아챌 뻔했다. 새로운 모습을 봐서 재미있기는 하다만 그다지 자주 보고 싶은 모습은 아니었다. 그의 주인님은 고고한 학처럼 우아하게 술을 마시는 모습이 어울렸다. 이런 모습을 본 적이 없기에 혹 걷다 쓰러지실까 이원은 세 보 뒤에서 하윤 님 뒤를 따랐다.

운채의 행동이 답답한 그가 결국 그녀의 손목을 잡아챘다. 그러다 몇 발자국 성큼성큼 걷더니 하윤이 뒤를 돌아 이원을 째려보았다.

"넌 따라오라 한 적 없다. 눈치 없는 것."

이원은 돌처럼 그 자리에 굳었다. 골이 띵하다는 것은 이런 느낌일 것이다. 다 알고 있다는 듯 이원에게 보이는 그녀의 미소도 기분 나빴다. 그가 눈치가 없다는 말을 듣는다는 것은 가문의 수치였다. 아무리 술이 취했기로 그에게 그런 말씀을 하시다니! 뭔가 속에서 치밀어 오르는 것을 느낀 이원은 붓통으로 가득 술을 퍼 한 번에 쭉 들이켰다. 화기와 가까운 음식, 특히 술은 먹지 않는 그이지만 오늘은 예외로 두기로 했다. 간만에 들어간 술이라 속으로 들어가자마자 짜릿함을 전했다. 내친김에 그는 자리에 퍼질러 앉아 연거푸 술통의 술을 퍼마셨다. 변명하기에는 구차하고 그냥 묻어두기에는 누군가의 가슴에 열불 터지는 밤이었다.

미련하게 술을 마시는 것도 나쁘지 않아 보였다. 조금은 느슨하게 풀린 감정이 물 위에 몸을 맡긴 것처럼 편안했다. 하윤은 고개를 돌려 술 때문에 달아오른 운채의 뺨을 쓰다듬었다.
"괜찮으냐? 얼굴이 홍주가 되었다."
"조금 더운 것 빼고는 괜찮습니다."
저 '괜찮다' 라는 말이 버릇이 되면 안 되는데 걱정이었다. 정소부의 주인. 분명 힘들 터인데, 되도록 안 보내고 싶은데, 설류 그놈이 가만 놔둘 리가 없었다. 괜히 천계의 과실을 먹였나? 판의 값이라면 어찌 그의 손에서 유야무야 넘어가 보도록 할 수 있다지만 정소부의 주인인 것을 모두 안 이상 그녀는 죽을 때까지 그 일을 맡아야 할지 몰랐다. 어쩌면 인간계에서 아무것도 모르고 살다 제 수명 걸힐 수도 있었을 것인데.

"아니지. 그건 별로 마음에 들지 않는군."

그가 심각히 뭔가를 중얼거리자 운채는 그저 고개를 갸웃갸웃
거리며 그의 다음 말을 기다렸다.

"좋은 옷에 좋은 집만 주면 다 될 것 같았는데……."

설류가 정소부의 천신을 모아 발표할 줄은 그도 예상치 못했다.
그녀를 태상궁에 놔둬도 괜찮으려니? 그녀가 그의 눈에 보이지 않
는 곳에 있다? 한 번도 생각해 본 적이 없다. 그녀가 천계에 머물
기 위해서 능력을 풀어줄 수밖에 없는 것인지에 대해 생각이 미치
자 그의 속내가 시끄러웠다. 일단은 지켜보도록 하자. 그 후에 그
녀를 자신의 궁으로 데려와도 늦지는 않을 것이다.

"정소부의 주인 자리는 힘들 것이다."

"알고 있습니다. 그리고 제가 많이 부족하다는 것도요."

딱히 인간세상에 미련이 있는 것은 아니지만 그래도 그녀가 살
던 곳이고 그녀처럼 같은 인간들이 부대끼며 사는 곳이었다. 아무
리 좋은 옷과 좋은 음식을 내온다 해도 천계에서 그녀는 이방인일
것이다. 그래도 판의 값을 끝내면 다시 내운산으로 돌아갈 수 있
다는 희망이 있었는데 그것마저 사라진 것이다. 처음부터 인간세
상으로 돌아갈 수 없는 몸이었다니 입안이 썼다. 그녀가 여기에
마음을 둘 수 있는지도 자신이 없었다.

"솔직히 천계에 와서 제 의지대로 된 일이 하나도 없지요. 그래
도 내 앞에 떨어진 일에 대해 회피하고 싶지도 않고 신세한탄도
하고 싶지 않아요. 그런다고 뭔가 바뀌지는 않을 테니까요. 그러
다 힘들다 힘들다 목까지 차며……."

운채가 주저하며 말을 끝맺지 못했다.

“목까지 찬다면……?”

“하윤 님한테 하소연하러 달려가겠지요. 그럼 하윤 님은 ‘도대체 그놈이 누구냐!’ 하며 제 편을 들어주실 테니까요.”

운채가 눈을 곱게 접으며 생각지도 않는 애교를 부리자 하윤의 입매가 부드럽게 올라갔다. 아무래 생각해도 이 아이를 설류 같은 놈에게 던져 줄 수 없다. 시원한 바람이 불자 그가 밤하늘을 올려다보았다. 별들의 움직임이 북서쪽으로 모여 있는 것으로 봐서 인간계의 더위는 한풀 꺾일 것 같아 보였다.

“하윤 님도 하늘 보는 거 좋아하구나.”

딱히 하늘 보는 것을 좋아하는 것이 아니라 대현궁 주인이다 보니 습관적으로 하늘을 보며 날씨를 가늠해 볼 뿐이었다.

“제 친우 윤도 하늘 보는 거 참 좋아했어요. 하늘 보면서 ‘오늘도 덥겠다’ 하면서 저한테 투덜투덜 댔어요. 아, 그리고 윤은 목욕하는 것을 엄청 싫어했거든요. 생긴 것과 다르게.”

평소라면 하윤 님 앞에 할 수 없던 말을 술이 들어가니 술술 잘도 나오고 있었다.

“설마 그랬겠느냐.”

그를 뭘로 보고.

“처음에 제가 개울가에서 윤의 등을 밀어줬을 때는 삐쳐서 한동안 말도 안했어요.”

“부끄러워서 그랬느니라! 삐치는 건 계집아이나…….”

운채가 빤히 바라보자 하윤이 헛기침을 하며 표정을 가다듬었다.

“그러니까 친우가 그리 등을 밀어줬는데 삐칠 일이 뭐가 있겠
느냐는 말이다.”

“아닌데 진짜 삐쳤는데……. 처음에는 나랑 눈 마주치기라도
하면 고개도 홱 돌리고 화나서 얼굴도 찡그리고 그랬어요. 나중에
안 사실인데 부끄러워서 그랬던 거 같아요. 제가 윤의 등을 밀어
주면 윤의 귀가 새빨개졌거든요. 그리고 윤은 계집아이예요.”

하윤은 정말 운채와의 목욕사건으로 실랑이를 많이 했어야 했
다. 아무리 인간 계집의 몸으로 운채와 함께 생활을 한다지만 같
이 목욕까지 할 수는 없는 일이었다. 그러나 운채는 그런 그가 목
욕을 하기 싫어하는 것으로 오해를 하고 말았다. 어느 날인가 목
욕을 하지 않으면 같이 잘 수 없다는 강경한 태도를 취하자 그는
소고삐 꿰듯 운채에게 끌려 밤마다 개울가로 끌려가야 했다. 한
번도 자신의 몸을 누군가에게 맡긴 적이 없던 그가 특히 어린아이
에게 자신의 몸을 맡기는 건 당황스러운 일이었다. 게다가 그 또
한 그녀의 등을 밀어줘야 하는 입장이라 그 난감함은 말로 표현할
수 없었다. 어느 정도 나이가 들어 혼자 목욕을 하겠다고 한 후에
도 가끔 불쑥 불쑥 개울가로 찾아와 그를 덮친 운채였다. 등은 혼
자 밀 수 없다는 그녀의 고집으로.

“한 번은 밤에 목욕하다 산짐승 소리가 나는 거예요. 발자국 소
리도 점점 다가오고요.”

운채는 내운산 이야기를 꺼내자 신이 나 입을 멈추지 않았다.
말하면서도 두 팔을 크게 벌리며 입에 웃음을 물고 있었다. 하윤
은 그런 운채의 모습을 가만히 지켜보았다. 입을 삐쭉삐쭉거리고

고사리 같은 손을 가졌던 아이가 이만큼이나 컸다. 그러고 보니 감회가 새롭군.

"정소부의 일이 힘들면 언제든지 그만두어도 좋다. 네 목숨도 안전할 것이다. 다만 그 자리에 있는 동안 오늘의 일은 잊지 말아라."

"많이 반성하고 있습니다. 설류 님이 너그러이 용서해 주신 것도요."

운채는 오늘 자신이 얼마나 위험한 일을 할 뻔했는지 깨닫고 다시 한 번 그 두 사자들에게 미안했다. 그 사자들은 분명 혼백을 담지 못하거나 잘못되면 자신들까지 잘못됨을 알고 있었을 텐데 묵묵히 그녀를 따라주었다. 정소부의 주인이라는 이유만으로.

"아니. 그놈은 정말 네가 죄를 지었다면 그만한 값을 받아낼 놈이다. 내 말은 인간을 대하는 마음을 무디게 만들지 말라는 것이다. 사자가 처음부터 마음을 잃었겠느냐? 마음이 헐어 더 이상 내어줄 것이 없어서 그런 것을. 전 정소부 주인이 나에게 이런 말을 해준 적이 있다. 태상궁 특히 정소부는 알에서 새끼 깨어나길 기다리는 어미새의 심정으로 묵묵히 인간을 따뜻하게 품어야 한다고 했지. 그 걸걸한 반호가."

"귀담아 새기겠습니다."

"하긴, 넌 너무 감정에 치우치니 문제이긴 하다만."

하윤은 그런 운채가 마냥 귀여운 듯 그녀의 머리를 쓰다듬어 주었다.

술이 취한 그는 한없이 부드러웠다. 운채는 이 두근거림이 술 때문인지 그의 미소 때문인지 구분이 가지 않았다. 그냥 이 따뜻한 밤바람이 좋았고 그와 조용히 풀잎을 밟고 걷는 소리가 좋았고 나직이 들려오는 그의 목소리가 좋았다.

"그리고 말이다."

조금 전까지 부드러웠던 그의 목소리가 불퉁스럽게 변했다.

"다시는 누구도 덥석덥석 안지 마라. 난 널 그리 가르친 적이 없다."

"제가 언제 누구를 덥석 안았다고……."

마치 그녀가 경망스럽다 비난하는 것 같아 그녀는 억울하고 화가 났다. 그녀가 음전하다 자신 있게 말하진 못해도 아무 사내에게 수작질하는 여자는 아니었다. 그리고 언제 뭘 가르쳤단 말인가.

"그럼 아까 그 사자는 안은 게 아니면 목을 조르고 있었던 것이냐?"

"그건……."

"오늘 아침 인간계에 내가 아니라 이원이 옆에 있었다면 이원하고 덥석 인사를 나눴을 것 아니냐?"

아니었다. 그였기에 마지막 인사를 그리하고 싶었던 것이다. 그러나 차마 그 말이 나오지 않았다. 그 말을 내뱉는 순간 특별한 의미로 변할 것 같아 입을 뗄 수가 없었다.

"아니에요. 그건 아니에요."

운채가 걸음을 멈춰 자신이 할 수 있는 최대한 표현으로 강하게 부정했다.

“그럼?”

그는 은근히 고집스러운 면이 있었다. 그냥 넘어가도 좋으련만. 그래도 이것만큼은 말할 수 없다. 그녀의 입은 말하지 않겠다는 의지로 꽉 다물려져 있었다.

하윤이 고개를 숙여 두 손으로 그녀의 얼굴을 그러쥐었다. 이마와 이마가 맞닿았고 눈과 눈이 얽혔다. 운채가 숨을 죽여 그를 바라보았다.

“하지 마라.”

낮지만 진지한 그의 목소리가 흘러나왔다.

“누구도 네 향을 맡게 하지 마라.”

속삭이듯 말하는 그의 말이 주술이라도 되는 듯 그녀는 꼼짝도 할 수 없었다.

그가 그녀의 눈을 바라보며 조용히 답을 기다리고 있었다. 운채가 나직이 고개를 끄떡이자 하윤의 내리깐 눈에 만족감이 서렸다. 이 향은 그만 맡을 수 있었다. 그가 그녀에게 공들인 향이었다. 그런 향을 아무에게나 맡게 할 수 없다.

“착하구나.”

그의 숨결이 다가오더니 운채의 입술을 덮었다. 곧 그의 혀가 그녀의 입술을 가르고 들어갔다. 깜짝 놀란 그녀가 뒤로 물러서려 하자 하윤이 그녀의 뒷목을 움켜잡아 빠져나가지 못하게 막았다. 하윤은 그녀의 반응을 무시한 채 그녀의 속살에 숨겨둔 달콤한 즙을 찾아 삼켰다. 그녀의 혀를 건드리고 그녀의 아랫입술을 빨며 한참을 맛보았다. 맛볼수록 갈증을 부추기는 입맞춤은 더욱 깊이 그녀의 속을 헤집으며 그녀의 뱉은 숨까지 모두 삼켜 버렸다.

한 번도 누군가와 입맞춤을 해본 적이 없는 그녀의 눈에는 두려움과 흥분이 그대로 드러나 있었다.

"다시 한 번 말한다. 이 향은 내 것이다."

입술과 입술이 그대로 맞닿은 상태에서 그의 짙은 음색이 그녀의 입술 사이로 흘러들어 갔다. 하윤은 고개를 숙여 그녀의 턱에서 귀밑으로 그리고 목 언저리로 옮겨갔다. 작게 벌어진 입으로 가쁜 숨을 내쉬는 그녀의 모습은 탐스러웠다.

그의 긴 눈썹에 감추어진 검은 눈이 흥분으로 반짝였다. 하윤은 그녀가 호흡을 다 뱉기도 전에 다시 그녀의 입술을 베어 물었다. 처음보다는 천천히 하지만 더 농염하게 그의 입술은 그녀에게서 떨어질 줄 몰랐다. 좀 더 그녀의 입안을 마음껏 헤집기 위해 그가 그녀의 고개를 들어 올렸다. 그녀가 바르작거릴 수조차 없게 품 안에 완전히 가둔 하윤은 한 호흡도 빠져나갈 수 없을 정도로 그녀를 집어삼켜 버렸다. 버거워하는 그녀의 가쁜 호흡 속에 혀와 혀가 얽히고 숨과 숨이 얽혔다. 달 밝은 밤, 얕은 신음 소리와 타액이 빨려가는 소리가 한동안 정원 뒤뜰을 가득 채웠다.

六장

　운채가 태상궁으로 돌아간 지 일주일이 지났다. 이원은 이원대로 술 마신 후유증으로 고생을 하고 있었고 하윤은 일주일 전 술 먹고 자신이 저지른 일로 마음이 심란했다. 그는 그 날 무슨 말을 했는지 토씨 하나 틀리지 않고 기억할 수 있었다. 문제는 납득이었다. 아무리 달 밝은 밤이고 술에 취해서 그녀에게 입맞춤을 했다고는 하나 며칠 내내 기억의 편린이 되어 박혀 떨어지지 않고 있었다. 손끝에 박힌 가시만큼 신경이 쓰이고 있다. 술을 많이 마셔 꿀물을 찾듯이 조갈증이 나 그녀의 입술을 훔쳤다고 끼워 맞춰보아도 그답지 않는 행동이었다. 꿀물만큼 달긴 했다. 단것을 싫어하는 그가 다시 맛보고 싶어할 정도로. 가벼운 입맞춤도 아니라 그의 욕심을 드러낸 입맞춤이었다. 그녀의 신음 소리에 몸이 달아오른 것도 사실이었다. 문제는 여기에 있었다. 아무리 술이 취하면 색이 동하고 여색을 오랫동안 멀리해 계집분내만 나도 흥분할 수 있는 몸이라 해도 운채는 아니었다. 그녀는……. 그래 그녀는 어렸다. 그 하나만으로 자신의 행동은 납득될 수 없는 것이었다.

"이번 추절 행사는 대현궁에서 열리는 것만큼 대현궁의 동쪽을 제외하고는 모두 개방될 것입니다. 이에 맞춰 초청될 발부명단입니다. 보신 후 추가되어야 할 분이 있는지 말씀해 주시면 올리도록 하겠습니다. ……하윤 님?"

정신이 딴 곳에 가 있는 듯 주인님의 시선이 탁자 어딘가에 고정되어 있자 이원이 차분히 주인님을 불렀다.

"아, 추절 행사라……. 이번에는 태상궁에서 단단히 벼르고 있겠군."

그는 이원의 말을 건성으로 흘려듣고 있었다. 분명 발부명단을 봐 달라고 했는데…….

이원은 속으로 작은 한숨을 내쉬었다. 추절에는 1년에 한 번 세 개 궁의 각 부처장들이 모여 잘잘못을 논한 뒤 감정의 찌꺼기를 없애기 위한 뒤풀이 행사를 했다. 대현궁 주인의 특성상 워낙 시끌벅적한 것을 좋아하지 않아 가급적 행사를 피하신 분이었으나 워낙 두 궁들의 원성이 자자해 이번만큼은 대현궁에서 열기로 한 것이다. 오랜만인만큼 신경을 써 잡음이 없도록 만들어야 했다. 비록 하윤 님의 신경이 딴 곳에 있다 할지라도.

"태상궁의 설류도 참석한다던가?"

“일단 명단에는 있사오나 추절 행사는 대부분 각 부처장들만 모여 논의하는 자리라 참석이 불투명합니다.”

“꿀물을 내오라.”

주인님이 뜬금없이 꿀물을 찾자 이원의 눈썹이 궁금증으로 살짝 치켜 올라갔다. 조금 전에는 갈증이 난다하여 물을 찾으셨던 분이었다. 역시 시관이 곧 꿀물을 가지고 오자 급하게 찾으신 것 치고는 한 입을 머금다 다시 내려놓았다. 오늘뿐 아니라 요즘 주인님의 정신은 딴 곳에 계신 듯했다. 운채 님이 태상궁에 있는 게 불안한 것이라고 보기에는 그녀가 잘 지낸다는 보고도 매일 받을 뿐더러 설류 님의 특별한 이상 움직임도 없었다. 굳이 이상한 점을 찾자면 정소부의 업무파악을 위해 스승으로 부적합 판정을 백 번 받아도 이상할 것이 없는 설류 님이 직접 나섰다는 것이 이상하면 이상한 것이었다.

“달다 못해 혀가 아리군.”

그의 입맛이 바뀐 게 아닌 건 확실했다.

머리가 복잡했다. 아니 마음이 심란했다. 일주일째 같은 생각이 머리에서 맴돌 뿐이다. 나중에는 답이 없는 문제를 푸는 것 같아 짜증이 솟구쳤다. 머리에 기억된 그녀의 달달한 신음 소리는 밤마다 그를 괴롭혔다.

“하나 여쭈어 봐도 되겠습니까?”

저 말 요즘 왜 안 하나 했다. 기분이 좋지 못한 하윤의 표정은 심드렁했다.

“말하라.”

궁금한 것이 많았지만 결국 하나, 운채라는 아이가 하윤 님에게 무슨 의미인지 그것만 알면 되었다. 이것만 해결되면 저렇게 정무 중에 딴 생각으로 골몰하거나 심통 난 아이처럼 앉아 있다던가, 이상한 행동 및 기타 등등의 사소한 문제는 알아서 해결될 것이다.

"운채 님을 어떻게 생각하고 계십니까?"

"그게 무슨 말이냐?"

"운채 님이 하윤 님의 심기를 불편하게 해드리는 것 같아 말씀드리는 것입니다."

"그 아이는 내가 책임지고 돌봐주어야 하는 아이다. 무슨 말이 듣고 싶은 것이냐?"

이원은 빤히 하윤을 바라보았다. 이게 어떻게 그냥 돌봐주는 자의 행동이랍니까? 두 번 돌봐준다고 하면 잡아먹겠습니다. 그려. 태상궁 설류 님 멱살 잡은 건 기억이 안 나시나 봅니다? 설마 수하 앞이라 부끄러워 저리 말씀하시는 건 아닐 테고 말입니다. 언제부터인가 자신의 주인님 때문에 속말을 하는 버릇이 생겼다.

"그런 것이 문제라면 태상궁도 살기 괜찮은 곳이니 신경 안 쓰셔도 될 것 같습니다. 설류 님이 그리 다정한 성격이 아님에도 불구하고 운채 님이 불편하지 않도록 잘 돌봐주시고 있는 듯합니다."

"그 아이는……."

"아이가 아닙니다. 주인님. 인간계로 보면 어엿한 성인입니다."

무례하지만 이원은 주인님의 말을 끊었다. 주인님이 자신의 감정에 직시하지 못하면 마음은 더욱 헤매게 된다. 정리하든 취하든 확실한 태도가 필요했다.

"오래전부터 돌봐주셔서 운채 님을 생각하는 마음이 깊은 것은 이해하오나 이쯤에서 운채 님이 홀로 자립할 수 있도록 도와주시는 것 또한 돌봐주는 일의 하나입니다. 또한 하나에서 열까지 모두 주인님이 나선다면 운채 님의 버릇이 나빠질 수도 있습니다."

하윤이 자리에서 일어나면서 이원을 째려보았다. 입바른 말 잘하는 이원이 오늘 같은 날에는 미운 가시털이었다.

"잠시 쉴 것이다. 따라나서지 말라."

요즘 저 말을 어찌 자주 듣는 것 같았다. 직언을 올려도 눈치를 봐가며 올려야 하는데 오늘도 그 시간을 잘못 잡은 듯했다. 이원이 고개를 숙이며 바람을 일으키고 나간 주인님의 뒷모습을 지켜보았다. 운채에 대한 하윤 님의 감정은 사랑은 아닐지 몰라도 분명 욕심이다. 지금껏 지켜봐 온 행동으로 봐서 제 것에 대한 확실한 소유욕이다. 저럴 바에야 그냥 취하면 그만인 것을 뭐가 문제이기에 곱씹듯 고민하고 있는지 모르겠다. 그러고 보니 오늘 이전에 알아보고자 한 전 정소부 주인의 시관과 약속이 잡혀 있었다. 적어도 전 정소부가 무슨 짓을 꾸몄는지 실마리는 얻을 수 있을 것이다.

'자립을 도와? 누구 마음대로?'

집무실을 나온 하윤의 걸음은 목적 없이 성큼성큼 앞으로만 향하고 있었다. 그녀는 처음부터 그의 것이었다. 잠시 술김에 일어난 일로 그가 너무 예민하게 반응하고 있는 것이다. 한동안 굶주렸던 몸이라 민감해져 있다면 계집을 처소로 부르면 되었다. 그는 절대 운채 그 아이에게 마음이 동했다는 것을 인정할 수가 없었다. 그녀를 어여삐 여긴다는 것은 인정한다. 그러지 않았다면 그가 그녀와 14년 동안 인간계에 머무르지도 않았을 테니 말이다. 하지만 말 그대로 아이 아닌가. 키도 작고 손도 발도 작고 하물며 가슴도 작았다. 거기다 인간 계집이다. 품에 안기에는 그녀는 너무 작았다. 그녀를 품어야겠다고 생각한 적은 단 한 번도 없었다. 없었나? 또다시 생각이 그쪽으로 쏠리자 그의 귓가에 그녀의 신음 소리가 환청으로 들려오는 듯했다. 이 지긋지긋한 생각을 버리기 위해서 입맛에 맞는 여자를 오늘 중으로 안을 것이다.

그때 복도를 지나가는 어린 여관 하나가 눈에 띄자 하윤은 충동적으로 잡아채 품으로 당겼다. 딱 운채만 한 자그마한 체형이었다. 그의 잠재적 취향이 정말 동녀였나? 그래서 운채 옆에 14년을 머물렀던 것인가?

"입을 벌려라."

여관이 뭐라 말하기도 전에 하윤이 거칠게 입술을 부딪쳤다. 여관이 움직이지 못하게 그녀를 벽으로 밀어붙인 뒤 그녀의 다리 사이로 허벅지를 집어넣었다. 그가 원하는 답을 얻을 때까지 그는 그녀의 입술을 계속 탐했다. 그러나 머리와 몸이 따로 움직이니 짜증만 날 뿐이었다. 입술을 움직이고 혀를 감아도 그가 찾고자 하는 답이 없었다. 흥분은커녕 갈증도 단맛도 느낄 수가 없었다.

하윤은 거칠게 여관을 떼어냈다. 그답지 않는 짓이었다. 그가 감정을 삭이기 위해 눈을 감았다 떴다. 젠장, 이 불쾌함을 계속 가져갈 수 없었다. 그녀를 만나야 했다. 이 감정이 술 때문인지 아니면 그녀의 입술 때문인지 멀쩡한 상태에서 확인해야겠다. 그러면 이 불쾌한 생각을 떼어내 버릴 수 있을 것이다.

"가보라."

씹어뱉듯 내뱉는 그의 목소리는 자기혐오가 짙게 묻어 있었다. 그리고는 그는 당장 이 문제의 답을 위해 태상궁으로 향했다.

정소부의 주인이 정소부에 있지 않고 태상궁 집무실에 하루 종일 눌러앉아 있을 이유가 뭐가 있다고!

가뜩이나 짜증이 난 상태에서 운채가 태상궁 집무실에 있다는 소식은 그의 기분을 한껏 끌어내리고 있었다. 운채 혼자 태상궁으로 보내는 게 마음에 걸려 그나마 친숙한 현을 같이 보냈더니 그 녀석은 정소부에서 잠이나 퍼질러 자고 있고, 그녀는 설류와 하루 종일 같이 지낸다는 말에 말 그대로 화딱지가 난 상태였다. 시관의 고함을 기다리지 않고 하윤은 문을 열고 사정원 안으로 들어갔다. 눈에 가장 먼저 들어온 것은 운채가 설류에게 다정스레 차를 건네고 있는 모습이었다. 그도 받아보지 못한 시중을!

"정소부의 주인이 언제부터 태상궁 차 심부름하는 여관이 되었지?"

운채가 깜짝 놀라 뒤를 돌아보았다. 하윤이 그녀를 차갑게 노려보고 있었다.

"아니에요. 제가 차가 마시고 싶어서 가지고 온 김에 설류 님 것도 가지고 온 거예요."

갑작스러운 하윤의 등장에도 설류는 차를 느긋하게 마시며 운채에게 감사의 눈빛을 보냈다. 예전에는 놀러 오라고 할 때는 콧방귀도 안 끼더니 운채가 여기 있으니 연통도 없이 인상 구기며 남의 집에 쳐들어오는 모습하고는……. 설류가 속으로 혀를 찼다. 조만간 태상궁에 거처 하나 내달라고 하는 건 아닌지 모르겠다.

그런데 이상하군. 요즘 그도 바빠서 대현궁을 들쑤시는 일은 하지 않아 그가 저리 화날 일은 없어 보이는데? 이놈의 궁금증은 항상 혀를 놀리게 만들었다.

"여기까지 어쩐 일인가? 하윤? 보다시피 많이 바쁘지만 친우를 위해 차 한 잔 대접할 시간은 있을 것 같군. 좀 앉지."

"태상궁에 볼 일은 없다. 운채를 잠깐 빌리지."

'저 말하는 본새하고는. 그러니 너도 친우가 없는 거야!'

"그녀는 지금 업무를 배우고 있는 중이라 자리를 뜰 수 없다. 그러니 내 흉보는 얘기가 아니라면 여기서 이야기해도 괜찮다. 내가 이래봬도 입이 꽤 무겁단 말이지. 좌 시관, 백차 하나 더 내오거라."

두 분은 만났다 하면 서로 감정이 좋지 않으니 그 사이에 있는 운채는 눈치를 봐야 했다. 두 분 모두 나쁜 분은 아닌데 저번의 싸움도 있고 하니 쉽게 감정이 풀리지 않는 모양이었다. 그래도 먼 곳에서 여기까지 왔으면 중요한 이야기일 것이다. 그녀는 허락만 한다면 무슨 이야기인지 듣고 싶었다.

“설류 님, 괜찮으시다면 잠시 하윤 님과 얘기하고 오겠습니다.”

운채가 고개 숙여 부탁하였다. 하윤 님의 표정을 봐서는 무척 다급하고 중요한 이야기인 것 같았다.

“좌 시관을 데려가도록. 오해는 하지 말게. 워낙 저 아가씨가 길을 잘 헤매야지.”

딱 두 번이었다고 반박하고 싶은 것을 그녀는 꾹 참았다. 하윤 님이 보기엔 그녀가 맹추로 보일 것이 아닌가. 이 커다란 태상궁의 길을 익히기에는 일주일은 부족했다. 아직도 그녀는 다른 부처를 찾아가야 할 때 간혹 물어물어 찾아가야 하긴 했다.

“좌 시관, 손님을 북쪽 정자로 안내해 드려라.”

“이쪽으로 따라오시지요.”

운채는 좌 시관을 따라가면서 옆에 있는 하윤 님을 흘낏 쳐다보았다. 반갑게 인사라도 하고 싶은데 무슨 생각을 하고 계신지 정자까지 가는 동안 그는 계속 침묵을 지킨 채 시선은 앞만을 향해 있었다. 그러니 운채 또한 조용히 따라 걷는 수밖에 없었다. 그녀는 부디 할 얘기가 심각하지 않았으면 했다.

한편 설류는 혼자 집무실에 덩그러니 앉아 하윤이 운채에게 하고 싶다는 말이 궁금해 일이 손에 잡히지 않았다. 그것도 무시무시한 얼굴로 해야 할 이야기가 무엇일까? 설류는 자리에서 일어나 볕이 드는 창가 틀에 앉아 눈을 감았다.

'좌 시관이 옆에서 잘 엿듣고 있어야 하는데 딴짓이나 안하고 있을지 모르겠군.'

백차를 마시는 설류의 입가에 작은 미소가 배었다.

태상궁 뒤를 떠받치는 산은 여러 돌기둥들이 하늘을 보며 얼기설기 솟아 있어 마치 일부러 조각이라도 해놓은 듯 그 높이와 위치가 정교했다. 그러나 그 높이만큼 바람도 강해서 오늘같이 햇빛이 부서지는 날에도 봄 처녀 시샘하듯 흔들바람이 한 번씩 스쳐 지나가곤 했다. 아니나 다를까 갑작스럽게 몰아친 바람은 그녀의 치마와 함께 뒷목덜미에서 묶여진 머리카락이 곱게 흩트려놓고 지나갔다. 하윤은 그런 그녀의 모습을 말없이 지켜만 보았다.

정자까지 올라왔는데 자리에 앉지 않고 이렇게 그녀와 마주 선 채 그는 쉽게 입을 열지 않고 있었다. 급하게 찾아오셨으면 분명 중요한 얘기임에도 불구하고 그가 뜸을 들이고 있자 운채의 궁금증은 더욱 커져만 갔다. 일주일. 오랜만이면 오랜만이라 그녀는 반가움에 설레었다. 그녀는 하고 싶은 말이 많았다. 이것저것 그에게 투정을 부리고 싶었다. 그리고 그녀의 투정을 말없이 받아주며 미소 지어주는 그의 얼굴이 보고 싶었다.

"몸은 괜찮으시지요?"

다음날 급히 태상궁으로 오느라 그의 얼굴도 보지 못하고 온 그녀였다. 대사 이원 님은 술병으로 앓아누웠다고 했고 하윤 님은 다른 정무로 그녀를 볼 시간이 없다고 했다.

"물어볼 것이 있어서 왔다."

"말씀하세요."

물어볼 것이 있다면서 그래놓고도 한참을 말하지 않자 운채가 미소를 띠며 그가 마음의 준비가 될 때까지 기다렸다. 얼마나 꺼내기 어려운 말인지 고심을 하는 모습이 그녀의 눈에도 보일 정도였다. 그녀가 대답해 줄 수 있는 답이라면 답을 내어주겠지만 질문의 무게만큼 분명 쉽게 내줄 수 있는 답이 아닐 것 같았다.

"일은 할 만하느냐?"

"네, 설류 님이 친절히 잘 가르쳐 주세요. 엄하기도 하지만 속이 깊으신 분이라 많이 배려해 주고 계세요. 가끔 일을 못하면 퉁을 주긴 하는데 하도 듣다 보니 이제는 정감이 들 지경이에요."

업무를 배우기 위해 특별히 설류 님이 자신의 시간을 쪼게 알려 주고 있었다. 많이 짓궂긴 하지만 그는 생각보다 너그러운 천신이었다.

그의 눈이 가늘어졌다. 아까부터 거슬림의 정체가 무엇인지 이제야 알 것 같았다. 그녀는 너무나 해맑았다. 입맞춤 이후 그를 만나는 게 껄끄러울 것이라 생각했다. 최악의 경우 그를 피할 수도 있겠다 싶었다. 그런데 그의 걱정이 무색하리만치 그녀의 표정은 밝았다.

"그 날 환영회 때 넌 아무렇지도 않았나 보군. 아님 잊고 싶었던지?"

이 말을 하기 위해 온 것이 아니었다. 그냥 확인만 하면 되었다.

그녀의 어깨를 잡고 다시 저 도톰한 입술을 부딪치며 안의 속살을 탐하면 끝나는 것이다. 그런데 속말과 입은 다르게 움직이고 있었다. 그 혼자만 머리가 미쳐 날뛰는 것 같았다. 저 말간 얼굴을 보니 더욱 확인하고 싶어졌다. 그런데 그녀는 아무 걱정 없이 잘 지낸 듯해 보이자 심사가 사나워져 갔다. 일주일 동안 그만 우스운 꼴이 되고 만 것이다.

운채는 배시시 웃으며 하윤을 울려다 보았다.

"그 날 일이라면 걱정 안하셔도 돼요. 별로 기분 나쁘지도 않았고요. 그럴 수도 있지요. 저 생각해 주시는 마음으로 그러다 그랬는데요. 전 괜찮아요."

환영회를 해주기 위한 설류 님의 꾀였다는 것이 하윤 님은 조금 기분이 나빴던 모양이었다. 하긴 그녀도 처음엔 그것도 모르고 엉엉 울며 엉뚱한 사자의 마음까지 후벼 팠으니 설류 님이 얼마나 어이가 없었을까? 술을 많이 먹긴 했지만 좋은 경험이었다. 그녀가 좀 더 편안히 그들을 대할 수 있도록 만든, 어찌 보면 그건 설류 님 나름대로의 배려였다. 가슴이 조금 철렁하긴 했지만 말이다.

"그럴 수 있다?"

하윤은 단어 하나하나 힘을 주며 말을 뱉었다.

"제가 한 짓이 조금 민망하긴 하지만 그것도 그때뿐. 지금은 괜찮은 걸요. 저에겐 좋은 경험이었으니까요."

마음이 넓은 하윤 님이 그럴 리 없겠지만 이 일로 설류 님을 찾아가 시비가 붙지 않도록 '정말 괜찮다' 라고 힘주어 말한 운채였다.

"민망하지만 괜찮다? 좋은 경험?"

계속 그녀가 하는 말만 따라하고 있는 하윤을 보자 운채는 당황스러웠다. 솔직히 나쁜 마음으로 설류 님이 그런 것도 아니고 그녀 환영식을 위해 꾀를 낸 것이니 그냥 넘어가도 될 일을 너무 정색하고 나오니 할 말이 없었다.

"하윤 님? 그런데 하실 말씀이라는 게……."

싸늘하게 쳐다보는 그의 눈매가 너무 매서워 운채는 그를 낮게 불러보았다. 한 번도 이런 무서운 표정을 본 적이 없어 운채는 어떻게 대처해야 할 지 알 수가 없었다.

"술이 많이 취하긴 했지. 내가 착각을 했었던 모양이야. 정소부 정운채, 다시는 그 얼굴 보고 싶지 않군. 몹시 불쾌할 것 같으니."

"무슨……."

갑자기 송곳으로 폐부를 찌른 것처럼 그녀의 숨이 탁 막혔다. 그녀가 말을 다 꺼내기도 전에 그는 뒤돌아 사라지고 없었다.

도대체 갑자기 뭐가 잘못된 거지? 가슴이 찌릿하면서 코가 매운 것 같았다. 그녀를 정소부 정운채라고 불렀다. 딱딱하게 거리감을 느껴지는 이름으로. 항상 고맙고 다정한 손길을 내밀던 그가 다시는 보고 싶지 않다는 말에 그녀는 충격에 빠졌다. 분명 그녀가 무슨 말실수를 한 것이 틀림없었다. 아니 말실수로 다정한 하윤 님이 그렇게 모진 말을 하고 돌아설 리가 없었다. 엄청 큰 결례를 범한 게 틀림이 없었다.

운채는 그 자리에 주저앉았다. 서러운 마음이 가득차자 결국 눈물이 채워지기 무섭게 떨어졌다. 그의 차가운 눈동자가 그녀의 마음을 너무 아프게 했다. 그에게 밉보였다는 사실이 서러웠다. 마음속으로 특히 많이 의지하고 있던 천신이라 더욱 그러했다.

좌 시관이 멀리서 지켜보다 허겁지겁 달려와 운채 옆에 같이 쭈그리고 앉았다.

"왜 그러십니까? 운채 님. 어디 아프십니까?"

운채는 고개를 저으며 눈물을 글썽거렸다.

"그럼 왜 그러십니까?"

"제가 하윤 님에게 뭘 잘못한 거 같아요. 그런데…… 뭘 잘못했는지 모르겠어요. 알아야지 사죄하러 갈 텐데……. 제 얼굴이 보고 싶지 않대요."

"아니, 왜요?"

"모르겠어요. 하실 말씀이 있다면서 꺼낸 말끝에 제 얼굴을…… 안 보겠다고 하셨어요."

자신이 내뱉은 말로 다시 한 번 상처를 입었는지 그녀는 아예 대놓고 크게 울었다. 운채는 떨어지는 눈물을 손등으로 닦으며 좌 시관을 바라보았다.

"좌 시관님, 좌 시관님은 술을 마시지 않으셨으니까 다 기억나시죠? 환영회 때 제가 하윤 님에게 무례한 언사라도 했나요?"

그래서 참다 참다 그녀가 사과를 하러 오기를 기다렸는데 오지 않아 그가 온 것인가? 그래서 그녀가 태상궁으로 갈 때 얼굴을 비춰주지 않았던 걸까? 생각해 보니 딱딱 아귀가 맞아 떨어졌다.

좌 시관은 고개를 오른쪽으로 기울이며 생각을 더듬어보았다. 술통을 다 비우면서도 설류 님도 운채 님도 멀쩡해 보였었다. 그리고 딱히 그녀가 하윤 님과 주고받는 대화도 없었다. 오히려 하윤 님은 그녀가 술을 너무 많이 먹는 것 같아 걱정스런 눈빛을 설핏 지은 것으로 알고 있었다.

"실수하신 것 없으십니다. 너무 멀쩡해 보여서 정말 술을 잘 마셔서 저희가 깜짝 놀랐지요."

"아니에요. 사실 너무 많이 먹어서 기억이 나지 않는단 말이에요. 술 취하지 말아야겠다고 긴장하고 있었는데……. 토하지도 않았고 주정 부리지도 않았다고 했는데……."

운채의 눈에 다시 눈물이 맺히기 시작했다.

"저 어떡해요. 그냥 무조건 가서 빌까요? 다시 한 번 잘 생각해보세요. 제가 술 먹고 실수한 거 없었나요?"

그때 그녀 주위에 제 정신이었던 분은 좌 시관밖에 없었다. 이원 님도 언제 술을 드셨는지 그날 완전히 바닥에 대자로 뻗어 있었다고 했다.

"글쎄 딱히 없었던 것 같은데요. 그리고 하윤 님에게도 진정할 시간을 좀 드리는 건 어떻겠습니까? 무조건 찾아가는 건 좋은 방법이 아니라고 봅니다. 일단 들어가서 따뜻한 차를 마시며 차분히 생각을 해보는 게 어떨까요?"

운채는 마지못해 고개를 끄덕이며 좌 시관을 따라 사정원으로 들어갔다. 그러면서 그녀의 머릿속은 기억나지 않는 일주일 전 환영식을 떠올리려 애를 쓰고 있었다.

"이건 뭐냐?"

나가서 이야기하고 오랬더니 사람은 어디가고 토끼새끼 한 마리가 집무실로 들어왔다. 얼마나 울었는지 눈도 얼굴도 빨갛게 물들어 있었다. 아주 대성통곡을 하고 온 모양새다. 호기심이 동한 설류가 운채의 책상 위에 걸터앉아 그녀를 빤히 바라보았다.

그런 그의 시선이 부담스러운 운채는 더욱 고개를 책상에 파묻었다.

"수청 들라 안 할 테니 그 고개 좀 들어보지?"

운채는 입술을 깨물며 아까 보던 올 한 해 인간사에 대한 상세 기록을 위해 붓을 들었다. 지금은 아무와도 얘기하고 싶지 않았다. 그것이 무서운 설류 님이라 할지라도.

"그 붓 놓아라. 그 정신에 사지史紙에 무슨 내용을 옮겨 적으려고 붓을 들어? 좋아라 따라나서더니 왜? 하윤이 구박이라도 한 모양이지?"

하윤의 이름이 나오자 참았던 눈물이 다시 눈가에 방울방울 맺혔다. 운채가 손등으로 쓰윽 눈을 문질렀다. 자꾸 그가 한 말이 가슴에 박혀 맴돌고 있었다.

"무슨 일이냐, 좌 시관."

"그것이 무슨 일이 있었는지는 모르오나 하윤 님이 다시는 운채 님의 얼굴을 보지 않겠다고 하였나 봅니다."

좌 시관이 운채를 흘깃 보며 간략히 고했다. 원래 대부분 천신은 눈물을 잘 흘릴 일도 없고 대놓고 감정을 격하게 남에게 토해 내는 법도 잘 없어 저렇게 눈물을 뚝뚝 흘리고 있는 모습을 보자니 솔직히 마음 한 편이 불편했다.

"그래서 이렇게 눈이 팅팅 부은 것이냐? 음……. 그가 운채를 보지 않겠다 했다고?"

그놈이 미치지 않고서야 그런 말을 할 리가 없는데 뭔가 단단히 틀어진 모양이었다. 아니면 지금에서라도 정신을 차려 인간 계집에게 마음을 둔 것이 꺼려졌다던가. 마음을 거두겠다 결심한 것이라 해도 이렇게 찾아와서 다시는 안 보겠다는 건 좀 의외였다. 이건 마치 꼬맹이가 삐쳐서 '너랑 안 놀아' 하는 것과 다를 바 없지 않은가?

"너, 이번에도 묻는 말에 입을 다물고 있으면 머리통을 맞을 줄 알아라. 최근에 하윤을 만난 적 있느냐?"

"대현궁에서 나온 이후 오늘 처음 뵈었습니다."

잔뜩 가라앉은 목소리에 물기가 가득했다. 그러면서 미련스럽게 계속 붓은 쥐고 있었다.

설류는 인상을 찡그리며 검지로 책상을 톡톡 건드렸다. 그렇다면 뜬금없는 말이 아닌가. 뭔가 오고가는 말이 있어야 삐쳐도 삐칠 건더기가 생길 것인데. 술이 아직도 덜 깬 것도 아니고. 낮잠 자다 염불 외우는 소리도 아니고.

"왜 그러는지는 감도 잡히지 않느냐?"

"네. 모르겠습니다."

그랬다면 이렇게 안절부절못하지 않을 것이다. 왜 그가 화가 났는지 모르니 최악의 상상력이 더해져 마음은 더욱 무거워지고 있었다.

"울 만큼 그놈이 그리도 좋으냐?"

"네?"

그때서야 운채가 깜짝 놀라 설류를 올려다보았다.

설류가 능글거리며 그녀의 눈가에 맺힌 눈물을 닦아주었다. 반응이 즉각적이라 재미있긴 했다. 이런 모습에 눈이 즐거웠던 거냐? 하윤? 방싯방싯 미소 짓는 걸 빼고는 그의 미적 눈높이에 맞춰보면 딱히 귀여운 구석은 없었다. 그래도 하는 짓은 밉상이 아니니 가르치는 맛은 있었다. 힘들다 거기다 투정 부릴 만도 한데 생각보다 잘 견디고 있었다. 이참에 상이라도 줄까? 이렇게 울 만큼 서러우니 마음잡고 일할 수도 없을 텐데 말이다. 거기다 하윤의 돌발행동에 대한 호기심이 궁금하기도 하고 말이야. 이원이 학문에 대한 호기심이 강하면 설류는 잡스러운 것에 호기심이 강했다.

"그와 만나게 해줄까? 만나야 오해를 풀던지 꼬던지 할 것 아니냐."

갈등을 하던 운채는 고개를 천천히 가로저었다. 만나도 무슨 말을 해야 할지 몰랐다. 분명 싫어할 것이다. 만나주지도 않을 것이다.

"아직 배가 부른 모양이군. 내가 아무 이유 없이 소원을 들어주는 것이 어디 흔한 줄 아느냐? 참고로 얼마 전 눈치 없는 누구 때문에 허무하게 소원을 들어주는 일도 있었다. 내 생전에 그런 허무한 내기는 처음이었다."

그건 맞는 말이었다. 설류 님이 누구 좋으라고 소원을 들어주겠는가. 말이 소원이지 골탕에 가까운 내기를 걸어놓고 이겨 좋아라 하는 주인님인 것을 모르는 천신이 없는데. 아주 그럴 때면 모시는 게 민망스러울 때가 한두 번이 아니었다. 그런 설류 님이 유독 운채 님에게 너그러웠다. 정소부의 주인이라서 그러신 건가? 아니면 여인이라서? 아니지. 여인이라 특별히 설류 님이 배려하는 성격은 아니지. 암.

"하윤 님이 만나주지 않을 거예요."

"아니, 만나줄 것이다. 내말대로 한다면."

설류는 한껏 부드러운 목소리로 운채에게 속삭였다. 아주 설탕물이 뚝뚝 떨어지다 못해 녹아나고 있었다. 표정은 어떻고? 토끼를 바다로 끌고 들어갈 수만 있다면 무슨 말이든 못하겠냐는 거북이 표정이었다. 좌 시관이 보기엔 정말 딱 그 표정이었다.

"대가에는 고통이 따르는 법이다. 뭐 너라면 열심히 잘 따라오리라 생각하지만."

"정말 설류 님이 하윤 님을 만나게 해줄 수 있다고요?"

"넌 내가 더운 밥 먹고 거짓말 날리겠느냐?"

미심쩍어하는 운채의 시선에 설류가 순간 욱 했다.

"아니요. 아니요. 그건 아니지만……. 꼭 만나서 용서를 구해야 하긴 하는데……."

그리고 그동안 자신이 무슨 잘못을 했는지 차근히 생각해 보도록 해야 했다.

"좌 시관, 대현궁에 삼궁연의 태상궁 대표는 정소부에서 나간다고 전하라. 물론 나 또한 참관하러 갈 것이다."

이 좋은 구경을 놓칠 수야 없지. 생각만 해도 엉덩이가 들썩거리는 설류였다.

좌 시관은 일단 크게 한숨을 쉬며 이 일이 왜 안 되는지에 대해 이성적으로 설류 님을 납득을 시키려 했다. 아무리 제멋대로이긴 하나 이 정도는 아니었는데 이번에는 그 정도가 심하였다. 좌 시관은 고개를 숙이며 간언했다.

"아니 됩니다. 인간사의 1년치를 마무리하며 삼궁의 조정과 결과를 내놓는 자리입니다. 이제 업무를 익히신 운채 님이 그들에게 대응하기에는 너무 역부족입니다. 경험을 위해 참관을 한다면 모를까 대표 자리는 아직 아니 됩니다."

"내가 언제 네 말을 들었다고 입 아프게 그리 주절거리느냐. 어차피 입심이다. 아직 추절까지는 보름이 남았고 그동안 운채를 가르치면 될 것을."

"제가 삼궁연 자리에 나간다고요?"

말만 들어도 그 자리가 얼마나 중요한 자리인지 알 것 같은데 손바닥 뒤집듯 태상궁 대표로 내보내겠다니 그녀가 들어도 말이 되지 않았다.

"저기…… 설류 님. 방법을 모색해 주는 것은 감사하지만 삼궁연은 중요한 자리인만큼 제가 나설 자리가 아니라고 생각합니다."

"정운채, 너의 배포를 시험할 좋을 기회라 생각하라. 그리고 이렇게 훌륭한 스승도 있지 않느냐. 좌 시관. 지금 대표를 바꿨다고 하면 재미없으니 삼궁연 열리기 하루 전 통지하는 게 좋겠군."

그러나 좌 시관의 귀에는 그래야 깜짝 놀라는 하윤과 갑작스럽게 변한 일정으로 짜증내는 이원의 모습을 즐길 수 있지 않겠느냐? 라는 말로 들리고 있었다.

"지금 당장 일지를 보관하는 사관부로 가서 전 정소부가 삼궁연에 참석한 기록치를 모두 가지고 오라."

정말 그녀를 삼궁연 자리를 내보낼 생각인 것이다. 좌 시관은 근심 어린 표정으로 운채를 바라보았다. 이번 정소부의 새 주인이 삼궁연에 나간다면 필시 전대 정소부의 주인과 비교가 되리라는 것은 알고 계실 것이다. 대현궁에 대사 이원이 있다면 태상궁에는 전 정소부의 주인 반오가 있다고 할 만큼 책사로서의 위엄을 갖추고 있었다. 다만 대현궁 대사 이원은 냉철한 반면 반오는 다혈질에 성미가 급하고 걸걸해 설류 님하고도 일을 하면서 많이 다투거나 의견 마찰이 많았던 분이었다. 그런 그가 삼궁연에 대표로 나갔을 때 그의 성격으로 보아 좋게 넘어간 적은 없었던 것으로 알고 있었다. 대신 그만큼 일처리는 깔끔해 어느 정도 지랄 맞은 성격이 상쇄되기도 했다. 그것을 설류 님은 이 어린 정소부의 주인이 감당할 수 있으리라고 보시는 건가?

"너도 알아야겠지. 반오, 그러니까 전대의 정소부 주인은 꽤 능력이 좋은 자였다. 한마디로 축약하면 다른 궁에 엿 먹이는 것을 아주 잘했지. 물론 자기 주인 엿 먹이는 짓은 더 잘했고."

경쾌한 말투임에도 불구하고 그 밑에 약간의 그리움이 묻어나 있었다. 왜 아니 그러겠는가. 미운 정이 고운 정보다 질기고 오래가는 법이었다. 300년 넘게 마주보고 투덕거렸으니 그리울 만도 할 것이다.

"말 그대로 실책을 따지고 바르게 바로잡는 일을 하는 것이다. 거침이 없는 자리이지. 난 네가 여자라고 해서 봐줄 생각이 없다.

그러니 질질 짜거나 약한 소리는 애초에 집어치우는 게 나을 것이
다.”

“열심히 배우겠습니다.”

앙다문 입술에서 그녀의 의지가 엿보였다. 그녀의 반응이 흡족
한 설류는 당장 산재한 문서들을 뒤로한 채 운채를 삼궁연의 대표
자리에 내보내기 위해 속성과외표를 머릿속에서 짜고 있었다. 아
무래도 삼궁연이 열리는 전날까지 밤낮으로 일을 해야 할 것 같았
다. 뭐 나중의 즐거움을 위해서라면 이 정도의 밤샘은 기쁘게 받
아들일 수 있었다.

아, 사는 게 이 아니 즐겁지 아니한가.

이원은 조금 전 올라온 붉은 인장이 찍힌 태상궁 봉서封書를 열
어보지 않은 채 한참을 노려보고 있었다. 내용을 보지 않아도 그
다지 반가운 소식이 아닐 게 분명했다. 설류 님이 히쭉 웃는 모습
까지 봉서에 찍혀 온 것 같아 짜증이 일었다. 가뜩이나 심기 사나
운 하윤 님 때문에 머리가 아픈데 태상궁에서까지 꽹과리를 칠 필
요는 없었다. 끈을 풀러 세 번 접은 종이를 조심스레 펼쳤다. 내용
은 즉 태상궁에서 삼궁연에 참석할 자를 경형부 반후발에서 정소
부 정운채로 바꾼다는 것이었다. 또한 삼궁연에 필히 설류 님이
참관하겠다는 말도 덧붙여 있었다.

이원은 두 손을 깍지 꼈다. 이 사실을 주인님께 보고하기 전에

설류 님의 의도를 파악하느라 그의 눈은 어느새 가늘어져 있었다. 지금 하윤 님은 태풍의 핵처럼 고요했다. 시간이 지나면 가라앉을 핵을 지금 그 핵을 키울 두 명이 온다고 하니 불안하지 않을 수 없었다. 거기다 며칠 전 현이 운채의 상황을 보고하기 위해 잠시 들렸던 후로 더욱 심기는 날이 갈려 있었다.

"무슨 생각을 그리 골똘히 하느냐?"

충원부로 갑자기 주인님이 들이닥치자 이원과 그 밑의 보좌 시관이 동시에 일어났다. 하윤은 그런 그들을 아랑곳하지 않고 탁상에 펼쳐져 있는 서책을 집어 들었다.

"호령경虎鈴經이라, 이 좋은 날에 딱딱한 병법서라니. 잠시 갈 데가 있으니 당장 차비하라."

할 말을 끝낸 그가 서책을 내려놓다 그 옆의 태상궁 인장이 찍힌 봉서를 보자 미간을 찡그렸다.

"무슨 내용이냐."

이원의 시선이 하윤 님의 시선을 따라 책상의 봉서에 잠시 머물다 고개를 들었다.

"태상궁에서 삼궁연 대표를 정소부 주인인 운채 님으로 바꾸고 참관으로 설류 님이 참석한다는 내용입니다."

"그래?"

이 무심한 반응은 무엇이지? 미리 알고 있었단 말인가? 아니다. 주인님의 눈빛은 어느 때보다 까맣게 살을 띠고 있었다. 주인님의 침묵이 길어지자 이원은 일이 복잡하게 돌아갈 것 같은 불길한 예감이 들었다.

생각의 정리를 마친 듯 하윤이 긴 침묵을 깨고 입을 열었다.

"내일 삼궁연에 참관하도록 하겠다. 자리를 만들라."

그저 인간 계집이었고 동정이었으며 어느 정도 책임감이 깔린 감정이라 생각했다. 그러나 일단은 그녀를 자신의 곁에 두어야 심화가 가라앉을 것 같았다. 둘이 붙어 있는 꼴은 더 이상 볼 수 없었다. 그녀의 방에 매일 밤 설류가 들린다는 소식을 현에게 들었을 때 그는 피가 거꾸로 솟는 듯했다. 그것도 모자라 나란히 삼궁연에 나타난다고? 잠시지만 그녀가 정말 원한다면 정소부의 주인 자리에 있게 해줄 생각도 있었다. 그러나 그것과 상관없이 이제는 무조건 그녀를 대현궁에다 묶어둘 생각이다. 정소부의 주인이 비든 말든 자신이 알 바 아니었다. 눈에 안 보여 거슬리는 것보다 눈앞에서 거슬리는 게 나았다.

하윤이 나가자 이원은 자리에 털썩 주저앉았다. 아무래도 이번 삼궁연 자리는 아주 불편한 자리가 될 듯했다. 아무리 잘잘못을 가리는 자리라 해도 삼궁 대표끼리 자유롭게 오고 가는 것이랑 뒤에 자신의 상부 주인이 지켜보고 있는 자리에서 잘잘못을 가리는 것은 엄연히 그 무게가 달랐다. 아마도 책을 잡히지 않기 위해서도 어느 때보다 뜨겁게 상대방을 질책하는 자리가 될 듯했다. 연적이 안 날라가면 다행이었다.

"필히 무게가 나가는 문구류는 치우라 말해야겠군. 장소도 내궁보다는 탁 트인 전각 쪽으로 바꾸는 것이 좋을 것이고. 연회의 자리도 재조정하니 모든 관련 부서에 하달하도록 해라. 잠은 다 잤다 생각하는 게 편할 것이야."

보좌 시관은 우울하게 고개를 끄떡이며 이 모든 것을 변경하기 위해 다급히 밖으로 뛰어나갔다. 그리고 그날 저녁 늦게 급한 봉서가 자원궁으로부터 날아왔다. 이원은 포기하는 심정으로 봉서를 펼쳤다. 자원궁의 윤하 님 역시 참관한다는 내용이었다. 이로써 천계 삼궁의 주인들이 삼궁연에 참관하기 위해 몸을 움직이는 웃기지도 않는 일이 벌어졌다.

어떻게 보면 천계에 열리는 하나의 연회라 대현궁은 한 달 전부터 들떠 있었다. 손님을 환영한다는 의미로 모든 중문과 대문 사이사이 오색 꽃들이 꽂혀 있었고 삼궁연이 끝나면 있을 연회를 준비하기 위해 조금의 어수선함도 비치고 있었다.

대현궁 남쪽 어수당이 오늘 삼궁연이 열리는 자리였다. 호수 위의 넓은 단층 전각이 세워진 어수당은 다른 후원에 비해 주위에 일체 향기 나는 꽃과 나무는 심지 않았음에도 둘러싸인 소나무만으로 운치를 더하는 후원이었다. 특별한 일이 아니면 대현궁에서 개방할 일이 없는 금원禁苑 중 하나였다.

이원은 어수당 전각 안에 마련된 둥근 탁자와 준비된 찻잔들을 둘러보며 빠진 게 없는지 다시 한 번 훑어보았다. 각 궁의 대표로 한 자리씩 그리고 그 대표를 보좌할 수 있는 보좌관 한 명이 앉을 수 있다. 그 뒤로 각 궁의 대표가 참관할 수 있는 자리가 놓여 있었다. 삼궁연 내용을 집필하는 사관 두 명은 벌써 자리를 잡고 있었고 전각 호수 바깥에서 시립할 각 궁의 부처장들 또한 대부분 도착을 한 듯했다.

어수당 중문에서 자원궁 대표와 곧이어 태상궁 대표가 도착했음을 알렸다. 이원은 댓돌 아래로 내려가 고개를 숙였고 시립해 있던 모든 천신들 또한 한 발씩 뒤로 물러나 예를 갖췄다. 원래는 이런 격식을 차릴 정도의 예를 요구하진 않았으나 삼궁의 주인들이 행차를 하는 날이니 어쩔 수 없는 것이 아닌가. 이원 스스로도 천계의 삼궁의 주인들을 맞이하기 위해 금관조복을 입었으니 말이다.

설류 님 뒤로 주황색 정복을 입은 운채가 따라 들어오고 있었다. 태상궁 대표로서 그녀를 맞이하기 위해 이원이 다가가 인사를 건네자 그녀는 짧게 목 인사를 하며 그를 스쳐 지나갔다. 분명 운채 님 성격에 먼저 반갑다 눈인사라도 하며 말을 건넸을 터인데 그녀의 표정 어디에서도 반갑다거나 기쁘다는 감정은 읽을 수 없었다. 이 자리가 심적으로 무겁고 신경이 곤두서 인사할 여유조차 없다면 이해가 가겠지만 아니었다. 그 눈빛은 분명 각오가 서린 눈빛이었다.

"무사히 삼궁연이 끝날 수 있기를 빌어야겠군."

삼궁의 대표자들과 주인들이 착석하고 사관 또한 먹을 갈기 시작했다. 이원은 하윤 님의 옆자리를 조용히 지키면서 만에 하나 이 자리에서 자신이 끼어들어야 할 불상사가 일어나지 않기를 진심으로 바랐다.

어색한 분위기가 손에 만져질 정도였다. 뒤로는 최고 삼궁의 주인들이 앉아 있고 조금 있으면 네가 잘했니 못 했니 입에 침을 튀겨가며 목청을 높여야 하는데 삼궁의 대표자들의 속이 편할 리 없었다. 자리에 걸맞게 모두 남신들이 자리해 있었고 유일하게 운채만이 여자였다. 물론 자인궁의 보좌관이 여자이긴 하나 그녀가 입 뻥긋 할 일은 없어 보였다.

"그럼, 이 자리에 모두 모여 주셔서 감사하다는 인사를 먼저 드리며 일기 2945년 삼궁연을 시작하겠습니다."

참관자들이 느긋하게 차를 마시는 것에 반해 각 대표자들은 목을 가다듬었다. 긴장이 되니 절로 땀이 나올 것 같았다. 그들은 삼궁의 주인들이 왜 이 볼 것도 없고 재미도 없는 삼궁연 자리에 참석하겠다고 하는지 아직까지도 이해할 수 없었다.

"오늘은 날씨가 참 더운 것 같습니다."

뭐니 뭐니 해도 가장 무난한 대화는 역시 날씨였다. 자인궁에서 먼저 입을 열었다.

"조금 덥긴 하군요."

"그러게 말입니다. 불알 두 쪽에 땀띠 날 만큼 더운 날씨네요. 이런 날씨에는 차보다는 냉수 한 사발이 나을 듯한데 말입니다."

운채가 쌩긋 웃으며 한마디 거들었다.

그와 동시에 참관하고 있던 자원궁 주인이 차를 마시다 차를 내뿜는 사태가 벌어졌고 하윤은 자신의 귀를 의심하는 듯 운채를 뚫어지게 쳐다보고 있었다. 오직 설류만이 '내 새끼 잘 한다' 라는 표정으로 얼굴에 만연한 웃음을 보이고 있었다. 여기저기 큼큼 목소리를 다듬는 소리와 이 뒤에 무슨 말을 이어가야 할지 모르겠다는 침묵이 잠시 흘렀다.

"괜찮으시다면 자원궁 먼저 시작하지요."

이원이 분위기를 순화시키며 가장 문제가 적을 것 같은 자원궁을 먼저 내세웠다. 처음부터 현안거리가 큰 것부터 진행한다면 나중에 나오는 현안을 감당할 수 없게 된다. 왜냐면 눈에 열이 뻗쳐서 뵈는 게 없을 테니까. 진행의 안배도 상당히 중요했다. 그러니보다 조금 흥분했다 싶으면 중간 휴식으로 끊어내야 하는 일이 그의 주요한 일이었다.

"소생을 관할하는 자원궁이 어째서 이번 봄은 있는 듯 없는 듯 여름으로 넘어 갔습니까? 봄이 겨울이라 먹을 것을 못 구해 굶어 죽은 이가 수천이요, 헐벗음에 전쟁이 나 죽은 이가 수만입니다. 그것 때문에 예상에도 없는 혼백을 얼마나 수거했는지 아십니까? 해명하십시오."

똑 부러지는 운채의 목소리는 날카롭게까지 했다. 얼굴만 같고 다른 사람이 앉아 있는 것 같았다. 도대체 설류 님에게 교육을 어떻게 받았기에 저리 변할 수 있는지 물어보고 싶었다. 부작용이 있어 보이긴 하나 그의 교육 방법은 확실히 이원의 호기심을 건드리고 있었다.

"어찌 매번 인간에게 모든 것을 베풀 수 있습니까? 나름대로 살아가는 것 또한 자연의 이치입니다."

번지르르한 대답이었다. 아주 무난하고 대충 때울 수 있는 말이었다. 그리고 '이런 건 좀 넘어 가자' 라는 뜻도 담겨 있었다. 선수끼리 이러지 말자는 눈짓까지 보이며 자원궁 대표가 수염을 쓰다듬었다.

운채는 고개를 삐딱이 기울인 채 자원궁 대표를 바라보았다. 그리고 그녀의 입이 천천히 열렸다.

"지랄하네. 자연의 이치? 석 달하고도 열흘을 굶어봐야 자신이 인간 세상에 무슨 짓을 저질렀는지 알려나? 술판 벌리고 띵까띵까 놀았다며? 그래서 아차 하는 사이에 봄 다 갔다며? 봄에 씨감자 안 심으면 여름까지 굶어야 해. 장사 한두 번 해? 밭농사 봄에 해 주지 않으면 일 년을 말아먹는다고. 쌍! 그것을 알면서 그딴 식으로 말을 뱉어?"

이 말투, 어딘지 모르게 기시감이 느껴졌다. 하윤의 미간이 깊게 모아졌다. 그것보다는 순진한 애를 저렇게 물들여 놓은 설류의 목을 비틀어 버리고 싶은 심정이었다.

"지금 눈심지 세웠소? 봄을 몰고 오기에는 바람도 한 점 불지 않고 비도 잘 내리지 않았는데 그게 어떻게 자원궁 탓만이라 할 수 있소!"

자원궁이 대현궁을 끌고 들어가자 대현궁 대표 한석현이 눈을 부라렸다.

'저 썩을 놈이 뭐라 그러는 거야?'

"우린! 여름에 맞춰 일을 진행했습니다. 초여름에 바람 안 불고 비가 안 오는 게 정상이지!"

"유연성 몰라? 눈치를 봐서 비가 좀 덜 오고 가물면 알아서 좀 더 뿌려 주던가."

"아 왜! 차라리 여름에 시원하게 눈을 내려 달라고 하지!"

뒤에 서 있는 이원이 마른기침을 했다. 아무래도 삼궁연 뒤풀이가 망발풀이로 바뀔 것 같은 느낌이다. 불안한 그는 하윤 님을 힐

곳 쳐다보았다. 언제나 그렇듯 표정이 읽히지가 않았다. 그저 조금 짜증나는 정도, 그 이상은 알아낼 수가 없었다.

그 뒤로 한참을 옥신각신하며 세 궁의 대표들은 네가 잘했니 네가 못 했니 앞다퉈가며 말을 주고받았다. 그중 단연 선전을 하고 있는 것은 정소부의 운채였다.

"그러게 누가 바다에 회오리 만들라고 했지. 그 회오리로 인간 땅까지 갈아엎으라고 했습니까?"

욱한 대현궁 대표의 한석현이 운채의 멱살을 잡아 자신의 코앞까지 당겼다. 그의 부리부리한 눈은 이 조그마한 것을 한 대 패주고 싶다는 표정이 역력했다. 아, 그러나 뒤에 각 궁의 대표들이 지켜보고 있었다.

"지금 이게 시장바닥인 줄 알아? 목소리만 크면 다 되는 줄 알고 나왔냐고! 꼬맹아, 적당히 해라!"

이를 사리물며 내뱉는 석현의 목소리에 노기가 알알이 박혀 있었다.

"무슨 말인지 알아먹었으니 이거 좀 놔 주시죠? 그리고 얼굴 들이밀며 콧김 뿜지마요. 찝찝하단 말이에요. 우씨."

"정소부 정운채, 다시 한 번 그 입에서 욕지거리를 내뱉는다면 그 입을 아예 봉해주겠다."

더 이상 참지 못했는지 하윤이 찻잔을 내려놓으며 싸늘한 경고를 던졌다.

운채는 눈을 동그랗게 뜨며 잠시 그 상태로 멈춰 있었다.

딸꾹. 운채가 놀라 두 손으로 입을 가렸다. 그래도 딸꾹질은 계속 되었다. 딸꾹. 딸꾹.

'어떡해.'

얼굴이 빨개지도록 숨을 멈추었지만 딸꾹질은 멈추지 않았다. 그의 한마디에 그녀의 정신무장이 해체되고 말았다.

"아…… 저기. 물…… 딸꾹."

'이런, 한참 재미있었는데 저놈이 또 판을 깨는군. 오늘을 위해 몇 날 며칠을 교육시켰는데 하윤의 한마디에 무너지다니. 좀 허무한 걸?'

설류는 입맛을 다시며 아쉬워했다. 그는 손으로 턱을 괴며 뒤에서 운채의 어깨가 딸꾹질로 들썩이는 것을 바라보았다. 어지간히 놀란 모양이었다.

"잠시 휴식을 취하도록 하지요."

어차피 분위기도 진정시킬 겸 이원은 생각보다 빨리 중간 휴식을 취하기로 했다. 마치 이 말을 기다렸다는 듯 다들 삼궁 주인들과 마주 앉아 있는 게 불편했는지 썰물 빠지듯 우르르 빠져나갔다. 그중 운채가 물을 마시러 제일 먼저 자리에서 일어났다. 남아 있는 자들은 삼궁의 주인들뿐이었다.

"삼궁연이 무슨 장난도 아니고 이게 뭐하는 짓인지 모르겠네."

자원궁의 윤하가 한심스러운 표정으로 고개를 흔들었다. 설류들이라는 소리였다. 아무래도 오늘 정소부의 행동은 설류의 작품인 듯했다. 두 궁의 주인이 참여한다고 해서 호기심에 참석하긴 했다만 딱히 특별한 일은 일어나지 않았다. 더 이상 시간 낭비하고 싶지 않은 윤하는 자리에서 일어났다.

"그만 나는 궁으로 돌아가겠어. 연회에 별로 참석하고 싶은 마음도 없으니."

"삼궁의 주인들이 간만에 모였겠다. 즐기다 가라고."

저번 술자리에서 싸운 기억을 잊어버리기라도 한 듯 설류가 능글맞게 윤하에게 말을 걸었다. 마음 같아서는 앞의 찻잔을 저 얼굴에다 던져 버리고 싶었다.

"언제까지 네 장난에 우리가 시간을 허비해야 하지? 그것도 능력도 없는 저런 인간 계집을 앉혀두고 말이야."

"재미있지 않나? 네가 말한 저런 아이가 천신을 상대로 움츠러들지 않고 대적을 하고, 간담이 서늘했을 텐데도 혼백을 나르고, 저 조그마한 몸으로 제 몫의 부역을 채웠다는 것이? 그것만으로 저 아이는 탐스럽다 생각하는데."

잔잔한 미소가 설류의 입가에 머물자 윤하는 의심스러운 시선을 거두지 못했다.

하윤은 그들을 관망한 채 차만을 마시고 있었다. 그는 설류가 무슨 말을 하든 관심 없었다. 그의 머릿속엔 오로지 삼궁연이 끝나는 대로 그녀를 대현궁에 데려다 놓는 것, 그것 하나뿐이었다. 그녀를 보자 그의 결심은 더욱 확고해졌다. 그나저나 나쁜 물은 어찌 그리 빨리 드는지. 설류에게 고작 한 달 맡겨놨을 뿐인데 못된 것은 죄다 배운 것 같았다.

✳

여관 한 명이 물사발을 내밀자 운채가 급하게 들이켰다. 벌써 두 사발째인데 딸꾹질이 멈추지 않았다. 숨도 참아보았고 크게 숨도 쉬어보고 제자리에서 뛰어도 봤는데 소용이 없었다. 딸꾹질 때문에 이제는 가슴까지 아파오는 것 같았다.

"여관님, 잠시 어디에 숨었다 딸꾹, 저 좀 놀래주면 안 돼요? 딸꾹."

"가지가지 하고 있네."

운채와 여관이 놀라 홱 뒤돌아섰다. 자원궁 대표의 보조 아가씨였다. 큰 키임에도 불구하고 틀어 올린 머리에 긴 옥비녀 하나가 무척 잘 어울렸다. 그녀가 한 발자국씩 다가올수록 허리장신구인 폐옥에서 차랑차랑 소리가 났다.

서영의 붉은 입술은 감정을 못이긴 채 짓이겨졌다. 삼궁연이 시작될 때부터 이 계집의 목줄을 죄이고 싶었다. 감히 우습잖게 누구 흉내를 내? 그분이 누구인지 알고!

"능력이 없으면 가만히 입이나 다물고 자리나 지킬 것이지. 인간 주제에 감히 누구를 기만해?"

두 주먹을 움켜쥔 손이 부르르 떨렸다. 줄곧 그를 바라보고 살았다. 비록 그녀에게 마음은 주지 않았지만 그의 존재 이유만으로 그녀에게는 행복이었다. 스무 해 전 웃으며 남긴 '우리 예쁜이 행복해야 한다' 이 한 마디가 마지막 인사가 될지 몰랐다. 뭐가 그리 대단하기에 인간 계집에게 정소부의 능력을 물려주면서까지 소멸했는지 아직도 이해가 가지 않았다. 그분의 능력을 물려받았다면 그 능력 고이 펼쳐 누가 되지 않게 살아야 하건만 받은 능력은 쓸

줄도 모르고 멍청하게 설류 님이 시키는 대로 하란다고 그대로 따라하는 이 바보 같은 인간 계집을 참을 수 없었다. 고작 이런 계집에게 자신의 능력을 물려주려고 소멸했단 말인가?

"말씀이 심하십니다."

따가운 적대감을 드러내는 상대방 때문인지 운채의 딸꾹질은 어느새 멈춰 있었다. 운채가 허리를 곧추세우며 앞의 천신을 똑바로 응시했다.

"뚫린 입이라고 그래도 지껄이겠다? 네가 지금 누굴 모욕하고 있는 줄도 모르고 그 자리에 앉아 있단 말이지? 함부로 반오 님의 말투를 따라했다고 네가 반오 님처럼 되었다 착각이라도 하고 싶은가 보지? 그 착각, 넓은 아량을 베풀어 내가 깨트려 주지."

서영의 갈색 눈동자에 붉은 빛이 돌았다. 단지 그뿐이었다. 그런데 운채는 숨을 쉴 수가 없었다. 누군가 자신의 몸을 앞에서 바위로 누른 것처럼 몸이 짓눌리는 것 같았다. 찌르는 고통이 배에서 순식간에 머리로 타고 올라갔다. 압력에 견디지 못한 약한 장기들부터 파열되었다. 내상을 입은 운채가 입에서 피를 내뿜으며 그 자리에 주저앉았다.

"이 정도면 머리를 식힐 시간은 되겠지? 멍청할까 봐 다시 말해 주지. 삼궁연에서 그 입 다시 한 번 뻥긋 해보아라. 내 이름을 걸고 네 뼈를 부셔주겠다. 네가 누구를 믿고 입을 놀리든."

서영은 아무런 일도 없는 듯 조용히 그 자리를 떴다. 옆에 여관은 놀라 아무 말도 할 수가 없었다.

운채는 몸을 가눌 수가 없었다. 충격으로 손끝이 바들바들 떨리고 있었다. 속이 뒤틀리고 토하고 싶었다. 그리고 너무 아팠다.

"아파……. 너무 아파. 어떡해……. 삼궁연을 다 끝내지도……."

다시 한 번 울컥 피를 토하며 운채가 앞으로 고꾸라졌다. 눈이 감기고 숨이 쉬어지지 않는다. 본능적으로 숨을 쉬기 위해 입을 벌려보지만 그조차 어려웠다. 인간의 몸으로 천신의 힘을 감당해 낼 리 없었다.

✳

'삼궁연 끝나기만 해봐라. 어디서 못된 것만 배워가지고 와서는.'

그 조그마한 입으로 얼굴색도 변하지 않고 좋알쫑알 욕을 내뱉을 땐 하도 어이가 없어 웃음도 나오지 않았다. 아무튼 그녀 때문에 남은 두 궁의 대표자까지 덩달아 흥분하게 만들어 이 분위기는 쉽게 가라앉을 것 같지 않았다. 그것보다 그녀를 대현궁에 묶어 둘 방법이 딱히 떠오르지 않았다. 그녀의 소속은 태상궁이라 설류 놈을 제외하고 이 일을 해결할 수 있는 방법은 없었다. 굳이 있다면 저놈을 소멸시키는 것인데 혹하기는 하나 천계의 손실이 컸다.

이런저런 생각에 잠긴 하윤의 표정이 충격을 받은 듯 순간 경직되었다. 곧 그의 눈이 빠르게 어수당 중문으로 향했다. 자리에서 일어난 그는 이 상황이 믿을 수 없다는 표정이 역력했다. 그리고는 곧바로 일어나 자리를 박차고 나갔다.

옆에서 지켜보던 설류 또한 천천히 자리에서 일어났다. 대현궁의 주인이 당황하는 모습이라. 재미있는 일이다. 하윤이 이 지루한 삼궁연을 지키고 있었던 단 하나의 이유. 그가 운채에게 해코지를 할까 직접 감시하겠다는 목적으로 참석한 것이다. 그걸 모를 설류가 아니었다. 그러나 사고는 언제나 예측불허라. 그래서 두근거리는 맛이 남다르지. 적어도 뒤풀이 연회 때쯤은 아닐까 짐작했는데 생각보다 일이 빨리 터질 줄은 그도 몰랐다. 설류는 대석에 놓인 신발을 신으며 자리에 앉아 있는 서영을 한 번 흘낏 바라보았다.

"생긴 것과 다르게 성격이 많이 급하군."

뭐 화를 부추긴 건 자신이지만 이 계집이 하윤의 노기를 감당할 수 있으려나? 뒷일은 생각도 안하고 일을 저지르는 것을 보면 아직 어리긴 어렸다. 그의 입술이 히쭉 올라갔다.

"대나무향이 참 짙구나. 구경 한 번 하러 가 볼까나?"

자원궁의 윤하 님은 벌써 돌아가시고 없는 상황이고 대현궁의 주인과 태상궁의 주인이 차례로 어수당을 빠져나가자 남아 있는 삼궁의 대표자들은 어수선했다. 이원은 이대로 삼궁연이 진행될 수 있을지 의문스러웠다. 공기 중의 미세한 혈향이 대나무향과 묘하게 섞여 있었다. 운채 님에게 변고가 생긴 게 틀림없었다. 그렇지 않고서야 하윤 님이 저리 급히 달려 나갈 리 없었다.

"잠시 휴회하겠습니다."

말이 휴회지 올해의 삼궁연은 제대로 열지도 못한 채 문을 닫게 생겼다. 그러나 지금 삼궁연이 중요한 게 아니었다. 이원은 하윤 님 뒤를 급히 따라나섰다. 아무래도 침착한 설류 님이 마음에 걸렸다. 혹 관련이 없다 해도 그녀의 상관으로서 이 일을 그냥 덮어 두고 가지 않을 것이다. 이 정도의 혈향이면 실수로 손가락을 벤 정도가 아니었다. 그녀가 잘못되기라도 한다면……. 이원의 발걸음이 급해졌다.

어수당을 빠져나가는 중문 담벼락 근처에 운채가 피를 토하고 쓰러져 있었다. 누군가 피를 흘리는 모습이 이렇게 두려운 감정인지 미처 몰랐다. 분명 아직 죽지 않았음을 알면서도 만지면 부서져 사라져 버릴 것 같은 이 미친 생각이 그의 머리를 점령하고 있었다. 두 주먹을 하얗게 움켜쥐며 그가 운채에게 걸어갔다. 침착한 표정과 달리 그의 마음은 분노로 잠식되어 갔다. 그녀의 곁에 무릎을 꿇은 채 운채의 목덜미에 손을 대보았다. 생각보다 상황은 심각했다. 미세하게 숨은 붙어 있으나 몸속의 기는 요동이라도 치는 듯 온통 뒤틀려 있었다.

'도대체 어쩌다! 왜? 누가!'

이를 사리물면서도 하윤은 아이 안듯 조심히 운채를 안아 올렸다. 자신의 분노가 그녀에게 전달될까 그는 모든 감정을 내리눌렀다. 누가 그랬는지 지금은 중요하지 않다. 빨리 그녀를 치료해야 했다. 뒤따라온 이원 또한 축 늘어진 운채의 모습에 할 말을 잃었다. 그때 여관이 시의를 데려고 온 모습이 보였다.

"지금 당장 욕탕에 찬물과 얼음으로 가득 채워라. 시의는 나중을 위해 수독水毒에 대한 탕약을 만들라."

기를 바로 잡으면서 혈의 흐름을 최대한 늦추어야 했다. 그러기 위해서는 몸을 차게 만드는 수밖에 없었다. 찬물에 오래 있다 보면 수독水毒에 걸릴 수도 있지만 그것보다는 일단 뒤틀어진 기를 잡는 게 우선이었다. 운채를 안고 걸어가는 그의 걸음은 다급했다. 무슨 일인가 싶어 한두 명씩 그의 주위로 천신들이 모여들고 있었다. 이 모든 게 하윤의 눈에 거슬렸다.

"이원, 삼궁연을 폐한다. 내 궁에서 저것들을 모두 쓸어내라."

낮지만 서슬 퍼런 주인님의 목소리에 이원이 곧 고개를 숙였다.

누군지 몰라도 그녀가 늦게 깨어날수록 그 몫은 연대 책임으로 번질 것이다. 이원은 운채를 바라보는 설류 님에 잠시 시선을 주었다. 운채 님에게 각별한 애정이 없다 해도 남의 집 불구경 하듯 그저 지켜만 보는 것도 이해할 수가 없었다. 어쩌면 가장 냉정한 분인지도 모른다.

"사헌대에 기별하라. 그리고 시의를 불러온 여관을 데려오라."

이원이 보좌관에게 명한 후 곧바로 삼궁연을 폐하기 위해 어수당으로 향했다. 하윤 님이 모두 내보내라 했지만 쥐새끼는 잡고 보내야 할 것이다. 어찌되었든 대현궁에서 불미스러운 일이 생겼다. 이대로 덮어둘 수는 없는 일이었다.

대충 그녀가 어떻게 되리라는 건 알고 있었으니 새삼 놀랄 것도 없었다. 저 정도로 다쳤다면 인간의 몸으로 쉽게 회복이 되지 않을 것이다. 설류는 그녀를 안고 사라지는 하윤의 모습을 조용히 지켜보았다. 피를 좀 많이 흘렸지만 정소부의 능력만 돌아온다면 회복은 금방 될 것이다. 이 정도로 끝내는 것을 감사히 여겨야 할 것이다. 그의 입가에 냉소가 번졌다. 감히 반오와 하윤 네놈이 잘도 나를 가지고 놀았겠다? 인간이 정소부의 주인인 것도, 그 능력이 발휘되지 않는다는 것도 이상했지만 인간이기에 그럴 수 있다 여겼다. 반오 그놈이 인간에게 정소부의 주인 자리를 넘겨주었다면 나름 숨은 뜻이 있다 여겼다. 그래서 지켜보려 했다. 성정만 나쁘지 않는다면 그녀가 스스로 능력을 피워낼 수 있도록 길잡이 역할을 해 줄 생각이었다. 그러나 천성적으로 자신은 뭔가 인내하는 것에 탁월하지도 못했고 조그마한 것이 저리 열심히 하는데 능력이 깨어나지 않아 그녀의 상관으로서 작은 물꼬는 터주어도 되겠다 싶었다. 그래서 운채의 왼쪽 목덜미 아랫부분을 만져 보다 알아버렸다. 정소부의 능력이 봉인되어 있음을. 생각만 해도 피가 거꾸로 솟구치는 것 같군.

"그러니 네가 봉인한 그 능력, 네 손으로 풀어주는 게 맞지 않느냐?"

나야 정소부의 주인이 누가 되든 상관이 없어 딱히 아쉬울 게 없지만 그녀가 고통 속에 방치되는 모습을 네가 지켜볼 수 있으면 지켜보려무나.

설류는 더 이상 하윤의 모습이 보이지 않자 몸을 틀어 태상궁으로 향하는 문을 열었다.

"좌 시관, 궁으로 돌아간다. 준비하라."

"운채 님을 놔두시고 가시렵니까? 저라도 따라가 살펴보고 올까요? 도대체 어느 놈이 운채 님을 저리 만들었답니까?"

좌 시관은 그래도 걱정이 되는지 목을 빼 그녀가 사라진 자리를 계속 바라만 보고 있었다. 설류는 한심한 눈빛으로 좌 시관을 쳐다보았다. 이 눈치 없는 것을 갈아치울 때도 되었다. 딱 보아도 누구의 접근도 허하지 않는 하윤인데 가서 괜한 불똥이나 맞지 않으면 다행이었다.

"하윤을 만나게 해주었으니 끝난 일이 아니냐. 그리고 난 분명 운채에게 대가 없는 고통은 없다는 말도 해주었다."

무슨 말인지 고개를 갸웃거리다 설마 설마 하는 좌 시관은 눈이 동그랗게 커졌다.

"설마 아니겠지요? 제가 생각하는 그런 짓을 설류 님이 하실 리가 없습니다! 제발 아니시라고 말씀 좀 해보세요."

어떻게 저리 당당히 말씀하실 수가 있냔 말이지. 만나게 해주는 것도 나름이지. 운채 님을 저리 만들어놓고 천연덕스럽게 말씀하시다니!

"시끄럽다. 너 지금 일부러 하윤 들으라고 큰 소리로 떠벌리는 거냐? 안가면 나 혼자라도 간다. 넌 여기서 잘 먹고 잘살려무나."

설류가 사라져도 좌 시관은 입을 벌린 채 그 자리에 멍하니 서 있었다. 이번에 정말 설류 님이 미친 짓을 한 것이다. 하윤 님이 이 사실을 알기라도 하는 날에는 정말 상상하기도 끔찍스러웠다. 도대체 뉘 집 자식인지 저리도 일만 벌리고 다니는지. 좌 시관은 머리를 쥐어뜯으면 속으로 새된 비명을 삼켰다.

✽

시의는 운채의 혈을 다 열어놓기 위해 머리 정수리 부분인 백회부터 진정, 중완, 노궁으로 차례차례 침을 꽂았다. 그러나 이것은 임시방편이라는 것을 잘 알고 있었다. 그녀는 쓰러진 후 한 번도 의식을 차리지 못하고 있었다. 한 곳만 상한 것이 아니라 대부분의 장기가 손상을 입어서 그 충격으로 몸은 자기보호에 들어간 것이다. 아무리 좋은 약재가 있다한들 받아들이는 몸이 기본적인 제 능력조차 하지 못하고 있는 상태에서는 소용이 없었다. 지금은 몸의 흐름을 다시 정상으로 되돌리는 게 가장 중요했다.

욕탕 가득 여관들이 바삐 얼음 쏟아붓는 소리가 들렸다. 그들도 다급함을 알고 있는지라 그들의 손길은 분주했다. 운채를 욕탕에 담그기 위해 여관이 손을 뻗치자 하윤의 표정이 차갑게 변했다.

"모두 나가 있으라. 부르기 전까지 아무도 들이지 마라."

시의 및 여관들이 모두 나가자 하윤은 운채의 얇은 속적삼과 속치마만을 남겨두고 모두 벗겼다. 핏물이 묻은 그녀의 장의가 눈에 박혀 떨어지지 않았다. 혹 피를 토할 때 놀라 혀를 깨물었을까 하윤은 검지로 조심스럽게 그녀의 입안을 휘저어 보았다. 다행히 혀를 물진 않은 듯했다. 그녀는 괜찮을 것이라는 것을 알면서도 이 불안함은 좀처럼 가시지 않았다.

그녀를 안은 채 욕탕으로 들어가는 순간 머리가 울릴 정도로 짱짱한 차가움이 전해져 왔다. 그 또한 이럴진대 그녀가 이 얼음물에 다시 한 번 자지러지지 않을까 걱정이었다. 그녀를 이렇게 만든 놈이 누구든 쉽게 소멸시킬 생각은 없다. 뼈 마디마디 살 마디마디 저며 고통이 뭔지, 공포가 뭔지 알려줄 생각이다.

얼려 버릴 듯한 물은 그녀의 잃었던 정신까지 들게 만들었다.

신음을 흘리며 운채가 몸을 떨었다. 하윤은 몸을 가누지 못한 그녀의 머리를 자신의 어깨에 기대게 했다. 한동안은 이러고 있어야 했다. 그런 다음 봉인을 풀어야 했다. 이 상태에서 갑작스러운 능력을 풀어놓는다면 가뜩이나 약해진 몸은 깨져 버리고 만다. 그러니 최대한 조금씩 그녀의 몸에 능력이 녹아나도록 이러고 있어야 했다. 진작 정소부의 능력을 풀어줄 것을. 그렇다면 적어도 이리 되지는 않았을 터인데. 늦은 후회와 자책감이 그를 괴롭혔다.

"아파……. 윤아…… 아파……. 나 추워……."

정신을 차리지 못한 상태에서도 운채는 추위에 이를 부딪치며 울먹이고 있었다.

"조금만…… 아주 조금만 이러고 있자."

그녀를 꼭 끌어안은 하윤의 목소리는 낮게 가라 앉아 있었다.

"싫어. 윤아…… 나 추…… 워. 추워 죽겠어."

그녀의 몸은 얼음장처럼 차가웠으며 입술은 보라색으로 변해 있었다. 눈을 힘겹게 뜬 운채는 사물이 흐릿해 보였다. 분명 윤과 대화를 한 것 같은데 자신이 지금 안겨 있는 품은 윤의 품이 아니었다. 정신이 없는 운채는 이게 꿈인지 생시인지 구분도 되지 않았다. 힘겹게 고개를 든 운채가 하윤을 올려다보았다. 자신을 걱정하며 내려다보는 눈빛은 윤이 맞는데, 분명 윤이 맞는데 윤의 얼굴이 많이 변한 것 같았다.

"윤? 윤이야?"

"그래. 너의 윤이다."

"윤……. 나 고뿔 걸린 거 같아. 몸이 너무 춥고 아파."

윤이 걱정할 것을 알면서도 운채는 너무 몸이 아픈 나머지 사실대로 아프다고 울먹였다.

그녀의 말 한마디 한마디가 가슴에 파고들었다. 그러나 이 방법 말고는 그가 그녀에게 해줄 수 있는 게 아무것도 없었다. 삼궁의 천제 자리에 있는 그의 능력도 지금은 아무 소용이 없었다.

"한숨만 자자. 자고 일어나면 괜찮을 것이다."

그녀의 이마에 하윤이 살며시 입술을 가져다 댔다. 더 이상 눈을 뜨고 있을 힘조차 없는 운채는 하윤의 어깨에 쓰러지듯 다시 안겼다. 그녀는 작게 잠투정 하듯 웅얼거리는 목소리로 의식을 부여잡으려 애썼다.

"윤. 나 엄청 이상한 꿈을 꿨어. 아파서 그런가봐. 조금은 억울하고 설레기도 하고 울기도 한 거 같아. 그런데 윤아……."

말을 다 끝내지 못한 채 운채가 다시 정신을 잃었다. 그의 어깨에 놓여 있던 그녀의 팔 또한 힘없이 물속으로 떨어졌다. 정신이 없는 그녀의 몸은 자꾸 아래로 미끄러져 내려갔다. 하윤은 그녀를 다시 곧추세웠다. 그녀는 정신을 잃으면서도 몸은 계속 떨고 있었다. 아픈 건 그녀인데 그의 마음이 아리다. 그녀의 기가 요동치는 만큼 그의 감정이 요동친다.

'잘도 나를 휘저어 놓았군.'

하윤의 시선이 창백한 운채의 얼굴에 머물렀다. 그의 손가락이 그녀의 드러난 목덜미를 배회했다. 목을 쓸어내리듯 쓰다듬는 그의 손길이 목덜미에서 그녀의 가슴골로 내려갔다. 속적삼을 입었다 하나 물에 젖어 맨살이 그대로 비쳤다. 그의 시선은 이제 작지만 뽀얀 그녀 가슴에 머물렀다. 가슴가리개를 만든다고 수줍게 말했던 그녀는 어디가고 한껏 향을 품은 여체가 자리하고 있었다.

지금껏 그녀를 대현궁으로 어떻게 데려와야 하는지에 대한 고민은 끝났다. 단 하나만 취하면 모두 해결될 문제. 어차피 넌 처음부터 나의 것이었는데 말이지.

"가지겠다. 너를."

네가 누구인지 개의치 않을 생각이다. 처음부터 내 것이었으니 넌 그 자리에 있어야 맞지 않느냐?

하윤은 천천히 고개를 숙여 그녀의 가슴에 입을 맞추었다.

"오늘부로 봉인된 정소부의 능력을 모두 해방한다."

몸을 뒤척이다 움직일 수 없자 운채는 다시 한 번 몸을 비틀어 보았다. 벽 쪽인가 싶어 반대편으로 몸을 굴려 보려했지만 그것도 마땅찮았다. 갑갑하기도 했고 불편함을 느낀 운채는 하는 수 없이 눈을 떴다. 잠시 시야의 초점이 잘 맞춰지지 않자 그녀는 눈을 깜빡거렸다. 눈에 익숙한 침전이다 생각될 쯤 그녀의 눈앞에 사내의 벗은 상체가 보였다. 상황이 인지되자 운채는 헉 소리와 함께 눈이 휘둥그레졌다.

운채는 몸은 바동거리며 그에게서 벗어나려 애써봤지만 소용이 없었다. 도대체 어제 무슨 일이 있었던 거지? 분명 삼궁연이 있었고 잠시 쉬는 시간에…… 그녀는 피를 토하며 쓰러졌다. 생각이 하나둘 돌아오자 운채는 부끄러움도 잊은 채 하윤을 흔들어 깨웠다.

"일어나 보세요, 물어볼 말이 있어요. 하윤 님!"

"나는 너 때문에 한잠도 자지 못했다. 그러니 나중에."

하윤은 눈을 감은 채 운채를 다시 자신의 품으로 끌어당겼다.

"삼궁연은 어떻게 되었지요? 제가 왜 여기에……."

운채가 팔로 그의 가슴을 밀며 이 상황에 대한 답을 듣기 위해 몸부림쳤다. 차마 옷은 다 어디가고 이 모습으로 있냐고 물어보지도 못한 운채였다.

"내가 데려왔다. 잠은 자야 하지 않느냐."

그녀가 계속 바르작대자 할 수 없이 한숨을 쉬며 그가 눈을 떴다. 한 팔로 머리를 받친 후 그녀를 바라보았다. 그녀는 그에게 풀려나자마자 무릎을 꿇고 앉더니 이불로 자신의 가슴을 덮었다.

'기분이 나빠지는군.'

하윤은 그녀에게서 이불을 홱 뺏어 자신의 몸에 칭칭 감았다. 그녀가 두리번거리며 앞을 가릴 다른 무엇을 찾자 하윤은 침상에 있는 모든 베개를 잽싸게 침상 밖으로 던져 버렸다. 그를 무슨 겁탈남으로 알고 있나. 아프면 아픈 환자답게 조용히 늦게까지 그의 품에서 잠이나 잘 일이지 꼭두새벽부터 일어날 일이 뭐가 있다고. 닭 모이 줄 것도 아니면서.

결국 하윤은 일어나 그녀와 마주보며 앉았다.

그러자 운채는 한 손으로 앞섶을 누르며 고개를 숙였다.

"내가 분명히 말했을 텐데. 너의 옷고름에 관심 없……."

관심 많다. 그래서 그는 중간에 입을 꾹 닫았다.

"그게 아니라 이런 모습으로 마주 앉아 있는 것이 많이 불편해서 그럽니다. 그러니 오해하지 마세요."

운채는 아무거나 좋으니 정말 옷이나 입고 이야기 했으면 좋겠
다. 그녀도 그녀지만 그 또한 상체에 아무것도 걸치지 않아 그녀
의 시선을 어디다 두어야 할지 몰랐다.

"혹시 하윤 님이 치료해 주신 건가요?"

"그랬다면?"

"어떻게 은혜를 갚아야 할지……."

매번 도움만 받아 미안하고 면목이 없다. 한 번이라도 그녀가
그에게 도움이 될 일이 있으면 좋으련만 그런 일은 없을 것 같았
다. 그녀가 그를 위해 할 수 있는 일이 없다는 게 슬펐다.

"그렇게 격을 두지 마라. 너와 내가 하나를 주면 하나를 받아야
하는 관계더냐?"

운채는 그의 시선을 감당하지 못해 고개를 비스듬히 돌렸다. 다
른 뜻이 있는 말이 아닌데 계집의 마음은 말의 의미를 곱씹게 만
든다.

"저 때문에 다들 많이 놀라셨지요? 삼궁연은 어찌 되었나요?"

"그래, 많이 놀랐다. 맥은 약했고 기는 뒤틀려 있었지. 최악이
었지."

하윤은 그녀의 목 언저리에 손을 가져다 대며 어제의 일을 낮게
읊어주었다.

'가지겠다, 너를.'

운채는 깜짝 놀라 그를 쳐다보았다. 그가 그녀의 목덜미를 만지
는 순간 그 말이 머릿속에서 튀어나온 것이다. 생각만으로도 민망

한 말이라 그녀의 얼굴이 홍시처럼 빨개졌다.

"왜 그러느냐? 열이 나는 것이냐? 그럴 리 없을 텐데."

분명 어제 그녀의 몸이 회복되는 것을 확인하고 잠을 잔 그였다. 그래도 혹시나 하윤은 그녀의 이마를 짚어 열이 있나 확인하였다. 어제와 같은 일은 두 번 다시 겪고 싶지 않았다.

"그게……. 배가 고파서."

운채는 자신의 빈약한 거짓말에 그가 속아 넘어가 주길 바랐다.

"그렇겠구나. 하긴 어제 하루 종일 굶었으니 배도 고프겠지."

하윤은 안도의 미소를 지으며 몸을 틀어 밖에 대기 중이던 시관에게 아침을 들이라 명했다. 운채는 민망함에 눈을 굴리다 하윤의 탄탄한 왼쪽 어깨에 초승달모양의 검은 점을 보자 멈칫했다. 윤에게도 저런 모양의 점이 있었다.

그러고 보니 기억이 가물거리지만 어제 윤하고 이야기를 나눈 것도 같았다. 자신을 걱정스럽게 바라봐주는 눈빛에 어리광을 부렸던 기억이 난다. 혹시 윤이 너무 보고 싶어 꿈을 꿨나? 운채는 하윤을 난생 처음 바라보는 것처럼 빤히 그를 바라보았다.

"물어…… 볼 것이 있어요."

하윤은 허락의 의미로 작게 고개를 끄떡였다.

"혹시 여동생 있으세요?"

"아니. 없다."

그녀의 뜬금없는 말에 하윤은 미간이 살짝 모아졌다.

"이복동생도요? 아니면 어렸을 때 잃어버린 누이나 사촌 동생 없으세요?"

"모두 없다. 갑자기 나의 가족사를 신파로 만드는 이유가 뭐냐?"

"예전부터 느꼈던 거지만 하윤 님은 제가 아는 누군가를 많이 생각나게 하세요. 저번에 제 미간을 문질러 주신 것도 그렇고, 눈빛도 그렇고 또 어깨에 있는 점도……."

"콜록콜록. 콜록콜록."

하윤은 아무것도 안 먹는 상태에서 사레가 걸릴 수도 있다는 것을 처음 알았다. 숨기려고 숨겼던 건 아닌데 이거 갑자기 자신이 윤이라고 밝히기에는 애매한 상황이 되어버렸다.

흠, 그건 차차 분위기 좋을 때 봐서 털어놓으면 될 것이다.

"괜찮으세요?"

운채가 등을 두드리며 하윤을 걱정스레 바라보았다. 그러나 그는 대답 대신 고개를 침실문 쪽을 향해 소리쳤다.

"아침상은 왜 아직 안 가져 오는 것이냐! 배가 고프다는데!"

"괜찮습니다. 그 정도로 배가 고프진 않아요."

당황스러운 운채는 하윤을 말렸다. 그녀 때문에 괜히 시관만 혼나게 생겼다.

"염 시관!"

"정말…… 괜찮습니다."

"내가 안 괜찮아. 염시관!"

하윤은 한동안 문 밖에 있는 애먼 시관만 닦달했다.

살랑살랑 바람이 분다. 하윤과 운채가 만발한 꽃들 사이로 나란히 걷고 있었다. 삼궁연은 취소가 되었고 각 궁에서 모였던 천신들 또한 강제 추방되었다. 대현궁 주인의 심기가 좋지 않자 대현궁 소속의 천신들도 각자 알아서 다들 천궁 거리로 나가 그들 나름의 연회를 즐기고 있었다. 그러다보니 정작 꽃단장된 대현궁은 화려함이 무색할 만큼 조용하기 그지없었다.

"너무 예뻐요. 대현궁 안에 이런 꽃밭이 있는 줄 몰랐어요."

그도 몰랐던 사실이었다. 꽃에 관심도 없을 뿐더러 꽃에는 벌과 각종 곤충들도 같이 자리하기에 별로 좋아하지도 않았다. 거기다 꽃씨가 날리는 때가 되면 물론 그 광경은 장관이지만 옷 여기저기 묻는 꽃가루로 기분이 과히 좋지 못했다. 그러나 삼궁연 연회를 위해 꽃밭에서 놀기 좋아하는 천신들을 생각해 이원이 온갖 꽃들을 공수해 와 너른 벌판까지도 꽃밭 천지로 만든 모양이었다. 이래서야 천마를 타고 달릴 수 있기야 하겠나.

"꽃을 좋아하느냐?"

그녀가 원한다면 이참에 화원 하나 만드는 것도 나쁘지 않았다.

"꽃도 좋지만 저는 산이 좋아요. 내운산이요. 내운산에서 나는 나무냄새도 좋고 흙냄새도 좋아요. 작은 폭포 소리도 좋고요."

그냥 산이라면 대현궁 어디 뒤편에 뚝딱 만들기라도 하지. 콕 찍어 내운산이라고 하면 돌 하나 하나 흙 한 줌 한 줌 퍼다 날라 그 모양 그대로 만들어 놓으란 소리인데 이건 좀 힘들지 싶었다. 헤벌쭉 좋아라 하는 모습을 보려고 던진 질문인데 그 대답 참 까다롭기도 했다. 그는 진심으로 내운산을 대현궁 뒤편으로 옮겨놔야 하는지 심각히 고민했다.

"꼭 내운산이어야 하느냐? 내운산 흙과 나무만 좋으라는 법 있더냐. 찾아보면 그보다 더 경관 좋은 산은 많다.”

아무리 봐도 내운산을 천계로 옮기는 건 그라도 무리였다.

“거긴 제 추억을 몽땅 품고 있는 산이거든요. 아빠도 있었고 윤도 있었고…….”

눈을 감으면 지금이라도 아빠가 잘 있었냐며 안아줄 것 같았고 그녀가 냉큼 달려가 안기면 윤은 그녀를 어린아이라며 놀리며 웃어줄 것 같았다. 눈가가 뜨거웠다.

“너, 인간계에 보고 싶은 사람이 없다 하지 않았느냐.”

그녀는 감았던 눈을 떠 하윤을 바라보았다. 어찌 따져 묻는 듯한 어감이다.

기억이 안 난다면 몇 월 며칠 몇 시인지 정확히 말해줄 수도 있다. 그가 뒤끝이 있다기보다는 남다른 기억력을 보유하고 있을 뿐이다. 단지 그것뿐이었다.

“아, 윤은요. 하윤 님과 같은 천신이래요. 무슨 사정이 있어서 잠시 인간계로 왔었나 봐요. 윤과 서책도 보고 물장구도 치고 바둑도 두고 내운산에도 같이 올라가고 그랬거든요. 그리고 제가 떼를 쓰면 못 이기는 척하며 다 받아준 친우였어요. 제가 윤을 많이 좋아해서 일부러 많이 귀찮게 했는데도 말이에요.”

그의 입술이 부드러운 호를 그리며 올라갔다. 그렇다. 운채의 ‘윤아’ 이 한마디에 그가 홀딱 넘어간 적이 한두 번이 아니었다. 그러나 그의 만족스러운 표정은 중간에 뚝 끊어졌다.

“왜 과거형이냐?”

그는 기억력 못지않게 예리함도 뒤지지 않았다.

"여기 오면서 윤과 헤어졌어요. 윤은요, 아마 제가 여기 있는지 모를 거예요. 알면 벌써 찾아왔을 거예요."

그렇게 생각하기로 했다. 윤 또한 사정이 있을 거라고. 윤이 천신이기 전에 그녀의 친우였으며 하나밖에 없는 가족이었다. 지금이라도 윤을 만나면 좋겠지만 만난다면 자신은 엉엉 울며 왜 늦게 왔냐며 떼를 쓰겠지.

"앞으로 설명은 시시콜콜 길게 늘여서 해라. 알겠느냐?"

진작 그렇게 설명하면 좀 좋았어? 그랬으면 그 고생도 안 했을 것 아니냐. 어물전 생선처럼 머리, 꼬리 다 잘라내고 몸통만 내미는데 무슨 생선인지 어떻게 알아맞혀?

하윤이 손을 내밀자 운채가 그의 손을 바라보았다.

"안 잡을 테냐?"

예전에는 고개를 돌리며 손을 감추더니 그래도 지금은 잡을지 말지 고민은 되는 모양이었다. 강아지처럼 매번 그가 그녀의 손목을 끌고 갈 수도 없는 노릇이고 이제 손잡는 것은 친숙해지도록 만들어야 했다.

"제가 아파서 잘해주시는 건가요?"

잡으라는 손은 안 잡고 엉뚱한 말을 하자 하윤의 미간이 모아졌다.

"저한테 화나셔서 다시는 안 보겠다고 말씀하셨잖아요."

그녀는 아직도 그 일 때문에 마음 한구석이 무거웠다. 하윤 님이 예전처럼 따뜻하게 대해주자 이대로 그냥 넘어가고 싶은 얍삽한 마음도 들었다. 그러나 그의 얼굴을 볼 때마다 생각이 날 것 같앉다. 또한 그녀가 완쾌되면 따뜻한 눈빛도 거둬들일 것 같았다.

"하윤 님 돌아가시고 계속 기억해 보려고 했어요. 그런데 기억이 안 나요. 하윤 님한테 잘못한 것은 잘못했다 말씀드려야 하는데 염치가 없지만 정말 기억이 안 나서 어떻게 사죄를 드려야 할지 모르겠어요. 제가 잘못한 일이 있으면 말씀해 주세요."

"기억이 안 난다고? 왜?"

자신의 입맞춤이 그리도 흐리멍덩했단 말인가? 이건 '괜찮다. 좋은 경험이었다'보다 더 충격이었다. 그 혼자만 미친놈처럼 흥분했었단 말인가?

"죄송해요. 그 날 술을 많이 먹어서 아무것도 기억이 안나요. 중간 중간 붓통을 들었던 기억은 나는데 나머지는……."

그녀는 고개를 푹 숙이고 목소리는 점점 작아져만 갔다. 바짝 긴장을 했는지 맞잡은 두 손 또한 꽉 움켜쥐고 있었다.

하윤은 이 어이없는 상황에 웃어야 될지 울어야 될지 갈피를 잡을 수 없었다. 보름 전 그녀와의 대화를 떠올리며 그녀가 왜 그런 말을 했는지 유추해 보기 시작했다. 그의 질문을 오해한 그녀는 아무래도 환영식에 대한 답을 내놓은 것 같았다. 누가 그딴 환영식이 궁금하다고! 그러게 왜 마시지도 못하는 술을 덥석덥석 받아 마셔, 마시길!

무덤덤함을 가장한 그의 목소리는 심술이 깔려 있었다.

"내가 낸 수수께끼에 대한 답을 가져오면 용서해 주겠다."

그 말에 그녀의 고개가 번쩍 들렸다. 용서해 주겠다는 말만 귀에 쏙 담은 운채의 눈이 생기로 넘쳤다. 말간 눈은 그의 다음 말을 기다리고 있었다.

"달지만 먹을수록 갈증 나고, 얽히면 무엇보다 뜨거우며, 삼키면 더욱 허기지는 것이 무엇인지 가져 와라. 그럼 용서해 주겠다."

"그런 게…… 있나요?"

운채가 고개를 갸우뚱 거리며 그의 질문을 곱씹어 보았다. 혹시 용서를 해주기 싫은 그의 심술인지 잠시 생각해 보았다.

"있다. 그러니 반드시 찾아 가지고 와라. 누구의 도움 없이. 반드시."

수수께끼라 그런지 단박에 떠오르는 답이 없었다. 서고를 다 뒤져서라도 찾아야 했다. 그러면서도 그녀는 조급한 마음에 답을 찾기 위해 머릿속을 굴리기 시작했다. 달지만 먹을수록 갈증이 난다? 거기다 뜨겁다? 질문을 몇 번 중얼거리던 운채가 뭔가를 깨달았는지 손뼉을 치며 눈을 반짝였다. 자신이 대견하다는 듯 운채의 얼굴엔 젠체하는 표정이 잠시 스쳐 지나갔다.

"찾았어요, 답!"

"답을 찾았다고?

하윤이 눈을 가늘게 뜨며 그녀를 의심스럽다는 듯 바라보았다. 답을 저리 기뻐하며 말하는 것을 보니 분명 틀린 답을 어디서 헤집어 꺼낸 게 틀림없었다.

"그래, 무엇이냐?"

"유밀과요!"

꼭 저다운 답이었다. 하윤은 콧방귀를 뀌었다. 그 건전한 머리로 백날 생각해 봐라. 답이 나오나. 그는 그녀를 지나쳐 앞으로 걸어 나갔다. 그는 반드시 온몸으로 그 답을 받아낼 생각이었다. 자고로 답은 맞춰봐야 제 맛 아니겠는가.

그러나 운채는 그의 뒤를 총총 따르며 자신의 답이 맞는다는 것을 확신을 가진 채 흥분하며 설명하기 시작했다.

"들어보세요. 유밀과는 달아요. 많이 먹으면 갈증도 나고요. 거기다 기름에 얽혀 튀겨지기 때문에 매우 뜨겁고요. 밥이 아니기 때문에 아무리 많이 먹어도 배가 고파요."

"땡!"

"아니라고요?"

"아니다. 절대!"

믿을 수 없다는 그녀의 표정에 그는 확실히 못을 박았다.

그가 앞서 걸어가든 말든 운채는 그 자리에 서서 그가 한 질문에 대해 고민하기 시작했다. 정말 딱 떨어지는 답은 이것밖에 생각이 나지 않았다. 음식일까? 아니면 사용하는 도구? 달달하다면 분명 음식 중에 하나일 텐데. 고심하느라 그녀의 미간은 잔뜩 찡그려져 있었다.

그녀가 올 생각을 하지 않자 결국은 하윤이 뒤돌아서 운채에게 다가가 그녀의 손을 낚아챘다.

"지금은 수수께끼 푸는 시간이 아니라 산책을 하는 시간이다."

"그런데 언제까지 답을 가져가야 하나요?"

"내 인내심이 바닥을 보이기 전까지? 참고로 요즘 밤마다 몸이 뒤숭숭하여 그리 인내심이 많지 않다."

웃으며 말하는데 왜 저 말이 그녀에게는 협박처럼 들리는지 알 수가 없었다. 누구의 도움도 받아서도 안 되고 시간도 없다는 말에 운채는 오늘 밤을 새워서라도 답을 찾아낼 생각이었다.

하윤은 그녀와 걸으면서 생각에 잠겼다. 이건 그만 안달복달이 난 것 같은 기분을 지울 수가 없었다. 그녀를 가져야겠다는 생각을 한 순간부터 그의 머릿속은 그녀의 호흡 하나까지 다 자신의 것으로 만들 생각밖에 들어 있지 않았다. 어떻게는 중요하지 않았다. 지금 그에게는 그 시기가 언제이냐가 가장 중요한 관건이었다.

그런 그의 속을 아는지 모르는지 운채가 곱게 미소를 보였다. 그의 태도를 보아 화가 많이 누그러진 것 같아 그저 그것만으로도 그녀는 기분이 좋아졌다.

하윤이 운채의 손을 잡고 다시 걷기 시작했다.

"하윤 님도 손잡는 거 좋아하세요?"

"뜬금없이 무슨 말이냐?"

"항상 걸으실 때 저를 보면 손을 달라 하셔서요. 혹 예전에 잃어버린 누군가 있나 해서요."

하윤이 무슨 말인지 모르겠다는 표정을 하자 운채가 잔잔한 미소를 지으며 말을 이었다.

"저는 항상 윤의 손을 꼭 잡고 다녔어요. 윤이 떠나버릴까, 잃어버릴까 봐요. 혹시 하윤 님도 그런 일이 있으셨나 싶어서요."

"남녀가 손잡는데 이유가 있어야 한다면 하나밖에 더 있느냐?"

운채는 붉어진 자신의 얼굴을 감추기 위해 고개를 숙였다. 고스란히 드러난 자신의 마음을 그가 알아챌까 두려웠다. 그의 친절을 계속 오해할까 봐 두려웠다. 욕심이 커지면 아니 되는데 마냥 설레는 마음은 어찌할 바를 모르겠다.

하윤은 수줍어하던 그녀를 잠시 보더니 알 수 없는 미소를 지었다.

"저 꽃은……."

그가 걸음을 멈춰 유난히 크고 화려한 꽃에 시선을 두었다. 운채 또한 그의 시선을 좇아 그 꽃을 바라보았다. 다른 꽃에 비해 유난히 큰 꽃잎과 한 줄기에 네 개의 꽃봉오리를 가지고 있는 신기한 꽃이었다. 흰색과 보라색이 섞인 꽃은 마치 작은 종이 매달린 것처럼 생겨 흔들면 소리라도 날 것처럼 보였다.

하윤은 운채를 잠시 바라보더니 그 꽃을 향해 걸어가기 시작했다. 혹시 그녀에게 꽃을 꺾어주려나 싶은 기대감에 운채는 두근거렸다. 그런데 그가 무 뽑듯 꽃을 쑥 뽑아버렸다. 큰 꽃답게 흙을 움켜잡고 있는 뿌리 또한 길고 튼튼했다.

"손을 벌려보라."

운채는 엉겁결에 두 손을 앞으로 내밀자 하윤이 그 꽃을 그녀에게 쥐어주었다. 운채는 꽃의 뿌리를 조심스럽게 움켜쥔 채 하윤을 올려다보았다. 그가 왜 뿌리채 꽃을 그녀에게 건네주는지 알 수가 없었다. 천계는 꽃을 이리 건네주는 건가?

운채가 고맙다는 말을 하기 전에 하윤이 먼저 입을 열었다.

"이 꽃은 여기에 피어서는 안 될 꽃이다."

맞는 말이었다. 천계에서도 이런 희귀종의 꽃을 대체 이원이 어디서 구해 와 심었는지 능력도 좋았다. 그런 꽃을 무 뽑듯 쑥 뽑았으니 이원이 봤으면 기겁을 했을 것이다. 네 개의 봉우리가 한꺼번에 피는 날은 딱 하루. 그것도 백년에 한 번 피울까 말까 해 여심을 잡기 위한 몇몇 천신들은 이 꽃을 갖기 위해 혈안이 되어 있는 꽃이기도 했다.

"이 꽃이 여기에 피면 안 된다고요?"

"죄인 심문할 때 쓰는 꽃을 여기에 심어서야 되겠느냐?"

이런 예쁜 꽃이 죄인을 심문할 때 쓰인다하니 운채는 조금 의아해하면서도 두려웠다. 혹시 독을 품고 있는 꽃인가 싶어 그녀는 품에서 꽃을 조금 떨어트려놓았다.

"그 꽃 말이다. 거짓말을 하면 안에서 수술이 길게 나와 피를 빨아 먹는다. 매우 고통스럽지. 함부로 떨어트려서도 안 된다. 성질이 나쁜 꽃이거든."

"에이……. 설마요."

"천계를 지금 무시하는 거냐?"

"아니요. 그런 게 아니라……. 믿어요."

그녀가 고개를 내저으며 자신의 의심을 지우기로 했다. 현도 그러지 않았는가. 천계는 별별것이 많으니 아무것이나 먹으면 안 된다고. 그러니 이런 무시무시한 꽃도 없지 말라는 법도 없었다. 운채는 갑자기 자신이 들고 있는 꽃이 무겁고 불편해지기 시작했다. 하윤의 능청스러운 거짓말에 운채는 입을 여는 것이 조심스러워졌다. 정말 저 예쁜 꽃잎 안에서 수술이 나와 그녀의 피를 빨아 먹을 것 같았다. 그는 알면서도 그런 꽃을 왜 그녀에게 안겨주었는지. 운채는 그를 향해 작은 원망 어림을 속으로 쏟아내었다.

"아직도 못 믿겠다는 눈치구나. 그럼 사실인지 아닌지 확인해 주마. 네가 다치면 아니 되니 네가 거짓말을 하면 이 꽃은 내 피를 빨아먹도록 내 쪽으로 내밀어라."

하윤은 그녀를 품에 안으며 운채를 자신의 눈과 마주하게 만들었다.

"답해보라. 너는 나와 있는 것이 좋으냐?"

하필 물어보는 말이 대답하기 난감한 질문을 하는지……. 운채의 얼굴이 붉어졌다.

"늦게 답해도 이 꽃은 피를 빨아먹는다."

그의 거짓말은 아예 대놓고 뻔뻔스러웠다.

"네…… 좋아요."

"나와 손잡는 것도 좋으냐?"

"……좋아요."

그녀가 고개를 내리려하자 그가 그녀의 턱을 움켜잡았다. 그의 손이 그녀의 귓불을 만지작거리며 다음 질문을 생각했다. 곱게 붉어진 그녀의 얼굴은 어쩔 줄 모르겠다는 표정이 역력했다.

하윤은 그녀의 답이 짧은 것은 마음에 들지 않으나 곧잘 답을 하는 것에 만족하기로 했다. 흡족함을 드러낸 그의 얼굴에는 그녀를 속이는 것에 대한 어떠한 양심의 가책도 없어 보였다.

"나랑 입 맞추고 싶으냐?"

자신이 잘못 들었나 싶은 운채의 눈이 동그랗게 떠졌다. 한 번도 생각해 본 적이 없었다. 그와 있으면 마냥 좋았지 구체적으로 그와 무엇을 해보겠다는 그런 상상은 한 번도 해보지 않았다. 그러나 막상 이 질문을 받으니 자신의 마음을 모르겠다. 필시 그와 입을 맞추면 두근거릴 것이다. 같이 있는 것만으로도 마음이 두근거리는데 입술이 닿는다면 심장이 미친 듯이 널을 뛸 것이다. 그렇다고 이 말을 입 밖으로 어떻게 꺼낸단 말인가. 거짓말을 하면 분명 그가 해를 입을 텐데. 차라리 그녀가 다치는 것이 나았다. 운채는 꽃을 자기 쪽으로 바짝 품었다.

그런 그녀의 행동을 하윤이 눈치 채지 못할 리 없었다. 그녀가 냉큼 대답할 거라고는 생각 안했지만 묵비권 행사를 하자 그녀가 그와 거리를 벌린 만큼 그가 그녀에게 바짝 다가갔다.

그가 고개를 숙여 그녀의 얼굴에 닿을락 말락한 거리에서 멈췄다.

"질문이 어려우냐?"

"……."

"이러면 네 답에 도움이 될지 모르겠구나."

그가 미소를 지은 채 그녀의 입술을 머금었다. 그녀의 입술을 적시듯 그가 가볍게 깨물며 그녀의 입술을 벌렸다. 그의 혀가 그녀의 입천장을 훑고 수줍게 내뺀 그녀의 혀를 잡아챘다. 호흡마다 내뱉는 열기는 달았다. 미치도록 달았다. 하윤은 거치적거리는 꽃을 던져 버리고 그녀를 와락 끌어안았다. 그녀의 가는 목덜미에서 척추로 내려온 손은 그녀의 허리선을 쓸었다. 한 치의 틈도 없이 그의 몸과 그녀가 맞물렸다.

뜨거운 한숨과 함께 그의 혀의 느낌 그대로 그녀에게 전해져 왔다. 흡착되는 그의 입맞춤에 운채는 그저 숨을 가삐 내쉬는 것 외에는 아무것도 할 수 없었다.

"하…… 하윤 님……."

몸에 열이 나는 것 같았다. 뱃속이 간질거리면서도 긴장이 되었다. 아프지도 않은데 신음이 저절로 흘러나왔다. 흥분이 그녀의 손끝까지 떨리게 만들었다. 입맞춤이 이렇게 떨리고 갈구하게 되는 건지 몰랐다. 그에게 마냥 매달리고 싶었다.

"나랑 입 맞추고 싶으냐?"

그녀의 턱을 물며 그녀를 바라보는 그의 눈빛은 갈증으로 일렁거렸다.

운채는 자신이 들고 있던 꽃이 없어졌다는 것도 인지하지 못했다. 그녀는 천천히 고개를 끄떡였다. 그와 입 맞추고 싶다. 그가 그랬던 것처럼 그녀 또한 그의 입술을 베어 물고 만지고 싶었다.

"그럼, 이번에는 네가 건너오련?"

그가 하는 말이 무슨 말인지 이해가 가자 그녀의 얼굴이 달군 숯마냥 달아올랐다.

하윤이 미소를 지으며 그녀를 아이 안듯이 안아 올렸다. 운채는 심장이 터질 것 같았다. 그와 입 맞추고 싶은 마음과 그럴 용기가 나지 않는 마음이 뒤섞여 있었다. 운채가 용기를 내 하윤을 바라보았다. 그는 가만히 그녀를 올려다볼 뿐이었다. 어떠한 재촉도 요구도 없었다.

운채는 그의 양 어깨에 손을 짚으며 천천히 그에게 고개를 숙였다. 떨리는 마음을 누르고 눈을 감은 채 그의 입술을 수줍게 내리눌렀다. 그가 그녀를 위해 입을 벌려주자 긴장 섞인 한숨과 함께 그녀의 붉은 혀가 그의 입으로 사라졌다. 얽힌 혀들이 신음과 함께 삼켜졌고 자잘한 입맞춤 사이의 타액이 서로에게 넘나들었다. 너무 느려 애가 탔고 갈구할수록 갈증을 일으키는 입맞춤이었다. 아무래도 그는 그녀에게 수수께끼의 실마리를 너무 많이 내어준 듯했다.

七장

사정원에 옥새 찍는 소리가 방아 찧는 소리처럼 박자에 맞춰 쿵 쿵 울려 퍼졌다. 입이 한 댓 발 나와 있는 설류가 서류를 노려보며 붉은인을 내려찍고 있었다. 간만에 이런 모습을 보는 좌 시관은 옆에서 조용히 자리를 지키고 섰다. 이럴 때 말 한마디 잘못 건넸 다가는 날벼락 맞기 십상이었다. 오늘도 보고해야 할 안건이 많은 데 초반부터 어찌 분위기가 심상치 않았다.

"대답해 보라. 좌 시관."

옥새를 한쪽으로 휙 던진 설류가 좌 시관을 향해 고개를 틀었 다.

좌 시관은 멍한 정신을 바짝 추스른 후 고개를 숙였다. 아무래 도 저 옥새는 조만간 다시 제작해야 할 듯싶었다. 허구한 날 던지고 허구한 날 절구 찧듯 쿵쿵 찍어대니 남아나야 말이지. 주인 잘못 만난 것은 그만이 아닌 듯했다.

"하문하시옵소서."

"새로운 정소부의 주인이 나타났음에도 내가 일에 치여 살아야 하는 이유가 무엇이냐?"

"그야 정소부 주인인 운채 님이 휴가 중이어서 그렇지요. 설류 님이 직접 내린 명 아니옵니까?"

그녀가 피를 토하고 쓰러진 그 날, 그녀가 금세 회복되리라는 것을 확신했지만, 조금은 마음이 쓰인 설류가 그녀에게 보름의 휴가를 명했다. 겸사겸사 하윤과의 회포도 풀고 심신을 다독이다 오라는 그의 기특한 생각이었다. 그러나 그것도 하루 이틀이지. 보름을 휴가 줬다고 정말 그 보름을 꽉꽉 다 채워 쓰고 돌아올 작정은 아니겠지?

"제 상관은 여기서 손목 부러져라 일을 하는데 혼자 마음 편안히 노는 게 말이 되냔 말이지! 아무리 사회생활을 안 해보았다고는 하나 생각이 그렇게 없나? 배울 일은 산더미구만 마음 편히 놀 생각만 해? 하긴 하윤과 있으니 깨가 쏟아지겠지. 돌아오기만 해봐라. 뒷간 갈 시간도 없이 굴려주겠다."

제 손으로 휴가 보내줘 놓고 혼자 일하려니 배알이 뒤틀린 모양이었다. 어휴. 이러다 또 제 성질에 못 이겨 밖으로 뛰쳐나가기 전에 미결 건을 올려야 했다.

"오늘 올라온 안건에 대해 처결을 부탁드립니다. 계집이 인간계에 있을 때 천신과의 약속을 받아놓은 것이 있는데 그 약속을 이행해 달라고 하고 있습니다. 계집의 소원은 역시 인간계로 돌아가는 것입니다."

설류의 눈빛이 날카롭게 반짝였다. 어느 겁도 없는 것이 천신을 들먹이며 다시 인간계로 돌아가겠다고 했는지 그 낯판을 보고 싶었다. 천신이 무슨 뉘 집 앞마당에 굴러다니는 짚신인줄 아나. 죽으면 얌전히 혼백단지에 들어갈 것이지. 안건을 듣기도 전에 설류의 미간에 힘줄이 돋았다.

"계집은 누구이며 소원을 꽃가루 뿌리듯 뿌린 그놈은 누구냐."

"콩쥐라는 계집이고 천신은 정소부 쪽 소속입니다."

"읊어라."

설류는 두 손을 깍지를 낀 채 턱을 괴고 좌 시관을 바라보았다.

"대충은 이렇사옵니다. 콩쥐라는 계집은 계모와 계모 딸에게 구박을 받았는데 어느 부잣집 도령 잔칫날에 초청을 받았답니다. 콩쥐가 잔치에 가지 못하도록 잔뜩 일감을 준 계모였으나 참새가 도와주고 천신이 옷을 짜주고 두꺼비가 장독의 물을 길어주어 도령과 우여곡절 끝에 만나 눈이 맞았습니다. 다 같은 천신이 도와준 것입니다. 그런데 콩쥐가 도령이랑 눈이 맞은 게 배가 아팠는지 계모가 독약으로 콩쥐를 죽인 것이죠."

설류는 이 어이없는 이야기에 입이 빼뚜름 치켜 올라갔다. 인간에게 빠져 허우적거리는 놈이 대현궁 하윤 말고 또 있단 말인가? 도대체 요즘 천신들이 인간계에 기웃거리는 이유가 뭐란 말인가?

"도대체 그 아이가 뭐기에? 무엇 때문에 도와주었다더냐?"

죽은 목숨도 살려주겠다고 한 이 어이없는 천신의 작태가 가관이었다. 이번 기회에 태상궁의 기강을 바로 잡을 것이다. 그게 누구든 예외는 없다.

"그냥 예뻐서 도와 줬답니다."

"그리고 또?"

"그냥 예쁜데 고생하는 게 안쓰러워서 그랬답니다."

설류가 눈썹을 꿈틀거리자 좌 시관이 해명하듯 입을 열었다.

"진짜랍니다. 명을 보니 일찍 죽는 게 너무 아까워서 혹 억울하게 죽으면 살려주겠다고 했답니다. 가서 슬쩍 보고 왔는데 정말 예쁘긴 합니다."

이 쳐 죽일 놈의 천신 낯짝을 당장 봐야겠다. 설류가 벌떡 자리에서 일어났다. 그 반동으로 쌓아놓았던 안건들이 바닥으로 굴러 떨어졌다. 보기만 해도 짜증스러운 것이 발끝에서 거치적거리자 그는 안건들을 확 다 걷어차 버리고 싶은 심정이었다. 그중 펼쳐진 안건 중에서 익숙한 글씨체를 발견하자 설류의 걸음이 멈췄다. 무엇인가 홀린 표정으로 그는 허리를 숙여 안건을 집어 올렸다. 쓰는 자의 성정답게 거침없고 투박한 글씨체, 줄 간격을 못 맞춰 읽는 자의 난독증을 의심하게 하는 이 글씨체는 분명 반오의 것이었다.

"어째서 반오의 안건이 지금 올라와 있는 것이냐."

좌 시관 또한 모르는 일이었다. 전 정소부의 주인의 안건이 배달되어 오다니!

─깜짝 놀랐을 것이다. 네가 이 우서를 보고 있다면 아마도 정소부 능력의 봉인이 풀렸다는 말이겠지? 당황스럽냐? 열이 뻗치냐? 내가 설마 가는 마당까지 너를 물 먹이려고 그랬겠냐? 뭐 그 마음 없다고는 장담 못하지만.

이 안건은 그가 소멸하기 전에 만들어놓은 것으로 정소부의 능력이 해방되면 자동적으로 그에게 배달되도록 만들어진 모양이었다. 설류의 눈빛이 그리움으로 짙어져 있었다. 우서에서 고스란히 그의 목소리가 쩌렁쩌렁하게 들려오는 듯했다.

─인간의 아이가 정소부의 주인이 되다니 크하, 이 반오 님이 아니면 상상할 수 없는 일이지. 너에게는 그 아이가 필요하다. 이건 정소부의 주인으로서 드리는 마지막 간언이다. 그러니 닥치고 잘 듣길 바란다. 비록 화딱지 나고 젠장맞을 상관이었지만 온천수 땅만큼 깊게 파다 보면 너도 따뜻한 천신이라는 점을 발견할 때가 있으니 얼마나 다행이냐.

물론 너의 공명정대함은 잘 알고 있지만 인간을 어르고 품을 수 있는 마음이 부족해 걱정이 된다. 유식하게 써서 못 알아듣겠냐? 네 마음이 말라갈까 걱정된다고 이놈아! 혼자 틀어박혀 매일 옥새 찍으며 늙어갈 것이 불 보듯 뻔한데 내가 눈이 쉽게 감기겠냐? 그래서 이 같은 일을 벌였다. 혼백이 맑고 지극히 인간스러움을 담고 있는 인간을 옆에 두면 네놈도 그렇거니와 만사 심드렁한 하윤 놈도 뭔가를 느끼겠지. 아니 느껴야 돼. 생의 재미가 뭔지 감사함이 뭔지 소중함이 뭔지도 모르는 것이 그게 사는 것이냐?

아무튼, 그 아이, 가까이에 두고 지켜봐 다오. 내치거나 미워하지 마라. 특히 **괴롭히지** 마라. 네 삐딱한 애정표현으로 얼마나 많은 천신들이 피를 본지 기억한다면 제발 그러지 마라. 그리고 그 아이 봤는데 크면 미인이 되겠어. 이거 일 가르치면서 눈 맞는 건 아닌가 모르겠군. 아, 술 석 잔 못 받아먹는 게 한이겠군. 마지막으로 한마디만 더 하지. 나 없으니까 힘들어 죽겠지? 짜증나지? 왜 나한테 평상시에 잘하지 않았을까 후회되지? 흥, 인정 못하겠다고? 니 똥이다. 이놈아.

"이 썩을 놈은 끝까지 내 혈압을 올려놓고 가는군. 소멸했다고 아주 대놓고 반말 짓거리야."

그래도 그나마 마지막 우서라 그런지 많이 공손하게 쓴 게 역력해 보였다. 열 받으면 육두문자 휘날리며 씩씩대는 것에 비하면 양반이지. 암. 설류는 피식 웃으며 우서를 접었다.

그녀를 그에게 부탁한다는 우서를 남길 정도면 자신이 벌인 일이 걱정이 되긴 됐나 보다. 혹시 나를 위해 부러 여인을 택한 건 아니겠지? 그렇다면 큰 오산이었다. 크면 미인이 되겠다고? 옆에 300년이나 같이 있었으면서 그의 취향을 몰라? 늘씬하고 낭창하면서 물이 오른 몸매가 그의 취향이었다. 거기다 그가 눈이 맞기도 전에 하윤이 침을 덕지덕지 발라놔서 그가 손쓸 틈도 없었다.

"그녀의 봉인된 능력이 해방되는 것까지 생각해 두었다니 반오

너 답군. 정말 그녀를 정소부의 주인으로 인정을 해야 하는 건
가?”

그가 눈을 지그시 감으며 미소를 지었다. 생각지도 못한 우서
한 장이 그의 마음을 흔들어 놓았다. 살아온 시간만큼 무뎌진 감
정이라 생각했는데 그도 아닌 모양이었다.

‘갑자기 술 생각이 나는군. 하윤에게 한잔하자고 해야겠군.’

설류는 피식 웃음이 나왔다.

“콩쥐라는 계집을 인간계로 돌려보내 주어라. 기분이다.”

“네? 독을 먹고 죽은 자를 돌려보내다니요. 그리되면 인간계에
파장은 실로 크옵니다.”

이런 적이 없는데 갑자기 엉뚱한 판결을 내리니 당황스러운 좌
시관이었다.

“벌써 숨도 끊어진 여인입니다. 또한 인간계로 딱히 내려보내
는 명분도 없지 않습니까?”

“거 참 말 많네. 예쁘다며? 그것이면 충분하지. 돌려보내라. 그
리고 운채를 당장 정소부로 복귀하라 이르라. 정소부가 어떤 곳인
지 이제부터 확실히 가르쳐 줄 테니. 전대 정소부의 유지는 받들
어 줘야지.”

감긴 눈을 뜨며 설류가 씩 웃었다.

어떠한 반박의 말도 하지 못한 채 좌 시관은 부랴부랴 명을 시
행하기 위해 사정원을 나갔다. 혼백을 천계에 오래 방치할수록 인
간계로 돌아가기 어려워진다. 거기다 독약까지 먹은 몸이니 상태
가 그리 좋지 않을 것이다. 그러나 곧 얼마 지나지 않아 그는 다시

헐레벌떡 사정원으로 뛰어들어 와야 했다.

"또 뭐냐?"

"말씀대로 콩쥐를 인간계로 다시 돌려보냈습니다. 그런데 문제는 존속살인을 한 계모가 그만 살아온 콩쥐를 보고 놀라 악 소리도 내지 못하고 급사했습니다. 아직 명이 많이 남아 있는 혼백인데……. 어찌할까요? 다시 돌려보내야 하나요?"

"다시 돌려보내면? 그 집 식구는 죽었다 하면 한 번씩 살아나는 집이라고 소문이 날 거 아니냐. 죽는 게 장난이더냐? 심장 약해 제 명도 못 찾아먹은 놈이 잘못이지. 그냥 혼백 관리부로 넘겨라."

역시 착한 일은 아무나 하는 게 아닌가 보다. 그러게 왜 안하던 일을 해서 일을 꼬이게 만드냐고! 나라도 독약 먹고 입에 게거품 물고 죽은 애가 벌떡 일어나면 심장이 철렁하겠구먼. 심술을 부리던 주인님이 이제 변덕까지 가세하자 그의 앞날은 험난한 길이 예약된 것이나 다름없었다.

"뭐냐? 그 표정은? 그대로 냉큼 이행하지 않고."

좌 시관은 차마 입 밖으로 불만을 내보내지는 못하고 입술만 씰룩씰룩 거렸다. 태상궁의 여관들이 예쁘지만 않았어도 벌써 이놈의 시관자리는 때려치웠을 것이다.

✽

쪽빛 기와집은 뒤로는 100년도 더 된 대나무들이 자연 병풍을 만들고 있었고 대문 앞에는 맞절이라도 하듯 소나무가 굽어져 있어 그 정경만으로도 위엄과 오묘함의 조화가 시선을 끌고 있었다. 낮지만 길게 둘러싼 담장을 보면 내부도 꽤 넓은 모양이었다. 반경 100리 안으로 인적조차 살필 수 없는 곳에 터를 잡은 집이라 고요한 정적에 물들어 있었다.

산 중턱까지 올라오느라 힘든 운채는 가쁜 숨을 쉬며 현의 집을 둘러보았다.

"현의 집은 꽤 고풍스럽구나."

그녀 때문에 엄한 고생을 한 현이라 한번쯤 시간이 되면 그의 집을 찾아가 그의 부모님께 인사를 드리고 싶었던 운채였다. 어떻게 찾아봬야 할지 몰라 하윤 님에게 부탁을 하니 처음에는 완강히 반대를 해 애를 먹었다. 직접 오라 하면 될 것을 굳이 바깥출입을 할 필요가 없다는 이유에서였다. 인사를 드리러 가는 입장에 입궐을 하라니 말이 되지 않았다. 그런 경우는 없다며 애걸복걸을 해 겨우 승낙을 얻어낸 그녀는 지금 천신 한 명과 동행하는 조건으로 현의 집 앞에 와 있는 것이다. 반대할 때는 언제고 남의 집에 가는데 빈손으로 가는 건 예의가 아니라며 하윤은 그녀에게 조그마한 선물 하나를 들려 보냈다.

대문이 반쯤 열려 있자 운채는 조심스레 문을 열고 안으로 들어갔다. 널찍한 마당에 천신 몇몇이 나와 서 있었고 왠지 분위기도 어수선해 보였다. 정확히 말해서는 분위기가 싸늘했다. 이거 아무래도 날을 잘못 잡은 모양이었다. 그도 그런 것이 다들 현을 죄인 바라보듯 바라보고 있었고 그런 현은 억울하고 환장하겠다는 표정으로 그 자리에서 방방 뛰고 있었다.

"야!, 너 나를 언제 봤다고! 내가 언제 책임질 일을 했냐고! 난 아직 숫총각이야."

현이 삿대질까지 하며 여자에게 언성을 높이고 있었다. 그러나 여자의 표정은 새치름할 뿐 겁먹은 표정이 아니었다.

"네가 날 자빠트렸잖아. 아프다고 했는데도 미안하다며 날 아프게 했잖아. 그래도 난 용서해 줄 수 있어. 난 너의 그 거친 모습에 반했으니까."

현을 바라보는 부모의 시선은 냉랭했으며 나와서 팔짱을 끼며 관망하는 형들 또한 저 발랑 까진 놈이라는 눈빛을 현에게 여과 없이 쏘아주고 있었다. 뒤에서 조용히 듣고 있던 운채 또한 놀라 방문의 목적도 잊은 채 현을 바라보고 있었다. 빨간 비단장옷에 노랑 조끼를 입은 아가씨는 올라간 눈초리만큼 당차 보였다. 어찌 보면 작은 키도 그러려니와 동글한 얼굴은 아가씨이기보다는 아직 어린아이 같아 보였다.

'설마 현이? 말도 안 돼.'

"너 똑바로 말 못해? 하도 조그마해서 족제비인줄 알았다고! 난 족제비 겨드랑이 털을 구하기 위해 인간계에 갔을 뿐이라고. 밤이라 조그마한 게 여우인지 족제비인지 어떻게 알았겠냐고! 누가 밤에 싸돌아다니래?"

"그건 중요한 게 아니야. 나는 네가 마음에 들었으니 책임져."

"야. 너랑 나랑은 종種이 달라. 종種이!"

"왜! 똑같은 백호잖아."

"백호白虎와 백호白狐가 어떻게 같아? 난 여우랑은 안 사겨! 미쳤냐?"

현의 구박에 지금껏 꿋꿋하게 버티던 아가씨가 바닥에 주저앉아 울음을 터트렸다. 서럽다는 듯 엉엉 울며 손등으로 눈물을 닦아내는 폼이 영락없는 아이였다. 분명 심각한 일인데 왜 이리 웃음이 나오는지 모르겠다. 그런데 그 모습이 운채의 눈에는 참 예뻐 보였다. 꼬마 아가씨가 아무래도 현이 무척 마음에 든 모양이었다.

"내가 여기까지 어떻게 찾아 왔는데……. 엉엉. 궁에서 빠져나오는 게 어디 쉬운 줄 알아? 나한테 뽀뽀까지 하고 갔으면서. 엉엉. 나쁜 놈."

완전 똥 밟은 날이었다. 정말 버선 속 뒤집듯 자신의 결백을 보여줄 수도 없고 환장할 노릇이었다. 대충 이야기가 어찌 돌아가는지 사태가 파악이 된 현의 가족들은 처음과 달리 피식피식 웃음을 흘렸다. 현은 자신을 웃음거리로 만든 이 조그마한 여우 계집이 너무 싫었다.

"여자를 울리면 쓰겠느냐. 혼자 몸으로 먼 길까지 온 손님이니 현이 네가 잘 다독거려 돌려보내도록 해라."

"아버지!"

싫다는 의지가 가득 들어간 외침이지만 아버지의 엄한 눈빛에 찍 소리 못한 채 현은 여우 계집에게 정자로 따라오라는 손짓을 했다. 앞서 가는 현의 표정은 우거지상이 따로 없었다.

"그리고 아까부터 대문 앞에 서 있는 아가씨는 누구를 찾아오셨습니까?"

정자로 가던 현이 무심히 대문 쪽으로 고개를 돌렸다.

"어? 운채다! 소식도 없이 여기까지 어쩐 일이야? 몸은 괜찮아?"

현이 싱긋 웃으며 운채를 향해 달려가자 뒤따르고 있던 여우아가씨의 눈이 운채를 사납게 째려보았다.

"정운채라고 합니다. 한 번 찾아뵙고 싶어서 무례를 무릅쓰고 연통도 없이 왔습니다."

"일단 들어오십시오. 며늘아기야, 사랑채로 찻상을 내오너라."

백자가는 뒷짐을 진 채 방으로 먼저 들어갔다. 어찌 되었든 저 계집아이 때문에 자신의 막내아들이 판의 값을 받은 것에 대해 심기가 그리 좋지는 못한 그였다. 태상궁 소속이 아니던가. 그 망할 설류가 있는.

"정소부의 새로운 주인?"

흥미로운 표정을 지으며 한준이 운채의 곁으로 다가갔다. 인간 계집이 정소부의 새로운 주인이 되었다는 것을 모르는 천신은 없었다. 그도 그럴 것이 대현궁 하윤 님이 그 뒤를 받쳐 주고 있고 설류 님이 공식적으로 지지를 하고 있으니 소문의 중심에 서 있을 수밖에 없었다. 그는 그것보다 천계의 두 실력자의 관심을 한 몸에 받고 있는 그녀가 얼마나 미색이 뛰어난지 궁금했으나……. 음…… 생각보다 귀여웠다. 이 동그란 까만 눈은 울리고 싶을 정도로 맑았다. 안으면 품 안에 쏙 들어올 것도 같은 게 말랑말랑하니 감촉도 좋을 것 같았다. 하윤 님의 취향이 꽃봉오리 취향일 줄이야. 하긴 개화보다는 꽃봉오리가 기대감이 크긴 하지.

“둘째 형, 저리 가. 운채는 내 벗이야.”

현이 두 팔을 벌리며 한준을 막아섰다. 둘째 형이 작심만 하면 안 넘어가는 여자가 없었다. 실실 쪼개는 저 바보 같은 웃음에 왜 하나같이 여자들이 넘어가는지 현은 알 수가 없었다. 운채도 저 미소에 둘째 형에게 넘어가기라도 하면 생각만 해도 등골이 송연했다. 이건 가문을 지키는 일이기도 했다.

“너는 저기 서 있는 네 손님 대접이나 잘 하려무나. 이분은 내가 잘 대접할 테니 걱정은 하지 말고. 이쪽으로 오시지요. 운채 님.”

한준은 운채의 한 손을 잡은 채 사랑채로 이끌었다. 아. 손도 조그마했다. 조몰락거리기 딱 좋은 크기였다. 저리 수줍게 고개를 숙이면 반응이 더욱 궁금해지긴 하나 하윤 님이 애지중지한 그녀이니 몸을 사리는 것이 맞았다.

찻잔에 물을 쪼르르 따르는 소리가 방 안을 채웠다. 운채 또한 처음 대면하는 어색함에 입을 먼저 떼지 못하고 있었다. 어른답게 백자가가 말문을 먼저 열어주었다.

“그래 이 먼 곳까지 무슨 일로 왔습니까?”

“현은 내운산에서부터 저를 지켜준 이이며 의지할 수 있는 친우입니다. 그런 친우가 저로 인해 고생을 하게 되어 죄송한 마음에 이리 찾아뵈었습니다.”

운채가 고개를 숙이며 진심으로 죄송한 마음을 전했다.

“따지고 들면 아가씨의 잘못은 아니지.”

백자가는 여자의 태도가 마음에 들었다. 반듯한 자세와 올곧게 바라보는 눈빛을 보니 맑은 심성을 가진 듯해 보였다. 설류 놈하고는 질이 다른 것 같았다.

"그 상자는 무엇인지요?"

옆에서 한준이 그녀의 옆에 놓인 상자에 호기심을 드러내었다.

"아, 하윤 님이 방문 선물을 내어주셨습니다. 그러시면서 사양 말고 받아 달라 전해달라고 말씀하셨습니다."

백자가가 상자를 열자 작은 청록색 유리구슬이 들어 있었다. 운채는 그냥 장식용 구슬이겠거니 생각하는 것과 달리 두 천신의 표정은 놀라움으로 가득했다. 집안의 구슬을 내어준다는 의미는 천계의 법도를 어지럽히지 않는 한도 내에서 무조건 네 가문이 도움을 요청할 때 힘을 실어주겠다는 의미였다. 그러니 이 말은 백호 가문은 대현궁의 비호를 받는다는 말이었다.

"하, 이거 대단한데요. 개고생 해도 이런 구슬을 받는다면 인간계도 가볼 만 하겠는데요?"

"이 구슬이 엄청 값진 건가요?"

운채는 주저하듯 한준에게 물어보았다. 이 비싼 것을 그녀는 그냥 한 손에 쥐고 왔으니 잃어버렸으면 큰일날 뻔했었다.

"절대적인 도움을 약속한다는 구슬입니다. 하윤 님이 어느 날 갑자기 우리 막내를 데리고 인간계 구경 시켜준다면서 데리고 가셨거든요. 뭐 거기다 억울하게 막내가 판의 값까지 치루고 있다고는 하지만 그 값치고는 대단한 선물이지요."

"하윤 님이 현을 데리고 인간계로 갔다고요?"

그럼 처음부터 현은 하윤 님을 알고 있었던 건가? 그렇다면 오작교에서는 서로가 왜 모른 척했지? 하옥될 때까지도 아니 지금까지도 현은 하윤 님을 알고 있다는 말을 하지 않았다. 그녀의 머릿속이 갑자기 어지러워지기 시작했다.

"인간계에 가기엔 너무 어린 나이이나 하윤 님이 데려가신다고 하니 다들 보내주는 수밖에요. 백호는 웬만하면 추위를 잘 안타는데 내운산의 겨울은 정말 추워 죽을 것 같다고 하더라고요. 하윤 님 때문에 방 안은커녕 부엌에 들어가는 것도 눈치를 봐야 했다고 하던데 맞아요?"

뭐가 재미있는지 한준은 쿡쿡 거리며 웃기까지 했다. 운채는 머리가 멍했다.

"내운산의 겨울이…… 춥긴 춥죠."

그녀는 그 후로 현의 부자와 무슨 대화를 나눴는지 하나도 기억이 나지 않았다. 자신의 추측이 너무 과하다고 다독여 봐도 끼워 맞춰지는 진실은 하나로 귀결되고 있었다. 그의 친절. 그녀를 너무나 잘 알고 있는 듯한 말투, 걱정스럽게 바라보는 눈빛, 어깨의 점까지. 하윤 님이 윤이라고? 그가 정말 윤이라고? 하윤 님이?

운채는 심한 배신감에 소리라도 치고 싶은 심정이었다. 무릎 위에 두 주먹을 꽉 움켜쥐는 그녀의 손이 분노로 부르르 떨렸다. 그는 끝까지 그녀를 속였다. 끝까지!

대현궁으로 돌아가는 길은 무거운 침묵 속에 빠졌다. 온갖 감정이 그녀의 마음속에 섞여 있는 듯했다. 그가 그녀를 속였다는 배신감과 지금껏 사실을 알고도 침묵해야 했던 연유가 무엇인지에 대한 답답함. 어쩌면 하지 않아도 됐을 부역에 대한 억울함, 자신의 삶 자체를 휘저어 놓은 분노. 그리고 그럼에도 불구하고 그에 대한 고마움과 그를 향한 기울여진 마음이 그녀를 혼란스럽게 했다.

운채의 입술이 앙다물어졌다. 그를 보면 무슨 말부터 꺼내야 할지도 모르겠다. 머릿속이 정리가 되지 않았다. 그는 분명 내운산에 있을 때부터 그녀가 정소부의 주인인 것을 알고 있었을 것이다. 그러지 않고서야 그가 그녀 곁에 오래 머물렀을 리 없었다. 그런데 그녀가 정소부의 주인이라는 것 하나만으로는 그가 옆에 있었던 이유를 설명하기엔 너무 빈약해 보였다. 복잡한 마음을 그대로 드러내듯 걸음을 내딛는 횟수만큼 그녀의 한숨이 무거워졌다. 하긴 이해가 안 되는 게 어디 그뿐이랴. 천도복숭아는 왜 주었는지, 백한은 왜 고아 먹였는지도 이해되지 않았다.

대현궁으로 들어가는 큰 격자무늬의 대문이 열리자 마치 마중이라도 나온 듯 하윤이 그녀를 기다리고 있었다. 오늘 이 문을 나설 때만 하여도 떨어져 있는 그 시간이 못내 아쉬워 보고 싶은 얼굴이었는데 몇 시진도 안 되어 가장 보고 싶지 않은 얼굴이 되어 있었다.

운채는 그를 못 본 척 지나가려 했다. 무슨 표정으로 그를 마주해야 하는지 그녀 자신도 확신이 서지 않았다. 오로지 앞만 본 채 운채는 걸음을 옮겼다.

그녀의 굳은 표정을 보자 하윤의 미간이 좁혀졌다.

"무슨 일이 있었나?"

"나중에요. 지금은 아무 말도 하고 싶지 않아요."

'아무래도 눈치를 챈 모양이군.'

하윤은 작게 한숨을 내쉬었다. 그래서 말렸는데 굳이 가겠다고 해 보내주긴 했다만 여지없이 입 싼 누군가 그가 윤이라는 것을 나불된 모양이었다. 좀 더 분위기가 좋으면 직접 이야기하려 했는데 이거 참 난감하게 되었다. 저 표정을 보아하니 순순히 화가 풀리지 않을 모양이었다.

"나에게 할 말이 있을 터인데?"

그녀가 그를 지나쳐 가자 하윤은 시침을 떼며 운채를 떠보기로 했다. 역시나 지나쳐 가던 운채의 발걸음이 뚝 하고 멈춰 섰다. 고개를 돌려 째려보는 폼이 여간 매섭지 않았다.

운채는 어이가 없어 말도 나오지 않았다. 지금 저 말은 그녀가 해야 했다. 밤을 새워서라도 그에게 듣고 싶은 말이 많았다. 그러나 여기서는 아니다. 감정이 욱해 언성이 높아질게 뻔한데 입궁하는 초입 문 앞에서 지나가는 천신들의 구경거리가 되고 싶진 않았다. 자신의 감정이 정리된 후 그와 담판을 지을 생각이었다. 그러나 그가 이렇게 나오니 생각이 바뀌었다. 오늘, 솥단지 누룽지 긁어내듯 박박 모든 것을 다 털어내게 할 것이다.

억지 미소를 지은 채 운채가 입을 열었다.

"저보다는 하윤 님이 할 얘기가 무척 많을 것 같은데요. 조용한 곳으로 옮길까요? 아니면 여, 기, 서, 회, 포, 를, 풀, 어, 볼, 까? 윤, 아?"

하윤이 주먹을 입가에 가져다 대며 마른기침을 했다. 저리 대놓고 찌르니 당황스러웠다. 아무래도 조용히 넘어가기는 그른 듯해 보였다. 그가 생각한 것보다 훨씬 화가 많이 난 상태였다. 그녀가 화가 나면 어떻더라? 하윤은 그녀가 화난 모습을 거의 본 적이 없었다. 이 말은 대처 방안이 빈약할 수밖에 없다는 말인데…….

그는 잠시 고민을 하는 것 같더니 어깨를 으쓱였다. 어차피 벌어진 일 어쩌겠는가? 달래는 수밖에.

"내 침전으로 가지. 소리를 질러도 밖에서 들리지 않으니 딱 좋을 것이다."

그가 앞서 걸어갔고 운채가 말없이 그 뒤를 따랐다. 그는 분명 그녀를 속인 게 아니었다. 그저 잠시 진실을 미뤄두었을 뿐이었다. 그러나 뒤통수가 따끔따끔한 게 어찌 설득하기가 쉽지 않을 것 같았다.

"냉수 한 사발 들이켜겠느냐?"

차보다는 냉수가 필요한 상황이나 그렇다고 저리 대놓고 냉수 한 사발 먹으라는 그가 얄미운 시누이 모습 같았다. 팔짱을 낀 채 운채는 의자에 앉아 그를 노려보았다. 이제 할 얘기 있으면 해보라는 투였다. 들어서 납득이 가면 정상참작은 해주겠다는 의사표 명이었다.

말을 고르는 듯 하윤은 잠시 말이 없었다.

"내가 윤이자 하윤이다. 네가 지어준 이름이지. 윤이라는 이름은."

　침묵이 흘렀다. 운채는 좀 더 자세한 이야기를 듣고 싶어하는 마음에 침묵을 지켰고 하윤은 더 이상 할 말이 없어 침묵을 지켰다. 그녀가 원하는 것은 윤이 그라는 것을 밝혀주는 게 목적이니 시시콜콜 말을 덧붙일 이유가 없어 보였다. 말이 많아지면 변명이 되고 변명은 구차해질 수밖에 없었다.

　더 이상 그가 입을 열지 않자 보다 답답한 운채가 결국 입을 열었다.

　"왜 속였어요?"

　"속이다니. 나는 말을 하지 않았을 뿐 속이진 않았다."

　그렇다. 그는 정말 그녀를 속일 생각이 없었다. 단지 편의에 의해 계집 모습을 했을 뿐이고 잠시 삐쳐서 그가 윤이라는 것을 그녀에게 말하지 않았던 것뿐이었다. 그가 속이려 했다면 그리 어설프게 속이진 않았을 것이다.

　그러나 떳떳한 그의 변명은 그녀의 화를 부추겼다.

　"그 말이 그 말이잖아요! 내가 윤 이야기를 몇 번 했는데 그때마다 입을 다문 이유가 뭐예요? 아니. 처음, 처음부터 이야기하자고요."

　음……. 화난 그녀는 예쁘지 않았다. 저렇게 눈을 치켜뜬 적이 없는데. 잘 익은 열매처럼 건드리면 터질 것 같은 얼굴이었다. 그를 죄인 취급하고 있는 그녀가 못마땅하긴 하지만 하윤은 기꺼이 그녀의 취조에 응하기로 했다. 죄는 아니지만 양심의 가책은 그도 가지고 있으므로.

　"제가 정소부의 주인이라는 것 처음부터 알고 있었죠?"

“알고 있었다.”

더 이상은 깊게 묻지 않기를 바랐다. 파고 파면 결국 그 중심에 그가 관련되어 있다는 것만큼은 얘기해 주고 싶지 않았다.

“그럼 일부러 저에게 천도복숭아와 백한을 먹인 거예요?”

“그것 말고도 많이 해다 먹였다. 어쩔 수 없지 않느냐. 네가 허약하니. 거기다 너는 약발이 잘 안 받는 체질이라 얼마나 애를 먹었는지 아느냐? 뭐 지금은 그런 걱정이 없어서 다행이지만.”

말도 안 돼. 그녀는 허약하지 않았다. 오히려 너무나 건강한 체질이었다. 가끔 고뿔이 걸린다거나 배앓이는 통상 많은 계집아이들이 겪는 일반적인 병치레였다. 그런 그녀가 그의 눈에는 허약하고 비실한 아이로 비춰졌었나 보다.

“정말 내가 허약해 보여서 그랬다고요?”

그러니까 그녀가 지금까지 정체불명의 탕약을 먹은 게 모두 그 이유에서라고? 그 쓴 약을 먹지 않기 위해 얼마나 그녀가 몸부림을 쳤는데! 그녀는 그 탕약이 배앓이약이거나 그도 아니면 위장을 따뜻하게 해주는 약인 줄 알았다. 지금 먹고 있는 탕약도 의심해 봐야 했다. 피를 토하고 쓰러져 몸의 기가 많이 허해져 기를 보충해 주는 탕약이라며 눈물을 머금은 채 매일 먹고 있는 중이었다.

“단지 그 이유뿐이라고요?”

“그럼 무슨 이유가 더 필요하지??”

하윤은 진짜 모르겠다는 듯 눈썹을 찡그렸다. 물론 천계의 것을 먹은 일 때문에 그녀가 판의 값을 받은 게 조금 안쓰럽긴 했지만 그건 어디까지나 몹쓸 설류 놈이 제멋대로 판을 열어 일어난 일이었다. 그는 무고했다.

그는 전혀 그의 잘못을 인정하고 있지 않았다. 오히려 뭐를 잘못했는지 모르고 있는 듯했다. 운채는 그를 한 대 때리고 싶은 충동에 휩싸였다. 자신에게 그런 폭력성이 숨어 있다는 것에 스스로가 놀랄 정도로 그는 얄미웠다.

"왜 제 곁에서 십사 년이라는 시간 동안 같이 있었던 거예요? 그것도 인간계에서. 이렇게 좋은 궁을 놔두고."

분명 숨은 이유가 있었다. 단순히 인간계에 놀러 왔다 하기에는 14년은 긴 세월이었다.

"그건 나도 얼마 전에 알아서 네게 알려줄 여유가 없었다."

그가 고개를 돌려 그녀의 시선을 피했다. 돌봐주어야 할 아이로만 생각하다 갑자기 여인으로 다가오자 그 혼란스러움과 정신적인 충격은 생각보다 꽤 컸다. 지금도 앉아서 어떡하면 그녀를 안을 수 있을까라는 생각이 머리의 반은 차지하고 있는 그였다. 이런 기분은 언제적 느낌이었는지 가물거릴 정도로 흐려진 감정이다. 그래서 새롭기도 하고 신경이 쓰이기도 하고 들뜨기도 했다. 정확히는 그래, 그는 그녀에게 안달이 나 있는 상태다.

"그러니까 그 이유가 뭔데요?"

그 이유를 지금 안다고 해도 지금 이 상황을 바꿀 수는 없겠지만 답답한 속은 풀어줄 수 있을 것이다. 물론 그 충격을 감내하는 것은 자신의 몫이다. 그러나 그저 그가 재미 삼아 희롱질한 것이라면 가만히 두지 않을 것이다. 마음의 준비를 한 듯 운채의 입이 앙다물어져 있었다.

“내가…… 널 마음에 담았기 때문이다.”

그의 진중한 눈빛이 다시 그녀에게 맞춰졌다. 담아놓고도 그게 뭔지 몰라 마음에서 덜그럭거리는 소리가 시끄러워 괜히 심기 불편해 이리 뒤척 저리 뒤척거렸다. 이제 그녀를 담았으니 눈과 마음이 흡족할 때까지 곁에 두면 되는 것이다. 간단명료했다. 왜 지금껏 이 간단명료한 것을 눈치채지 못했는지 자신의 어리석음에 혀를 차고 싶은 심정이었다.

그의 직설적인 고백은 그녀의 입을 한순간에 봉해 버렸다. 화를 내는 것조차 잊어버릴 정도로 그녀의 머릿속이 일순간 비워져 나간 느낌이었다. 운채는 그가 방금 뭐라고 했는지 자신의 귀를 의심했다.

그녀를 마음에 담았다고? 그의 말이 가슴에 스며들자 운채는 풀어지는 자신의 마음을 다잡기 위해 더욱 얼굴을 굳혔다. 그러나 조금까지 화가 난 심장은 다른 의미로 지조 없게 뛰고 있었다. 이건 반칙이었다.

“어느 누구도 나를 묶어둘 수 없다. 그러나 너는 그 조그마한 손으로 나를 잡아두지 않았느냐?”

이 정도 되면 ‘저도 하윤 님이 좋아요’ 라든지 ‘저 또한 마음에 담고 있습니다’ 이런 말이 나와야 했는데 하윤은 저 침묵이 마땅치 않았다. 설마 그럴 리 없겠지만 윤과 하윤 사이에서 갈등하고 있는 것은 아니겠지? 하윤과 있을 때보다 윤으로 그녀 옆에 있을 때가 훨씬 길었고 또한 운채가 윤에게 좀 더 밝고 적극적인 감정 표현을 한 것은 맞으나 정말 윤에 대한 미련이 더 크다는 것은 말도 되지 않는 일이었다.

"너는 내가 정말로 너를 속였다고 생각하느냐?"

그녀가 계속 침묵을 지키자 오해한 그가 인상을 찡그렸다.

"정말 너를 속일 생각이었다면 너에게 주려고 이걸 준비해 놓지도 않았다."

하윤은 자리에서 일어나 문갑 쪽으로 성큼성큼 걸어가더니 무언가를 꺼내 운채에게 내밀었다. 길쭉한 사각형 자개함이었다. 원래 이것은 그녀의 마음을 얻고 분위기가 무르익으면 주려고 놔두었던 물건이었다.

"열어보라."

운채가 주저하며 살며시 자개함을 열었다. 자개함을 열자 그녀의 표정이 흔들렸다. 대비녀였다. 엄마의 유품. 열다섯 살 때쯤인가 어떤 사내가 해코지하려 했을 때 그녀가 대비녀로 사내를 찌르고 도망간 적이 있었다. 그때는 정신도 없었고 다시 찾을 수 없을 것이라 여겼다. 그런데 그가 어찌 알고……. 대비녀를 쓰다듬는 그녀의 손길에 감정이 넘쳐흘렀다.

"아……. 이걸 어떻게……. 다시는 못 볼 줄 알았는데……."

"이럴 줄 알고 주지 않으려 했는데. 넌 그 대비녀만 보면 슬픈 얼굴을 하지 않느냐."

"고마워요……. 정말 고마워요……."

결국 그녀의 눈물이 터져 나왔다. 그러면서 그녀가 웃는다.

하윤은 턱을 한 손으로 괴며 그녀를 바라보았다. 우는 모습도 예뻐 보이니 큰일이었다.

"그리 좋으냐?"

고개를 끄떡이며 운채는 눈물을 훔쳤다. 화를 내야 하는데 그는 아주 약았다.

[하윤 님, 대사 이원 들었사옵니다.]

"들라 하라."

깜빡 잊고 있었다. 삼궁연 때 운채를 해한 천신의 처결을 어찌해야 할지 결정하겠다고 이원을 부른 것은 그였는데 말이다. 집무실에 없자 직접 이원이 찾아온 모양이었다. 그 찢어 죽일 자인궁 쪽 천신을 어찌해야 할지 아직 결정이 서지 않았다. 물론 용서는 없다.

"나중에 다시 올까요?"

운채 님은 울고 있고 하윤 님은 무덤덤하게 앉아 있는 모습에 이원은 고민을 해야 했다. 보고하기 좋은 분위기가 아니었다. 거기다 하윤 님이 원하시는 결과와 조금 동떨어진 보고를 해야 해서 조금 걱정이 되기도 했다.

"되었다. 보고하라. 삼궁연 때 자인궁 대표의 보좌관 서영이라고 했던가?"

"그 건으로 아뢸 게 있습니다. 자인궁에서 자체적으로 벌을 내리시겠다며 보좌관 서영을 인간계로 보냈다고 합니다. 물론 천신의 능력을 봉인당한 채입니다."

말은 인간계로 내쫓았다 하지만 사실은 대현궁 하윤이 어떤 벌로 그녀를 다스릴지 몰라 미리 자인궁에서 선수를 쳐 인간계로 빼돌린 것이다. 하윤의 눈이 가늘어졌다.

"분명 그 천신은 네가 붙잡아 두고 있는 것으로 알고 있는데?"

그가 얼마나 분노하고 있는지 알고 있는 이원이 그의 결정 없이 그 천신을 내어줬을 리 없었다. 이원은 대답을 하기 전에 무슨 말을 먼저 꺼내야 할지 잠시 머릿속으로 정리를 해야 했다.

"게다가 인간계로 갔다 해서 못 찾을 너도 아니지 않느냐?"

"말씀 도중 끼어들어 죄송한데 혹시 삼궁연 때 일어난 일로 그분이 벌을 받는 건가요? 저 때문이라면 저는 다 나았고 처벌도 원치 않아요. 그분은 저에게 겁박만 주려고 했을 뿐인데……."

이원이 고개를 돌려 그녀를 냉정히 바라보았다.

"뭔가 착각하고 있는 것 같습니다. 이건 개인이 아니라 대현궁에서 벌어진 일이니 응당 대현궁에서 처리해야 하는 것이 맞습니다. 운채 님의 몸이 천신의 해독력만큼 갖추지 못했다는 것을 몰랐다 하더라도 태상궁 대표로 참석한 운채 님을 그리 대하면 안 되는 일입니다. 그러니 단순히 누굴 용서한다고 입 밖에 내기 전에 운채 님의 입지를 생각한 후 말씀하셔야 될 것입니다. 운채 님은 단순히 개인이기에 앞서 정소부의 주인입니다."

반박할 수 없게 옳은 말만 하는 이원의 말에 운채는 꾸지람 듣는 아이처럼 가만히 앉아 있었다.

"그리고 사족을 붙이면 착한 척하며 사는 것은 몸에 좋지 않을 뿐더러 간혹 재수 없어 보이기까지 합니다."

하윤이 이원을 째려보아도 이원은 당당히 자기 할 말을 다 끝내서야 입을 닫았다. 앞으로 자주 그에게 이런 말을 들을 테니 차차 적응될 것이다. 그녀를 매사 싸고도는 하윤 님이 독한 소리를 하지 않는 이상 그 모진 역할은 그가 맡을 수밖에 없었다.

"네 말대로 대현궁에서 벌어진 일, 인간계로 빼돌린 그녀를 다시 잡아들이라."

"그에 앞서 보고드릴 게 있습니다. 삼궁연에 맞춰 희귀한 꽃을 공수해 왔습니다. 그 꽃봉오리에 맺힌 이슬은 생명수로 쓰이며 뿌리는 약재로 쓰이죠. 꽃잎은 차로 다려 먹습니다. 백 년에 네 개의 봉우리가 한꺼번에 필까 말까한 꽃이라 연인에게도 인기가 많지요."

"너답지 않게 사설이 길군. 그래서?"

"그런데 그 꽃이 뽑혀 죽었습니다. 밟히기라도 하면 어찌 살려라도 볼 텐데 뿌리 채 뽑혀 죽어 손쓸 수가 없습니다. 문제는 한두 개가 아니라 백여 개가 몽땅 뽑혔습니다."

하윤은 인상을 살짝 찌푸렸다. 그 귀한 꽃을 백여 개를 공수해 왔다는 것도 대단하지만 그걸 다 뽑은 놈은 무슨 억하심정에서 뽑았는지. 어디 누구에게 차이고 술김에 화풀이라도 한 모양인가?

"그런데 그 꽃을 공수해 온 곳이 바로 자인궁입니다. 정확히는 빌려왔지요."

이원은 마치 범인을 알고 있다는 듯 운채에게 잠시 눈길을 주었다.

운채는 어쩔 줄을 몰라 하며 하윤과 이원을 번갈아 바라보았다. 당황스러움에 얼굴은 붉게 물들었다.

"그게…… 제가 다 뽑았어요. 딱히 할 일도 없고 궁을 돌아다니다 눈에 띄기에 위험한 꽃이기도 해서……."

자신이 무슨 짓을 저질렀는지 깨닫자 운채는 말을 끝까지 잇지 못했다. 이 일을 어째!

이원은 그녀의 자백을 듣고도 묵묵히 보고를 이어 나갔다.

"어차피 자원궁에서 보좌관 소영을 인간계로 보낸 마당에 일을 크게 벌일 필요도 없고 저희 또한 사라진 꽃을 돌려줄 방도도 없으니 이대로 덮어버리는 게 어떨까 싶습니다."

"죄송해요. 죄송하다는 말로 해결할 수 없다는 건 알지만……. 정말 죄송해요."

그러면서 운채는 하윤을 째려보았다. 하윤은 고개를 슬쩍 돌려 난감함 표정을 지었다.

그를 용서하고 싶은 마음이 자취조차 감춰 버렸다. 그럼 그때 꽃밭에서 한 말은 다 거짓말이었단 말이야? 그녀는 자신이 그에게 한 말과 입맞춤도 생각이 났다. 운채가 벌떡 일어나자 하윤이 그녀의 팔목을 잡았다.

운채는 이원이 앞에 있다는 것도 잊은 채 하윤에게 버럭 소리를 질렀다.

"놔! 이 거짓말쟁이! 허구한 날 거짓말이지? 먹으로 얼굴을 갈아버려도 시원찮을 놈 같으니라고! 비 오는 날 논두렁에 빠져 이가 나갈 놈! 벽에 똥칠하다 그 똥 빨아먹을 놈! 그리고……. 또…… 또……. 아무튼 이 나쁜 놈! 이 손 놔요!"

설류에게 밤새 배운 욕설이 오늘에야 빛을 발하고 있었다. 운채는 충격으로 멍한 하윤의 손을 내치며 그의 침전을 빠져나갔다.

"지금 쟤가 뭐라고 했느냐?"

하윤은 아직도 충격이 가시지 않은 듯 그녀가 나간 문을 멍하니 바라보았다.

"한마디로 쳐 죽일 놈이라고 욕하고 간 겁니다."

하윤은 눈을 감으며 이 상황을 회피하고 싶었다. 오물거리는 그녀의 입으로 저런 거친 욕설을 하다니 믿을 수가 없었다. 삼궁연 때 뱉은 말은 애교수준이었다. 그가 눈을 뜨며 이원을 째려보았다.

"너는 어찌 갈수록 눈치가 없어지느냐? 내가 어떻게 달랬는데 저리 가면 또 어떻게 달래란 말이냐?"

"그러게 말입니다. 나이가 드니 눈치도 둔해지나 봅니다."

시침을 떼며 대답하는 이원의 모습에 하윤은 이를 갈았다.

이원은 가끔 이런 눈치 없는 짓을 하는 것도 꽤 괜찮은 방법 같아 보였다. 그는 그래도 되었다. 이제껏 하윤 님 대신 마음고생 몸고생을 하고 산 값 치고는 이 정도쯤이야 이자 값도 안 되었다.

"혹시 운채 님이 아셨습니까?"

"내가 윤인 걸 말이냐?"

"전대 정소부 주인과의 계약을 말입니다."

잠시 방 안에 침묵이 감돌았다. 하윤의 눈빛이 깊게 가라앉았다. 그녀는 몰라야 한다. 그녀가 그 계약을 알게 된다면 화내는 것으로 끝내지 않을 것이다.

"몰라야 한다. 그리 돼야 할 것이고."

하윤의 입매가 굳게 다물어졌다. 가벼운 호기심으로 시작한 계약이 자신을 죄어 올 줄은 몰랐다. 신도 자신의 연이 어떻게 굴러

가는지 모르는 것을 보면 세상에 공평한 것 한 가지쯤은 있는 모양이었다. 갑자기 피곤이 몰려오는 듯했다.

"방법은 하나밖에 없습니다. 알아도 무를 수 없게 만드는 것입니다."

하윤이 눈빛을 빛내며 눈썹을 치켜 올렸다.

"뜸 들이지 말고 말하라."

"선녀와 나무꾼 이야기를 아십니까? 한 200년 전쯤인가요? 꽤 유명한 사건이었죠. 아이 세 명이면 어미는 혼자 도망을 가고 싶어도 못 갑니다. 그걸 노리고 나무꾼이 선녀를 인간계에 잡아두었죠. 일단 여인은 자식을 낳게 되면 남편보다 자식이 우선입니다. 뭐 가끔 자식 두고 도망가는 어미가 있긴 하지만 운채 님 성정에 그건 못할 것 같으니 시도해 볼 만합니다."

솔깃한 얘기였다. 어차피 그는 그녀를 못 가져 안달이 난 상태이니 나쁘지 않는 해결 방법이었다.

"아이 셋이라? 음……."

그러나 그것보다 당장 화가 난 그녀부터 해결해야 했다. 뇌물로는 풀리지 않을 것이다. 잘못을 했다 말하기에는 솔직히 그는 그 정도로 잘못했다고 생각하지 않았다. 그 정도야 남녀 사이의 짓궂은 장난 축에 속했다. 그러나 시간을 끌수록 감정의 골은 깊어질 것이다. 그 말은 오늘 중으로 반드시 그녀의 화를 풀어줘야 한다는 의미였다. 그러나 방법이 떠오르지 않자 그의 시름은 이래저래 깊어만 갔다.

'처녀총각 정분나는 게 뭐가 이리 어렵단 말인가?'

천계의 대현궁 주인인 그도 못하는 것이 있는 모양이었다.

"반경 오십 보 밖으로 모두 물러라."

한밤중 기척도 없이 뒤에서 들려오는 목소리에 운채의 방문 앞을 지키고 선 여관은 깜짝 놀랄 수밖에 없었다. 누구인지 확인되자 여관의 얼굴은 입을 다물 수 없을 만큼 표정 관리가 되지 않았다. 그러나 곧 표정을 갈무리한 채 조용히 물러났다. 아무래도 소문이 확실히 맞는 모양이었다. 하윤 님이 인간계에 머문 것도, 정소부의 주인을 대현궁에 데려다놓은 것도 모두 운채 님에게 빠져 있기 때문이라는 것을 모르는 이가 없었다. 그래도 그렇지. 천계의 대현궁 주인님이신데 저리 변할 수가 있는 건지. 무심하고 말 붙이기 어려운 그분이라 믿을 수 없었다. 지나가는 모습만 봐도 그 위엄에 고개가 숙여지는 분이었다. 드러내 놓고 냉정한 모습을 보이진 않지만 그 잠재된 냉정함을 알기에 어느 누구도 쉬이 가깝게 다가가지 못한 분이었다. 그런 분이셨는데……. 그런 선망의 대상인 주인님이 저리 변해 버리자 뭔가 김이 샌 느낌이었다.

하윤 님 때문에 딱히 할 일도 없자 여관은 담벼락에 기대어 둥근 달을 올려다보았다. 무당이 아니더라도 내일 아침 퍼질 소문이 무엇인지 대략 짐작이 갈 듯했다.

문이 열자 하윤은 운채의 침실 안으로 곧장 걸음을 옮겼다. 그녀는 생각할 것이 많은지 벽에 등을 기댄 채 침상 위에 앉아 있었다. 그는 그녀를 몇 발자국 앞에 두고 걸음을 멈추었다. 머리카락을 외로 틀어 한쪽으로 묶은 모습 때문에 그녀의 하얀 목덜미가 고스란히 그에게 드러나 있었다. 자리옷은 앞으로 숙여진 몸 때문에 가슴골이 살짝 보이기까지 했다.

골똘한 나머지 운채는 누가 자신의 방에 들어와 지켜보고 있다는 것도 몰랐다. 바닥에 검은 그림자가 길게 뻗어져 있자 그때서야 운채가 고개를 번쩍 들어 앞을 바라보았다.

"윤?"

맙소사, 윤이었다. 그녀가 기억하는 그대로의 모습으로 그가 서 있었다. 운채는 순간 무슨 말을 해야 하는지 생각나지 않았다. 윤이 하윤 님이고 하윤 님이 윤이라는 것은 알고 있지만 감정은 그 둘을 완전히 분리해 놓고 있었다.

"그래, 윤이다. 네가 좋아하는……."

하윤은 침상에 걸터앉아 운채와 마주 보았다. 화가 난 그녀는 분명 그를 한동안 보려 하지 않을 것이다. 말도 안 걸 것이다. 그렇게 놔둘 수 없었다. 일단 윤의 모습을 보여주면 그녀가 어찌되었든 반응할 수밖에 없을 것이다. 운채는 윤에게 약했다. 그리고 화를 오래 쥐고 있을 정도로 독하지도 못했다.

"속이다 못해 이제 놀리는 재미까지 더해주고 싶은가 보지요?"

"그게 아니라는 건 네가 더 잘 알 텐데. 14년간 윤으로 너를 대했으니 그 맺음도 필요하다고 생각했다. 윤과 하윤 모두 나이지만 너에게는 아니지 않느냐."

"그러니까 윤으로 왔다고요?"

“그렇다.”

“정말 윤으로 왔단 말이죠?”

하윤이 고개를 끄덕이자마자 운채가 베개를 집어 들어 하윤을 때리기 시작했다. 화났다는 것을 보여주기라도 하듯 그녀는 있는 힘껏 베개를 그에게 휘둘렀다. 무방비 상태에서 베개로 얼굴을 정통으로 맞자 하윤이 낮게 신음을 뱉었다. 보약 먹인 것이 이제야 효력이 나타나는 것 같았다.

그녀는 무작위로 그의 어깨며 가슴 쪽으로 그에게 베개를 휘둘렀다. 그녀가 속고 산 세월을 생각하면 다시는 보고 싶지 않았다.

“언제까지 팰 것이냐?”

“윤이라며?”

그때서야 운채가 숨을 거칠게 몰아쉬며 하윤을 노려보았다. 그러나 그 노려봄에 미움이나 화기는 많이 누그러져 있었다.

“격하게 반겨줘서 몸 둘 바를 모르겠구나.”

“당연하지. 만나기만 하면 한 대 때려주려고 했는데……. 내가 널 얼마나 걱정했는데 속이기나 하고…….”

눈물을 글썽인 채 운채가 주먹을 쥐며 하윤의 가슴을 마구잡이로 때렸다. 다시 생각해 봐도 억울한지 그녀가 다시 베개를 집어 들자 하윤이 잽싸게 그녀의 두 손목을 움켜쥐고 침상으로 쓰러트렸다. 눈 깜빡할 사이에 윤의 모습은 어디로 가고 하윤의 모습으로 그녀를 내려다보고 있었다. 한순간에 뒤바뀐 자세에 운채는 당황했다.

“너를 놀릴 생각이나 속일 생각은 없었다. 몇 번을 말해야 알아주겠느냐.”

알지만 쉽게 용서해 주고 싶지 않았다. 그녀가 마음고생한 것만큼은 아니더라도 그도 한번 가슴앓이 좀 해보라는 못된 마음이 불뚝 솟아났다. 아니면 너무 억울할 것 같았다.

“말을 안 할 셈이냐?”

“아프지도 않으면서 매일 아픈 척이나 하고, 나한테 매일 이상한 약이나 먹이고, 장에도 못 놀러가게 하고…….”

저리 대놓고 말하니 할 말이 없었다. 그러나 그는 그녀가 그만을 바라보는 것이 좋았다. 사내의 욕심을 알기 전부터 그러했다. 하윤이 그녀의 뺨을 어루만지며 솔직하게 고백했다.

“그래, 너의 윤은 네가 다른 이에게 눈길 주는 것도 심통이 나는 아이다. 가뜩이나 외로운 너를 내 욕심을 채우려 나만을 바라보게 만든 이기적인 윤이다. 길을 일부러 잃어버린 척하며 너의 감정을 확인하고픈 못된 윤이기도 했다. 너의 윤은 네가 알고 있는 것보다 욕심이 많고 이기적인 아이다. 그리고 그건 하윤 또한 마찬가지다.”

운채는 눈도 깜빡이지 않은 채 그의 말을 듣고 있었다. 이 남자, 여자의 마음을 너무나 능숙히 다루고 있다. 저렇게 말하는데 어떻게 더 화를 내란 말이야. 뻔히 그녀가 아무 말도 하지 못할 거라는 것을 알면서 한 말일 것이다. 그런데 알면서 마음이 녹아나는 그녀는 무엇이란 말인가.

“이렇게 어물쩍 넘어가시겠다고요?”

“네가 한 번만 나를 봐주려무나.”

하윤이 살짝 그녀의 입술에 입 맞추었다. 욕심을 채우기보다는 그녀에게 화해를 건네는 작은 몸짓이었다.

"원한다면 가끔 윤의 모습으로 변해주겠다. 대신 밤에는 안 된다."

조건을 다는 하윤의 목소리는 단호했다.

운채는 그런 그를 가만히 바라만 보았다. 이 일렁이는 마음을 어찌하면 좋을지 모르겠다. 그가 좋았다. 이 설렘이 좋았다. 자꾸 욕심이 난다. 그러나 어찌해야 그 욕심을 채울 수 있을지 방법을 몰랐다.

"손 좀 풀어주세요."

"싫다. 난 이 상태가 아주 마음에 든다."

"제발요. 불편해요."

그리고 민망했다. 팔이 위로 올라간 바람에 저고리 또한 한껏 올라가 있어 가슴둘레의 속살이 분명 드러나 있을 터였다. 운채는 작게 바르작거려 보았으나 꿈쩍도 하지 않았다.

"나도 불편하다."

퉁명스레 답한 하윤의 시선이 운채의 옷고름에 가 있었다. 아까 그를 격하게 반겨준 결과로 옷고름이 반은 헐겁게 풀어져 있었다. 눈과 마음은 진작 옷고름을 풀어버리고 있지만 이 분위기에 옷고름 풀면 그걸로 끝나지 않을 것이라는 것을 알고 있기 때문에 주저되었다. 살면서 이런 고민을 하게 될 줄 정말 몰랐다. 거기다 그녀의 화가 다 풀렸는지도 확신이 서지 않는 상황이었다.

"너는 내가 싫은 것이냐?"

운채는 주저하다 고개를 저었다. 시간으로 따진다면 윤에 대한 마음이 더 크게 자리 잡혀 있어야 하지만 그녀의 마음엔 벌써 하윤이라는 사내가 마음에 뿌리를 내리고 있었다. 싫어하기는커녕 그를 좋아하는 마음이 갈수록 커져서 어찌할 바를 모르고 있는 그녀였다.

"나는 말이다. 몸이 저릴 정도로 네가 탐이 난다."

원래 이러려고 온 것은 아니지만, 이러한들 어떠리. 저러한들 어떠하리. 두 남녀 드렁칡이 얽힌들 어떠하리. 원래 남녀가 야심한 밤에 같이 있는 것 자체만으로 음심은 발동되기 마련이었다. 그녀에게 입 맞추면서 하윤의 입가에 미소가 배었다. 아이 셋을 만들려면 부지런히 분발해야 했다. 그러기 위해서는 하나하나 가르치는 맛은 잠시 미뤄둬야 했다. 섬세함은 그때그때 구미에 맞춰 채워나가면 되었다. 지금은 밤에 남녀가 할 수 있는 오묘한 일에 대해 알려주어야 할 때였다.

그가 그녀의 목덜미에 고개를 묻으며 손은 오목하게 들어간 그녀의 허리께를 쓰다듬었다. 단단히 동여맨 치마매듭을 잡아당기자 탐스러운 가슴이 고개를 내밀었다. 운채가 흘러내리는 치맛자락을 잡기도 전에 맛을 보듯 하윤이 그녀의 가슴 하나를 물었다. 빨아 당기는 힘에 놀란 그녀의 입에서 작은 비명이 터져 나왔다. 그녀가 그를 밀어내려 했지만 꿈쩍도 하지 않았다. 운채는 갑작스럽게 돌변한 그의 태도에 겁이 났다.

하윤은 그녀의 저항을 가뿐히 무시한 채 손은 그녀의 치마 속으로 들어갔다. 속옷매듭을 풀자 따뜻한 습기를 머금은 그녀의 수풀이 만져졌다. 놀란 그녀가 다리를 오므리려 했지만 벌써 그의 손이 자리를 잡은 후였다. 그녀가 다리를 오므리지 못하게 그의 허벅지가 그녀의 다리 사이에 자리를 잡았다.

"저…… 저기……. 하윤 님……."

너무 당황해 말도 나오지 않았다. 씻을 때도 부끄러워 잘 만지지 못하는 부분을 그의 손이 거침없이 들어왔다. 그런데 부끄러우면서도 미친 듯이 뛰는 심장은 두려움만이 아니었다. 설명할 수 없는 흥분과 긴장감이 그녀의 몸을 조이고 있었다. 더욱이 그의 손가락이 깊숙이 들어오자 그녀의 몸은 머리에서 발끝까지 팽팽히 당겨진 기분이었다. 몸이 저리면서 뒤틀리는 것 같았다. 처음 느껴보는 감각 때문에 덫에 걸린 작은 짐승처럼 꼼짝도 할 수 없었다. 그가 이런 민망한 짓을 왜 하는지 알 수 없었다.

하윤이 천천히 중지로 깊숙이 그녀의 안에서 움직여 보자 운채가 움찔하며 고통스러운 신음을 내뱉었다.

아, 젠장. 하윤이 속으로 신음을 삼켰다. 너무 좁아 중지 하나도 다 들어가지 않는다. 그래도 포기하지 못한 하윤은 자신의 손가락을 그녀의 안에서 움직여 보았다. 침입자에 대한 거부감을 나타내듯 그의 손가락을 밀어내고 있었다. 빡빡한 느낌 그대로 그에게 전달되자 끙 소리를 내며 그가 그녀의 가슴에 고개를 묻었다. 속성으로 안 될 듯싶었다. 급한 대로 바늘 허리에 실 꿰어 진도를 나가보려 했는데 이대로라면 그녀가 다칠 듯 보였다. 벌써부터 그녀의 얼굴은 잔뜩 겁먹은 얼굴이었다.

"쉿, 겁낼 것 없다. 밤에 하는 입맞춤에 대해 알려주는 것뿐이니."

　그는 자잘한 입맞춤을 하며 그녀의 불안을 잠재웠다. 그러면서 그녀의 입구를 느릿하게 또는 빠르게 문지르기 시작했다. 계속되는 자극과 흥분에 그녀의 애액이 손끝에 묻어 나오고 있었다. 손가락으로 담금질해 보니 질척거리는 소리가 야하게 들려왔다. 그는 만족스러운 표정을 지으며 손가락 하나를 그녀의 안으로 깊숙이 집어넣었다. 조금 전과는 달리 빨려 들어가듯 들어가자 검지와 중지 두 손가락으로 그녀의 안을 휘저어 보았다.

　"아……. 제발……."

　고통과 흥분이 뒤섞인 묘한 감각에 운채는 부끄러워 고개를 돌리고 싶었다. 몸은 뜨겁고 아래는 신경 하나하나가 살아 있는 듯 허리가 들썩이려 했다. 그녀의 팔은 본능적으로 그의 목에 매달려 뭔가를 더욱 갈구하고 있었다. 치마는 오래전에 흘러내려 갔다. 그의 손가락질이 빨라질수록 그녀의 호흡 또한 거칠어졌다. 아래에서 그의 손가락을 조이는 느낌 또한 갈수록 강해졌다. 발끝에 힘을 주며 허리를 올리는 그녀는 고개를 내저었다.

　"그만……. 제발……."

　흥분을 감당 못한 운채가 울먹이는 소리를 냈다. 내 몸이 내 것이 아닌 느낌이었다. 심장은 미친 듯이 뛰고 머리는 흥분으로 어지러웠다. 한 번도 경험해 보지 못한 흥분이 그녀의 다리 사이에서 척추로 그리고 뇌수를 관통하고 있었다. 머리가 어지럽고 호흡이 뜨거웠으며 입이 말랐다. 숨을 더 이상 헐떡일 수 없을 만큼 그가 몰아가고 있었다. 흥분이 정점을 찍듯 온몸을 관통하자 그녀는 자신도 모르게 비명을 질렀다. 모든 근육이 풀어지며 그녀가 풀썩 누웠다. 말로 설명할 수 없는 느낌이었다. 귀신에 홀린 듯했다. 심장은 아직도 거칠게 두근거리며 그녀의 중심부는 파르르 떨리는 느낌이었다. 손가락 하나 들 힘이 없었다.

하윤은 그녀의 가슴에서 배 주위로 입 맞추며 좀 더 아래로 내려가기 시작했다. 그녀의 수풀 아래까지 내려왔음에도 조금 전까지 그를 흥분시킨 그녀의 신음 소리가 들리지 않았다. 이상한 느낌에 그가 상체를 세워 윤채를 내려다보았다. 그녀는 고개를 외로 튼 채 눈을 감고 있었다. 가슴도 일정하게 오르락내리락거렸다. 하윤은 이 어이없는 상황에 화가 날 지경이었다.

"일어나라. 그 많은 보약 먹고 네가 이러면 안 되지 않느냐? 혹시 부끄러워서 그러느냐?"

그녀는 정말 기절한 듯 잠에 빠진 것처럼 보였다. 쌕쌕거리던 숨은 낮게 고른 숨으로 바뀌어 있었다. 아무리 자정이 한참 넘은 시간이라 해도, 아무리 오늘 현의 집을 다녀와 피곤하다고 쳐도 그를 놔두고 잠을 자다니 믿을 수 없었다. 다시 깨울까라는 생각도 잠시 그는 이불을 끌어다 그녀에게 덮어주며 한숨을 내쉬었다. 시간은 많았다. 오늘은 그저 맛보기라 생각하며 넘어가야 정신건강에 좋았다.

하윤은 그녀의 옆에 털썩 누우며 윤채를 노려보았다. 이건 텅 빈 가마솥에 장작불을 지펴놓아 솥만 지글지글 달아오른 꼴이었다. 그 솥이 까맣게 탄 것은 말할 나위도 없었다.

"내 몸에서 사리 나오면 모두 네 탓인 줄 알아라!"

그는 그녀를 거칠게 끌어안으며 또다시 한숨을 내쉬었다.

"무조건 셋이다. 예쁜 딸, 귀여운 딸, 앙증맞은 딸. 아들은 숫자에 포함시키지 않겠다."

여체를 안고 있는 몸이 쉽게 자신의 욕구를 포기할 리 없었다. 잠은 당연히 오지 않았다. 달게 자는 그녀의 모습을 보면서 그는 벌 서는 것처럼 온몸이 아파올 지경이었다.

'그래, 충분히 자두어라. 내일은 기필코 재우지 않을 테니.'

그의 욕구불만족 구시렁거림은 새벽까지 계속 되었다.

八장

　하지만 세상사 마음먹은 대로 뜻대로 굴러가지 않는 법이었다. 바로 다음날 태상궁에서 운채에게 입궁하라 명이 떨어진 것이다. 아직 보름이 다 가려면 닷새나 남았건만 설류 놈의 변덕은 죽 끓듯 했다. 이러다가는 딸 셋은커녕 그녀의 얼굴 보기조차 힘들 것 같았다. 정소부의 능력이 완전히 깨어났으니 설류 놈이 작정하고 부려먹을 것은 당연지사. 그 생각만으로도 짜증이 일었다. 그래서 그가 움직였다. 일주일째 태상궁으로 출, 퇴궐 도장을 찍고 있는 하윤은 정소부에 눌러앉아 일을 보고 있는 중이었다. 그가 움직이니 당연히 이원 또한 정소부를 들락날락 해야 했다. 그런 하윤의 행동에 이원은 차라리 주인님이 인간계로 다시 갔으면 하는 바람까지 생기고 있었다.

“잠시 쉬겠느냐? 답답한 실내에 오래 앉아 있는 것도 건강에 좋지 않다.”

마치 자기 집처럼 의자에 편히 기대 쉬는 하윤이 계속 놀자고 보채고 있었다.

“자리에 앉은 지 두 시진도 안 지났어요. 반나절이 흘렀는데 아직 문서는 반도 못 훑어봤고요.”

그녀는 푸념하듯 한숨을 내쉬었다. 업무 파악하는 것도 정신이 없는데 일이 밀려오자 그녀는 쉴 엄두도 못내고 있는 상황이었다. 그도 그럴 것이 한쪽에는 죽은 자의 불만 및 고소가 적혀 있는 진소陳疏문이 한가득 쌓여 있고 다른 한쪽에는 내부적으로 처리해야 하는 권책이 산재해 있었다. 보는 것만으로 한숨이 절로 나오는 일감이었다. 설류 님이 직접 가지고 와 그녀의 책상에 쏟아 놓고 간 것이었다. 그녀의 보좌관은 양부釀瓿부 즉 혼백단지를 만드는 부서에 가 일을 처리하고 있는 중이었다.

“원한다면 내가 좀 도와주지.”

만약 이 말을 이원이 들었다면 뒷목을 잡고 쓰러졌을 것이다. 그는 지금 누구 때문에 팔자에도 없는 장거리 결재를 맡으러 대현궁과 태상궁을 넘나드는데 정작 당사자는 너무나 여유로웠다.

“하지만 이건 태상궁 내부 문서라…….”

그의 마음은 잘 알겠으나 함부로 태상궁 내부 문서를 남에게 보여줄 수 없었다.

“조언은 가능하지 않느냐? 일도 빨리 끝날 것이고.”

그의 속내를 잘 알고 있는 운채는 단호히 고개를 내저었다. 그가 눈앞에서 사라져 주면 훨씬 일의 능률이 오를 거라고 차마 말할 수가 없었다. 틈만 나면 입맞춤을 해오고 몸을 쓰다듬어 일을 방해하는 것은 물론이요, 이제는 대놓고 그녀의 집무실을 차지하고 있으니 일에 집중이 될 리 없었다. 거기다 보름 전날 밤 일이 문뜩 문뜩 생각이 나면 그와 시선 맞추기가 부끄러웠다. 그가 저리 여색을 밝히는지도 몰랐지만 그녀 또한 그 기대감이 한껏 자리 잡고 있다는 사실에 깜짝 놀라는 중이었다. 오죽하면 잘 때조차도 그와 입맞춤하는 꿈을 꿨을까?

너무 생생해 정말 밤하늘 아래 단둘이 속삭이듯 나누는 입맞춤을 그려낼 정도였다.

[운채 님, 좌 시관이 입실을 청하옵니다.]

"네, 들어오세요."

운채의 입가에 방긋 미소가 잡혔다. 아마도 태상궁에 와서 가장 마음을 터놓은 천신이 있다면 좌 시관일 것이다. 그는 그녀가 심심할까 이야깃거리를 물어와 주거나 가끔 옆집 아저씨처럼 그녀의 말상대가 되어주기도 했다. 그리고 설류 님한테 혼나면 그녀를 잡고 하소연을 한바탕 쏟아붓고 사라지곤 했다.

"고단하실 텐데 차 한 잔 하면서 휴식을 취하시지요."

운채는 그의 고마움에 미소로 답했다.

"오늘은 설류 님이 괴롭히지 않으세요? 좌 시관님도 여기 앉아서 잠시 쉬었다 가세요."

"저는 다른 볼 일이 있어서 나가봐야 합니다."

좌 시관은 조심스럽게 다기쟁반을 탁자에 올려놓더니 흐뭇한 미소를 지어 보였다.

"그럼, 즐거운 시간 되십시오. 특히 운채 님."

그러면서 좌 시관이 운채에게 모종의 약속이라도 한 듯 한쪽 눈을 찡긋 거리자 운채가 피식 웃었다. 가끔 그의 뜬금없는 행동이 유쾌한 웃음을 주곤 했다. 그러나 곧 머릿속에 빠르게 스쳐 지나가는 기억이 하나 떠오르자 운채의 웃음이 딱 하고 멈췄다.

며칠째 계속 늦게까지 퇴실하지 않고 있는 운채였다. 밤이 깊어지자 운채는 자신의 방으로 가기 전 바람도 쏘일 겸 정원을 거닐다 좌 시관과 마주쳤다. 하루가 끝나니 마음이 풀어진 운채는 잔디에 퍼질러 앉으며 옆을 두드리자 좌 시관이 냉큼 옆에 자리를 잡고 앉았다.

"많이 힘드시지요? 설류 님이 워낙 몰아붙이니 저라면 벌써 가출했을 겁니다."

"음…… 조금이요? 쌓인 안건을 보면 마음이 급급한 거 있죠? 지금껏 설류 님 혼자 다 하셨다니 대단한 거 같아요."

한편으로는 그녀는 언제쯤 그리 될 수 있을까라는 욕심을 부려 본다. 시원한 바람이 스쳐 지나가자 눈만 감으면 잠이 솔솔 올 것만 같았다.

"허투로 하는 것처럼 보여도 가벼이 처리하시는 분은 아니시죠. 아니, 그래도 그렇지. 그렇다고 운채 님에게 일을 한꺼번에 던져주다니. 심통이야, 심통. 한참 보고 싶어 하는 연인들을 갈라놓아 어쩌자는 건지."

“하윤 님과 저를 말씀하시는 거라면……. 음…… 아닌데요.”

애매한 것이 은애한다는 비슷한 말은 듣긴 했지만 그렇다고 연인이라 딱히 선을 긋고 만나는 사이도 아니었다. 연인으로 그를 바란다는 건 그녀의 욕심이었다. 비록 천계에서 그녀가 정소부 주인이긴 하나 그녀는 인간이었고 그는 천신이었다. 그것만으로 다가가기 어려운 존재인데 그대가 나만의 것이 되어줄 수 있냐고 물어볼 수는 없는 일이었다.

“그럼, 그 소문은 다 거짓말이란 건가요? 천계에서 하윤 님과 운채 님 이야기를 모르는 천신이 없는데.”

“무슨 소문이요?”

“운채 님이 대현궁에 머무실 때 하윤 님 침실을 들락날락거렸다부터 시작해서 그도 아니면 하윤 님이 운채 님 침방으로 매일같이 건너갔다고 하던데?”

운채는 얼굴이 붉게 물들었다. 이런 소문이 돌고 있는지 정말 몰랐었다.

“아니에요. 아니 온 것은 맞는데 그냥 어쩌다 잠만 자다 가셨을 뿐…….”

그녀는 자신이 왜 이런 변명 아닌 변명을 늘어놔야 하는지 속이 상했다.

“설마! 그럼 그게 사실이었군요.”

설류 님이야 워낙 한때 질리게 놀아서 지금은 손을 뗐지만 하윤 님은 원래부터 여자를 가까이 두는 성격이 아니라 들었다. 그리고 지금껏 성년이 된 후 딱히 옆에 누구를 곁에 둔 적이 없었다. 그는 동정의 눈빛을 띠우며 운채를 바라보았다.

"실망하지 마세요. 대현궁 하윤 님은 원래 여자를 잘 가까이 두지 않는 분이십니다. 원래 천신들은 종족번식에 크게 의미를 두지 않습니다. 특히 용족은 그 성향이 더욱 심하지요. 혼자 있는 것을 좋아해 곁에 두는 이도 적고 성욕도 다른 천신들에 비해 상당히 낮습니다. 아마 대현궁 아니 천계 통틀어 역대 주인 중 가장 심각한 이가 바로 하윤 님일 겁니다."

"아……. 네."

"지금 '아…… 네' 할 때가 아닙니다. 저는 불타는 밤을 모르는 자는 삶을 논할 가치가 없다고 보는 천신입니다. 운채 님, 하윤 님을 연모하시지요?"

좌 시관의 눈은 열정으로 불타오르고 있었다.

운채는 망설임 없이 고개를 끄덕였다. 자기 자신을 속이고 싶진 않았다.

"이번 기회에 그 불타는 밤의 맛을 하윤 님에게도 알려주시는 겁니다. 몰라서 그렇지 이쪽 세계에 발을 들여놓으면 아주 늪처럼 쫙 빨아 당기는 그 느낌을 아실 겁니다."

그러면서 좌 시관은 주위를 살피더니 그녀 쪽으로 몸을 기울여 낮게 속삭였다.

"오작교에 가면 말입니다, 좋은 약이 있습니다. 하윤 님 정도면 해독력이 빠르니 한 다섯 배 강한 것으로 달라하면 어느 정도 몸이 달아오르지 않을까 합니다."

좌 시관은 두 개정도까지 써봤다가 골로 가는 줄 알았다. 전문

가의 눈으로 봤을 때 하윤 님은 다섯 배 강한 것이 적당했다.

운채는 당황스러우면서도 웃음이 터져 나왔다. 예전 현이 말해 줬던 그 약인 듯했다.

"아니에요. 전 괜찮아요. 정말 괜찮습니다."

"아이쿠, 운채 님이 직접 그 약을 구하라는 말이 아닙니다. 그걸 어찌 운채 님에게 시키겠습니까? 제가, 이 제가 그 약을 구해다 드릴 테니 걱정하지 마십시오. 저의 바람은 운채 님과 하윤 님이 꼭 좋은 결실 맺으셨으면 하는 겁니다. 어찌 밤마다 시린 몸을 홀로 누워서 잔단 말입니까? 그건 슬픈 일입니다."

좌 시관은 의지를 다지며 그렇게 사라졌고 그녀는 그저 민망한 웃음으로 때우며 농이겠거니 잊었다. 그런데,

'설마, 아니겠지. 이 차에 정말 그 약을 넣은 건 아니겠지?'

불안한 눈으로 운채는 녹차를 뚫어지게 바라보았다. 직접 따라 마시는 것도 아니라 벌써 잔에 따라져 있다는 것도 수상했다. 이 훤한 낮에 그 약을 먹으면 어쩌라는 건가? 그것도 정소부 내에서. 그녀는 상상만 해도 아찔했다.

"잠, 잠깐만요. 그 차, 식은 것 같으니 제가 다시 내어 올게요."

"괜찮다. 원래 차게 먹는 차이니라."

그녀가 말리기도 전에 하윤이 한두 번에 나눠 차를 다 들이켰다.

운채는 긴장한 채 조용히 그의 반응을 지켜보았다. 딱히 변화된 모습은 없었다. 아닌가? 그저 좌 시관의 순수한 마음을 그녀가 너

무 예민하게 반응한 것인가? 그 눈빛은 분명 자신이 한 일을 흡족해하는 눈빛이었다.

"맛…… 있나요?"

"냉차는 별로 좋아하진 않지만 마실 만하다."

설마 찻잔이 뒤바뀐 것인가? 그녀는 이제 자신의 찻잔을 의심하게 되었다. 그가 흥분하는 것도 문제지만 그 앞에 그녀가 흥분하는 것은 더 끔찍한 일이었다. 절대 마실 수 없다.

"안 마실 것이냐?"

"목이 그다지 마르지 않아서……."

그녀가 갑자기 경계를 하며 그와의 거리를 벌리자 하윤은 찻잔을 손에 든 채 그녀에게 다가갔다. 분명 그녀의 눈이 그가 손에 쥐고 있는 찻잔에 시선이 가 있었다. 그가 보기엔 그냥 차인데 꼭 독약이라도 탄 듯한 표정이었다.

"왜 그리 안절부절못하느냐?"

할 수 없다. 실수인 척하며 저 찻잔을 바닥으로 떨어트리는 수밖에. 비록 저 녹차가 그냥 평범한 녹차여도 할 수 없다. 벽에 바짝 붙은 운채는 찻잔만을 계속 노려보았다.

하윤은 뭔지 모르지만 이 차에 민감하게 반응하는 운채를 놀려주고 싶었다.

"마시기 싫다면 내가 먹여주마. 그것도 재미있을 것 같은데."

"전 마시기 싫어요."

그가 찻잔을 그녀의 턱밑까지 들이밀자 운채는 두 손으로 자신의 입을 봉한 채 고개를 내저었다. 그러면서도 하윤의 반응을 살피고 있었다. 아직까지 아무 이상이 없어 보였다. 해독력이 좋아 영향이 없는 건가?

"차를 마실 테냐? 산책을 할 테냐?"

"산책이요."

운채가 냉큼 대답했다. 그의 관심을 딴 곳으로 돌릴 수 있다면 입에 칼을 물고 춤 출 수도 있을 것 같았다.

"진작 그럴 것이지. 나가자꾸나. 태상궁의 영물을 보여주마."

그는 손에 든 찻잔의 냉차까지 다 마셔버린 후 그녀의 손을 잡은 채 집무실을 빠져나갔다. 운채는 따라가면서도 계속 그의 표정을 주시했다. 그는 아주 즐거운 표정이었다. 특별한 변화는 없었다. 그냥 냉차였다면 다행이지만 정말 좌 시관이 준비한 다섯 배 강한 약을 먹었으면서도 하윤 님이 아무런 반응을 보이지 않았다면 이 사실을 기뻐해야 할지 슬퍼해야 할지 운채는 갈피를 잡을 수 없었다.

오랜만에 자인궁에서 놀러온 친우 한 명과 설류가 기분 좋은 한때를 보내고 있었다. 정소부에서 어느 정도 현안을 걸러주니 요즘 그의 얼굴은 활짝 피다 못해 반질반질 윤이 날 정도였다. 인간계도 잠잠하니 이보다 더 좋은 날은 없었다.

"그래, 정소부의 정운채라는 여인이 그렇게 미인이던가? 태상궁의 설류와 대현궁의 하윤을 꽉 잡았다는 소문이 있던데?"

우열은 태상궁에 온 김에 그 아리따운 여인의 얼굴이나 구경하고 가야겠다고 생각했다. 당사자만 모르고 있을 뿐 소문은 부풀려져 그녀는 천계에서 천하절색이라고 소문이 파다하게 난 상태였다.

"뭔 헛소리냐?"

"계집을 길에 차이는 돌보다 못하게 여기는 하윤 님이 인간 계집에게 눈길을 준 것 하며 까다롭기 그지없는 네가 능력도 없는 그녀를 묵과하는 것만 봐도 신기한 일이지."

"지금은 봉인된 능력이 풀려 잘하고 있으니 걸고넘어지지 마라."

"예전에 너라면 그런 두둔하는 말조차 하지 않았다. 이렇게 나오니 그녀가 정말 보고 싶은데?"

내 새끼 밖에서 욕먹는데 누가 좋아해? 설류는 입을 삐쭉거리며 차를 들이켰다. 순간 머리가 아찔하더니 숨이 막혀왔다. 고통이 없는 것을 보니 독은 아니었다. 대충 자신이 무엇을 먹었는지 인지되자 그는 속으로 욕설을 삼켰다. 몸이 급속도로 뜨거워지고 있었다. 반응이 너무 빠르고 강하게 다가와 그를 당황스럽게 만들고 있었다. 거기다 독이 아니라 해독 자체가 안 되고 있었다.

"너……. 가라."

"왜, 내 말에 기분이 상했나? 애인 역성드는 것도 아니고, 이거 수상하구만?"

"좋은 말 할 때 가라."

어금니 꽉 깨문 설류의 모습에 우열은 의자에 엉덩이를 붙이자

마자 일어서게 생겼다. 평상시 그라면 이런 농은 비웃음 한 번 날려주고 끝날 일을 그답지 않게 화를 내니 당황스러운 우열이었다. 사실 이건 농 축에도 끼지 못했다. 그저 기분이 부침개 뒤집듯 갑자기 바뀌었다고 밖에 설명되지 않았다. 아무래도 오늘은 기분이 아주 안 좋은 날인가 보군. 그렇지 않으면 정소부 운채라는 계집에게 연심이라도 품었나?

"알았다고, 알았어. 그 성질은 여전하군. 그럼 다음에 보지."

우열이 손을 흔들며 유쾌히 사라지자 설류는 그때서야 거친 숨을 내뱉었다.

'도대체 약을 몇 개나 탄 것이냐?'

흥분을 주체하지 못한 설류가 결국은 옥새를 던져 화기를 분출했다. 누군지 잡히기만 하면 가만두지 않을 것이다. 허리가 들썩이고 흥분으로 손이 떨리고 있었다. 책상을 부여잡은 채 그는 간신히 서 있었다.

"좌 시관!"

그렇잖아도 집무실 안에서 소리가 나기에 좌 시관은 냉큼 문을 열고 들어왔다. 부들부들 떨리는 몸하며 달아오른 주인님의 얼굴을 보며 그는 뭔가 아주 크게 잘못됨을 직감했다. 어질러 놓은 책상과 부서진 옥새를 봐서는 크게 진노하신 일이 있었던 것 같았다. 그는 부러진 옥새를 장탁자 위에 올려놓으려다 그 앞에 놓인 차를 보자 흠칫 했다. 혹 운채 님 차랑 바뀔지 몰라 하윤 님의 찻잔 밑에 하얀 꽃잎을 하나 붙여 놓았었다.

"아니 이게 왜……."

너무 놀라 입 밖으로 튀어나온 그의 중얼거림을 들은 설류의 눈이 날카롭게 빛났다.

좌 시관은 주인님의 뜯어먹을 듯한 눈빛에 꼼짝할 수도 없었다. 진정으로 주인님이 화가 나셨다. 긴장으로 침이 꼴깍 삼켜졌다. 오늘 안으로 자신의 목숨을 부지할 수 있을지도 장담할 수 없었다.

"너, 이……. 헉헉…… 이 정신 나간 새끼. 당장…… 해독약 가지고 와! 끙……."

신음이 절로 터져 나왔다. 눈 또한 벌써 벌겋게 달아올랐다. 다리도 풀어져 이제는 서 있을 힘도 없는 설류였다.

"해…… 독약 없다는 것은 주인님이…… 더 잘 알지 않습니까? 풀어주면 되는 일이니…… 알아서 해결하십시오."

말을 더듬거리며 좌 시관이 뒷걸음을 쳤다. 어차피 죽은 목숨, 좌 시관은 뒤도 돌아보지 않은 채 줄행랑을 쳤다. 문을 닫자 그의 뒤로 뭔가 부서지는 소리가 요란하게 들려왔다. 자신의 최후가 저리 될 것 같은 예감이 들어 그의 등골이 서늘해 졌다. 주인님 성정에 그가 살아날 가능성은 희박했다. 그저 착한 일을 한 것뿐인데……. 그는 고개를 떨어뜨리며 이 억울함을 누군가에게 하소연하고 싶었다. 아, 젠장. 울고 싶구나.

운채는 걸으면서도 그가 이상한 반응을 보이지 않나 조심스럽

게 관찰하고 있었다. 약의 반응이 서서히 나타날 수도 있기에 그가 조금이라도 손을 들어올리기만 해도 운채는 저도 모르게 숨을 죽여 그의 반응을 살피게 되었다. 주위를 둘러보는 척하며 눈동자 굴리기를 한 지도 벌써 반각이 넘어가고 있었다. 설마 밤에 효과를 보는 약인가?

"계속 그렇게 흘낏거리다 보면 가재미눈 된다."

"언제 제가 흘낏거렸다고……. 그저……."

"주위를 둘러봤을 뿐이다? 좋아하는 이끼리는 닮아 간다더니 거짓말이 꽤 늘었구나."

그녀는 뭐라 변명을 하려다 멋쩍은 웃음으로 답을 대신했다. 놀리는 말임을 알고 있지만 그 안의 '좋아하는 이'라는 말에 가슴이 설렌다. 운채는 그에게 잡힌 손을 가만히 쳐다보았다. 더 이상 어리석게 그의 반응을 지켜보는 것으로 시간을 낭비하고 싶지 않았다. 미약을 먹었으면 어떻고 안 먹었으면 어떠랴. 그는 결코 그녀를 해할 분이 아닌데. 견우, 직녀가 왜 그리 일을 안 하고 밤낮으로 연애질로 시간을 다 보냈는지 이해가 되었다. 옆에 있는 것만으로도 좋았다. 좋아하는 이의 미소 하나에 수만 가지 의미를 부여하는 그 마음을 이제야 안다. 누가 가르쳐 주지 않아도 여인의 마음이 무엇인지 알아가고 있었다. 그리고 그를 욕심내는 마음 그 뒤에는 사랑받고 싶어하는 여심이 가지를 뻗고 있었다. 원래 사랑을 하면 모두 이런 마음을 가지는 것인지 아니면 그녀가 유독 욕심이 많은 건지 몰랐다.

좋아한다 말해볼까? 아니, 이 말은 부끄러워 목구멍에서 나올

거 같지도 않았다. 에둘러 어떻게 표현하지? 그가 좋아하는 음식이라도 만들어 볼까나? 옷을 지어주는 것은 너무 남세스러운 것 같은데…….

"지금 어딜 헤매고 있는 것이냐? 불러도 답도 못할 만큼 고민해야 하는 일이 뭐가 있다고?"

운채가 고개를 번쩍 들어 미안한 표정을 지었다.

"몸만 여기 있고 마음은 온통 일 생각뿐인가 보구나."

아, 지금 그는 기분이 나쁘다는 것을 대놓고 그녀에게 드러내놓고 있었다.

"아니에요. 저도 하윤 님과 이렇게 조용히 산책하는 거 좋아해요. 바람도 산들산들 하고 볕도 따뜻한 걸요?"

그 말에 하윤의 표정이 딱딱하게 굳어졌다. 도대체 언제부터 정신머리를 놓고 그의 말을 안 듣고 있었던 것인가? 낯간지러운 그 말을 어떻게 다시 하란 말인가? '꽃보다 네가 더 어여쁘다. 네가 웃는 모습을 보기 위해서는 뭐든 다 들어주고 싶은 마음이다. 별사탕 만들어 먹을 것도 아니면서 밤하늘의 별도 달도 몽땅 따주마' 라는 말까지 하며 허세도 부렸다. 결코 그의 입에서 다시 나올 수 없는 단어였다. 못 주워 먹은 그녀 탓이지. 그의 탓이 아니다. 다시는 안 해줄 테다. 그는 부러 그녀의 손을 놓고 앞서 걸었다.

"어……?"

상황을 파악하지 못한 운채가 멀거니 걸어가는 그의 뒷모습을 바라보았다.

'이리 나왔는데도 가만있으면 정말 너 혼날 줄 알아라.'

　그의 발걸음은 누가 보아도 그녀가 따라잡을 수 있을 만큼 천천히 걷고 있었다.

　운채는 그가 뭣 때문에 화가 났는지 당황스러웠다. 그러나 곧 그의 뒤를 총총히 따라가며 어떡하면 그의 기분이 풀릴지 전전긍긍하고 있었다. 말을 잘못 건넸다가는 그의 심기가 더 불퉁해질 것이다. 그의 화난 얼굴은 보고 싶지 않았다. 마음이 다급하자 일단 그를 잡고 본 운채였다.

　"하윤 님, 잠시만이요."

　혹 몰라 운채는 그의 앞까지 막아섰다. 그러나 막상 그를 잡고 보니 무슨 말을 어찌해야 할 지 몰랐다. 아니, 마음은 뱉고 싶은 말을 알고 있다. 쌓이고 쌓인 언어는 목에서 간지럼을 태우고 있었다. 바보가 아닌 이상 그의 손짓, 몸짓을 모를 리 없다.

　"말해보거라."

　못 이기는 척 하윤은 걸음을 멈췄다.

　"절대 하윤 님과 산책하기 싫어서 딴 생각을 한 게 아니에요."

　"그래? 믿을 수 없구나. 너는 내가 정소부로 가는 것도 반기지 않지 않느냐? 뿐이냐? 놀러 가자고 말해도 일이 많아 안 된다 거절한 것이 몇 번이냐? 놀부가 흥부 쫓아내듯 정소부에서 쫓겨난 건 말할 것도 없지."

　의외로 그는 마음에 꽤 담아두는 성격이었다. 비약도 심했다. 그러나 마음이 상했다는 것은 사실일 것이다. 보인다. 그의 마음이. 심술궂은 말에 그녀와 함께하고 싶다는 투정이.

　"아니에요. 저는 하윤 님이 좋습니다!"

눈에 힘을 주고 그를 바라보고 섰기에 무슨 말을 하는가 싶어 내심 기대했건만 대차게 말한 것 치고는 말이 짧다. 그리고 어여 쁜 말이긴 하나 이 정도에서 그의 기분이 풀리다니 안 될 말이다.

"많이 은애하고 있습니다! 진정으로 좋아하고 있습니다! 절대 하윤 님이 싫어 그런 게 아니에요. 저는……. 그러니까…… 제가 하윤 님과 놀기만 하다 견우, 직녀님처럼 천계에서 쫓겨나면 다시 는 못 보잖아요!"

한 번 봇물이 터지자 그를 향한 마음이 거침없이 쏟아졌다.

"연서를 쓰고 싶을 만큼 좋단 말이에요!"

말했다. 숨도 안 쉬고 토해낸 말은 이제 그의 반응이 두려워 숨을 쉴 수가 없었다. 얼마나 긴장했는지 두 주먹은 아직도 꽉 쥐어져 있었고 그녀의 볼은 붉게 달아올라 있었다. 그가 무슨 말이라도 해주었으면 했다.

"너는 무슨 고백을 그리 비장하게 하느냐?"

말은 퉁명스레 답을 하면서도 그녀의 고백이 싫지 않은 듯 그의 입가에 미소가 스쳤다. 그의 여인이다. 수줍지만 용기내 고백하는 사랑스러운 그의 여인이다. 그 사실이 그의 심장을 기분 좋게 두드리고 있었다. 온전히 그의 것이라는 것이 미치도록 좋았다.

하윤은 자신의 옷깃을 떼어 그녀의 새끼손가락에 묶어주었다. 이참에 혼약다짐이라도 받아 얼른 대현궁에 주저앉혀 놓아야겠다. 그럼 적어도 잠은 대현궁에서 잘 수 있는 명분이라도 있지 않은가. 그녀가 조만간 대현궁으로 들어오지 않는다면 정말 그는 홧김에라도 태상궁을 부셔 버릴지도 몰랐다. 그리고 그녀의 집무실은 특별히 대현궁에다 짓도록 명할 것이다.

그녀는 새끼손가락에 묶인 투박한 옷깃을 조심스레 살펴보았
다.

"그 연서의 답, 미리 내어준 것이다. 이리 바쁜데 언제 연서가
올 줄 아느냐?"

"또 수수께끼인가요?"

"넌 그쪽 방면에 소질이 없어서 포기하기로 했다."

운채가 입을 삐쭉거리자 하윤이 그녀의 새끼손가락을 들어 올
려 입 맞추었다.

"인간들이 흔히 말하는 옷깃만 스쳐도 인연이라는 것이 사실이
라면 내 연緣을 몽땅 너에게 내어주겠다. 그러니 매정한 처자가 아
니라면 독수공방으로 날 늙어 죽게 하지 마라. 이게 내 연서의 답
이다."

인연은 그녀밖에 없다고 얘기 하고 있었다. 그가 이리 달달한
사내였던가. 운채는 수줍으면서도 그의 눈을 올곧게 마주 보고 있
었다. 간간히 스쳐 지나가는 바람도 풀잎이 몸을 비벼대는 소리도
한순간 숨을 죽이는 것 같았다. 오로지 그녀의 신경은 모두 그에
게 집중되어 있었다.

"답을 미리 내어주는 연서가 어디 있나요?"

좋으면서 괜한 투정을 해본다. 그녀의 마음에 여우 한 마리가
들어앉았나 보다.

"설마 매정한 처자가 되겠다는 건 아니겠지?"

운채가 고개를 흔들며 그의 품에 안겼다.

그가 그녀를 꼭 끌어안아 주며 흡족한 미소를 지었다. 그녀와 끝장 토론을 하는 한이 있더라도 오늘은 기필코 대현궁으로 데려간다!

그가 고개를 숙여 그녀의 목을 지분거리자 운채는 혹 누가 볼까 얼른 주위를 살폈다.

"괜찮다. 아까 네가 말한 그 견우와 직녀는 일을 안 해 쫓겨난 것이 아니라 풍기문란 죄로 쫓겨난 것이다. 그러니 우리는 딱 그 수위만 넘지 않으면 된다."

"저…… 저기 여긴 밖이고……."

"그래, 안으로 가자."

그녀의 뜻을 다르게 받아들인 그는 그녀의 목에 파묻으면서도 한 손으로는 대현궁으로 가는 문을 열었다. 그때 그의 머릿속에 강하게 설류의 기가 때리고 지나갔다. 잠시 그러고 말겠지라고 생각한 하윤은 신경도 쓰지 않았으나 계속적으로 설류의 기가 머릿속으로 감지되자 그는 미간이 찡그려졌다. '무슨 일이 있는 것인가?' 결국 그의 입에서 짜증스러운 한숨이 새어 나왔다. 확인을 해봐야 할 것 같았다. 이제는 그놈의 기 자체가 많이 불안정한 것까지 감지되고 있었다. 아무튼 일생에 도움이 되지 않는 놈이었다.

"잠시 확인하고 올 것이 있으니 여기서 기다리고 있거라."

그가 서둘러 어디로 사라지자 운채는 걱정스러운 표정을 지었다. 뭔가 일이 생긴 게 분명했다. 제발 별일 아니어야 할 텐데. 고백을 받은 그녀의 붕 뜬 마음은 그의 걱정으로 한편으로 밀려나고 말았다.

✳

"미친개에게라도 물린 것이냐? 아니면 제 성질에 못 이겨 미쳤느냐?"

검이 살벌하게 부딪히면서도 하윤은 따분한 표정으로 설류를 훑어보았다. 눈은 벌게져 있고 숨도 꽤 거칠었다. 조금 전 무슨 일인가 해서 와 봤더니 혼자서 미친 듯이 검을 휘두르고 있어 광증이 돋았나 생각했었다. 엮이면 피곤할 것 같아 조용히 돌아가려 했으나 운이 나쁘게도 설류가 눈을 번뜩이며 달려드는 것이 아닌가. 대충 상대해 주고는 있다만 이놈은 마치 온몸의 공력을 소진시키기 전까지 그를 놔줄 생각이 없어 보였다. 검이 부딪히며 힘겨루기를 하자 하윤의 눈빛이 묘하게 변했다. 설류의 호흡에 묻어난 이 달짝지근한 향이 무엇인지 알 것 같았다. 그의 입술이 살짝 치켜 올라갔다.

"미약을 먹었나보지? 네가 이 정도로 반응했다면 꽤 많은 양일 텐데. 하다 하다 이제 별짓을 다 하는 모양이군."

'적어도 저놈만큼은 모르길 바랐는데……'

설류는 이를 갈며 좌 시관을 가만 두지 않을 거라 또 한 번 다짐을 했다. 도대체 어디서 구해온 미약이기에 잠잠하다 싶으면 다시 몸이 달아올라 환장할 노릇이었다. 몸싸움이 아닌 검 싸움을 하는 이유도 몸이 서로 부딪히면 자극을 받기에 설류는 힘을 소진하면서도 극도로 접촉을 피하고 있었다. 가장 확실한 방법은 저번처럼 하윤에게 목을 쥐어뜯겨 피를 철철 흘리며 쓰러지듯 잠을 자는 것이지만 그런 굴욕은 사양이었다.

"태상궁 설류가 변태라니."

저게 지금 뭐라는 거야? 변태는 좌 시관 그놈이 변태지! 좌 시관 그놈 때문에 쌍으로 묶여 장에 내다 팔리게 생겼다. 이번 참에 미친 척하고 정말 저놈과 한 번 제대로 붙어봐? 설류는 사정없이 칼을 후려치며 하윤을 압박했다.

"변태는 네놈이겠지. 운채가 아이였을 때부터 끌어안고 자지 않았나, 혼백까지 묶어놔? 피가 남아돌더냐? 고작 어린아이를 데리고 사기를 치게?"

일을 하면서 운채가 가끔 내운산에 있었던 일을 재미삼아 설류에게 들려주곤 했었다. 대부분은 설류의 유도된 질문이지만 운채는 냉큼 잘도 대답해 그를 흡족하게 만들었다.

"사기는 무슨, 공정거래였다."

설류의 검을 쳐낸 후 하윤이 어깨를 으쓱였다.

"공정거래 좋아하시네. 왜? 죽으면 혼백까지 끌어안고 살려고 그러냐? 어디 섬뜩해서 같이 살겠냐?"

설류가 강하게 그의 목을 노리자 하윤이 몸을 틀어 한 발자국 물러났다. 저런 놈이 뭐가 좋다고 운채는 헤실헤실거리며 다니는지. 천계는 딱히 혼인에 대해 중히 생각하는 바가 없어 마음에 들지 않으면 헤어지고 다른 새 짝을 찾아 재미있게 살면 그만이었다. 그러나 하윤의 경우, 운채가 그런 생각만 해도 당장 그 상대를 찾아내 소리 소문 없이 처리하고도 남을 놈이었다. 그리고는 운채를 달래줄 놈이지. 저놈이.

"아무것도 모르는 그녀가 불쌍한 거지. 너 이중인격자지? 운채는 너를 아주 바다와 같은 온정을 지닌 천신으로 알고 있던데."

하윤의 검이 날카롭게 설류의 팔을 베자 설류가 버럭 소리를 질렀다.

"얘기하고 있는데 왜 들어오고 지랄이야!"

"도대체 네 검 상대는 언제까지 해줘야 하지? 목을 꺾어줄까? 심장을 뜯어줄까? 취향대로 해주지."

검으로 언제 저놈의 기운을 다 빼놓을지 알 수 없었다. 운채가 기다리고 있을 것이다. 그렇다고 설류 놈을 한동안 일어날 수 없도록 상처를 입힌다면 저놈의 일은 고스란히 운채에게 떨어질 것이고 그 말은 그가 운채를 볼 시간이 지금보다 더 줄어든다는 말이었다.

'그런 심오한 마음씀씀이를 이놈이 알란가 모르겠군.'

"운채의 상관이 나라는 걸 잊고 있는 것 같은데 말이야. 헉……헉……. 젠장…… 이놈의 약발은 더럽게 오래 가네……. 그러면 그럴수록 운채만 고달파질걸? 대현궁으로 몇 년은 발걸음하지 못하도록 일을 잔뜩 만들어 줄 테다."

"그놈의 입은 여전히 나불나불이군."

그전에 그녀를 대현궁에 들여앉힐 테니 문제될 것이 없었다.

"더 나불거려 볼까? 난 네가 반오와 무슨 거래를 했는지 알고 있다고. 설마 반오 그놈이 아무것도 남기지 않고 소멸했을까 봐?

반오가 의외로 섬세한 구석이 있어서 말이야.”

이래도 네놈이 자신만만할 수 있을 것 같아? 계약 조건? 당연히 모른다. 그 자리에 있지도 않았는데 어떻게 알겠는가. 다만 저 하윤 놈의 얼굴을 당황하게 만들 수 있다면 그것으로 충분했다.

“운채도 알고 있나?”

하윤의 눈빛이 살의를 띠며 살벌하게 드러냈다. 아니, 그녀는 아직 모른다. 그랬다면 그에게 고백했을 리 없었다. 앞으로도 모를 것이다. 그럼에도 그의 불안은 사그라지지 않았다.

“그녀가 알면 실망할 테니 아직 입은 다물고 있지. 100년 동안 태상궁 일에 묻지도 따지지도 않고 대현궁에서 적극 협력해 준다면 영원히 입을 다물지.”

이건 가만히 누워 떨어진 감 받아먹는 것보다 쉬운 일이었다. 이러니 조금은 기분이 나아진 것 같았다. 그건 그렇고, 도대체 운채의 무엇을 가지고 계약을 했기에 하윤 놈이 저리 몸을 사리는 거지?

“…… 좋다. 협력하…….”

“두 분 그만하세요!”

‘여자다!’

설류의 고개가 목소리가 나는 방향으로 홱 돌아갔다.

아직 흥분이 가시지 않은 상태에서 여자를 보니 설류의 몸이 다시 끙끙거리기 시작했다. 이놈의 본능은 아주 그를 잡아먹으려고 하고 있었다. 미친년 발광하듯 헐떡대었건만 도루묵이었다. 대나무향이 코끝을 간질거리는 게 환장하게 달콤했다. 이 빌어먹을 미약! 이제는 빠득빠득 갈 이도 없을 것 같았다.

"지금 두 분 뭐하시는 건가요?"

검을 손에서 놓아버린 하윤이 몸을 틀어 운채를 바라보았다. 담담한 그녀의 표정이 오히려 더 불안감을 몰고 왔다. 그녀가 지척까지 다가왔는데 모를 수가 있다니.

"도대체 뭣 때문에 싸우시는 거예요?"

"이런, 운채 저게 예뻐 보이다니 정말 내가 제대로 미친 모양이다."

설류가 중얼거리며 한 손으로 두 눈두덩을 덮었다. 태상궁 주인의 체면이 있지 그녀가 그의 몸 상태를 알기 전에 이곳을 뜨는 게 나을 것 같았다. 할 수 없다. 찬 것은 싫지만 빙옥폭포에 몸이나 담그고 와야겠다. 그리고 내쳐 자야겠다.

설류가 인사도 없이 흐느적거리며 사라지자 하윤이 운채에게 다가갔다. 지금 다 털어놓을 것인가 그냥 묻을 것인가. 마음은 아직도 결정을 내리지 못한 채 치열한 각축전을 벌이고 있었다. 매도 먼저 맞는 게 낫다와 모르는 게 약이다 이 두 패 중 어떤 패를 던져야 하나? 평생 그녀가 몰랐으면 하지만 그건 그의 욕심일 뿐이라는 걸 알고 있다. 그래도 할 수만 있다면 그 시기를 최대한 늦추고 싶었다.

"다친 곳은 없나요?"

그녀가 불안한 시선으로 그의 몸을 살피고 있었다. 잠깐 보았을 뿐인데 거침없는 검 놀림에 그녀의 숨이 막힐 만큼 긴장이 되었다. 그런 검에 베이기라도 했으면 깊은 상처일 것이다. 빨리 치료

해야 했다. 아무리 천신들이 탁월한 회복력을 가지고 있다 해도 아픔을 느끼지 않는 것은 아닐 텐데 왜 이리 몸을 함부로 대하는지 모르겠다.

"단순한 시합이었다."

"무슨 시합을 그리 험악하게 하시나요? 아이도 아니면서 만났다 하면 싸우시고……."

하윤은 그녀의 표정을 조심스레 살피고 있었다. 놀란 그녀를 다독여 줄 말 한마디 찾지 못했다. 그의 머릿속은 오로지 하나 그녀가 지금 어디까지 이야기를 들었냐 하는 것이었다.

"걱정하지 않아도 된다. 아, 영물을 보여준다고 했지. 시간이 많이 지체되었구나."

감추려 해도 그의 미소에는 불안감이 옅게 배어 있었다.

운채는 그런 그를 조용히 바라보았다.

"아니요. 그것보다 잠시 저와 이야기 좀 할 수 있을까요?"

'젠장, 들어버렸군.'

운채는 먼저 앞서 걸어 나갔다. 하윤은 속으로 욕설을 터트리며 그녀의 뒤를 따랐다. 따지고 보면 잘못한 것이 없는데 왜 꾸중 듣기 일보 직전의 아이와 같은 심정이지? 무슨 수를 쓰더라도 그녀가 알기를 바라지 않았는데 이리 어이없이 밝히게 될 줄이야. 어떡하면 그녀를 논리정연하게 설득시킬 수 있을지 머릿속의 모든 생각을 쥐어짜내야 했다. 차라리 화를 내면 덜 불안할 텐데 너무 조용했다. 그녀의 뒷모습이 경직되어 있는 것을 보면 필시 이번에는 베개로 끝나지 않을 것이다. 차라리 그때 다 이실직고하고 베개로 끝나는 것이 나았을 수도 있었다. 그의 눈빛이 어둡게 가라 앉았다. 그녀가 이 일로 상처받지 않기를 간절히 바랐다.

이실직고의 결과는 무거운 침묵으로 되돌아 왔다. 차라리 화를 내면 뭐라 대꾸라도 할 텐데 이건 불안해도 너무 불안했다. 하필, 그것도 혼약다짐을 한 오늘이란 말인가! 사실 그녀의 고백을 듣기 전부터 이원에게 빠른 날을 잡아 혼례를 진행시키라 언질까지 준 그인데 지금 상황을 봐서는 혼례는커녕 한동안 정소부에 오는 것 조차 문전박대 당할 처지에 놓인 것 같았다. 이원의 말대로 정말 딸 셋까지는 아니더라도 하나일 때까지는 무조건 모르쇠로 밀고 나가야 했는지도 몰랐다.

까놓게 이야기하면 반오와의 계약은 그녀를 만나기 전에 벌어진 일이었다. 그리고 그 언약을 깨고 봉인된 정소부 능력도 풀어준 것도 그였다. 그러니 그녀가 손해를 보거나 억울한 일은 없었다. 물론 본의의 의지와 상관없이 천계로 끌려온 것은 지금까지 아주 조금은 미안한 마음을 가지고 있다. 그건 앞으로 차차 갚아나가면 될 일이었다. 그런데 왜 그가 죄인처럼 그녀의 눈치를 보며 그녀의 반응에 촉각을 세우고 있어야 하는지 그야말로 억울했다.

"그러니까 제가 정소부의 주인이 된 것은 그저 천신들의 재미난 장난이었다는 거지요? 그리 심심하던가요? 한 사람의 운명을 손에 쥐락펴락하며 놀고 싶어할 만큼?"

그녀의 목소리는 작지만 흥분으로 떨리고 있었다. 바보 같은 자신에게 미치도록 화가 났다. 왜 자신이 정소부의 주인이 되어야 하는지 좀 더 의심을 해봐야 했다. 하윤 님의 말을 곧이곧대로 듣는 게 아니었다. 천신은 능력의 대물림. 자신의 능력을 물려주는 것은 고유의 영역. 태상궁 설류 님을 보필하기 위해서 가장 적합한 인물을 인간계에서 골랐다는 말을 믿는 게 아니었다. 그저 그들의 손에 놀아난 장기말이었을 뿐이었다.

"단지 설류 님을 골탕 먹이기 위한 장난이었군요. 이만큼 골탕 먹었으니 이제 전 필요가 없어진 것 아닌가요? 아니면 아직도 뭔가가 더 남았나요?"

"내가 너를 한 순간에라도 장난으로 대한 적이 있더냐? 너를 만나기 전의 일이었다. 그래서 네가 알기를 원치 않았다."

진심이었다. 아니었다면 그가 이리 전전긍긍 할 필요도 없었다.

"고맙다고 해야 하나요? 고아 계집 천계로 데려와 줘서? 제 수명이 400살 이상이라면서요? 그렇게 길게 살려둬서 뭐하려고요?"

한꺼번에 쏟아지는 질문에 하윤은 도대체 어느 것부터 대답해야 하는지 몰랐다. 그는 긴 한숨을 내쉬었다. 이 상태에서는 그가 무슨 말을 해도 귀담아듣지 않을 것 같았다.

"계집 하나가 쫄랑쫄랑 따라다니는 것이 재미있었겠지요? 속없이 그리 웃고 다녔으니 얼마나 우습게 보였을까. 그것도 모르고 열심히 하면……."

운채는 말을 다 끝내지 못하고 입술을 깨물었다. 자신의 미련스러운 생각을 입 밖으로 낼 생각은 없다. 이 말까지 하면 정말 자신이 너무 초라해 보일 것 같았다. 열심히 하면 그에게 덜 부끄러운 사람이 될 것 같았다. 그 옆에 섰을 때 누가 되고 싶지 않았다. 그런데 그런 마음을 비웃듯 바닥에 내쳐져 구겨진 느낌이었다. 그의 모든 게 허언이고 거짓말로 느껴졌다. 헛웃음을 터트리면서 운채는 비어져 나오는 눈물을 닦았다. 잘못은 그가 했는데 그녀가 울다니 말도 되지 않았다.

"화가 났다는 건 알지만 반오와의 계약을 너에게 숨겼다고 해서 내가 너를 가벼이 여겼다 말하지 마라. 어느 사내도 자신의 여인이 하찮게 취급받는 것을 좋아하진 않는다."

그의 딱딱한 말투에 운채의 감정은 더욱 북받쳤다.

"하나만 더 묻지요. 언약은 서로 상호 교환. 저의 정소부 능력을 봉인하겠다는 것이 하윤 님의 언약이면 반오 님은 무엇을 걸으셨나요?"

하윤은 대답하지 못했다. 이것까지 말한다면 정말 그녀가 오해할 것이 뻔할 테니.

"안 가르쳐 주시겠다면 설류 님한테 묻지요. 그분도 알고 계시는 것 같으니."

하윤은 침묵을 지키다 천천히 말을 열었다. 그 당시 반 장난 반 진심이었던 언약이 그의 목을 조르고 있었다.

"만약 다음 정소부의 능력이 깨어나 그 능력이 만물의 이치를 거스르는 일을 행할시 그 자리에서 소멸되는 것이다. 그러나 그 언약은 내가 너의 봉인을 푸는 것으로 깨졌다."

하윤은 그녀가 제발 오해하지 않았으면 했다. 단지 그건 하나의 안전장치였을 뿐이었다. 그러나 그녀의 안색이 갈수록 창백해지자 하윤의 마음은 불안해졌다.

누군가 깊게 창으로 가슴을 찌르는 것 같았다. 자신이 보잘것없고 가지고 놀다 죽여 버려도 되는 미물이 된 느낌이었다.

"나한테 왜 그랬어요! 난 내운산에서 열심히 살고 있었을 뿐인데. 천계에 와서도 열심히 살려고 노력한 것 밖에 없는데……. 다시 내운산으로 보내줘요. 다 싫어요. 천계도 싫고 하윤 님도 싫고 설류 님도 싫어요!"

결국 운채의 서러운 울음이 터져 나왔다. 이제 자신이 있어야 할 곳을 모르겠다. 가장 믿고 의지했던 그가 그런 언약을 했다는 것을 받아들이기 힘들었다. 차라리 다른 천신의 장난이었다면 이리 마음이 아프지도 않았을 것이다. 그와 나누었던 모든 것이 흔들렸다. 모든 게 의심이 간다.

그 또한 진심으로 화가 났다. 싫다니. 내운산으로 보내달라니. 무슨 말 같지 않을 말을! 화가 나서 뱉은 말치고는 과했다.

"그게 말이 된다고 생각하느냐? 거기다 넌 조금 전까지 나에게 고백도 하지 않았느냐? 너야말로 허언이냐? 거짓부렁으로 날 희롱한 것이냐? 그 언약은 널 만나기 전의 일이다. 난 널 가벼이 대한 적이 단 한 번도 없었다."

운채가 입을 꾹 다물자 하윤 또한 표정이 굳어졌다. 도대체 뭘 어떻게 더 설명해야 하난 말이야? 그녀를 만나기 전에 벌어진 일을 되돌릴 수도 없는데 말이다.

"사실을 안 이상 더 이상 천계에 있고 싶은 생각이 없습니다."

“내운산이든 어디든 도망 갈 생각은 하지 않는 게 좋을 것이다.”

“도망이 아니라 간언을 드릴 생각입니다. 설류 님이 가납해 주실 때 까지.”

어그러짐을 바로잡아 달라 매일 주청을 넣을 생각이다. 지금은 천계의 어느 누구도 보고 싶지 않았다. 지금은 혼자 생각할 시간이 필요했다.

“설류가 널 인간계로 보내줄 수 있을 것 같으냐?”

“정 안 된다면 휴가라도 줄 수 있겠지요. 400년 동안.”

그녀가 어느 정도 진심인 것을 알자 하윤의 눈빛이 차갑게 일렁거렸다. 그녀가 허황된 꿈을 꾸지 못하도록 싹을 잘라 버릴 생각이다. 제 목숨 아까우면 설류 놈 또한 그녀를 인간계로 보내지는 못할 것이다. 여차하면 그녀를 대현궁 깊숙이 숨겨 빠져나오지 못하게 할 수도 있다. 그녀가 그에게서 벗어난다는 생각만으로 하윤의 감정은 거친 풍랑이 일었다.

“네가 인간계로 간다 해도 천신의 몸이나 다를 바 없는 네가 인간들과 어울릴 수 있을 것 같으냐? 그래, 어찌해서 인간계로 간다고 치자. 혼백은 천계에 있고 몸만 인간계로 갈 수 있다 생각하느냐? 혼백 없는 몸은 시체나 다름없다. 인간계에 가서 시체놀이나 할 생각 아니면 그 생각, 집어치우는 것이 좋을 것이다.”

“혼백이 천계에 있다니요?”

운채의 눈동자가 불안으로 흔들렸다. 그녀는 천계에 올 때 죽은 것인가?

"정확히는 나에게 묶여 있지."

"무슨 말이에요. 제 혼백이 묶여 있다니."

운채는 자신이 잘못 들은 줄 알았다. 아무리 그녀가 정소부의 일을 잘 모른다 하여도 기본적인 업무를 모를 만큼 어리석진 않았다. 혼백은 사람이 가지는 유일무이한 것. 그것은 함부로 다른 이에게 양도할 수 있는 것이 아니었다. 또한 소요될 수 있는 성질의 것도 아니기에 그의 말은 믿을 수 없었다.

"겁박하기 위한 말이라면 잘못 짚으셨습니다."

"나는 분명 허언은 아니 한다 했다. 기억이 나지 않는 모양이구나. 네가 직접 새끼손가락 걸고 분명 나와 언약을 맺었을 텐데."

그의 찬기 서린 눈빛이 거짓이 아니라 말하고 있었다. 운채는 자신이 머릿속을 헤집으며 그와 무슨 언약을 했는지 기억하려 애를 썼다. 서책을 넘기듯 하나씩 빠르게 훑어 넘기던 기억 중 하나가 도중에 멈추었다. 그녀의 눈빛이 설마 하는 의심을 내비쳤다. 아니겠지. 한때 계집애들 손가락 걸며 약속을 재잘거리는 것을 말하는 건 아니겠지. 그런 유치한 장난에 그가 그녀를 속였던 건 아니겠지?

"그러니 도망갈 생각은 꿈에라도 하지 않는 것이 좋을 것이다. 네가 인간계로 가는 즉시 혼백의 소유권을 주장할 테니."

달래고 이해시키는 것이 먼저지만 그녀가 도망간다는 말에 그의 말은 부러지도록 강했다. 그에게 그런 여유가 없었다. 그녀의 표정을 보면 당장이라도 사라질 것만 같았다.

지금껏 그녀가 천계에 머무는 것은 어쩔 수 없는 선택이었지만 모든 사실을 알아버렸으니 상황은 바뀌었다. 무조건 인간계로 간다고 할 것이다. 그리고 마음이 약한 상태라면 자신의 동족에게 더 끌리게 될 수도 있었다. 할 수만 있다면 그는 그녀의 귀소본능을 없애버리고 싶었다.

"제 혼백 돌려주세요! 왜 마음대로 제 혼백을 가져가요!"

"가져간 것이 아니라 소유가 내 것이라는 것이다. 어린 꼬맹이 계집일 때부터 넌 내 소유였다. 나는 너의 시선 하나까지 누구에게 나눠 줄 생각이 없다."

처음에는 설류가 그녀를 찾아내 죽일지도 모른다 생각했다. 그래서 그녀를 보호하기 위한 차원에서 언약을 걸어놓아도 괜찮을 듯싶었다. 충동적이긴 했으나 괜찮은 방법이었다. 혼백을 쥐고 있다면 설류라 할지라도 함부로 그녀를 소멸시킬 수가 없으니 말이다. 그러나 그 속내는 그의 욕심이었다는 것을 지금은 안다. 그는 그녀를 누구에게도 내어주기 싫었던 것이다. 설류 말대로 그는 진짜 변태인지도 몰랐다. 여인도 아닌 어린 계집에게 그런 생각을 품었다는 것은.

"하윤 님이…… 정말…… 밉습니다."

물기 가득 배인 그녀의 목소리는 진심이었다. 절대적인 믿음에 대한 배신은 그녀의 가슴에 생채기를 남겼다.

"안 들은 것으로 하겠다."

운채는 감정을 다스리기 위해 잠시 눈을 감았다 떴다. 더 이상 그와 말싸움 하고 싶지 않았다. 그녀의 속이 시끄러워 귀가 윙윙거릴 지경이었다.

“혼자 있고 싶어요. 부탁드립니다. 나가주세요.”

하윤은 그녀를 잠시 바라보더니 마지못해 고개를 끄떡였다. 아무래도 그녀에게 시간을 주어야 할 것 같았다. 그러나 길게 주지는 않을 것이다. 그럴수록 딴 생각을 할 확률이 커진다.

“나중에 다시 오지.”

그가 나가자 그때서야 운채는 자리에 주저앉았다. 앞으로 자신이 계속 정소부의 주인 자리에 있어야 하는지 자신의 자리는 어디인지 혼란스러웠다. 은애하는 만큼 원망이 그 자리를 채우고 있었다. 눈물이 바닥으로 뚝 떨어졌다. 언제나 혼자였지만 오늘은 혼자라는 것이 너무 서러워 견딜 수 없었다. 자신의 이야기를 들어줄 친우 하나가 없었다. 크게 소리 내어 울고 싶지만 달래줄 이가 없어서인지 그녀의 울음소리는 밖으로 새어 나가지 못했다.

사흘 정도면 어느 정도 마음을 가라앉힐 시간이라 생각했다. 그런데 운채는 이 핑계 저 핑계를 되더니 결국은 미꾸라지처럼 그를 쏙쏙 피해 다니는 달인이 되어가고 있었다. 그렇다고 강압적으로 그녀를 데려온다면 일이 더 꼬일 것 같아 이러지도 저러지도 못하고 있는 실정이라 그의 짜증은 있는 대로 치솟고 있었다.

도대체 무슨 생각이 얼마만큼의 정리가 필요하기에! 답답한 한숨이 다시 터져 나왔다.

“보고드릴 것이 있습니다.”

하윤은 미간을 찡그렸다. 지금 그는 집무실이 아닌 정자에서 휴식을 취하고 있는 중이었다. 그것을 알고 있는 이원이 보고를 하려고 왔다면 좋은 일은 아닌 것이다. 고개를 끄떡이며 하윤은 정원 한 구석에서 놀고 있는 원앙 한 쌍을 지켜보고 있었다. 얼마 전부터 대현궁 동쪽 정원에서는 혼례식 때 신부에게 줘야 하는 원앙을 고이 기르고 있는 중이었다. 그런데 지금 상태로 보아 이러다가는 원앙이 먼저 알을 낳는 웃지 못할 일이 벌어질 것 같았다.

"운채 님에 관한 일입니다. 아무래도 대현궁 쪽으로 모셔오는 것이 어떨까 합니다."

지금 누구 염장 지르는 것도 아니고. 누가 데려오고 싶지 않아서 안 데려오는 줄 아나?

하윤은 이원을 한 번 째려본 뒤 다시 원앙 두 마리가 있는 곳으로 고개를 돌렸다.

"식사를 잘 못하신다고 합니다. 구토 증상도 있으시고 어제는 잠시 어지러워 쓰러지셨다고 합니다."

하윤의 표정이 무거워졌다. 그 정도로 힘이 드는 것이냐. 날 밀어내고 싶은 만큼?

"혹시⋯⋯. 경하를 드려야 합니까?"

이원의 진지한 물음에 하윤은 나무뿌리 씹은 듯한 표정으로 올려보았다. 하룻밤이라도 지내고 나서 저런 말을 들으면 억울하지도 않았다. 그렇다고 '아니다'라고 말하기에는 자존심이 상했다.

"내가 어찌 아느냐. 그녀가 만나주지도 않는데?"

"그럼 가례일은 조금 미루도록 할까요?"

"아니, 그대로 진행하도록 한다."

이원은 하윤 님에게 지금 가례일이 며칠이나 남았는지 아시냐고 되묻고 싶었다. 두 달 뒤였다. 신부는 벌써 대현궁에 와서 꽃단장을 하며 얌전히 몸을 조신하고 있어도 모자랄 판이었다. 그런데 운채 님의 반응이 갈수록 완고해져만 가니 답이 안 보였다.

"아프면 마음도 약해지는 법입니다. 잘 달래서 이참에 데려오는 건 어떨까요? 운채 님의 혼례복이 맞는지 확인도 해야 합니다."

"얼굴을 보여줘야 데려오던 보쌈을 해오든 할 것이 아니냐."

생각보다 상황이 심각했다.

"하윤 님, 생각보다 심각한 상황입니다. 초청장은 어찌할 생각이십니까. 운채 님은 지금 자신의 혼례식이 치러지는 것조차 모르고 계실 텐데요. 번개에 콩 볶아 먹다가는 홀라당 다 태워먹는 수가 있습니다."

하윤이 째려보자 이원은 조용히 읍을 하고 물러났다.

한숨을 쉬며 하윤은 다시 원앙 한 쌍을 바라보았다. 하필 수놈이 구애를 하며 암놈을 꼬드기고 있었다. 기다렸다는 듯 암놈이 수놈에게 목을 비비는 모습에 하윤의 눈이 못마땅한 듯 찌푸려졌다.

"염 시관, 저 원앙 한 쌍을 당장 떨어트려 놓으라."

"네? 무슨 말씀이신지……?"

자고로 혼례에 쓰이는 원앙은 정성 가득히 키워 치장을 한 후 신부에게 보내진다. 그러려면 민감한 성격의 원앙 암수를 항상 같이 있게 하여 심적으로 안정을 찾게 해주어야 했다. 그것을 잘 아시는 분이 원앙 한 쌍을 떨어트려 놓으라고 하니 염 시관은 고개를 갸우뚱할 수밖에 없었다. 조금 전까지만 해도 원앙의 상태가 어떠한지 보기 위해 이쪽으로 발걸음을 잡은 하윤 님이 아니시던가. 이 무슨 변덕이란 말인가.

"꼴 보기 싫다."

그리고는 심통 난 아이처럼 자리를 떠버렸다.

✽

"운채를 데려오라."

갈대숲을 거닐다 마치 갑자기 생각난 듯 설류가 명을 내렸다. 평상시와 똑같은 어조지만 미묘하게 싸한 느낌이었다. 평소라면 설류 님의 표정을 살피며 저 주인님이 또 뭔 생각을 하나 한 번쯤 떠보기도 했겠지만 지은 죄가 있기에 그는 넙죽 고개를 조아리며 하명을 받들었다. 목숨 부지한 것만으로 감지덕지였기에 요즘 좌 시관은 최선을 다해 설류 님의 명을 한 치의 오차도 없이 즉각적으로 수행하고 있었다.

좌 시관이 멀어지자 설류는 꽃 하나를 꺾어 빙그르 돌렸다. 기다리기 지루한 그는 큰 너럭바위에 걸터앉아 운채를 기다리기로 했다.

"심심한데 꽃잎 점을 한 번 쳐볼까? 기회를 준다? 아니다. 준다? 아니다. 준다? 이런, 아니다가 나왔군. 넌 운도 없는 모양이구나. 정운채."

아이처럼 꽃잎을 한 장, 한 장 뜯어낸 설류의 입술이 삐딱이 치켜 올라갔다. 결국 인간 계집은 인간 계집일 뿐이라는 건가? 그가 너무 많은 기대를 한 모양이었다. 이런 일로 그를 직접 나서게 하다니 역시 끝까지 손이 많이 가는 아이야.

잠시 후 좌 시관과 운채가 그를 향해 걸어오는 모습이 보이자 설류는 손으로 턱을 괴며 운채를 바라보았다.

"부르셨는지요?"

"피죽도 못 얻어먹은 얼굴이구나. 거기다 뭘 한 일이 있다고 죽상이냐? 산책 나온 내 기분까지 끌어내릴 생각이냐?"

운채는 설류 님이 부른 이유를 알 수가 없었다. 그저 산책을 위한 부름치고는 설류 님의 눈빛은 찌를 듯 예리했다. 아니면 그녀가 너무 민감하게 생각하고 있는지 몰랐다. 마음의 여유가 없는 지금 모든 것을 삐딱하게 폐쇄적으로 받아들이고 있었다.

"언제까지 내가 네 이 모습을 참아줘야 하지? 알다시피 난 참을성이 많지 않다."

계약이 뭐 대수라고 자신의 몸을 혹사시켜? 천신들과 거리를 두며 정소부의 일도 손을 놓고 있어 마비된 것이나 다름없다고 했다. 한마디로 모든 것을 손에서 놓았다고 들었다. 거기다 올라온 상소는 우습지도 않았다. 원래 제자리를 찾고자 함이다?

"지금 네 상소 무시했다고 시위하는 것이냐?"

운채는 할 말이 없기에 입을 다물고 섰다. 혼자 끙끙 앓아도 답이 보이지 않았다. 그냥 이대로 흘러가는 대로 내버려 둬도 되는지. 가슴에 체증이 있는 것 같아 먹어도 잘 소화가 되지 않았다. 그래서 다시 인간계로 보내달라고 했다. 모든 것을 처음으로 바로잡아야 옳다 상소를 올렸다.

"아무것도 모르겠습니다. 제가 왜 존재해야 하는지, 앞으로 무엇을 해야 할지도 모르겠습니다. 400년 삶 또한 제 것이 아니니 원래 제 천수의 몫이 다 되면 끊어주십시오. 다음 정소부의 주인은 설류 님께 위임하겠습니다."

"네가 아주 배가 부른 모양이구나. 인간은 불로장생의 약초를 구하기 위해 혈안이 돼 있으면서도 한편으로 '죽여달라. 죽고 싶다. 심지어 아이고, 죽겠다' 라는 말을 입에 달고 산다. 한 백 년도 못 사는 것들이 말이다."

설류의 눈빛은 마치 명부로 온 인간을 대하듯 운채를 대하고 있었다.

"힘들다고? 네 목숨을 끊어달라? 네가 사실을 알았다 해서 무엇이 달라졌느냐? 힘이 드니 알아달라 떼를 쓰고픈 것이냐? 만약 하윤이 일찍이 죽을 네 목숨을 살려놓았다면 어쩔 것이냐? 그래도 그를 그리 미워할 수 있을 것 같으냐?"

하윤보다 그에게 먼저 발견되었으면 그녀는 분명 죽은 목숨이었다. 그 생각은 지금도 변함없었다.

'그가 나의 목숨을 살려놓았다고?'

운채의 눈이 동그랗게 커졌다.

"왜 목숨을 살려놓았다고 하니 간사하게 마음이 바뀌나 보지? 내가 분명 말했을 텐데, 난 정소부의 능력이 되지 않는 자를 그 자리에 앉혀두진 않는다. 네 능력이 부족하다면 널 죽여서라도 다음 정소부의 주인을 찾을 것이라고. 그러니 주제넘게 네가 나에게 그런 청을 하는 건 우습구나."

좌 시관은 신랄한 주인님의 말에 침을 꼴깍꼴깍 삼키며 마음 졸이며 지켜보고 있었다. 한동안 잠잠하더니 저분이 또 왜 저러신대. 아니, 틀리다. 진지해도 너무 진지했다. 그래서 미치도록 심장이 두근거리는 좌 시관이었다.

"나는 더 이상 너를 지켜볼 마음이 없다. 네가 흘린 감정으로 피곤해지고 싶지도 않다. 네가 왜 존재해야 하는지 모르겠다고 했느냐? 그럼, 속 편하게 죽여주랴? 네 생명도 소중히 못하는 주제에 하 많은 사연을 가진 인간들을 품을 수 있겠느냐?"

설류가 바위에서 일어나며 천천히 운채에게 다가갔다. 반오에게 미안하지만 그의 유언보다 태상궁의 질서가 먼저다. 정소부를 이리 놔둘 수는 없다. 감정에 휩쓸리면 무슨 짓을 할지 모르는 것이 사람이다.

"혼백은 대현궁 하윤이 끌어안고 살라고 하라지. 내가 필요한 것은 제 마음 하나 다듬지 못한 계집이 아니라 정소부의 능력을 가진 주인이다."

헉, 농담이 아니었다. 주인님이 정말로 그녀를 죽일 생각인 것이다. 좌 시관은 말리지도 그렇다고 지켜보자니 속이 타들어 갈 것 같았다.

그가 위협을 가한 것도 아닌데 운채는 온몸을 꼼짝할 수 없었다. 그녀 앞에는 설류 님이 아니라 태상궁 주인만이 존재할 뿐이었다.

"육신은 천신의 몸이라 죽이면 복잡해질 테고 계약된 혼백은 하윤의 소유라 소멸할 수 없다. 하지만 꺼낼 수는 있지. 그간의 정을 생각해서 네 혼백은 친히 내가 혼백단지에 넣어 하윤에게 보내주마."

움직임은커녕 목소리조차 나오지 않았다. 운채는 두려움을 한가득 드러낸 채 설류의 시선을 받고 있었다. 마지막이라 생각하니 거짓 없는 간절함이 속을 드러냈다. 하윤 님을 원망하는 껍질 뒤에 보고 싶다는 알맹이 하나만 남아 있었다. 정말 맹추로구나. 어째서 후회는 항상 마지막 그 순간을 노렸다 덮치는 것일까.

"그동안 수고했다."

설류가 운채의 인중을 누르자 그녀에게 암흑이 찾아왔다. 그녀가 땅바닥에 쓰러지는 모습을 본 설류의 표정은 무심 그 자체였다.

"네 사랑 놀음이 이해는 가나 그 정신으로 정소부를 운영하게 할 순 없다. 공은 공이고 사는 사. 좌 시관, 오늘부로 정소부 자리는 공석임을 알려라."

죽은 상태와 마찬가지인 운채 님을 조심스레 들어 올린 좌 시관은 마음이 찡한 것이 울컥하고 뭔가가 올라왔다. 냉정하기로 둘째라면 서러울 놈! 나쁜 놈! 인정도 없는 놈! 좌 시관은 속으로 있는 욕 없는 욕을 뱉어가며 설류 뒤를 따랐다.

그러나 몇 발자국도 채 걷지 못해 사헌대와 이원이 설류 앞을 가로막았다. 아무래도 그녀의 몸에 이상이 생기면 사헌대에서 반응하도록 지시가 내려진 것 같았다. 이렇게 발 빠르다니 평상시라면 감탄을 해주고 남았을 설류였다.

"대현궁 사헌대가 여기까지 어쩐 일이냐?"

“운채 님을 내어주시지요.”

이원은 좌 시관의 품 안에 있는 운채 님의 모습을 보자마자 눈빛에 살기를 띠었다. 몸 껍데기만 있을 뿐, 혼백이 없다. 신체상 이상이 생긴 것은 알았으나 혼백이 나갔을 줄이야! 하윤 님이 오기 전에 수습해야 한다. 만약 하윤 님이 이 모습을 본다면 일은 걷잡을 수 없을 만큼 커진다.

“장난이 지나치십니다. 이쯤에서 운채 님을 돌려주시지요?”

“지금 대현궁 대사가 태상궁 주인인 나에게 장난질이라 했느냐?”

“태상궁 정소부의 주인 이전에 대현궁 하윤 님의 비우妃偶이십니다. 역린을 건드릴 생각이십니까?”

설류의 눈썹이 어디만큼 치켜 올라갔다. 하윤이 운채를 배필로 맞이한다고? 그냥 사랑 놀음에 빠진 게 아니라? 도대체 언제 그런 말들이 오고 간 게야? 골치 아프게 되었다. 이렇게 되면 그가 대현궁의 비우를 죽인 꼴밖에 되지 않았다. 정말 이번만큼은 하윤이 그냥 넘어가지 않을 것 같은 불길한 예감이 들었다.

“빌어먹을 상황이군.”

“그래, 아주 빌어먹을 상황이지.”

설류가 뒤로 홱 돌자 그다지 마주치고 싶지 않은 하윤이 검은 광기를 품은 채 그를 노려보고 있었다. 순간 뒤로 물러나고 싶을 정도의 살기였다.

“지금 뭐하는 짓이지? 태상궁 설류.”

하윤의 살벌한 얼굴을 마주하자 설류의 눈빛 또한 진지하게 변했다. 한 번은 짚고 넘어가야 하는 일이었다. 어차피 그녀의 혼백을 대현궁으로 보냈어도 길길이 날뛸 놈이었다. 그 순간이 조금 앞당겨졌을 뿐 예상 못했던 것은 아니었다. 내 목줄을 뜯어놓아서라도 혼백을 빼앗아 그녀에게 다시 넣어주고 싶은 심정이겠지. 하지만 이 세상에 대가 없는 것은 없다. 순순히 내어줄 순 없지. 그렇잖아도 얼마 전에 생간을 많이 주문해 놓았으니 마음껏 피를 흘려도 좋을 것이다.

"계집 하나 때문에 천계를 흔들 생각인거냐? 감정에 놀아나다니 대현궁 하윤답지 않군. 아니면 자질에 문제가 있는 것인가?"

말이 끝나기 무섭게 칼날로 벤 것처럼 설류의 왼쪽 뺨에 상처가 났다. 피가 턱을 타고 흐르자 설류의 눈썹이 재미나다는 듯 치켜올라갔다.

"아, 성격도 급하시지. 나도 시간이 남아도는 것은 아니라서 말이야. 열 합 안에 끝을 보는 것으로 하지."

마음 급한 하윤이 먼저 움직였다. 몸을 사리는 방어는 없었다. 베이면 더 깊게 찌르는 공격만 있을 뿐이었다. 피가 튀고 살이 뜯겨져 나갔다. 비등비등한 상대에게 염력을 쓰는 것은 힘만 소진시키는 일. 손으로 사지를 뜯어내는 게 가장 빠른 방법이었다. 하윤이 설류의 어깨 관절을 잡아 틀었다. 천천히 고통스럽게 소멸시켜 줄 것이다.

"이런, 혼백이 지금 누구에게 있는지 잠시 잊은 모양인데 그러다 혼백이라도 다치면 어쩌려고?"

하윤이 멈칫하는 사이 설류의 손이 하윤의 배를 파고들었다. 장기가 뜯겨져 가는 고통에 잠시 하윤의 숨소리가 거칠게 토해졌다.

'설마 지금까지 설류의 품에 있었단 말인가? 그녀의 혼백이?'

설류의 말은 그의 사지를 묶는 말이나 다름이 없었다. 생각만으로 아찔했다. 혼백이 깨지면, 아니, 조금이라도 금이 간다면 다시 육신으로 돌아간다 해도 그녀가 정상적으로 깨어날 수 있을지 장담할 수 없었다. 너무 성급했고 흥분했다. 그녀의 혼백이 그에게 있다!

하윤은 목덜미와 팔이 뜯겨져 나가도 그저 방어만 할 뿐 공격을 할 수 없었다. 그의 머릿속은 오로지 '그녀가 다친다' 라는 생각만 가득할 뿐이었다.

지켜보던 이원의 눈이 가늘게 떠졌다. 설류 님의 의중을 파악할 수가 없었다. 진심으로 대적하고 있으나 그렇다고 주인님을 소멸시킬 생각도 없어 보였다. 소멸을 시킬 작정이었다면 한 번에 심장을 부셔 버리면 그만이었다. 물론 가만히 당할 주인님도 아니지만 이건 전적으로 맞아주고 있다고 볼 수 없는 상황이었다. 어찌되었든 이대로 내버려 둘 순 없다. 남의 싸움에 그것도 자신의 주인 싸움에 끼어드는 것은 원칙적으로 무례한 일이나 그렇다고 바보같이 주인님이 설류 님에게 휘둘리는 꼴은 이쪽에서 볼 수가 없었다.

이원은 빠르게 그러나 조용히 설류 뒤쪽으로 몸을 날렸다.

"충분히 놀았으니 이제 그만 쉬시지요."

비겁하지만 이 방법밖에 없다. 이원은 설류의 목을 뒤에서 힘껏 꺾었다. 한동안 일어나지 못하리라. 마음 같아서는 영원히 못 일어나게 하고 싶지만…….

속마음을 그대로 드러낸 이원의 눈이 순간 서늘해졌다. 그러나 소기의 목적을 위해 기절해 있는 설류 님의 옷을 뒤지기 시작했다. 설류 님이 다시 깨어나기 전에 찾아야 했다. 그런데…… 혼백이 없다? 설마 싸우다 흘린 건 아니겠지? 이원의 손이 바빠졌다.

하윤 또한 운채의 혼백을 찾기 위해 설류에게 다가갔지만 그녀의 혼백이 감지되지 않았다. 그의 표정은 벌써 최악의 경우를 상상하고 있었다.

"모두 그 자리에서 움직이지 마라."

여우 같은 설류가 혼백을 아무렇게 방치하지는 않았을 것이다. 떨어졌다면 분명 이 근처 어딘가에 있을 것이다. 혼백이 부서졌을 리 없었다. 그래야만 한다. 반드시. 아니면…… 아니면……. 그는 애써 스스로는 납득시켰다.

하윤은 주먹을 꽉 움켜쥐었다. 이 주위에 있다면 혼백의 주인은 그이니 그에게 반응을 보여야 한다. 제발, 반응을 보여라! 주인의 부름에 답하라!

찡 울리는 공명 소리에 하윤은 고개를 들어 좌 시관을 바라보았다. 하윤의 살기 어린 눈빛에 좌 시관은 움찔거렸다. 시어머니 미운데 시누이 안 밉겠냐만은 그래도 자신은 그저 옆에서 지켜만 보고 있을 뿐이었는데. 좌 시관은 하윤 님 손에 아작 날 생각을 하니 바짝바짝 입이 말랐다. 거기다 운채 님을 자신이 들고 있으니 심기가 좋을 리 없었다. 좌 시관은 슬쩍 운채 님을 바닥에 내려놓았다. 그리고는 설류 님에게 냉큼 달려갔다. 얼마나 목을 세게 꺾었는지 아직도 의식을 차리지 못하고 있었다. 조금 전 설류 님이 운채 님의 혼백을 육신에서 분리했을 때 그 또한 속으로 많은 욕을 쏟아냈지만 그래도 미우나 고우나 주인님인지라 이리 쓰러져 있는 모습을 보니 마음이 찡 했다.

하윤은 조심스레 운채를 안아 그녀의 손을 펴보았다. 작은 백색의 구슬, 있다! 그녀의 혼백이. 안도의 한숨이 그의 입에서 터져 나왔다. 머리로는 설류가 쉽사리 그녀를 죽이지 못했을 거라는 것을 알면서도 마음은 그 분기를 다스리지 못해 눈이 빨갛게 물들어 갔다. 이런 게 은애하는 마음이라면 다시는 하지 않을 것이다. 이런 게 마음을 주는 일이라면 다시는 계집은 쳐다보지도 않을 것이다. 혼백을 잡은 그의 손이 떨리고 있었다. 혼백은 안전해 보였지만 불안감은 도통 가실 줄을 몰랐다.

하윤이 무릎을 꿇어 운채를 안았다. 혼백이 빠진 몸은 급속도록 차가워져 있었다.

"하윤 님, 언약으로 혼백이 묶여 있어 간신히 명줄이 붙어 있지만 혼백을 다루는 것은 분명 태상궁 설류 님만 할 수 있습니다. 잘못 다루다가는 혼백이……."

이원의 표정이 어두웠다. 지금 상황으로는 설류 님은 협조하지 않을 것이다. 혼백을 방치하면 살리는 것이 불가능하다.

"돌아갈 수 있다. 혼백은 태상궁 관할이지만 운채만은 나에게 속해 있으니……. 불명예와 계약자와의 어떠한 요구조건도 감내하겠다. 언약을 파기한다. 혼백은 원래의 주인 자리로 돌아가라."

그래, 원래의 있던 자리로 돌아가야 이치에 맞는 것이다. 그녀의 인중을 누른 하윤의 손이 가늘게 떨렸다.

이원은 자신의 주인님이 운채 님과 또 다른 언약을 걸어놓은 것에 깜짝 놀랐다. 도대체 한 사람과 두 개의 언약을 걸어놓다니!

운채의 눈이 서서히 떠졌다. 머리가 멍하고 울려 자신에게 무슨 일이 일어났는지 순간 생각이 나지 않았다. 이상하게 모든 힘이 빠져나간 것처럼 손가락 하나 움직일 수도 없었다.

"괜찮으냐? 날 알아보겠느냐?"

하윤이 잔뜩 긴장한 채 운채를 살피고 있었다.

"말 좀 해보거라. 말이 안 나오느냐?"

대답 대신 운채가 자신을 빤히 바라만 보고 있자 하윤의 목소리가 커졌다. 어느 때보다 그녀의 목소리가 간절했다. 그녀가 조금이라도 잘못되면 태상궁 자체를 가만두지 않을 것이다.

"제발…… 눈이라도 깜빡여 보거라."

"……아이도 아닌데 또 싸움박질이나 하시고……. 아프지도 다치지도 않는다고 나랑 언약했으면서 지키지도 않고……. 천신이 뭐 그래요?"

"이 정도면 다치는 축에도 못 낀다. 머리가 어지럽거나 아프거나 하지는 않느냐?"

괜찮다 말했는데도 여전히 그는 걱정을 내려놓지 못하고 있었다.

암흑이 되면서 혼백이 빠져나간 것까지 기억이 난다. 그리고 그가 달려왔겠지. 피투성이가 된 옷이 모든 것을 말해주고 있었다. 원망보다는 걱정이 앞서고 미움보다는 안도감이 앞선다. 왜 이리 못났을까? 삭히지 못한 감정의 찌꺼기는 분명 남아 있다. 그러나 그의 안전보다 우선일 수는 없었다. 속상함과 미안함이 마음을 채웠다. 그녀가 아니라면 그가 이리 다칠 일도 없을지도 몰랐다. 그는 그녀 때문에 매번 다친다.

"다치지 마세요. 그러면 제 마음이 많이 아플 것 같습니다."

"너는 아플 것 같으냐? 나는 미칠 것 같다. 지금 당장 대현궁으로 간다. 네가 안 된다고 해도 데려갈 것이다."

"놀고 있네. 세기의 사랑 나셨구나. 지들만 사랑을 해? 눈꼴시어 볼 수가 있나."

언제 깨어났는지 목을 이리저리 까닥이며 설류가 깐죽거렸다. 짜릿한 통증이 남아 있는 것을 보면 아주 목을 제대로 꺾어놓았다. 이놈 저놈이 다 목을 건드려 놔서 남아나질 않게 생겼다.

"이원, 이 빚은 꼭 갚아주마."

입 꼬리를 올리며 얘기하는 설류를 향해 이원이 고개를 숙였다. 각오하고 벌인 일이라 마음의 준비는 하고 있으나 설류 님이 어찌 나올지는 심히 걱정되긴 했다.

설류가 한 발자국 앞으로 내딛자 자리를 지키고 있던 천신들의 움직임도 변했다. 하윤이 그녀를 등 뒤로 숨겼고 사헌대와 이원 또한 설류의 움직임을 주시하고 있었다.

"이거 어디서 많이 본 광경인데 말이야. 기분 나빠지려 하는군. 나처럼 겉과 속이 일치하는 천신도 드문데 말이야."

설류가 히쭉 웃으며 주위를 둘러보았다. 아직 싸움은 끝나지 않았다. 지금부터 어떠한 방해도 용납하지 않겠다는 듯 그는 운채

곁으로 다가갈 때까지 사헌대와 이원까지도 꼼짝할 수 없게 만들어놓았다. 설류의 힘이 모두 내리누르고 있었다. 영향을 받지 않는 자는 오직 하윤과 운채뿐이었다.

"시작이 어찌 되었든 반오와의 계약은 여기서 매듭짓기로 하지. 그리고…… 빌어먹을, 너무 힘을 썼더니 머리가 팽팽 도는군."

태어나서 이렇게 힘을 써 본 적은 아마 처음일 것이다. 설류가 인상을 찡그리며 운채에게 몸을 틀자 그녀는 바짝 긴장한 채 그를 바라보았다.

"정운채."

설류의 건조한 부름에 운채의 눈동자가 가늘게 떨렸다.

"넌 이제부터 정소부의 주인이 아니다. 네가 생각하는 것처럼 정소부는 단순히 책임감으로 맡는 자리가 아니다. 아직까지 넌 대나무씨앗. 내가 조급하여 그 자리에 먼저 앉혔다만 아직은 기다려야 할 때. 그러니 천계에서 네가 무엇을 해야 할지, 네가 하고 싶은 일이 무엇인지, 인간을 품을 수 있는 역량이 되면 나를 찾아오라. 그때까지 네 자리는 잠시 내가 맡기로 하지."

좌 시관의 입이 떡 벌어져 다물어질 줄을 몰랐다. 주인님이 저런 기특한 말씀을 하시다니 뭘 잘못 먹은 게 틀림없었다. 하윤 님에게 몇 대 맞더니 철이 들으신 것인가 아니면 뇌를 다치신 것인가.

"따라 태상궁의 주인으로 정소부 정운채를 축신逐臣에 명한다."

운채는 이제 태상궁의 천신으로서의 설류 님을 조금은 알 것 같았다. 마음이 우물처럼 깊고 깊어 잘 들여다보지 않으면 그의 마음이 보이지 않는다. 그녀를 위해 그 나름의 배려를 하고 있는 것이다. 그래서 축신을 당하면서도 그녀는 미안하면서도 고마웠다. 그의 말대로 그녀에게 정소부는 하나의 책임감 그 이상도 이하도 아니었다. 그것을 알고 계셨던 것이다.

"그녀의 혼백을 마음대로 빼더니 이제는 축신이라니? 장난하는 것이냐?"

설류와 다르게 하윤의 모습은 언제라도 다시 설류를 공격할 태세였다.

"장난이라니. 나는 한 번도 장난으로 일을 처리한 적이 없다. 자리에 맞지 않으면 내려와야 하는 것. 또한 천계의 업무 무게를 가벼이 대한 반오와 너에 대한 앙금이라고 해두지. 좌 시관, 가자꾸나. 이제 그놈의 사랑싸움은 안 봐도 되니 속이 시원하다."

운채는 그게 다는 아니었다라고 변명을 하고 싶었다. 그녀가 책임감으로 떠맡듯이 일을 맡은 것은 사실이나 인정받고 싶은 속내도 있었다. 도와주는 천신들에게 고마움으로 답하고 싶었다. 자신이 이곳에서 뭔가를 할 수 있다는 것이 뿌듯했다. 그것만은 진심이었다. 그러나 이 모든 말은 나중을 위해 남겨두어야 했다. 그녀가 좀 더 떳떳하게 설류 님에게 말할 수 있을 때, 그녀의 말이 변명 아닌 변명으로 들리지 않을 때 말해야 했다.

"축신이라면, 제가 정말, 정말 역량이 되면 언제든지 받아주시는 건가요?"

설류는 뒤돌아 가다가 귀찮다는 표정으로 운채를 한 번 째려봐 주었다.

"너 지금 나 피 흘리는 거 안보이니? 했던 말 또 하랴? 내가 누구냐?"

"태상궁 설류 님이요."

운채가 미소를 지으며 씩씩하게 대답했다.

"그래, 그 말에 무슨 말이 더 필요하냐. 그리고 대현궁 하윤, 도둑장가 들 생각 아니면 초청장은 웬만하면 보내지? 하마터면 애먼 애 하나 잡을 뻔했으니."

설류는 이 모든 게 하윤의 탓인 양 눈을 째려보았다. 저놈이 초청장만 보냈어도 굳이 이 방법을 쓰지 않았을 것이다. 마음에 들지 않지만 우아하게 쫓아낼 수도 있었다. 아무리 제 맘대로 설류지만 대현궁의 비우인데 대접을 안 해 줄 수는 없는 일이었다. 정말 만에 하나 혼백에 상처라도 입혔으면 하윤 놈은 원 없이 태상궁을 부셔놓았을 것이다. 매사 무관심하고 감정의 동요가 없는 대현궁 주인이 사랑을 하더니 변해도 무섭게도 변했다.

"이제 진짜 간다. 그럼 혼례식 때 보자꾸나."

설류가 사라지자 그때서야 하윤은 긴장의 끈을 놓았다. 그가 안도의 한숨을 쉬며 운채를 꼭 껴안았다. 심장 소리가 들리고 그녀의 얕은 숨소리가 들린다. 절대 놓지 않는다.

"혼례婚禮가 있으신가요?"

설류 님이 말씀하셨으니 거짓은 아닐 것이다. 그녀는 그의 몸이 순간 굳어지는 것을 느꼈다. 운채는 동요를 감추기 위해 입술을 깨물었다. 답이 듣기 두려웠다. 혹시 정해진 혼처가 있느냐고. 나라님이 여러 여인 거느리듯 천계도 다처제多妻制가 있는 것이냐 묻고 싶었다. 그를 나눠 가진다고? 한 번도 생각을 해본 적이 없었다.

혹시 그녀가 그를 뿌리치고 또 가버릴까 하윤은 얼른 그녀의 두 손을 잡았다. 이렇게 알려주고 싶지 않았는데. 적어도 서로의 마음을 확인하고 배라도 하나 띄워 놓고 이야기하고 싶었는데 상황은 참 그를 도와주지 않았다. 찢기다 못해 피에 절은 자신의 옷차림과 황량한 갈대숲에서 뭐 하나 건넬 게 없는 혼약의 증표. 거기다 당황하고 있는 그녀의 표정.

"원래는 신부의 동의를 얻어 좋은 날을 골라야 하지만 아주 가끔, 그래, 가끔은 신랑 측에서도 날을 잡기도 한다."

몸이 단 신랑은 그렇게라도 한다. 그는 거짓말을 하는 것이 아니었다.

"날짜가 조금 촉박해서 당황스럽겠기만……."

갑자기 울고 싶어진다. 듣고 싶지 않다. 지금 축언을 바라시는 건가? 그녀는 바보처럼 울지 않기 위해 눈을 깜빡였다.

"몸만 오면 된다. 준비는 다 되어 있다."

더 이상 주인님의 애걸복걸 청혼을 들어줄 수 없어 이원은 사헌대에게 전음으로 전원 철수 명령을 내렸다. 청혼을 허락해 주지 않으면 아주 무릎을 꿇을 태세였다. 수하로서 주인님의 마지막 자존심은 지켜주어야 할 것 같았다. 저런 분이 아니셨는데…….

이원은 고개를 가로저으며 조용히 자리에서 물러났다.

"아직도 마음이 풀리지 않는 것이냐? 물론 청혼서는 대현궁으로 돌아가는 즉시 보내겠다."

"지금 저에게 청혼하시는 건가요?"

운채는 희망을 애써 누르며 떨리는 목소리로 물었다. 그의 말 한마디에 마음은 널을 뛴다. 살랑바람에도 넘어가는 습자지처럼 팔랑팔랑 잘도 흔들린다.

"그럼 너 말고 여기 누가 있느냐? 내 연서의 답이 그리도 못 미더웠더냐?"

그녀가 고개를 절래절래 흔들었다. 갑작스레 받은 청혼은 설레기도 하지만 믿기 어렵기도 했다. 자신이 혹 오해하고 있는 건 아닌지 자신이 듣고 싶은 말로 들은 건 아닌지 두려웠다. 그러나 앙큼한 마음은 벌써 설렘이 독식했는지 얼굴은 붉게 수줍어갔다. 앞으로 그가 내 낭군님이 된다. 그 사실이 그녀의 가슴을 가득 채우고 있었다.

"나 장가 좀 보내주면 아니 되겠느냐? 내 각시 하기 싫으냐?"

"아, 아니요. 저…… 하윤 님 각시 할래요. 하고 싶어요."

잘하면 혼례식을 미루는 사태가 발생할지도 모른다 생각할 때쯤 그녀의 허락이 떨어지자 하윤의 입이 활짝 벌어졌다. 기쁨을 주체하지 못한 그가 운채를 와락 안아 빙그르 돌았다. 실성한 것처럼 웃음이 터져 나왔다. 하윤이 가볍게 그녀의 입술에 입맞춤을 했다.

"세상에서 제일 예쁜 각시가 될 것이다."

"그런데 혼례날이 언제예요? 아까 날을 잡았다고 하셔서……."

그녀의 질문에 그의 웃음이 순식간에 걷혔다. 이런, 한 고비가 또 남았다.

“……한 달 뒤다.”

그가 슬그머니 운채의 눈을 피했다. 기본적으로 인간계에서는 혼례식은 일 년 전에 잡으며 혼례 격식을 그다지 따지지 않는 천계에서도 적어도 석 달 전에는 날을 잡는다. 집안의 인륜지대사라 엄숙하고 소홀히 할 수 없는 일이었다. 그런데 본인도 모르는 자신의 혼례식이 한 달밖에 남지 않았다 하니 놀랄 수밖에 없을 것이다. 화…… 내려나?

“그리 빨리요?”

당황하는 그녀의 반응에 하윤은 침묵을 지켰다. 그가 봐도 심하게 밀어붙였다. 그녀가 정 안 된다고 하면 혼례날을 다시 잡아야 했다. 예와 절차를 밟아서. 이원이 짜증내겠지만 운채가 토라지는 것보다는 나았다.

그의 난감한 표정에 운채가 조용히 미소를 지었다. 깜짝 놀랄 정도로 빠른 혼례날을 잡았지만 그의 마음을 알아주고 싶다. 얼마나 그녀를 많이 귀애하는지 아는 만큼 당사자가 모르는 혼례는 작게 눈감아 넘어가 주고 싶었다. 그녀 또한 그를 많이 은애하는 마음을 이렇게라도 이야기해 주고 싶었다. 운채가 용기를 내 그의 품에 안기자 하윤의 얼굴에 놀라움이 스쳤다.

“많이 아껴주실 거지요?”

한껏 고개를 들어 올린 운채가 미소를 지으며 하윤의 답을 구하고 있었다.

“하는 거 봐서 결정하자구나.”

운채의 미간이 살짝 찡그려졌다.

“이 손도 놓지 않으실 거지요?”

“어릴 때부터 너에게 저당 잡힌 손인데 지금이라고 별 수 있겠느냐?”

끝까지 답이 삐딱하게 나오자 운채의 눈이 하윤을 곱게 흘겼다.

하윤은 진지한 표정으로 운채의 한 손을 들어 그의 가슴에 가져댔다.

“두려워하지도 불안해하지도 마라. 내 옆자리는 항상 네 것이며 무슨 일이 일어나도 언제나 나는 네 편에 서 있을 것이다. 그것을 의심하지 마라. 나는 오롯이 네 것이다.”

운채가 울음을 터트리자 하윤은 당황하며 어쩔 줄을 몰랐다. 그가 너무 딱딱하게 말하였나? 그렇다고 그 민망한 ‘별도 달도 따주마’ 라는 대사를 다시 할 수는 없었다.

“하윤 님이 정말 정말 좋아요. 이 마음을 다 표현하지 못할 정도로”

“그거 마음에 든다. 이참에 언약으로 묶어놓을까?”

운채가 울면서 웃음을 터트리자 하윤이 가만히 그녀의 눈물을 닦아주었다. 그리고 어느 정도 그녀가 진정이 되자 하윤은 존중을 다하며 그녀에게 손을 뻗었다.

“비우, 많이 늦었습니다. 이제 대현궁으로 가실 시간입니다.”

많이 늦었다. 이제야 제대로 그녀를 대현궁으로 데려갈 수 있었다. 그의 목적은 처음부터 그녀를 천계로 데려오는 일. 그 속내는 그녀를 그의 곁에 놔두고 오랫동안 바라보는 일. 그걸 너무 늦게 깨달은 그였다.

운채가 그가 내민 손을 꼭 잡았다. 언제나 맞잡던 이 손이 오늘은 특별히 더욱 조심스럽고 설렌다. 마냥 뛰는 두근거림을 어쩔 줄 몰라 고개가 숙여진다.

그녀의 수줍음조차 마냥 예뻐 보이는 하윤이었다. 그의 얼굴에 환한 미소가 번졌다. 그 모습은 천계의 대현궁 주인의 모습이 아닌 그저 사랑에 빠진 사내의 얼굴이었다.

＊

설류에게 고마운 점이 있다면 그녀가 정소부 자리에서 내쳐져 그와의 혼례에 완벽히 집중할 수 있도록 해준 점이었다. 혼례 날짜가 날짜인 만큼 그녀는 혼례 준비로 이리저리 불려 다니며 행복한 울상을 짓고 있었다. 그 또한 틈틈이 들여다보고 싶지만 그건 또 예비신부에 대한 예의가 아니라며 이원에게 제재를 받는 것도 모자라 지금껏 묵힌 업무까지 처리하고 있는 중이라 도통 그녀와 손잡고 거닐 시간이 나지 않았다.

'그래, 혼례식만 올려봐라. 그놈의 아니 된다는 말을 쏙 들어가게 만들어주겠다.'

하윤이 오늘도 이 말을 곱씹으며 집무실로 가려는 길에 저만치서 운채가 여관과 말을 주고받으며 걸어오는 게 보였다. 그의 시선을 느꼈는지 운채가 하윤 쪽으로 고개를 돌렸다.

놀람과 반가움에 운채가 먼저 고개를 숙여 읍을 했다.

이 기회를 놓치기 싫은 하윤이 운채에게 다가가 나직이 물었다.

"어디를 가는 중이냐?"

어찌 본궁의 주인인 자신보다 그녀의 얼굴 보는 것이 더 힘들었다. 뭐가 그리 바쁘고 줄줄이 약속이 잡혔는지.

"혼례식 때 준비할 차茶를 직접 고르시고 싶다 하셔서 다도관으로 가고 있는 중입니다."

뒤에 서 있던 여관 하나가 대답을 했다.

"급한 일 아니면 잠시 데려가겠다."

하윤은 여관의 대답도 듣지 않은 채 운채를 데리고 사라졌다.

운채는 개구쟁이 같은 미소를 보이며 팔을 뻗어 앞으로 총총 뛰어나갔다. 하윤은 그런 그녀를 빙그레 웃으며 말없이 따라갔다. 더 이상 뛰는 게 힘들었는지 운채가 뜀박질을 멈춘 채 획 돌아 하윤을 올려다보았다.

"사실 머리가 터져 버릴 거 같았거든요. 외울 것도 많고 골라야 할 것도 많고. 아까 걸어가면서 아, 잠시 혼자서 산책이나 했으면 좋겠다라고 생각했거든요. 근데 하윤 님이 제 소원을 들어주시지 뭐예요?"

하윤은 피식 웃으며 운채를 끌어안았다.

"하기 싫은 게 있다면 싫다고 말하여라. 그리 해도 된다."

운채가 코끝을 찡긋하며 그를 빤히 바라보았다.

"왜 그러느냐?"

"그러니까 이원 님이 그런 소리를 하죠."

"이원이 무슨 말을 했기에?"

　그놈의 혀가 웬만큼 독해야지? 이원의 말에 그녀가 혹 상처받은 건 아닌지 그는 신경이 쓰였다.

　"저에 대해서 하윤 님은 공정성도 이성도 없기 때문에 제 한마디 한마디에 신중을 기해 말을 해야 한다고 하셨어요. 이원 님은 오래오래 살고 싶다고 하셨거든요. 저 이원 님에게 미움받기 싫어요."

　운채가 눈을 곱게 접으며 웃자 하윤은 불퉁거리며 못마땅한 표정을 지었다.

　"저희 혼례식 때문에 아마 신경이 곤두서 있을걸요? 빈틈없는 이원 님 성격에 꽃잎 한 장이라도 안 맞으면 밤새서라도 찾아낼 분이니까요."

　"이제 사흘 남았군. 혼례식 하루 전에는 일절 그대를 보지 못하니 내일이 그대 얼굴을 보는 마지막인데……. 내일 나와 점심이나 먹자꾸나."

　"내일 하루 종일 약속이 잡혀 있어 안 될 것 같습니다."

　난처한 듯 그녀가 고개를 젓자 하윤의 미간이 찡그려졌다.

　"그 말은 내일 나를 못 만난다는 뜻이냐?"

　"아마도……."

　"그래? 그렇다면 오늘 저녁 밖에 시간이 없을 텐데?"

　하윤은 고개를 갸웃거리며 낮게 중얼거렸다.

　운채는 자다가 벌떡 일어났다. 밖의 실랑이 소리에 잠이 깬 것이다. 정확히는 여관과 실랑이를 하고 있는 하윤 님이었다.

“하윤 님, 이러시면 아니 됩니다. 운채 님이 벌써 잠자리에 드시지 않았사옵니까. 거기다 혼례일이 바로 코앞을 두고…… 조금만 참으시옵소서.”

“뭘 참으라는 것이냐? 깨워라. 아마 깜박 졸았을 것이다. 그녀가 그냥 잠들 리 없다.”

그에게 줄 것이 있는데 잠들다니 말이 되지 않는다. 내일부터 혼례일까지는 만날 수 없을 테니 적어도 오늘이 가기 전에는 주어야 하는데, 아니, 왜 다 준비해 놓고 아직까지 안 주는 건지 이해할 수가 없었다.

오늘 하윤은 그녀가 언제 자신의 침소로 올지 몰라 저녁부터 자신의 침소에서 한 발자국도 움직이지 않았다. 그런데 저녁때가 지나가고 하늘에 별이 총총 박혔는데도 그녀에게 아무런 소식이 없자 체면 불구하고 목마른 그가 그녀 침소까지 난입 아닌 난입을 하고 있는 중이었다.

안에서 불이 켜지고 운채의 들어와도 된다는 허락이 떨어지자 하윤은 침소의 문을 벌컥 열고 들어갔다. 그가 그녀를 기다리고 있을 동안 그녀는 잠을 자고 있었다니 기분이 좋을 리 없었다. 그가 불퉁한 표정으로 자리에 앉자 운채 또한 일단 마주 앉았다.

“무슨 일이 있으신가요?”

영문을 모르는 운채는 그의 얼굴을 살피며 조심스럽게 물었다.

“뭐 잊은 거 없느냐?”

“무슨 말씀이신지…….”

“꼭 내 입으로 말해야 줄 것이냐? 내 의대와 장의는 지어놓고 왜 안주느냐.”

마치 자신의 짐 보따리를 맡겨놓았다 찾아가는 주인 말투였다.

줄 일이 없을 줄 알았다. 어떻게 알고 그가 찾아왔는지. 아마도 여관이 그에게 고해 바쳤거나 아님 하윤이 직접 여관을 닦달해 알아냈거나 둘 중 하나였다.

운채는 그에게 뭔가를 제 손으로 해주고 싶었다. 아무리 모든 혼례 준비를 그가 다 한다 말하였어도 지아비의 옷 한 벌만은 자신이 준비를 하는 것이 도리인 것 같아 틈틈이 그의 옷을 지은 그녀였다. 그런데 짓고 보니 그가 가지고 있는 옷에 비해 너무 허술하고 박루해 보여 내어주기 부끄러웠다. 그래서 그 옷은 고스란히 문갑 안에 넣어두고 있었다.

“짓고 보니 보잘 것 없어 드리기가 저어되어서요.”

“왜? 한 번 입으면 솔기가 우두둑 뜯어지느냐?”

“아닙니다.”

“그도 아니면 소매의 길이가 짝짝이더냐?”

“아무리 제가 솜씨가 없지만 그건 아닙니다.”

아무리 자신의 솜씨가 장인급은 아니지만 저렇게 비하하니 순간 섭섭함에 목소리가 부루퉁해졌다.

“그런데 왜 안주는 것이냐. 내가 그걸 일주일 전부터 기다리고 있었는데.”

운채는 잠시 고민을 한 후 문갑에서 지은 장옷을 가지고 왔다. 이 옷을 지으면서 많은 생각을 했었다. 부끄럽지만 직접 그에게 입혀주고 매듭 하나까지 그녀의 손길을 묻히고 싶었다. 그리고 그가 기뻐하는 모습을 보고 싶었다.

"이게 다는 아닐 텐데?"

고개를 번쩍 든 운채의 얼굴이 빨개졌다. 도대체 어디까지 알고 계신 것인가.

"비우, 내 옷고름이 요즘 의외로 느슨한데 한 번 확인해 보시겠소?"

그가 일어나 팔을 양옆으로 벌리고 섰다. 운채가 망설이자 그가 고갯짓으로 자신의 매듭 부분을 대놓고 가리켰다.

운채가 입술을 깨물며 그의 앞에 섰다. 차마 고개를 들지 못하고 떨리는 두 손으로 그의 장의 매듭을 풀었다. 그의 어깨 안쪽으로 손을 넣어 장의를 벗기고 저고리를 벗겼다. 그리고는 그녀가 지은 저고리와 장의를 그에게 입혀주었다. 경건한 의식처럼 매듭 하나하나를 묶어주는 운채의 표정은 진지하다 못해 경건했다.

그제야 만족스러운지 하윤의 입매가 완만한 선을 그리며 올라갔다.

운채가 고개를 들어 흔들림 없는 눈빛으로 그를 마주보았다.

"제가 많이 은애하고 있습니다. 그건 알고 있지요?"

운채가 주저하다 발꿈치를 들어 그의 입에 살며시 입맞춤을 했다. 가슴이 마냥 떨린다. 기분 좋은 떨림이 모든 감각을 곤두서게 했다.

운채는 눈을 감았음에도 그가 지금 미소를 짓고 있음을 알 수 있었다. 그녀는 이렇게 가슴이 떨리는데 그의 평정심은 한 톨도 흐트러지지 않아 보였다. 뭔가 조금은 억울한 느낌이었다. 운채가 조심스레 그의 아랫입술을 깨물어보았다. 반응이 없자 그녀는 좀 더 용기 내어 그의 입안을 가르고 들어가려는 순간,

"거기서 조금만 더 넘어오면 오늘 신방 차리는데 이의가 없는 것으로 알겠다."

운채가 흠칫하는 사이 긁어모은 용기는 모두 사라졌다.

그녀가 뒤로 물러나자 하윤이 피식 웃으며 그녀에게 가볍게 입 맞추고 떨어졌다. 겉으로 대인배처럼 행동하고 있지만 그는 진심 이었다. 혼례는 혼례고 첫날밤은 첫날밤이었다. 우선순위가 뭐가 그리 중요하단 말인가. 앞뒤가 바뀔 수도 있는 것이지.

"옷을 받았으니 답례를 해야지."

그가 그녀에게 팔찌를 걸어주며 만족스러운 표정을 지었다.

"천계에 아직 익숙하지 않는 너를 위해 만든 것이다. 천계의 누 구의 힘도 너에게 무용지물일 것이니 안심하고 다녀도 된다."

그녀가 피를 토하며 쓰러지던 날 하윤은 그녀가 스스로 보호할 능력이 안 된다면 그렇게 만들어주리라 다짐했다. 정소부의 능력 이 있다 한들 천성이 남에게 해를 끼치는 짓을 할 수 없는 그녀라 만약 다른 천신들이 공격해 온다면 필시 다칠 것이다. 그런 경험 은 한 번이면 족했다.

"진실을 얘기해 주세요. 이런 신물이 그냥 났을 리는 없고 혹 다 른 천신과 언약이라도 한 건 아니지요?"

감동보다 먼저 겁이 덜컥 난 운채였다. 자신은 그와 벌써 두 번 이나 언약을 걸지 않았던가?

"너는 내가 무슨 언약에 맛들인 천신으로 보이냐? 내 피가 무슨

콸콸콸 쏟아져 나오는 온천수도 아니고. 대현궁이 가지고 있는 신물 중 하나다."

거짓은 아니다. 이 팔찌에 쏟아 부은 자신의 공력이 아찔해 그는 태어나서 처음으로 기절이라는 것도 해보았다.

"평생 소중히 여기겠습니다."

"그리 보지 마라. 꼭 안아달라고 말하는 것 같으니. 그나저나 너 때문에 난 코앞의 혼례날도 못 참아 예비신부 방에 뛰어들어 온 신랑이 되어버렸다."

하윤은 불평어린 말을 중얼거렸다.

"그래서 말인데 어차피 소문도 그리 날 텐데 밤도 늦었으니……."

"가셔야지요."

매정한 운채의 한마디에 하윤은 그녀의 어깨에 고개를 떨어트렸다. 운채가 장난스럽게 웃으며 그를 위로하듯 토닥토닥거렸으나 위로가 되지 않았다. 바로 그녀 뒤에는 침상이 어른거리는데 위로가 될 리 없었다. 하윤은 혼례날을 더 빨리 잡지 못한 것을 진심으로 후회하고 있었다.

아직 식이 거행되기 전이라 하윤은 침전에 앉아 시관이 오기를 기다리고 있었다. 상제의 관모를 쓰고 붉은 옥대를 두르고 파란 관의를 입은 그는 새신랑의 모습이었다. 허리에 붉은 수綬와 옥으로 만든 장신구 패佩를 달아 한껏 화려함도 뽐내고 있었다. 초조하거나 불안한 모습은 없었다. 그저 환하고 밝은 모습만 있을 뿐이었다.

"입에 파리 들어가겠습니다. 대현궁 주인으로서 위엄을 보여주십시오."

대현궁 안은 지금 하례객을 맞이하기 위해 모든 시관 및 여관이 총 동원되고 있었다. 갑작스레 치러지는 혼례치고는 꽤 많은 인사와 사절단이 와 오히려 골치가 아플 지경이었다. 그런데 그런 하례객들 앞에 얼빠진 얼굴을 한 주인님을 내보낼 수 없었다.

"약식으로 진행하라 분명 일러두었다. 하루 종일 벌서면서 지루한 축사는 듣고 싶지 않다. 일일이 하례객들 인사할 시간도 분명 없었겠지? 원래 이런 날은 신랑 신부 얼굴 보는 것보다 잘 먹고 잘 놀다 가는 게 주목적 아니더냐. 특히 태상궁 설류 놈이 혹시 오거든 맨 끝자리 멍석자리로 보내거라. 아, 그리고 조부님과 부모님들 인사는 한꺼번에 행하도록."

이원은 이 말도 안 되는 명을 수행해야 하는지 고심해야 했다. 일반 혼례도 아니고 대현궁 주인의 혼례였다. 거기다 신부는 인간 계집이니 천계의 어느 천신이 신랑신부의 얼굴이 안 궁금하겠는가. 지금 혼례식을 치르겠다는 건지 손님을 문전박대하자는 건지. 결국 참다못한 이원이 한마디 내뱉었다.

"그럴 거면 차라리 물사발만 떠놓고 운채 님과 단둘이 혼례를 올리지 그랬습니까?"

"지금이라도 그렇게 할 수 있으면 나야 좋지."

이원은 더 이상의 말대꾸를 하지 않기로 했다. 지금 새신랑은 신부를 빨리 보는 것을 제외하고는 아무런 관심도 없었다.

[아뢰옵니다. 운채 님이 막 정한문을 지났다고 하옵니다. 하윤 님께서도 이제 경화정으로 납시셔야 합니다.]

경화정, 대현궁의 축하 윤회가 베풀어지는 곳 중 하나였다. 지금껏 경화정은 축하할 일이 거의 없다보니 그 아름다운 경관이 공개되지 않았을 뿐더러 거의 문이 닫혀 있다시피 한 곳이었다. 워낙 시끄러운 것을 싫어해 자신의 탄신연회조차도 열지 않은 주인님이었으니 연회는 손에 꼽을 정도였다. 그러나 이제는 하윤 님이 천생배필을 맞았으니 대현궁에 축하할 일들이 많이 생길 것이다.

혼례를 올리기 전 주인님께 몇 가지 당부의 말씀을 드릴까 했던 이원은 염 시관의 말 끝나기 무섭게 주인님이 침전에서 빠져나가자 그 기회를 놓쳐 버렸다. 오늘까지 어떻게 참으셨는지 용할 일이었다. 이원의 입가에 좀처럼 보기 드문 미소가 지어졌다. 어찌 되었든,

'진심으로 경하드리옵니다.'

이원은 두 손을 공수한 채 허리를 숙여 예를 다했다.

그의 바람과는 달리 혼례를 치루고 자정이 넘어서야 신방으로 건너온 하윤은 지금까지 놔주지 않은 설류에게 이를 갈며 온갖 악담을 퍼붓고 있었다. 그러나 신방으로 걸음이 가까워질수록 그의 마음은 기대감으로 가득 찼다. 혼례식 때 마주한 그녀의 얼굴에 넋이 나가 맞절을 해야 하는 순간 그녀에게 넙죽 절을 받는 민망

한 사건이 발생하기도 했다. 매일 활옷을 입혀놓고 싶을 만큼 예뻤다. 붉은 입술과 새치름한 모습이 그리 예쁠 수가 없었다.

방문이 열리자 한껏 올린 머리에 수줍은 색시처럼 고개를 숙이며 앉아 있는 그녀가 보였다. 빨간 활옷 아래 빨강과 청색을 겹쳐 입은 치마에 금박자수가 보이고 칠보로 꾸민 화환이 머리에 예쁘게 꽂혀 있었다.

"흠, 설류 놈이 놔주질 않아서……."

기다리고 기다리던 순간인데 남의 집 몰래 들어온 것처럼 왜 이리 심장이 뛰는지. 처음 손잡는 숫총각도 아니고 도둑장가 가는 선머슴도 아닌데 말이다. 그녀 또한 어느 날보다 다소곳이 앉아만 있으니 무슨 말을 꺼내야 하는지 난감해졌다. 이 불편한 어색함에 그는 괜히 목을 가다듬었다. 첫날밤은 없던 부끄러움도 생기게 하는 밤이었다.

"비우, 이렇게 고개만 숙인 채 밤을 샐 생각이오?"

하윤은 그러면서 그녀의 머리에 꽂은 붉은 구슬장신구를 하나씩 떼어냈다. 오늘부터 그녀는 그의 것이다. 마음 놓고 그녀를 품을 수 있는 그의 하나밖에 없는 비우였다. 설레는 마음으로 그는 운채의 활옷을 서서히 벗겼다. 숨겨져 있던 그녀의 고운 손이 먼저 모습을 드러냈다. 그녀 또한 그의 옷을 벗겨주어야 할 텐데 이리 부끄러움이 많아 그럴 수 있을지 모르겠다. 그 상상만으로도 그의 입가에 미소가 지어졌다.

그러나 그의 두근거림은 잠시 뒤 짜증으로 바뀌고 있었다. 그녀가 다시는 입을 일이 없겠지만 예쁜 활옷을 평생 입히고 싶다는 말은 다 취소였다. 빨간 활옷 안에 숨겨진 당의, 원삼, 벗기고 벗겨도 나오는 저고리, 벗기고 벗겨도 나오는 치마. 얼어 죽을 겨울도 아니고 옷이 양파 껍질도 아닌데 벗어 한쪽에 쌓인 옷만 수북이었다. 처음 저고리 매듭을 풀 때 떨리던 손은 이제는 매듭의 단단함까지 판단할 수 있는 여유까지 생겼다. 이게 만약 흥분한 신랑의 마음을 진정시키기 위한 선조들의 지혜로운 배려라면 정중히 사양하고 싶었다. 드디어 인내의 결실이 드러났다. 그녀의 살결이 훤히 보이는 속적삼과 속치마만을 남겨두고 있었다. 고지가 눈앞인 것이다. 이놈의 심장이 제가 먼저 기대감으로 펄떡거리고 있었다.

"저기요……. 아니 하윤 님."

당황한 운채가 그녀의 속적삼 매듭에 가져다 댄 하윤의 손을 잡았다. 얼굴이 보이지 않을 정도로 고개를 숙이고 있던 그녀가 번쩍 고개를 들어 그를 바라보았다. 놀라고 부끄러운 그녀의 반응조차 예쁜 것을 보면 확실히 그는 그녀에게 마음을 단단히 뺏긴 듯했다.

"죄송하지만 안 될 것…… 같습니다."

"나 또한 두렵고 그러면서 두근거린다."

하윤은 낮은 목소리로 그녀의 마음을 다독였다. 속내는 사실 그럴 여유가 없었다.

"아니, 그게 아니라 오늘…… 합방이 불가능할 것 같습니다."

용기가 없는 운채는 고개를 떨어트리며 작게 말을 토해냈다.

이 무슨 새신랑 피 말리는 말을! 하윤은 자세를 고쳐 앉으며 운채의 턱을 들어 올렸다.

"무슨 말이냐 그게? 누가 오늘 너에게 합방하면 부정 탄다고 안 된다고 말하는 이가 있더냐?"

처음 생각난 게 간교한 설류의 장난이었다. 그놈은 재미로다 남의 밥에 재를 뿌리고도 남을 놈이었다. 아님 인간계의 날짜로 길운이 든 날이 아니라고 생각한 것인가? 어찌됐든 그녀의 말은 무시됨이 옳았다. 어떻게 잡은 날인데!

"달거리가…… 어제부터 시작되어……."

"뭐라?"

너무 작게 말해 처음에는 무슨 말인지 알아들을 수가 없었다. 아니 알아들었지만 받아들일 수 없었다. 달거리라니, 하고많은 날 중에 그것도 오늘! 그러고 보니 그녀에게서 혈향이 느껴진다. 현실을 회피하고 싶은 하윤이 침상으로 쓰러지듯 고개를 파묻더니 다시 벌떡 앉아 그녀에게 원망의 말을 쏟아냈다.

"왜 하필 오늘이냔 말이다!"

"날을 잡은 것은 하윤 님입니다."

운채는 억울한 듯 작게 항변했다.

"그렇긴 하지……."

이 긴긴밤 어떻게 지새야 할지 막막했다. 그의 부푼 기대는 와르르 무너지고 있었다. 이 밤이 가면 다시 오지 않을 밤인데, 이리 허무할 수 있다니.

그가 그녀의 어깨에 고개를 파묻으며 중얼거렸다.

"피곤할 테니 잠이나 자자. 오늘만 날이겠느냐. 아무렴."

체념은 빠를수록 좋았다. 그가 어찌해 볼 수 있는 것이 아니었다. 그가 그녀를 안은 채 침상에 나란히 누웠다. 눈에 보이면 욕심이 나고 욕심이 나면 손이 가만히 있지 않을 터이니 아예 눈을 감기로 했다.

"불편하실 텐데 옷은 벗으시고……."

"됐다."

"화 나셨나요?"

대답이 없다. 그 말은 화가 났다는 말이었다. 그녀는 무슨 말을 꺼내서라도 그를 위로하고 싶었다. 그의 상심을 이해 못하는 것은 아니나 그녀는 그의 각시가 되는 것만으로도 정말 행복했다.

"저는 이렇게 하윤 님이 안아주는 것만으로 가슴이 두근거리고 좋습니다."

하윤은 속편한 운채의 말에 눈을 떠 그녀의 볼을 한껏 잡아 늘렸다. 이건 새신랑 억장 무너지게 한 벌이다.

"하…… 윤 님! 진짜 아파요."

'내 마음은 지금 그것보다 더 아프다.'

"자자, 자. 이렇게 꼼짝도 하지 않고 자는 거다. 알겠느냐?"

그의 말에 운채는 정말 꼼짝도 하지 않고 그의 품에 안겨 있었다. 처음에는 잠시 꼼지락거리더니 눈을 감자 긴장되고 피곤한 하루였는지 열 숨도 못 넘기고 잠에 빠진 듯 조용해졌다.

하윤은 그녀가 잠이 들자 살며시 눈을 떴다. 그가 그녀를 옆에 두고 잠만 잘 수 있을까?

한 번 해봤는데 까짓것 두 번인들 못하랴. 하윤은 한숨을 쉬며 그녀의 머리를 쓸었다 천장 한 번 바라보다 다시 그녀의 얼굴을 바라보다를 반복했다. 그러다 그의 눈도 어느새 스르르 감겼다. 그에게도 그녀에게도 행복하지만 정신없고 피곤한 하루였던 것이다.

자면서도 뭐가 불만인지 미소를 띠며 잠든 그녀에 비해 그는 작게 투덜거리고 있었다. 그러나 둘이 머리를 맞대고 손을 꼭 잡은 채 잠이 든 그들의 모습은 어릴 적 모습과 별반 다를 바 없어 보였다. 굳이 다를 게 있다면 좀 더 행복하고 조금은 부러운 모습으로 서로에게 안겨 있을 뿐이었다. 그렇게 천계의 달콤한 밤이 조용히 조금은 억울하게 지나가고 있었다.

못다 한 토막 이야기

　휘를 낳은 지 5년이 지났건만 아직까지도 그녀의 건강이라면 신경을 곤두세우는 하윤 때문에 이대로라면 얼마 못 가 운동부족으로 병이 날판이었다. 그래서 그녀는 운동도 할 겸 처리된 서류를 보관고로 직접 가져다 놓기로 했다.

　운채는 일 년 전부터 일부 업무를 대현궁로 옮겨 가지고 왔다. 몽땅 옮겨 와야 한다는 하윤의 주장에 설류는 아예 태상궁을 통째로 옮겨 가라 하는 말도 안 되는 싸움이 벌어졌고, 서로 콧김만 내뿜다 대사 이원이 중재한 뒤에서야 수월히 할 수 있는 일부만 옮겨 가기로 한 것으로 매듭이 지어졌다. 그때의 민망하고 유치한 싸움은 정말 생각하고 싶지도 않았다.

　보관고에 도착하자 대문 앞을 지키던 시관이 문을 열었다. 대문만 해도 그녀의 키를 5배를 훌쩍 넘었고 그 두께가 어린아이 팔 길이 정도나 되니 그 육중함이 대단했다. 그래서 그런지 일목요연하게 정리되어 있는 보관고의 목록표를 보아도 어디로 가야 하는지 분간이 안 될 정도였다.

"음……. 이건 상소 쪽이니까 오른쪽 두 번째 칸에서 좌측으로……."

해보지 않던 일이라 그녀는 가다 서다를 반복하며 보관 위치를 찾아야 했다. 한참 헤맨 끝에 찾은 그녀는 서류를 내려놓고 팔을 토닥거렸다. 운동한다고 했다가 그전에 기운이 다 빠져나갈 것 같았다.

"이런 귀퉁이에 있으니 찾을 리가 있나."

그런데 찾는 길만 열심히 훑고 와서 그런지 나가는 길을 까먹은 것 같았다. 일단 운채는 기억을 헤집으며 왔던 길의 반대방향으로 나가면 입구가 있을 거라는 믿음을 가지고 걷기로 했다. 혹시 지나왔던 길인가 싶어 여기저기를 둘러보며 걷던 운채의 걸음이 순간 멈췄다. 모난 돌처럼 구석에 두루마리 하나가 삐죽 내밀어져 있었다. 읽고 처리된 서류는 인이 찍혀 있고 하루의 양이 한 뭉치로 묶여져 있기 때문에 이렇게 따로 두루마리로 보관될 일이 없었다. 세심히 보지 않으면 아무도 모를 정도로 안쪽 구석에 꽂혀져 있었다. 미결 서류가 그대로 방치되었다는 생각에 운채는 얼른 권책을 펼쳐 보았다.

─정소부의 주인 반오다. 네가 이것을 보고 있다면 봉인이 풀렸다

는 것이겠지? 그렇다면 하윤이 놈이 풀어주었을 것이고 그 말은 심드 렁한 그놈이 마음의 변화가 생겼다는 말인데…….

아이야, 설류 놈이 구박하거나 하윤이 놈이 괄시해 네가 정녕 인간 계로 돌아가고 싶다면 설류 놈에게 얘기를 하여라. 온갖 성질을 부리 며 겁박도 하겠지만 결국은 들어줄 것이다. 내가 바둑내기에서 받은 소원이 꽤 많다. 설마 천신 주제에 그놈이 한 입으로 두 말을 하겠느 냐.

그러나 나는 이 글을 쓰면서도 그들과 웃으면서 함께한 네 모습을 그려본다. 서로 나의 우서를 돌려보며 이 엉뚱한 언약에 툴툴거리지 만 히쭉 웃어넘기는 설류와 어이없는 웃음을 지으며 너를 바라보는 하윤을 말이다. 물론 나도 하윤이 놈이 웃는 모습이 상상이 안 되긴 하다만 일단 희망이니, 흠흠.

그리고 마지막으로 내 욕심에 너를 상처 입히고 네 생을 마음대로 휘저어놓아 미안하다.

진심으로 행복하길 바란다.

운채는 일렁이는 감정을 추스르고 조용히 권책을 접었다. 그때 당시 천신의 장난 때문이라는 사실을 안 순간 그녀는 상처를 입었 다. 물론 설류 님과 하윤 님의 마음이 그렇지 않다는 것을 잘 안 다. 그래서 자신도 그 사실을 잊어버리고 살았던 세월이었다. 그 러나 이 우서 하나로 그녀는 잔잔한 위로를 받았다.

"컴컴한 데서 뭐하는 것이냐. 아니. 왜 우는 게야. 설류 그놈이 또 일 못한다고 구박했느냐?"

운채가 눈물을 매단 채 고개를 가로저었다. 그녀의 입에는 작은 미소가 지어졌다.

하윤은 그녀를 깜짝 놀라게 하려다 자신이 되레 깜짝 놀라고 말았다. 그러나 그녀의 미소를 보곤 곧 안심했다. 큰일은 아닌 것이다. 하윤이 뒤에서 그녀를 안은 채 그녀의 머리에 턱을 괴며 물었다.

"자. 이제 말해보시지요, 비우. 내가 버럭 소리 질러도 울지 않던 그대가 무슨 일로 울었지?"

운채는 대답 대신 권책을 조용히 하윤에게 내밀었다.

하윤은 잠시 그녀의 손에 쥔 권책을 바라보다 받아서 빠르게 읽어보더니 그것을 홱 던져 버렸다.

"아니. 왜 던지세요. 제 것입니다."

"이놈은 소멸해서도 말썽이군. 인간계로 돌아가? 누구 마음대로?"

그의 눈에 들어온 단어는 '인간계'와 '소원'이라는 두 단어뿐이었다. 그리고 지금껏 그녀에게 얘기는 안했지만 반오가 운채의 짝으로 슬며시 설류를 찍었다는 것도 기분이 나빴다. 어디 찍어붙일 데가 없어서 그런 놈한테.

"그런데 예까지 무슨 일이세요?"

"오랜만에 우리 둘의 시간이 생겼는데 휴가를 쓰는 게 어떻소?"

설류의 눈이 세모꼴로 변하겠지만 그녀 없을 때도 혼자 잘하고 있었던 놈이었다. 그러니 아무 문제될 것이 없었다.

"휘는요?"

"조부모님께 보내 버렸소. 아니. 보고 싶다기에 보냈소."

"밤에는 저를 찾을 텐데요. 휘가 유난히 낯을 가리잖아요."

'내 말이 그 말이오. 그놈은 내 판박이란 말이오! 나는 그때 누가 내 곁에 앉아 있는 것만으로도 짜증스러워했단 말이오.'

"아이가 심약한지 자주 울어 걱정이에요. 약을 지어 먹여야 할까요?"

약은 무슨, 그 말은 아들 녀석이 제 엄마를 차지하려는 고의성 다분한 연기인 것을! 그러나 이 말을 하면 그녀는 또 아들에게 애정을 가지며 바라보라는 둥 아직 좀 더 너그럽게 아이를 대하라는 둥 잔소리를 늘어놓을 것이 뻔했다.

"휘 녀석이 부지불식간에 들이닥치는 바람에 가끔은 잠을 설쳐 힘들었는데 오늘은 푹 자겠네요."

운채는 정말 휴가를 받은 기분이었다. 그도 그런 게 휘가 그를 닮아서 그런지 시도 때도 없이 그녀를 찾았다. 밤이라도 아이가 울면 그녀는 달려가야 했다. 물론 아이라 엄마 곁을 떨어지기 싫어하는 건 당연하니 어쩔 수 없지만 그 빈도가 잦아져 혹 무슨 문제가 있는 건 아닌가 싶었다. 거기다 또래랑 잘 놀지도 않고 하물며 하윤에게도 잘 가지 않는 휘였다.

"말 나온 김에 자러 가자고. 낮잠도 잘 자면 보약이니."

그가 냉큼 운채의 손목을 잡고 앞장서자 운채의 눈이 의심스러운 듯 가늘어지다 이내 풋 하고 웃음을 터트렸다.

"낮잠이 그리 즐거운 일이오?"

하윤은 능청스럽게 한쪽 눈썹을 치켜 올리며 빙그레 미소를 지었다. 이 얼마만의 오붓한 시간인가. 조부모에게 갔으니 한동안 못 돌아올 테다. 조부모에게도 얘기를 해놓았고 아직은 공간을 열 능력이 되지 않으니 혼자 온다고 애를 써도 족히 일주일은 걸릴 것이다.

생각만 해도 흐뭇했다.

담소를 나누며 침전 앞마당까지 두 손을 꼭 잡고 온 그들의 모습은 부부보다는 연애를 하는 연인처럼 보였다. 하윤은 운채의 이야기를 들으며 간간히 미소를 짓고 있었고 운채 또한 웃음을 터트리며 눈을 반짝이고 있었다. 그러나 그들의 웃음은 걸음을 멈추는 동시에 흩어졌다. 조부모 댁에 있어야 할 아이가 침전 앞에 있자 잠시 둘 다 어리둥절할 수밖에 없었다.

"아직 조부모님 댁에 가지 않았니?"

운채가 휘에게 다가가자 휘는 대답도 않고 냉큼 달려와 그녀에게 안겼다.

"다녀왔습니다. 인사만 하고 돌아왔어요."

"누가 데려다 주신거니?"

"아니요. 혼자서 왔어요."

그러면서 휘의 시선은 아버지 하윤에게 향했다.

하윤은 잠시 놀란 표정을 짓다 설핏 미소를 지었다.

'제법이구나.'

'치사하십니다. 아버지.'

'내가 앞으로 얼마나 치사해질지 안다면 그만 그 가식 접는 게

어떻겠느냐.'

그러자 휘가 갑자기 울음을 터트리며 운채의 품속으로 쏙 숨어 버렸다.

하윤은 나날이 늘어나는 아들의 연기를 가만히 지켜보고 있었다. 이러다 자신의 복장이 터지는 날이 오든지 아니면 아들을 빨리 출가시키든지 양자택일을 해야 할 것 같았다.

"왜 그러니. 휘. 또 무엇을 보고 놀란 거야?"

"졸려요. 여기까지 오느라 너무 힘들었어요."

운채가 아이를 안은 채 토닥거리며 잠을 재우려 했다. 휘는 항상 그녀 품에 안겨 잠이 들었다. 인간의 아이도 숟가락 쥘 나이가 되면 알아서 혼자 자는구만, 저놈은 천신 주제에 아직도 엄마 품에서 자다니. 고의성이 다분해도 과하게 다분했다.

"비우, 휘는 나에게 주시고 먼저 들어가 있으시오. 휘, 오늘은 아버지가 재워주마."

그런데 그 재워준다는 눈빛이 어찌 단호해 보였다.

휘는 고개를 홱 돌려 운채의 목에 팔을 단단히 감았다. 언제나 같은 상황이었다. 운채는 하윤을 향해 체념의 고개를 저으며 휘를 안고 먼저 침전으로 들어가 버렸다. 매번 아이 재우는데 실패한 그를 믿을 수 없었다.

하윤은 그 자리에 혼자 남겨졌다. 오늘을 위해 강에 띄울 배도 준비해 두었고 궁이 홀라당 다 타버릴 만큼 촛불도 준비해 두었다. 그런데 저놈이 다 망쳐 버렸다. 그는 저 아들을 어떻게 해야 그녀에게서 떨어트려 놓을 수 있을지 진심으로 고심해야 할 것 같았다.

하윤이 긴 한 숨을 내쉬며 서 있자 이원이 조용히 다가와 말을 걸었다.

"어째 운채 님을 차지하려는 저 유치한 욕심까지 그대로 닮았습니다."

"지금 불난 집에 부채질하는 것이냐?"

"저 나이에 벌써 공간을 열었다면 분명 무리해서 열었을 겁니다. 하윤 님이 처음 공간을 열 때가 일곱 살 때였지요? 빠르긴 빠르군요. 공력 소모가 대단했을 테니 아마 내일까지 죽은 듯이 잠만 잘 것입니다."

"그렇겠지."

뭔가를 깨달은 듯 하윤은 씩 웃으며 침전 쪽을 바라보았다.

"그래, 그 방법이 있었군. 인간계면 공력소모는 배가 더 클 테지. 설마 거기까지 따라올까. 내운산도 가본 지도 오래 되었고……."

그 말에 이원이 흠칫 했다. 몇십 년 전에도 인간계에 잠시 다녀오마 해놓고 14년 동안 돌아오지 않았던 주인님이 아니신가. 설마, 아니시겠지요?

"예전부터 한 가지 궁금한 것이 있었습니다. 오래전 일이라 그냥 묻어두려고 했는데 하나 여쭤 봐도 되겠습니까?"

"물어 보거라."

"만약 운채 님이 천계에 끌려오지 않으셨다면 운채 님과 내운산에서 알콩달콩 단둘이 살 생각이셨습니까?"

“······.”

“400년 동안?”

언젠가는 천계로 데려올 생각이었지만 지금 생각해 보니 그때 그럴 마음이 없었던 것 같기도 했다. 대답이 없자 이원의 표정이 굳어졌다.

“대답, 들은 것으로 하겠습니다.”

이원은 하윤이 말리기도 전에 찬바람을 일으키며 뒤돌아 나가 버렸다. 그는 처음으로 설류 님에게 감사 인사를 올렸다. 운채 님이 천계에 오지 않았다면 그는 자신의 집무실에서 한 발자국도 나가지 못한 채 서류에 파묻혀 한평생을 보내고 있을 뻔했다. 생각만 해도 등골이 오싹했다. 이원은 내일 당장 감사한 마음을 담아 귀한 차를 설류 님에게 보내줘야겠다고 생각했다. 그리고 하윤 님의 인간계 나들이를 저지하는 방법도 모색해야 했다. 까딱하다가는 몇십 년 전의 악몽이 다시 재연될지 모를 일이었다.

한참 뒤의 이야기

이원에게 목을 꺾인 후 한동안 목이 저린 설류는 그것 때문에
온천을 찾게 되었는데 이게 꽤 괜찮은 취미 생활인 것 같아 한 달
에 한 번씩 물 좋고 경치 좋은 곳을 물색하여 온천욕을 즐기게 되
었다. 그러다 보니 천계에 있는 온천이라는 온천은 다 찾아 다녀
더 이상 그의 흥미를 끌지 못하자 자연스레 인간계로 눈을 돌리게
되었다. 소문으로는 인간계에 있는 용웅암 온천이 그리 몸에 좋고
높은 산자락에 위치에 사람들 손이 타지 않아 은근히 기대가 되는
곳이었다. 좋다, 오늘은 인간계 나들이다.
오랜만에 인간계 나들이라 그는 한껏 멋을 부렸다. 왜 아니 그
러겠는가. 정소부가 똑 소리 나게 일해주지, 인간계 또한 잠잠하
지. 이참에 휴가를 쓰고 몇 년 놀아도 될 것만 같았다. 좌 시관의

떽떽거리는 소리가 들려올 테지만 양심 없는 하윤이라는 놈은 인간계에서 14년을 놀았는데 잠깐 유람하는 것 가지고 부산을 떨다니 아니 될 말이다.

설류는 뒷짐을 진 채 주위의 경관을 한 번 훑어보았다. 서늘한 기운과 뜨거운 기운이 만나 산은 엷은 속치마를 드리운 것처럼 안개가 깔려 있었다. 작은 옹달샘에서 온천물이 샘솟고 있고 그 뒤로는 병풍처럼 절벽이 두르고 있었다. 나뭇가지들이 울창하게 뻗어 있어 정말 조용하게 혼자 즐기기에는 딱 안성맞춤이었다. 물 온도 또한 그가 즐겨 찾는 조금은 뜨거운 온도였다.

옷을 다 벗고 물속으로 들어간 그는 고개를 뒤로 젖혀 눈을 감았다. 이참에 인간계 온천을 모조리 훑고 천계로 돌아가는 것도 좋을 것 같았다. 새 소리 좋고 바람 소리 좋나니 휘파람이 절로 나왔다. 어찌 이런 온천이 인간계에 숨어 있었는지 지금에서야 발견한 것이 안타까울 따름이었다.

그러나 평온함도 얼마가지 못해 그의 눈이 떠졌다. 이 깊은 산속에 인간의 발자국 소리? 사냥꾼인가? 그것치고는 보폭과 걸음이 가볍다. 설류는 몸을 세워 수풀 속에 가려진 바위 뒤쪽을 응시했다.

"누구냐, 거기 숨은 놈."

잠시 망설이는 발자국 소리가 들리더니 정체를 드러냈다. 곱상한 사내의 손에는 그의 옷가지가 들려 있었다. 작심하고 훔친 모양인지 당황한 기색도 없었다. 설류의 미간이 모아졌다.

"뭔가 오해를 한 모양인데 나는 선녀가 아니다."

아무리 그가 빼어난 미모를 가지고 있다 하더라도 캄캄한 밤도 아닌데 착각을 하다니. 가슴만 딱 봐도 사내임을 모른단 말인가?

"그런 힘없는 것을 어디다 쓸려고? 어깨 그만하면 장작은 잘 팰 것 같고, 호리호리한 얼굴을 보면 밥도 별로 안 먹을 것 같으니 딱이다. 머슴으로는."

"머…… 머슴?"

"이 산속에 종 하나 없이 들어와 있는 것을 보면 귀족은 아닌 것 같고 이 추운 날에 옷 같지 않은 옷을 걸치고 있는 것을 보면 분명 훔쳐 입은 옷이 틀림없어 보이는데 너를 관가에 넘길까 아니면 종살이를 일 년 동안 하겠느냐? 물론 너도 사연이 있어 여기까지 도망쳐 온 것이겠지만 내가 네 사연을 살필 만큼 도량이 넓지는 못해서 말이다. 도망갈 생각이면 꿈에도 하지 않는 게 좋을 것이다. 이래봬도 내가 힘이 좀 세거든."

젊은 사냥꾼은 젠체를 하며 으스대고 있었다. 뭐라? 이 나를 보고 종살이를 하라? 설류는 벌떡 일어나 염력으로 그자를 쳐내려고 했었다. 뭣 모르고 한 말이니 겁박만 주고 내쫓을 생각이었다. 옷도 돌려받아야 하니. 그런데…… 염력이 저 사내에게 통하지 않아?

혹 자신의 몸이 이상이라도 있는가 싶어 나무를 향해 손가락을 움직이자 곧 나무가 우지직 하고 쓰러졌다. 분명 자신의 능력에는 이상이 없었다. 그는 다시 손가락으로 젊은 사냥꾼을 가리켰다. 역시 통하지 않는다.

"아악! 빨리 다시 물속으로 안…… 안 들어가느냐."

젊은 사냥꾼이 벗은 설류를 보더니 기겁을 하며 계집애마냥 까마귀처럼 까악거리고 있었다. 두 손으로 황급히 눈을 가리고 부산

을 떨었지만 설류의 신경은 온통 왜 자신의 능력이 저 사냥꾼에게
통하지 않는 것인지 고민하고 있었다.

'이거 호기심이 동하는군.'

설류의 눈빛이 반짝하며 난리법석을 떠는 젊은 사냥꾼을 뚫어
지게 바라보았다.

'이런, 계집인가? 꽤 맹랑하구나.'

"도…… 도대체 왜 걸어 나오는 것이냐!"

원희는 공돈으로 노비 하나 얻게 생겼다 좋아라 했다 미친놈에
게 된통 걸린 것 같았다.

미친놈은 힘도 세다고 했는데……. 원희는 최대한 미친놈을 보
지 않으려 고개를 틀은 상태에서 허리춤에서 소도를 꺼냈다. 달려
들기라도 하면 찔러 버릴 테다.

"설마 내 옷을 좀 훔쳤다고 내가 널 때리기야 하겠느냐. 그리 겁
먹지 않아도 된다. 그것보다 앞장서거라. 네 집이 어디냐?"

"그건 왜요?"

바짝 긴장한 원희의 손이 떨리고 있었다.

"머슴 하나 키운다 하지 않았느냐. 앞장 서거라."

설류의 입가가 살짝 치켜 올라갔다. 오래간만에 재미있는 것을
주웠으니 잠시, 인간계를 둘러보는 것도 나쁘지 않을 것이다.

『운채』 完

문득 천계의 이야기가 쓰고 싶었습니다. 그리고 그 조건에는 난관을 헤쳐 나가는 여자주인공도 그렇다고 특별한 능력을 지닌 여주가 아닌 자였으면 했습니다. 지극히 인간적인 인간, 주어진 삶에 노력을 하며 사는 흔히 우리 주위에 볼 수 있는 따뜻한 여주가 그리고 싶었습니다. 그래서 태어난 여자주인공이 '운채'입니다. 판타지 역사물치고 무겁지 않게 통통 튀며 이야기를 풀어나가려 했는데 잘되었는지 모르겠습니다.

아직 다 못다 한 설류의 이야기는 한숨 고르고 다시 찾아뵙도록 하겠습니다.

마지막으로 이 책을 읽어주신 분과 그리고 이 책을 내주시기까지 수고한 청어람 관계자분께 감사의 말씀을 드립니다.